民国演讲

MINGUO YANJIANG

自信与自省

民国演讲

第九编

罗家伦 等 著

中国文史出版社

出版说明

本丛书选取的六百余篇民国时期的演讲，来自社会地位、术业专攻、身后评价不同的近二百位民国人物，政界、军界、商界、新闻界、学术界、教育界、文艺界、民间团体等，无所不包，力求全面地呈现多元化的民国风貌。

本丛书涉及史料庞杂，文章取舍与编排依循一定原则，具体说明如下：

一、本丛书收录的演讲稿，时间范围从 1912 年 1 月起，至 1949 年 9 月末止。全套共分为十编，每一编均以时间为轴，依演讲者出生年月排次；以人物为面，按演讲发表时间排序。每位人物均附生平简介。

二、本丛书收录篇目以演讲为主，其他如宣言、广播稿、采访谈话、讲义以及当众宣读的论文、报告、答辩词等，亦有部分收录。

三、本丛书所选资料来源广泛，多为翻阅国家图书馆及各地方图书馆馆藏民国文献，如民国时期出版的各种文集、报纸、杂志等，经重新录入、点校所得。所收录文章有不同版本者，以出版（发表）时间较早或内容较全的版本为主。

四、本丛书所选之演讲者，均为在其所属领域具有代表性或典型性的人物，但限于篇幅、编者知识水平以及其他种种因素，尚有部分人物演讲未能收录。

五、对于生平演讲颇丰的人物，在筛选其文章时，编者在主题不重叠的前提下，尽量撷取背景、场合、受众不同，且较有内容价值的若干篇目，以求多方位地展现该人物的思想和主张。

六、鉴于本丛书的史料性，编者在进行编校加工时，以尊重原作为基本原则，对于严重违背史实、观点偏激、存在不当舆论导向的个别语句，酌情做删节处理，处理后并不影响原文主旨大意的表达。

七、由于民国时期语言文字、标点的用法与现在有所不同，为方便现代读者阅读，编者在尽量保留作品原貌的情况下，做了如下处理：

（一）繁体字改为简体字。

（二）原文竖排均改为横排。

（三）原文无标点或仅有部分标点的，由编者根据文意断句加标点。原文标点有明显错漏的，编者予以修改或增补。

（四）原文有明显错误、漏缺等情况的，由编者加“〔 〕”，并在六角括号中注明正确或增补的字，以供参考。原文有明显衍字的，由编者直接删改，以免造成困惑和歧义。原文不清、无法辨识且难以根据上下文推断的文字，用“□”表示。其他无从判断正误的情况，不妄作改动。

（五）原文不符合现代汉语写法的词语，如“澈底”、“那末”、“罢”（吧）、“底”（的）等，均按现代汉语习惯写法进行更改，并不影响语句原意。

（六）原文中的人名、地名等的译名以及相关专有名称，在不影响读者理解的情况下，原则上不改为现今通用译名；有碍理解的，由编者作注说明。

（七）凡未标“原注”的注释，均为编者所加。

本丛书卷帙浩繁，尽管尽心竭诚，力求取精用宏，然因我们能力有限，亦难免存在缺失疏漏，热望社会各界批评与指正。

编　者

2019 年 10 月

前　　言

民国是新旧思想交替的时代，是中外思潮碰撞的时代，是政治风云变幻的时代，更是文化色彩斑斓的时代。

了解一个人，多是先听其谈吐；了解一个时代，自然也少不得听它的声音。于是，便有了这套“民国演讲”系列丛书——说民国与民国的说；声音的历史与历史的声音。

演讲，即是就某个问题对听众说明事理或发表见解，展示想法或愿景，归根结底是一种交互行为。从某一个角度来说，交互推动进步。人与物的交互刺激发明和创造，比如工具的使用及生产技术的革新；人与人的交互产生人文伦理和传世价值，激发人类去思考良知、理性和社会责任。演讲作为一种人与人之间的交互方式，既能将物质的也能将精神的文明成果集合并发散，承前并启后，抑扬顿挫，精准了当，让讲者内心燃烧，让故事迸溅火花，由是观之，可谓是顶高级的传播艺术。至今为止，这种艺术仍既是经典的，也是前沿的。

我们本着这样的认识和眼光，从瀚如烟海的故纸堆中，拣选出近二百位民国时期来自不同领域的出色人物，收录了六百余篇民国时期的各类演讲。其中一些人物的一些演讲还是第一次进入读者的视野，这样的瞩目当属来之不易。这些演讲作品中，既有关乎济世救国的拳拳之心，或王者之气，或匹夫之责；也有阐述百年树人的教育方略，或家长之情，或师长之意；更有充满文学之妙的作家才情，或指点江山，或陶醉草野。无论是叱咤风云，还是低吟浅唱，无论是逆势反常或是领情会意，无论是节日祝词还是庆生悼挽，都明确无误地引领读者进入了那个年代的景色深处，其中自有仰山之高，悬河之美。

操持数年，自知不免挂一漏万，也还是不肯罢手，一一敛来，旨在使一个时代的演讲作品得以归拢，得以装束，得以排列齐整地成体系地被集结，被收藏，被后人打量、阅读和品味。

既然说的是民国的人、民国的事，自然就回避不了民国的某一些人、某一些事——那些有过态度的和耍过态度的、那些受待见的和不受待见的——人和事——也还是听听他们的说。我们通过斟酌与报备，予以选录和保留，以显示这份记载与收藏的确实与丰富。可以说，这是迄今为止收录量最大、编排体系最完备的一套民国演讲作品。

由于对民国时期文化的珍视与体恤，对于个别未能联系上演讲者后人的篇目，我们不忍轻易舍弃，只有将作品先行用之，望有关人士能够谅解，并在见到该书后及时与我们联系，以便奉寄样书和稿酬。

编　者

2019 年 10 月

目　录

CONTENTS

冯友兰

(1895—1990)

生平简介

冯友兰（1895—1990），字芝生，河南省南阳市唐河县人。哲学家、教育家，有“现代新儒家”之称。1918 年 6 月毕业于北京大学哲学系。1919 年 12 月赴美考察，次年 1 月入美国哥伦比亚大学研究院学习哲学，师从约翰·杜威，1924 年获该校哲学博士学位。学成回国后，历任开封中州大学、广东大学、燕京大学哲学系教授。抗日战争全面爆发后，任西南联大哲学系教授兼文学院院长。1931 年、1934 年分别完成《中国哲学史》上册、下册，后作为大学教材，为中国哲学史的学科建设做出了重大贡献。1937 年至 1946 年陆续出版了《新理学》《新世训》《新事论》《新原人》《新原道》《新知言》等六本书（称为“贞元六书”），以此创立了其新理学思想体系，使他成为中国当时影响最大的哲学家。1946 年应美国宾夕法尼亚大学邀请，任客座教授一年，集结其间讲稿出版《中国哲学简史》。1947 年回国，次年秋当选为南京中央研究院院士。1948 年末至 1949 年初，任清华大学校务会议主席。1949 年初辞去本兼各职，任中国科学院哲学研究所中国哲学史组组长，还被选为中国科学院哲学社会科学部常务委员，并先后被选为第二、三、四、五、六届全国政协委员和四届全国人大代表。曾获美国普林斯顿大学、印度德里大学、美国哥伦比亚大学名誉文学博士。1952 年后一直为北京大学哲学系教授。在 20 世纪 50 年代至 80 年代的各种思想改造运动中曾多次遭到批判。1980 年至 1989 年完成七卷本的《中国哲学史新编》。1990 年 11 月 26 日在北京病逝，享年九十五岁。

哲学在当代中国[①]

1934 年

筹备委员会通知我们，本届大会的重点，在于“批评有关人生需要的流行哲学观念”和“分析对于公共事务的哲学影响”，所以在这篇简短的报告里，我不打算涉及技术性的哲学问题，诸如宇宙构成，或知识有效性，这些问题是在学院的圈子里讨论的。我只限于讲我认为是时代精神在中国的理性表现，这些表现若不是指导着，也是标志着中国向何处去。

中国当前面临的“现在”，并非她的“过去”的自然发展，而是违反她的意志强加于她的。她不得不面对全新的局势，一直极其困惑。为了使局势更好理解，为了更明智地适应局势，她只好有时用过去解释现在，又有时用现在解释过去。换言之，她必须把她必须面对的新文明与她已有的旧文明联结起来，使二者彼此不生疏，而互相可以理解。除了解释，还有批评。在她用旧文明解释新文明，或者用新文明解释旧文明的时候，别无他法，只好有时用旧的眼光批评新的，又有时用新的眼光批评旧的。因此，对两种文明的解释和批评，就是东方西方在中国汇合的自然产物，它打动了中国人心，并在近五十年间形成中国思想的主流。

可以看出：对新旧文明的解释和批评，近五十年中，根据对外来新

① 本文是冯友兰在第八届国际哲学大会上宣读的报告。

文明有知或无知的程度，在不同的时间阶段而各不相同。大致说来有三个阶段。第一阶段的标志是，在光绪皇帝驾下康有为领导的命舛的戊戌变法。康有为是儒家公羊学派的学者。照公羊家说，孔子是一位具有神性的大师。孔子设计了模式，可以包括人类进步各阶段。主要有三阶段：第一阶段是据乱世，第二是升平世，第三是太平世。在据乱世，人各为其国。在升平世，所有文明国家联合为一国。在太平世，人皆文明而人类联合为一个和谐的整体。孔子预先知道这些未来的一切。孔子相应地设计了三套社会组织。照康有为说，东西方之间的交往，欧美的政治社会改革，表示人们正在从据乱世向较高阶段即升平世进步。绝大部分的，也许是全部的，西方的政治社会制度，早已含蕴于孔子教义之中。康有为是当时维新运动领袖，但是按他的意见，他所作所为并非采用西方新文明，倒不如说是实行孔子的旧教义。他写了许多儒家经典注解，将他的新思想注入其中。此外他还写了一部《大同书》，在书中具体描绘出将在太平世变成现实的乌托邦。此书性质如此猛烈而革命，甚至绝大多数乌托邦著作家为之瞠目结舌，虽然如此，康有为本人却不是空想家。他坚持说，他在此书中提出的纲领，不到人类文明最高阶段即人类进步最后阶段，绝不可以付诸实施。他要实施的政治纲领是坚持君主立宪。

当时维新运动中，康有为的一位同事谭嗣同，是一位更具哲学思维的思想家。他写了一部《仁学》，书中也讲孔子关于人类进步的三世之说。照他说，孔子虽然提出了三世总模式，但是孔子所讲的大都是据乱世。因此缘故，孔子常被误解为卫护传统制度和常规道德的人。基督教义主张博爱和上帝面前人人平等，十分接近孔子关于升平世的教义。接近孔子关于太平世的教义的教义是佛教，它超越了一切人世分别和常规道德。

这个时代的主要精神是，领袖们都不与来自西方的新文明对抗，他们对它的价值更不乏欣赏。但是他们欣赏其价值仅限于适合想象的孔子模式的范围。他们用旧的解释新的，用旧的眼光批评新的。后来可见，建立民国的辛亥革命，其哲学根据主要是取自中国哲学。孟子说的“民为贵，社稷次之，君为轻”，曾被大事引用和发挥。像卢梭这样的欧洲革命著作家们的学说也发挥了作用，但是中国人的想法是，他们之所以正确是与孟子相合。

第二阶段的标志是新文化运动，在 1919 年达到高潮。这个阶段的时代精神是用新的眼光批评旧的。陈独秀和胡适是这场批评的领袖。胡适写了《中国哲学史大纲》，还只出版了上卷。其实这部书与其说是中国哲学史，不如说是中国哲学批判。中国哲学的两个影响最大的学派，儒家和道家，都受到严厉的批评和质问，所用的是功利的和实用的眼光。胡适是争取个人自由与发展，因此他觉得儒家错了，因为儒家教导个人从属于其君其父、其国其家。胡适是提倡奋斗精神与征服自然，因此他觉得道家错了，因为道家教人乐其自然。读他这部书，感觉不到别的，只感觉到，整个中国文明是完全走错了路。

这部书的反作用便是出现一位旧文明的捍卫者。胡适的《哲学史》出版不久，另一位哲学家梁漱溟出版了另一部书，名为《东西文化及其哲学》。在这部书中，梁漱溟主张每个文明各代表一种生活路向。有三种主要的生活路向：一种是目的在于满足欲望，一种是限制欲望，一种是否定欲望。我们若选上第一种生活路向，就有欧洲文明；若选上第二种，就有中国文明；若选上第三种，就有印度文明。这三种文明应当代表人类进步的三个阶段。人们应当首先尽力认识自然，征服自然。人们在自然界的地位打好了充足的底子以后，就应当限制欲望，懂得如何知足。但是生活有些内在矛盾无法在生活内部解决。因此人类最后一招，是否定欲望，否定生活，走这种路向。中国人、印度人，不是错在产生了看似无用的文明。他们的文明，都是第一流的，其中都有人类非采用不可的东西。中国人、印度人，都错在没有经过第一路向，就采用第二、第三路向。他们的路子对了，但是时间错了。所以这位东方文明捍卫者也认为，在东方文明中也一定有些东西错了。他的书因此也是时代精神的一种表现。

第三阶段的标志是 1926 年的民族运动，结果建立了现在的国民政府。这个运动本是以国共合作的力量进行的。孙中山，是辛亥革命领袖，也是这个运动的领袖，以共产社会为最高社会理想。但是他不是共产主义者，因为他反对阶级斗争和无产阶级专政的学说。他以为，理想社会应当是爱的产物，不是恨的产物。不久国共分裂，后者正在受到镇压。由于这个运动，中国人对于西方新文明的态度发生新的转折。体现在政治经济组织中的西方新文明，一度被人认为是人类制度之至善，现在则被认为不过是人类进步的一个阶段。历史没有结束，它正在创造中。历史趋向的最终目的，现在认为是世界和平，人类合一，看来与古老的东方比，与现代的西方更为相投。其实，如果我们只取马克思关于人类进步的学说，撇开其唯物的解释，就看出它与康有为代表的公羊学派学说之间，不无相似之处。谭嗣同果然在他的《仁学》中，尽管既不知道黑格尔，也不知道马克思，照样指出了马克思主义者可称为人类进步的辩证性质的东西。他指出，在未来理想社会与当初原始社会之间有某些相似。但是在我们达到理想社会时，并不是回到原始社会，我们前进了。

第三阶段的精神，与第一阶段的精神，是一样的吗？不，第一阶段的精神领袖们基本上只有兴趣以旧释新，而我们现在则也有兴趣以新释旧。第二阶段的精神领袖们只有兴趣指出东方西方的不同，而我们现在则有兴趣看出东方西方之所同。我们认为，东方西方若有什么不同，那就是不同环境的产物。在不同的环境，人们有不同的反应。我们若从产生反应的环境来看反应，我们也许可以用黑格尔的话说，凡是实际的也是有理的。因此我们现在没有兴趣用另一种文明的眼光去批评某种文明，像第一、第二阶段的精神领袖们所做的那样，但是有兴趣用另一种文明去阐明某种文明，使两种文明都能被人更好地理解。我们现在有兴趣于东方西方的互相解释，而不是互相批评。我们把它们看作人类进步同一趋势的不同实例，人类本性同一原理的不同表现。这样，东方西方就不只是联结起来了，它们合一了。

这种精神也可以在专门哲学著作中看到。对于中国的与欧洲的哲学观念在做比较和研究，没有任何意图去断定哪个一定正确，哪个一定错误，只不过是怀有兴趣要弄清一种观念用另一种观念讲是什么。希望不久以后我们可以看到，欧洲哲学观念得到中国直觉和体验的补充，中国哲学观念得到欧洲逻辑和清晰思想的澄清。

我认为这就是近五十年中国历史三个阶段中时代精神的特征。若要应用黑格尔辩证法，我们可以说，第一阶段是“正”，第二阶段是“反”，第三阶段是“合”。

青年的修养问题[①]

1936 年 12 月 22 日

今天讲的题目是“青年的修养问题”。

在表面上看，在这国势垂危的时候，来讲这个迂阔的问题，仿佛不大合适似的；其实，这个问题是一点也不迂阔。因为我们知道：一个国家的前途，以及一个民族的前途，其复兴的重任，都是担当在青年的身上。如果每一个青年，将来都能成为一个有用的人、一个有作为的人，那么，国家的前途，一定是很有希望的。反过来说：如果所有的青年将来都不能成为有用的人、有作为的人，那么，就是现在的国家能够马虎地过下去，到将来也非糟不可。所以这问题不但不迂阔，并且还很重要。

关于“青年的修养问题”，我们现在可以分作五点来讲：

第一，要感觉责任。在从前，中国的旧说法，说每一个人都有两种责任，一种是对于家庭的，一种是对国家的。这也就是一般人所讲的“忠孝”二字。忠是对于国家，而孝是对于家庭。如果一个人对于“忠孝”二字有亏，那么，其他的方面，也就不堪闻问了。不过，这是从前的说法，现在已经不同了。在现在的社会里，一般人对于家庭的责任，似乎是减轻了一点，但这并不是像普通人所说的是什么人心古不古的问题。而实在因为现在的社会制度，和从前的社会制度，已经完全不同。

① 本文是冯友兰在北平成达师范学校的演讲。

譬如，在从前，一个人做了官，不但全家可以享福，而且三代都受诰封。可是一个人犯了罪，全家也都随着同受惩罚。因此，在从前的社会制度下面，一般人对于家庭所负的责任是很重的。可是现在不同，现在是一人做事一人担当，和家庭没有关系，因而对于家庭所负的责任，也就比较减轻了。

并且在从前，有许多人都只能算作家里的人，而不能算作社会的人。譬如，在从前的社会制度下面，妇女与儿童，都只能算作家里的人，而不能算作社会的人。换句话说，就是对于社会不负什么责任。可是现在不同了，妇女和儿童，不能再看作是家里的人，而也同样的是社会的人。这样，对于家庭所负的责任，虽然比较减轻，可是对于社会所负的责任，就要加重了。

要知道，社会越是进步，一切越是社会化。越是社会化，人也越是不能离开社会，譬如，在乡下，喝水是自己去挑，吃饭是自己去做，每一个家庭，就是一个经济单位。只管自己，而可以不去管旁人。可是在城市里就不同了，吃水是由自来水公司供给，吃饭是由麦粉公司供给。如果自来水公司和麦粉公司一旦发生变化，那么，一般人的饮食，立刻就要发生问题。这就是因为城市的社会进步，已经成为社会化，而大家也不能离开社会了。越是不能离开社会，对于社会所负的责任，也越是要重。同时，社会越进步，社会上应做的事越多，而需要的人才也越多。我们既然不能离开社会，而去索居，那么，对于社会，就应该负起责任来。

第二，要立定志向。每一个人都应该立定一个志向，要做一个大人物。这里所说的大人物，并不是一定非做主席不可。无论做一个什么角色都是没关系的，只要所做的事，对于社会有益就成。譬如唱戏，每出戏里都有一个主角，可是主角的地位，并不一定就重要。戏里的皇帝、王后，往往都是配角。在历史上，每一件事都有一个主角，但那主角并不一定都是皇帝。所以我们应该去做对社会有益的事；只要对社会有益，那么，什么事都可以去做，不必非要做什么主席不可。

在从前，中国的旧说法，说做人有三不朽：一是立德；二是立功；三是立言。在这三不朽中，立德是最要紧，而且也是每一个人都可以做到的。至于立功、立言，都不是任何人都可以做到的，必须要看自己的才学和所遇的机会如何而定。立德既是每一个人都可以做到的，那么，究竟应该怎样去做呢？说起来也很简单，就是无论做什么事，都要做得极好，而这事对于社会确实有益，那就是达到了立德的地步。

第三，要注重兴趣。有许多青年，因为不知道将来应该做些什么事，常常去问人家。其实，这是没用的。要想知道将来应该做些什么事，必须先问一问自己的兴趣是在什么地方。我们可以这样说：一个人如果对于某一件事感到兴趣，那么那件事和他的性情一定是很相近的。

我们如果想把一件事做到极好的地步，必须要靠两种东西：一种是才，一种是学。才是天生的根底，就是一般人所说天才；学是后来加上去的努力。这两种东西合起来，才能做到极好的地步。如果一个人没有才，仅仅去学，结果也不能做到极好的地步。无论文学家、科学家、艺术家、发明家等，所以能够成功，除去是有过人的天才以外，还要靠努力地学。

说到这里，有人听了也许要觉得灰心。以为旁人能有天才，自己没有天才，一定不会把事做好的。其实，这也不尽然。要知道：每一个人都有他的才，不过，这个才，大家都不一样罢了。在从前科举时代，是不问你的才是在哪一方面，必须一律埋首在八股文里，如果有人的才，不是在这一方面，那就只有吃亏了。可是现在不同了，社会一天比一天地进步，各方面都需要人才。无论你的才是在哪一方面，都可以使它尽量地发展。

也许有人不知道自己的才是在哪一方面，其实，这不必自己去解决，天然已经替你解决了。你的兴趣在哪一方面，你的才就在哪一方面。譬如，猫捕鼠，这是一种才。但是猫并没有人家告诉它去捕鼠，而它自己看见老鼠就会发生兴趣，所以一捕就会捕到。可见我们在哪一方面有兴趣，就是在哪一方面有才。如果在我们感到兴趣的这一方面努力做去，那么，一定可以成功的。

不过，这里也应该有一个限制。譬如有人说：我的兴趣是在看电影，那么，就应该每天去看电影。这是不对的。因为，看电影只是个人的一种享受，对于社会并没有尽了什么责任。又譬如，大家对于吃饭，都很感兴趣，如果只是吃饭，而不做事，那岂不成了饭桶了吗？我们是说：应该做些对于社会有益的事。譬如，看电影和做电影，就不相同。如果有人对于做电影感觉兴趣，那么，就无妨去做电影。因为所做的电影，如果不是诲淫诲盗，对于社会，多少也是有益的。

对于社会有益的事，说起来也很多。无论是在政治、经济、学术、工业、商业，哪一方面，都需要人才。可见社会上，给予我们发展天才的机会是很多的。如果我们对于政治感觉兴趣，那么，就可以在政治上工作，但并不一定要做大官。最怕的一点，就是虚荣心。譬如，有的人兴趣本来是在教育，可是因为觉得办教育不能出风头，而且是最清苦的一件事，为虚荣心所驱使，于是就改做了旁的事，结果一定也做不好。

第四，要忘去成败。我们无论做什么事，如果把成败看得太真，就要感到许多痛苦。譬如，比赛足球，胜利了就愉快，失败了就不高兴，把胜败看得太真，就没有意思了。我们在一生中，所想做的事不一定都能成功，而尤其是新兴的事业，那更没有把握了。因为凡是一种新兴的事业，在初做的时候，都是一种试验的性质，试验不一定会成功的，而失败的成分，要占最多。譬如飞机的发明，在起初不知要失败了多少次，牺牲了多少人，到后来才成功。但第一个制作者，如果因为失败而灰心，后来的人也随着灰心下去，自然也不会有今日的成功。所以我们无论做什么事，遇到失败，千万不要灰心，仍然要继续做下去。

一件事的失败，是就个人的观点说的。如果就社会的观点说，大部分的事，是无所谓失败的。譬如第一个制作飞机的人，在个人观点上说，固是失败了，但在社会的观点说，并没有失败，失败就是成功。

我们无论做什么事，一方面应该忘去成败，但一方面也不要希望太切，往往天才越高的人，希望成功的心也越切。一旦不成功，就垂头丧气，什么也不想做了。在历史上，这种代表人物，是汉朝的贾谊，他的年纪本来很轻，见到汉文帝，立刻就要做宰相。没给他宰相做，于是就灰了心，过了几年竟死去了。贾谊虽然很有才学，但是缺少修养，所以也是不成的。

第五，要锻炼体格。有许多人对于中国的前途，都抱悲观，但我却一点也不悲观。因为中国人除去体格不如人家以外，其余聪明、才力和哪一国都可以比得上。在中国，一个人活到六十岁，实际上就没有多大用了。往往有许多很有才学的人，却又不幸短命死去。一个人的死去，就个人的观点说，本来没有多大关系，但就社会的观点说，就很重要了。

一个人仅只有才学是不成的，而还须大家都承认他的才学，这就是一般人所说的资望。一个人要有才有学，是要经过相当的时间，而大家都承认他的才学，又要经过相当的时间，合起来，至少就是四五十年的工夫。可是中国人到了这个年纪，却又多半就死去了。我们看：他国的大政治家，最活跃的时期，多数是在六十岁左右，因为这时才学已经到了最完全的地步，而办事的经验，也相当丰富了。可是中国人到这个年纪，为什么就要死去呢？无疑的，最大的一个缘故，就是因为体格的衰弱。

总而言之，我们生为现代的人，一方面要有文明人的知识，而他一方面还要有野蛮人的身体，然后才能担当社会的大事。因为仅有文明人的知识，没有野蛮人的身体，遇到事情，是没有力量应付的。仅有野蛮人的身体，而没有文明人的知识，遇到事情，是没有方法解决的。希望大家在这一点上，能够特别努力才好。

从哲学观点看艺术[①]

——论艺术的创作和批评和教育

1939 年 6 月 19 日

艺术可以从许多观点去看，我是从哲学上的观点来看。

中国传统上常常用的有两个字，一个是“道”字，一个是“技”字。“道”就是哲学的意思，“技”就是艺术的意思。《庄子·养生主》说：“臣之所好者，道也。进乎技矣。”（《庖丁解牛》）技到了极点是可以成为道的。中国古代批评艺术常说“技进于道”的话，这话似乎是迂腐的，可是，艺术登峰造极，的确可进入哲学的境界。

哲学上有两个常用的名词：一是“共相”，一是“个体”。共相是理想的，个体是现实的；共相是完全的，个体是不完全的；共相是不可感的，个体是可感的。譬如，圆就是共相，圆就是圆，不是别的。我们可以说一个表是圆的，但是我们不能说表就是圆，表那种圆总归是有缺点的。一个圆的表是可以感得到的，而圆不然。个体确确实实指定一件现实的东西，共相却是抽象的。每一个体的“性”甚多，好像一匹马有颜色、性别、大小等的性。我们对于个体的某一个性甚难注意，可艺术则能特别表现某一个性，而将其他各性忽略甚至隐没，这样可以使鉴赏的人心里生出一种与境相印的“情”，同时叫人看出某一个性之所以为某一个性（好像圆之所以为圆），就是所谓一种共相、一种理想。至

---

① 本文是冯友兰在云南艺专的演讲。

于讽刺画仅仅将某一个特点过分夸张，那只可以说是一种个体艺术。进于道的艺术能特别表现性，使人感觉到共相的存在。赵子昂画马，并非表现个别的凡马，而是表现一种完全的理想的马性。杜甫评曹霸画马说“一洗万古凡马空”（《丹青引》），也就是这个意思。马画得好的不是哪一匹马画得好，而是马性画成功了。

艺术作品的主要目的，艺术之所以有价值，就在表现共相，而那共相不一定是被一般人所注意的。我们中国古代文人喜欢画竹画梅，那并不是为梅竹写像，而是借梅竹表示孤傲和幽独，不过寓意于画的性质。

我们常说艺术作品必须有情境。境和情都有两种：一种境是艺术品所要表现的性，一种境是离开作品的性，那本身又使人感觉到一种性。根据这两种性各生出一种情。杜甫有“星垂平野阔，月涌大江流”的诗句，这诗先说出一种境，引起壮美之情。这诗声调雄壮，又使人感觉到一种性，于是又生出一种情。有价值的艺术品都是这样的。中国诗评评诗本身，评魏武帝曰“如幽燕老将，气韵沉雄”，评曹子建曰“三河年少，风流自赏”，就指的是艺术的风格。

艺术作品永远是内容与形式两重的，但离内容而单凭形式也可以感人。我们中国特有的书法只讲形式不计内容，王羲之书如“龙跳天门，虎卧凤阙”，颜真卿书如“项羽按剑，樊哙排突”。总之，一件高贵的艺术作品必须使人感到情境（非个体的），那就是一种共相（理想的）。

所以批评艺术就看作品是否能使人感到情境。

艺术作品是感人的。古语“乐能感人”，其实乐以外的艺术品也无不具有感人性。问题是在“什么人感情境”？王羲之书有人感到“龙跳天门，虎卧凤阙”，但有人则认为只是乱画鸦涂。这两者究竟谁是谁非？在古代是以少数人为是，所谓“阳春白雪，曲高和寡”。但金圣叹批好文学作品的评语往往说“将各人心中想说而不能说出者写出”，用现在的眼光看来，就是以大多数人为标准。其实“阳春白雪，曲高和寡”解释得对，还是应该说某一个作品与当时风行相左，因此不被人发觉，然而时过境迁，等到成见破除，总有一天和者不寡。假如一个作品无论何时何地总不为人所了解，那么它的价值也可想而知了。不仅艺术品如此，人生其他各方面亦然。所谓“天下后世，自有公论”，大艺术家当时不能被人了解，以后总有一个高贵的评价。

艺术在教育上也是大有功用的。因为艺术品既然能使人感起情境，要使某人引起某种情，那只要让某人接触某类作品好了。中国古时所谓“乐可化人”，“移风易俗，莫善于乐”，这些话实在是正确的。譬如《毛毛雨》使人听了靡靡欲醉，真是一种亡国之音，听《义勇军进行曲》心中好像热血奔腾，一番雄壮的气魄，这是很浅显的道理，荀子《乐论》所谓“入所以揖让也，出所以征诛也，揖让征诛，其义一也”。一般讲道理的，只能使人知而不见诸行，如果给看画听歌，那恐怕一定情可发于心而表诸行。所以艺术在教育上的效果是直接的、有力的。

不问收获，只问耕耘[①]

1939 年 8 月 21 日

各位先生，各位同学：

兄弟我因担任毕业考试的校外委员的机会，今天得参加贵校的联合纪念周暨研究院第三届、大学第十三届毕业典礼，实在觉得荣幸。

刚才介绍的人说我是来宾，我觉得这个“来宾”的名词加在我身上有点不十分妥当，我十五年前曾当过广东大学——中山大学的前身——文学院哲学系的教授，所以当我是“来宾”总不十分妥当。

十五年前我离开中大时，我曾这样说过：“总有一天我会回来看看中山大学的。”现在总不算失言了，但是想不到重回中大时不在广州，也不在石牌，而却在云南澄江县。

说到如此，我想到现在的时局，正与十五年前我在广东大学时相仿佛。现在的时局，可说是十分艰危。但比较起来，其时时局的危机，亦不下于今日。当我接到广东大学的聘书时，我正在开封。当时孙中山先生适在北平逝世，广东的情形非常混乱，南方革命政府正陷于群龙无首的状态。而在外交方面则因沙基惨案发生封锁香港的风潮，广东在英国势力范围之下，而竟敢和英国作对，所以当时一般人对革命政府的前途都极感悲观。我接到聘书时，因不甚明白广东情形，对于行止问题，颇

---

① 本文是冯友兰在国立中山大学总理纪念周暨研究院第三届、大学第十三届毕业典礼上的讲话。

为踌躇。适遇于右任先生，我便向他询问广东情形。他说：“不必问情形为何，只要问你自己愿不愿意去。倘若大家能努力工作，不好的局面也会变好的。”我当时极为感动，遂决定应聘。因香港受封锁，乃乘招商局轮船直航广州。以后革命政府因工作人员之努力，局面日益好转。迨我离粤赴北平之后，革命军长驱北伐，下武汉，克南京，不二年而直抵北平，谁也料不到有这样神速的成功。又当革命军攻打惠州时，一般人都以为难以成功，因历史上从未有以力克惠州者。但三天之内，竟陷惠城。其成功之速，亦为世人意料所不及。回想起来，更觉于右任先生所说“不必问情形……倘若大家努力工作，不好的局面也会变好”的话之真确。

今日的局势正与十五年前一样。不错，日本军阀的力量比当时军阀的力量更大，但要晓得，现在我们国民的力量也比当时更大，所以问起中国前途，悲观还是乐观，我以为不必这样问。只要问自己能否努力去干，这是只能问自己，不能问别人的。中国有两句古语：“不问收获，只问耕耘。”农夫是不问明年有无收获才去下种耕耘的，只要努力去耕种，而收获自然会到来。我觉得这两句话和于先生的话均极有至理。今当各位毕业同学离校之时，我愿以这几句话赠送给各位：只要大家努力去干，最近的将来终有一天可回广州去的。完了。

儒家哲学之精神

1943 年

中国的儒家，并不注重为知识而求知识，主要的在求理想的生活。求理想生活，是中国哲学的主流，也是儒家哲学精神所在。

理想生活是怎样?《中庸》说："极高明而道中庸。"正可借为理想生活之说明，儒家哲学所求之理想生活，是超越一般人的日常生活，而又在一般人的日常生活之中。超越一般人的日常生活，是极高明之意；而即在一般人的日常生活之中，乃是中庸之道。所以这种理想生活，对于一般人的日常生活，可以说是"不即不离"，用现代的话说，最理想的生活，亦是最现实的生活。

理想和现实本来是相对立的。超越日常生活和即在一般人日常生活之中，也是对立。出世入世的对立，体用的对立。这些对立，简言之，就是高明与中庸的对立。儒家所要求的理想生活，即在统一这种对立。极高明而道中庸，中间的"而"字，正是统一的表示。但如何使极高明和中庸统一起来，是中国哲学自古至今所要解决的问题。此问题得到解决，便是中国哲学的贡献。

极高明而道中庸，所谓极高明是就人的境界说，道中庸是就人的行为说。境界是什么？这里首先要提出一个问题：人和禽兽不同的地方何在？孟子说："人之所以异于禽兽者几希!"不同者只一点点。照生物学讲，人也是动物之一。人要饮食，禽兽也要饮食；人要睡觉，禽兽也要睡觉，并无不同之处。有人以为人是有社会组织的，禽兽没有，这是人兽分别所在。可是仔细一想，并不尽然。人固有社会组织，而蜜蜂、蚂蚁也是有组织的，也许比人的组织还要严密。所以有无组织，也不是人兽不同之点。然而人与禽兽所异之几希何在？照我的意思，是在有觉解与否。禽兽和人是同样有活动，而禽兽并不了解其活动的作用，毫无自觉。人不然，人能了解其活动的作用，并有自觉。再明显一点说：狗要吃饭，人也要吃饭，但是狗吃饭未必了解其作用，不知道这是什么一回事，无非看见有东西去吃。人不同，能了解吃饭的作用，也能自觉其需要。又如蚂蚁也能出兵打仗，可是蚂蚁不明白打仗之所以然，它之所以出兵打仗者，不过出于本能罢了。而人不然，出兵打仗，能知道其作用，有了解也有自觉。这是人与禽兽不同之点。

自觉和了解，简言可称之为觉解。人有了觉解，就显出与禽兽之不同，事物对于人才有了意义。觉解有高低之分，故意义亦有多少之别。意义生于觉解。举例以明之：比如现在这里演讲，禽兽听了，便不知所以，演讲于它毫无意义。未受教育的人听了，虽然他了解比禽兽为多，知道有人在演讲，但也不知道所讲的是什么，演讲于他是没有什么意义的。假使受过教育的人听了，知道是演讲哲学，就由了解生出了意义。又以各人所受教育有不同，其觉解也有分别，如两人游山，学地质者，必鉴别此山是火成岩抑水成岩；学历史者，必注意其有无古迹名胜。两人同玩一山，因觉解不同，其所生意义也就两样了。

宇宙和人生，有不同的觉解者，其所觉解之宇宙则一也；因人的觉解不同，意义则各有异。这种不同的意义，构成了各人的境界。所以每人境界也是不相同的，这种说法，是介乎常识与佛法之间。佛家说：各人都有自己的世界，“如众灯明，各遍似一”，一室之中有很多的灯，各有其所发的光，不过因其各遍于室中，所以似乎只有一个光。但以常识言：此世界似无什么分别，各个人都在一个世界内，各人的境界虽然不同，但也可以分为四类：

一、自然境界。在此境界中的人，其行为是顺才或顺习的，所谓：“行乎其所不得不行，止乎其所不得不止。”并不了解其意义与目的，无非凭他的天资，认为要这样做，就这样做了。加入经济系的学生，他是因为对经济有兴趣，但并不知道读了经济有什么好处，这是由于顺才。再如入经济学的学生，亦有因为入经济系人多即加入的，原无兴趣关系，更不明白益处所在，看见大家去也就去了，这是由于顺习。《诗经》的诗是当时民间歌谣，作者未必知其价值如何，只凭其天才而为之，也是由于顺才。日出而作、日入而息的人，不知作息之所以，也是由于顺习。他如天真烂漫的小孩，一无所知，亦属自然境界。高度工业化的人，只知道到时上工退工，拿薪水，也可以说是自然境界的。自然境界的人，所做的事，价值也有高低。而他对于价值，并不了解，顺其天资与习惯，浑浑噩噩为之而已。

二、功利境界。在功利境界中的人，其行为是为利的。图谋功利的人，对于行为和目的，非常清楚，他的行为、他的目的都是为利，利之所在，尽力为之，和自然境界的人决然不同，其行为如为增加自己的财产，或是提高个人的地位，皆是为利，为利的人都属功利境界。

三、道德境界。在道德境界中的人，其行为是为义的。义利之辨，为中国哲学家重要之论。孔子说："君子喻于义，小人喻于利。"孟子说："鸡鸣而起，孜孜为善者，舜之徒也。鸡鸣而起，孜孜为利者，跖之徒也。欲知舜与跖之分，无他，利与善之间也。"这个分际，也就是功利境界与道德境界的区别。有人对于义利的分别，每有误解，以为行义者不能讲利，讲利的不能行义。如修铁路、办工厂都是为利，儒家必以为这种事都是不义的。有人以为孔孟之道，亦有矛盾之处，孔子既说"君子喻于义，小人喻于利"，则孔子就不应该讲利。但是，"子适卫，冉有仆"。子曰："庶矣哉。"冉有曰："既庶矣，又何加焉？"曰："富之。"这不是讲利吗？孟子见梁惠王，王曰："叟不远千里而来，亦将有以利吾国乎？"孟子对曰："王何必曰利？亦有仁义而已矣。"足见孟子是重仁义的，但是他贡献梁惠王的经济计划却说："不违农时，谷不可胜食也；数罟不入洿池，鱼鳖不可胜食也；斧斤以时入山林，材木不可胜用也。谷与鱼鳖不可胜食，材木不可胜用，是使民养生丧死无憾也。养生丧死无憾，王道之始也。"这都是讲利的，和仁义是否有矛盾呢？不过要知道，利有公私之别，如果为的是私利，自然于仁义有背，要是为的是公利，此利也就是义了。不但与义不相背，并且是相成的。程伊川亦说：义与利的分别，也就是公与私的不同。然则梁惠王所问何以利吾国，如一般人之视家然，利国即利他自己。这就不是公利了。总之，为己求利的行为，是功利境界。为人求利的行为，是道德境界。

一个人为什么要行义，照儒家说，并没有为什么，如有目的那就是功利境界了。据儒家说，这种境界里的人，了解人之所以为人，认识人之上还有“全”——社会之全。人不过“全”之一部分，去实行对于“全”之义务，所以要行义。这事要附带说明全体和部分的先后，二者究竟孰先孰后，论者不一。以常识言：自然部分在先，有部分，才有全体。像房子，当然要先有梁柱，架起来才能成为房子。梁柱是部分的，房子是全体的，部分在先，似乎很明显。然而细细研究，并不尽然，假使没有房子，梁也不成其为梁，柱也不成其为柱，只是一个大木材而已。梁之所以为梁，柱之所以为柱，是由于有了房子而显出来的，这样讲来，可以说有全体才有部分，则全体在先，亦不为无理。孔孟亦说人不能离开人伦，意亦全体在先。亚里士多德说：“人是政治动物。”其意是：人必须在政治社会组织中，始能实现人之所以为人，否则不能成为人，无异一堆肉，俗谚所谓行尸走肉而已。正像桌子的腿，离了桌子，不能成为桌腿，不过一个棍子而已。所以个人应该对社会有所贡献，替社会服务。但也有人说：个人和社会是对立的，社会是压迫个人自由的。可是在道德的观点来看，便是错误。如果认为社会压迫个人，主张要把人从社会中解放出来的话，无异说梁为房子所压迫，应予解放；但是解放之后，梁即失了作用，不成其为梁了。

四、天地境界。在天地境界中的人，其行为是事天的。天即宇宙，要知道，哲学所说的宇宙和科学所说的宇宙不同。科学的宇宙，是物质结构；哲学的宇宙，是“全”的意思。一切东西都包括在内，亦可称之为大全。在这种“全”之外，再没有别的东西了。所以我们不能说我要离开宇宙，也不能问宇宙以外有什么东西，因为这个宇宙是无所不包的。天地境界的人，了解有大全，其一切行为，都是为天地服务；照中国旧时说：在天地境界的人是圣人，在道德境界的人是贤人，在功利、自然境界的人，那就是我们这一群了。

境界的高低，即以觉解的多寡为标准，自然境界的人，其觉解比功利境界的人为少。道德境界的人的觉解，又比天地境界的人为少。功利境界的人，知道有个人；道德境界的人，知道有社会；天地境界的人，除知道有个人、社会外，还知道有大全。不过他的境界虽高，所做的事，还是和一般人一样。在天地境界的人，都是为天地服务，像《中庸》所说："赞天地之化育，可以与天地参矣。"并非有呼风唤雨、移山倒海之奇能。要知我们的一举一动，都是天地之化育。如了解其是天地化育之化育，我们的行动就是赞天地之化育，否则，即为天地所化育了。像禽兽与草木，因为它不了解，所以为天地所化育了。人如没有了解，也是要为天地所化育。圣人固可有特别才能，但也可以做普通人所做的事。因为他有了解，了解很高深，所以所做的事，意义不同，境界也不同，禅宗说："担水砍柴，无非妙道。"如今公务员如果去担水砍柴，意义也就不同，因为他的担水砍柴是为了抗战，并不是为生活，妙道即在日常生活。如欲在日常生活之外别找妙道，那无异骑驴觅驴了。

总而言之，圣贤之所以境界高，并非有奇才异能，即有，亦系另一回事，于境界的高低无干，无非对于一般人的生活有充分的了解。圣人的生活，原也是一般人的日常生活，不过他比一般人对于日常生活的了解更为充分。了解有不同，意义也有了分别，因而他的生活超越了一般人的日常生活。

所谓一般人的日常生活，就是在他的社会地位里所应该过的生活，照旧时说法：就是为臣要尽忠，为子要尽孝。照现代的说法：就是每个人要站在自己的岗位上做他应该做的事。圣人也不过做到了这一点。有人这样说：人人每天都做些平常的事，世界上就没有创作发明了。也有人说：中国之所以创作发明少，进步比西洋差，是由于儒家提倡平常生活。其实这个批评是错误的。圣人做的事，就是一般人所做的事，但并没有不准他有创作发明。每个人站在岗位上做其应做之事，此岗位如果应该有创作发明，他就应该去创作发明，我们并没有说一个人在岗位上做事不应该创作发明。

以上所说的四种境界，不是于行为外独立存在的。在不同境界的人，可以有相同的行为，不过行为虽然相同，而行为对于他们的意义，那就大不相同了。境界不能离开行为的，这并不是逃避现实，因为现实里边应该做的，圣人一定去力行，圣人所以为圣人，不是离了行为光讲境界。不然，不但是错误，而且是笑话。比如父母病了，我以为我有道德境界，不去找医生，这不是笑话吗？要知道德境界是跟行为来的。没有行为，也就没有境界了。人的境界即在行为之中，这个本来如此，极高明而道中庸者，就是对于本来如此有了充分了解，不是索隐行怪，离开了本来，做些奇怪的事。

人生成功之因素[①]

1946 年 8 月

三种因素——才、力、命

在人生成功的过程中，须具有三种因素，这三种因素配合起来，然后才可以成功。

一、天才。我们人生出来就有愚笨、聪明的不同，而且一个人生出来不是白痴的话，一定会在一方面有相当聪明，而这种生出来就具有的愚笨、聪明，无论什么教育家以及教育制度也不能使之改变。换句话说，教育功用只能使天赋的才能充分地发展，而不能在天赋的才能之外使之成功。这正如园艺家种植种子只能使所种的种子充分发展，而不能在这种子充分发展之外使之增加。

二、努力。无论在哪一方面成功的人，都要努力。如果非常懒惰，而想成功的人，正如希望苹果落在自己嘴里，一样的不可能。

三、命。这命不是一般迷信的命，而是机会，也可以说是环境。如一个人有天赋才能，并且肯十分努力，却仍需遇巧了机会。如果没有机会，虽然有天资，肯努力，也是“英雄无用武之地”了。提到机会环境，常会有人说我们可以创造环境，争取机会，这当然是不错的。不

① 本文是冯友兰在北平夏令营讲学的记录。

过，创造环境，争取机会，却包括在努力之中，而这里所说的机会，乃指一人之力所不能办到的而言。

以上所说的三种因素，可以自中国旧日术语中选用一个字来代表一下：天资可以用“才”字代表；努力可以用“力”字代表；机会可以用“命”字代表。一个人要在某方面获得成功，必得需有相当的才、力与命。一提到命，恐怕会有误解。因为谈到命的时候太多，例如街头算命摆卦摊的谈命，旅馆住的大哲学家谈命，而这里所提到的命，却与他们都不相同。在这里所提到的命，乃是中国儒家所谈之命，是与一般世俗所说的命不同的。

一般世俗所谈的命，是天定的，就是我们人在生前便定下了一生的吉凶祸福。看相算卦可以知道人的一生吉凶祸福，我从来就不相信。据我看，这些都是中古时代的迷信，无论是在哲学上或是在科学上都是不合理的。

孔子、孟子所讲的命，并不是这个意思，儒家所讲的命，乃指人在一生之中所遭遇到的宇宙之事变，而且又非一人之力所可奈何的。再重述一下，创造环境，争取机会是属于努力那方面，与这里命无关，不用再多论。现在还是讨论“命”字。我们人在一生中总会遭遇到非一个人力量所能左右与改变的宇宙之事变。比如说，民国二十六年的事变直到三十四年，经过八年间的抗战，我们才获得最后的胜利。日本人来侵略我们，我们不得已起而抗战。这是非以一人之力所能改变的。更如现在世界战争虽然已经解决，然而仍有许多问题相继发生着。为什么我们生在这么个时代？为什么不晚生若干年，生在未来的大同世界中？此乃命。

以上才、力、命三者配合起来，三者都必要而不同具。也就是成功需要三者配合起来，没有时固不成，有了也不一定成。如同学考试加油开夜车，但也许考不及格，也就是不用功不能及格，而用功，也不一定及格！这道理就是在逻辑学上所谓“必要而不同具”。有些人常说不靠命，那么他又在说创造环境，争取机会了。不过我已重述过，那是属于“努力”方面的。

说起命来，我们活这么大而不曾死了，命就算相当的好。我们要知道人死的机会太多了，在母胎中，也许小产未出世就死去，这个人能成功不？幼童病死，有什么办法？我们经了八年抗战，经过战争、轰炸以及流亡，如今仍能参加夏令营，我们的运气真好得了不得了。

成功的种类与配合成分

以下我们讨论三者配合是否应该相等，也就是三者成分是不是应该每份都是百分之三十三点三。这回答却是不应相等，也不能相等，而是以成功的种类不同而每种成分各有不同。成功的种数不外有三：

一、学问方面：有所发明与创作，如大文学家、大艺术家、大科学家，等等。

二、事业方面：如大政治家、大军事家、大事业家，等等。

三、道德方面：在道德上成为完人，如古之所谓圣贤。

以上列举的三方面，以从前的话来讲，也就是立德、立功、立言三不朽。学问方面的成功是立言，事业的成功是立功，道德方面的成功是立德。除三种之外，也就没有其他的成功了。因为这三种成功的性质的不同，所以配合的成分也就有了多寡。大致说来，学问方面“才”占成分多，事业方面“命”占成分多，而道德方面则是“力”占成分多。

学问方面的成功

学问方面，天才成分占得多。有无发明与创作是不只以得多少分数，几年毕业所能达成的。而且，没有天才，就是怎么用功，也是无济于事。尤其艺术方面，更是如此。所谓“酒有别肠，诗有别才”。有些人致力于作诗，并做到十分的努力，然而他作出诗来，尽管合乎平仄，可是不是诗，那么，他就是没有诗的天资，但也许他在其他方面是可以成功的。

事业方面的成功

事业方面，机会成分占得多。做学问，一人可以做到不需要别的人来帮助，而且做学问到很高深的时候，别人也帮不上忙。孔子作《春秋》，他的弟子们都帮不上忙，李白、杜甫作诗，也没有人能够给他们帮忙，我们更不能帮助科学家来发明，这大都需要他自己去做的。然而，在事业方面，并非一人之力所能达成：

一、需要有许多人帮忙合作。如大政治家治政、大军事家用兵等。

二、需要与别人竞争。如打仗有敌手、民主国家竞选总统，需要有对手。

总结一句话，还是事业方面成功，并非一人之力所能达成。如做一件事，需有多人帮忙，帮助他努力争取，同时，需要对手比他差，才能成功。有时他成，可是遇到的对手比他更成，那时只好失败；有时他不成，可是遇到的对手比他还不成，那时他也能成功。我们从历史上来看，例子很多。比如项羽能力大，偏偏遇到的对手刘邦比他还高明，所以他只好失败。我们看看《垓下歌》：“力拔山兮气盖世，时不利兮骓不逝，骓不逝兮可奈何，虞兮虞兮奈若何!”“时不利兮”，他毫无办法。有些庸才，偏偏成功，史册上很多，不胜枚举。

现在让我提一个故事，纪晓岚《阅微草堂笔记》有这么一段记载：有一个棋迷，有时赢，有时输。一天他遇到神仙，便问下棋有无必赢之法。神仙说是没有必赢之法，却有必不输之法。棋迷觉得能有必不输之法，倒也不错，便请教此法。神仙回答说:不下棋，就必不输。这个故事讲得很有道理。一切事，都是可以成功，可以失败，怕失败就不要做。自己棋高明，难免遇到比自己更高明的对手，则难免失败；自己棋臭，也许遇上比自己棋还臭，臭而不可闻的对手，这时便也可成功，其他事业也是如此。

道德方面的成功

道德方面，努力成分占得多。只要努力，不需要天才，不需要机会，只靠大部努力便能在道德方面成为完人。这是什么道理呢？也就是为圣为贤须如何？很简单，只有“尽伦”。所谓“伦”即是人与人的关系，从前有“五伦”：君臣、父子、夫妇、兄弟、朋友。现在不限定五伦。如君臣已随政体的变动而消失。不过人与人的关系却是永远存在。例如现在称同志，也是人与人关系的一种。为父有其为父应做之事，为子有其为子应做之事，应做的就是“道”。所谓君有君道，臣有臣道，父有父道，子有子道，也就是每个人都有他所应做的事。做到尽善尽美，就是“尽伦”。用君臣父子尽其道来比喻，名词虽旧，但意思并不旧。如果以新的话来讲，就是每个人都应站在他的岗位上，做他应做的事。那么，为父的应站在为父的岗位上做为父应做的事，为子的应站在为子的岗位上做为子应做的事，等等。所以名词新旧没有什么关系，只要意思不旧即可。我们不能为名词所欺骗。有许多人喜欢新名词，听到旧名词“君尽君道，臣尽臣道”等，立刻表示不赞成。若有人以同样意思，改换新名词，拍案大声说：“每个人都应该站在他的岗位上，做他应做的事。”于是他便高高兴兴地表示赞成了。

道德方面的成功，并不需要做与众不同的事。而且，“才”可高可低，高可做大事，低可做小事，不论他才之高低，他只要在他的岗位上做到尽善尽美，就是圣贤。所以道德方面的成功，不一定要在社会上占什么高位置，正如唱戏好坏，并不以所扮角色的地位高低做转移。例如梅兰芳，并不需扮皇后，当丫鬟也是一样。再者，道德方面的成功也与所做的事的成功失败无关。道德行为与所做之事乃两回事，个人所做之事不影响道德行为的成功。如文天祥、史可法所做的事虽然完全失败，但他们道德行为的价值是完全成功的。更进一步来说，文天祥、史可法如果成功，固然是好，但所做的事成功，对他们道德行为价值并不增加，仍不过是忠臣；同时，他们失败，对他们道德行为价值也不减少，仍不失为忠臣。因此道德方面的成功不必十分靠天才，也不十分靠机会，只看努力的程度如何；努力做便成功，不努力做便不成功。这种超越天才与机会的性质，我们称它为“自由”，是不限制的自由，并不是普通所说的自由。“人皆可以为尧舜”，就是这个意思。不过我们不能说“人皆可以为李杜”或“人皆可以为刘邦、唐太宗”。诸位于此，会发生两个误会：

一、道德上成功与天才、机会无关，那么自己不管自己天资如何，同时，也不必认真做自己所做的事，只要自己道德行为做到好处就成了。不过这是错误的。一个人做事如文天祥、史可法做事，尽心尽力到十二分，则虽失败，亦不影响其道德方面的成功，但他们不尽心尽力，失败固非忠臣，成功也属侥幸，因为他们的“努力”程度影响了他们道德方面的成功。

二、立德、立功、立言三者划分，实际上乃为讲解方便，其实立德非另外一事，因为立德是每个人做其应做之事。当然立言的人在立言之时，可以立德，立功的人在立功之时，也可以立德，每个人随时随地都可立德，所以教育家鼓励人最有把握就是“人皆可以为尧舜”，因此立德与立言、立功是分不开的。

论大学教育①

1948 年 6 月 10 日

就常理说，大学的性质是什么呢？大学不是教育部高等教育司的一科。现在政府的人站在官场上，常常说大学是属于教育部高等教育司的，实在不合理。大学不仅只是一个比高中高一级的学校，它有两重作用：一方面它是教育机关，一方面它又是研究机关。教育的任务是传授人类已有的知识，研究的任务则在求新知识——当然研究也需要先传授已有的知识。所以，一所大学可以说是一个知识的宝库。它对人类社会所负的任务用一句老话说就是“继往开来”。古人常说“一物不知，儒者之耻”。但是现在已经不是这样，学问已专门了，所谓专门是对某种学问的一点特别精通；事实上对于各种学问都专门的人恐怕没有，也没有人这样想，如果有，那个人一定是精神有问题。但是这句话可以改为“一事不知，大学之耻”。一所大学对它所在的那个时代所有的知识，都应该有人知道。从前常说三家村有一位教书先生，他就是那一村的知识顾问，凡是那一村的人在知识上有了问题都请教他，看他怎么说。现在一所大学站在世界或国家的立场，也是一个知识顾问，也可说是专家集团。国家社会在知识上的问题，都可以找它来解决，如同找三家村的先生一样。战前中山大学才成立的时候，派人来平买书，琉璃厂书铺的人问他要什么书，他回答说“只要是书就要”。这话很有道理，一所大

① 本文是冯友兰在清华大学自治会举办的教育系统演讲会上的演讲。

学什么书都应当有，不管它是哪一方面的。因为这种性质，所以一所大学不能是教育部高等教育司的一科。严格说，一所大学应该是独立的，不受任何干涉。现在世界的学问越进步，分工越精细。对于任何一种学问，只有研究那一种学问的人有发言权，别人实在说来不能对专门知识发言，因为他没有资格。每一部分的专家如何去研究？研究什么？他不能叫别人了解，也不必叫别人了解；他们研究的成绩的好坏，只有他们的同行可以了解，可以批评，别人不能干涉。所以国家应该给他们研究的自由。因此，一所大学也可说是独立的，“自行继续”的团体。所谓“自行”就是一所大学内部的新陈代谢，应该由它自己决定、支配，也就是由它自己谈论、批评，别人不能管。所以说大学不仅只是一个比高中高一级的学校。

大学不是职业学校，不只在训练职业人才。职业学校训练出来的人，按理说一定有事情做——现在的社会一切都是乱的，自然不同。而大学就不同，它训练出来的人自然有些是做事的，而大多数是没有事情可做。望文生义，我们可以知道工学院毕业的人干工业，政治系毕业的人干政治，然而学哲学的干什么呢？世界上有各种职业学校，就是没有“哲学职业学校”！所以大学不同于职业学校。人类所有的知识学问对于人生的作用，有的很容易看出来，有的短时间甚至永远看不出来。就世俗说有些学问是有用的，有些学问就没用；可是一所大学就应该特别看重这些学问，因为有用的学问已有职业学校及工厂去做了。“红”的、有出路的学问大学应该研究；而“冷僻”的、没有出路的学问，大学更应该研究。它所研究的不应问对“吃饭”“穿衣”有什么用处，因为人类不只是吃饭穿衣就够了。

大学不是宣传机关，它不在宣传哪一种政治上的主义以及作用。方才说过大学是专家集团，当然对于任何政治理论都讲，但不是宣传哪一种主义；只要它能成为一种学问、一种知识，就可以研究它。

上面已经说过，大学既是教育机关，又是研究机关，但是它所教育出来的人是什么样呢？简单说来，它所训练出来的人也有特殊机能。但只有特殊机能还是不够；所谓“特殊机能”就是“器”，如茶杯可盛水，凳子可坐；人如只有机能他就是一个“器”。职业学校的毕业生就是器，或者说他是大器，但无论如何大总是一个器。孔子说“君子不器”，现在可以说人不只是一个器。此处所谓“人”是合乎理想的人，不只是一个肉体的人。他不同于器；器是一种工具，别人可以利用它达到某种目的。一个人不是工具，除了有专门才能贡献人类外，他还是一个“人”。“人”是什么？如何成为一个“人”？所谓“人”，就是对于世界社会有他自己的认识、看法，对已往及现在所有有价值的东西——文学、美术、音乐等都能欣赏，具备这些条件者就是一个“人”。所以大学教育除了给人一专知识外，还养成一个清楚的脑子、热烈的心，这样他对社会才可以了解、判断，对已往、现在所有的有价值的东西才可以欣赏。有了清楚的脑、热烈的心以后，他对于人生、社会的看法如何，那是他自己的事，他不能只在接受已有的结论。一个学校如果这样做，那就成了宣传，训练出来的人也就成了器。这是职业生和大学生不同的地方。

大学既是专家集团、自行继续的团体，所以一所真正的大学都有它自己的特点、特性。比如我们说清华精神，这就是自行继续的专家的团体的特性。至于它的特性是什么，我们用不着说，因为不是讨论清华精神的。由于一所大学所特有的特性，由哪一所大学毕业的学生，在他的脸上就印上了一个商标、一个徽章，一看就知道他是哪一所学校的毕业生，这样的学生才是一个真正的大学生。教育部的人特别不了解这一点，认为大学是属于高等教育司的一科，彼此没有分别，不管什么事就立一个规章令所有的大学照办。比如一所学校应有的组织，有什么职员，全是一样。所有的大学硬要用一个模型造出来，这就是不了解大学是一个自行继续的专家的团体，有其传统习惯，日久而形成一种精神特点。

中国哲学对未来世界哲学做出的贡献

1948 年

本世纪初以来，中国的社会、政治局面尽管看来混乱，可是中国的精神生活，特别是哲学思维，却有了伟大的进步。这并不出人意外。中国的混乱，是中国社会性质由中世纪向现代转变的一个方面。在这场转变中，造成了新旧生活方式之间的真空，传统的生活方式已经古老废弃，新的生活方式仍然有待于接受。这样的真空，十分不便于实际日常生活，但是很有利于哲学，哲学总是繁荣于没有教条或成规约束的人类精神自由运动的时代。

在转变时期，过去的一切观念、理想，都要重新审查，重新估价，在这点上一律平等，哪个也不能要求比别个具有更大的权威。进行重新审查、重新估价的人是哲学家，他由此达到的观点，要比自限于单一思路的人高得多。

在中国现在进行的转变中，哲学家们特别幸运，因为自本世纪初以来，他们重新审查、估价的对象，不仅有他们自己的过去的观念、理想，而且有西方的过去和现在的观念、理想。欧洲、亚洲各个伟大的心灵所曾提出的体系，现在都从新的角度，在新的光辉照耀下，加以观察和理解。随着哲学中新兴趣的兴起，老兴趣也复兴了。在这种形势下，如果当代中国思想竟无伟大的变革，倒是非常可怪了。

变革已经发生，速度很快。许多观点已经表达出来了，只是又被后来的观点取而代之。后来的观点则是更多地研究和理解西方哲学的结果。我自己的观点也会被取而代之，虽然如此，我还是把它表达出来，说明中西哲学如何可以互相补充，以及在这种互相补充中，中国思想如何对未来世界哲学可以有所贡献。我只讲两点：一点是哲学使用的方法，一点是由哲学达到的理想人生。

中西哲学必有某种根本的相似之点，否则就没有理由把它们都叫作哲学。分析它们的相似之点时，我基本上限于它们的形上学学说，或限于有形上含义的认识论学说，因为只有在这里最容易对中西哲学进行比较。在西方哲学中我提出两个主要传统，柏拉图传统和康德传统，以供讨论，并与中国哲学中两个主要传统，儒家传统和道家传统，进行比较。柏拉图传统和儒家传统，代表着形上学中可以称为本体论的路子；而康德传统和道家传统，就其形上学或其哲学的形上学含义而论，代表着可以称为认识论的路子。有一点强烈地吸引着我，就是，尽管形上学的目的是对经验做理智的分析，可是这些路子全都各自达到“某物”，这“某物”在逻辑上不是理智的对象，因而理智不能对它做分析。这不是因为理智无能，而是因为“某物”是这样的东西：对它做理智的分析就陷入逻辑的矛盾。

本体论的路子，开始于区别事物的性质与事物的存在。正如柏拉图学说的当代解释者乔治·桑塔耶纳所说：“像公理一样自明的是：事物若没有性质就没有存在；只有有某种性质的事物才能存在。但是存在就有变化，或有变化之虞；事物能够变形，或换句话说，事物可以丢掉一个本质而拾起另一个本质。”这个路子展现出关于本质的逻辑同一性和永恒性，这些当然都是理智的对象。但是，拾起本质、丢掉本质的那个“存在”又是什么？理智在分析某一事物时将其性质一一抽出，抽至无可再抽，只觉得总还剩下“某物”，它没有任何性质，但是具有任何性质的事物都靠它才存在。

这个“某物”，在柏拉图学说中叫作“买特（Matter）”；柏拉图说它“能接受一切形式”，所以，“不可以有形式”。“买特”不可分析，不是因为理智无能，而是因为凡是可以分析者一定具有某种性质。凡是具有性质者就不是叫作“买特”的“某物”了。

有些哲学家不喜欢柏拉图这个“买特”概念，想说“事件”或

"物质"，在作为"材料"的意义上，才是宇宙最后的存在。但是这样的想法不是严格的理智分析。我得说，这些哲学家是错在把某些代表实际科学知识的实证观念，当成最后的了，这些实证的观念不是逻辑分析得出的形式的观念。"事件"或"材料"不过是另一类的事物，还需要进一步的分析。即使接受"事件"的说法，可是一个事件或一块材料又得分解为无性质的"某物"加上某性质。

中国哲学中的儒家，从它最初之日起，就尊重"名"，认为名代表人类行为的原则或德性的本质。儒家学说这一方面的形上学含义，在朱熹的体系中发挥至极。朱熹体系成为中国正统的国家哲学，是从十三世纪起，到二十世纪初辛亥革命将帝制连同国家哲学一起推翻为止。若将朱熹的形上学体系与柏拉图的形上学体系加以比较，就会对这两位伟大哲学家的相似之处有很深的印象。不过，朱熹并不认为实际世界只是理（Ideas）的不完全的摹本，而毋宁是理的具体实现。在这方面，朱熹是沿着柏拉图的伟大门徒亚里士多德的路线活动的。

正像本体论的路子开始于区分事物的形式和质料，认识论的路子区分知识的形式和质料。后者正是康德所做的事。照康德说，知识的形式，如时间、空间，以及传统逻辑讨论的诸范畴，都是人的认识能力中固有的。靠这种能力人能够有知识。但是人的知识所包括的仅仅是其形式之内的东西，因而与形式混合在一起，不能分开。在理想中与这些形式有区别的东西可以叫作知识的质料，但是它究竟是什么，人不得而知。这就是康德所说的"自在之物"，或"本相"（Noumenon），人不能知道它，人只能知道"现象"（Phenomenon）。人不能知道"自在之物"，并非因为人的智力不足，而只是因为，如果叫作"自在之物"的东西当真可知，它就必然也只是另一个现象，而不是"自在之物"。

因此，康德主张，有个"界线"存在于知与未知之间——未知的意思不是尚未知，而是不可知。康德说，界线"看来就是占满的空间（即经验）与空虚的空间（我们对它毫无所知，即本相）的接触点"。他继续说，"不过，既然界线本身是一个肯定的东西，它既属于在它里边所包含的东西，又属于存在于既定的总和以外的天地，因此它也仍然是一个实在的肯定认识，理性只有把它自身扩展到这个界线时才能得到这种认识，但不要打算越过这个界线”。

就一个方面说，中国哲学中的道家与康德之说相同。道家也区分可知与不可知。儒家认为，名代表原则或本质，原则或本质是实际世界中事物的标准；道家则以为，名代表主观的区别，主观的区别是人类智力造成的。“名言”这个名词是道家常用的。“言”是语言，用“名言”这个名词，道家将“名”归结为语言的事，这就必然与知识相连。人的知识只能通过名言。但是名言背后、名言之外，是什么呢？那就是“某物”，它在原则上，根据定义，是不可知的。用康德的术语说，那个某物在界线的彼岸，可以描述为“虚”（Void）。这恰好说是道家用来描述界线彼岸的词。道家惯于将界线彼岸描述为“无”，意思是 Not-being，为“虚”，意思是 Void。

我只说是一个方面道家与康德相同，在另一个方面道家则与康德不同。在伦理学或康德称为道德形上学方面，他十分吻合儒家，特别是他的“无上命令”之说及其形上学基础，更为吻合。但是专就区分可知与不可知而论，康德与道家十分吻合。

但是，即使在这一方面，他们之间也有很大差别。康德似乎看到，靠纯粹理性的帮助，没有越过界线的道路。在他的体系中，不论纯粹理性做出多大努力去越过界线，它也总是留在界线的此岸。这种努力有些像道家说的“形与影竞走”。但是看来道家却用纯粹理性真的越过界线走到彼岸了。道家的越过并非康德所说的辩证使用理性的结果，实际上这完全不是越过，而毋宁是否定理性。否定理性，本身也是理性活动，正如自杀的人用他自己的一个活动杀他自己。

由否定理性，得到道家所说的“混沌之地”。若问：由否定理性，是否真正越过了界线？此问没有意义。因为照康德与道家所说，这个界线是理性自己所设。随着理性的否定，也就不再有要越过的界线了。在事实上，越过界线就是取消界线。若问：越过或取消界线之后，有何发现？此问亦没有意义。因为照康德与道家所说，辨认一物不过是理性的功能。随着理性的否定，也就无所谓辨认了。

在道家看来，康德常用的“自在之物”这个名词，是一个十足误人的名词，因为它有肯定的意义，给人以错误的印象，好比说，我面前这张桌子只是一个假象，真正的桌子却在它的背后，那才是“自在之物”。当然，越过界线的东西不能用像“桌子”这样的词来描述，但是也不能用像“真正的”这样的术语来指称。它只能用否定的名词来表示。最后，连这个否定的符号也必须自身否定之。因此，谁若对道家有正确的理解，谁就会看到，到了最后就无可言说，只有静默。在静默中也就越过界线达到彼岸。这就是我所谓的形上学的负的方法，道家使用得最多，禅宗也使用它。禅宗是在道家影响之下在中国发展起来的佛教的一介宗派。

换句话说，描述，在根本上，是知识和理智的任务，但是在界线彼岸的东西根据定义是在知识和理智之外。想要描述彼岸的东西，就是想要用语言说出不可能也不应该用语言表达的东西。不能说它是什么，只能说它不是什么。这就是负的方法的精髓。

从知识和理智的观点看，负的方法表达的是否定的观念，一个 X，一个表示人所不知的东西的符号。如果它也算是观念，就只是否定的观念。但是在越过界线时，连否定的观念也要放弃。一旦已经越过了界线，人就不仅没有“否定的观念”，而且没有“否定”的观念。

在这里，我们得到真正的神秘主义。从道家和禅宗的观点看，西方哲学中虽有神秘主义，还是不够神秘。西方的神秘主义哲学家大都讲上帝，讲人与上帝合一。但是上帝，既然全知全能，实质上就是一个理智的观念。人只要还有一个或多个理智的观念，就还在“界线”的此岸。

另一方面，逻辑分析的方法，我称之为形上学的正的方法，在中国哲学中从未充分发展。例如，朱熹的体系中，其推理的结论虽与西方哲学中的柏拉图学说有很多相似之处，其辩论和证明则远远不够充分。道家反对知识和理智，所做的辩论和证明也是如此。在这一方面，中国哲学家有许多东西要向西方学习。

过去二十年中，我的同事和我，努力于将逻辑分析方法引进中国哲学，使中国哲学更理性主义一些。在我看来，未来世界哲学一定比中国传统哲学更理性主义一些，比西方传统哲学更神秘主义一些。只有理性主义和神秘主义的统一才能造成与整个未来世界相称的哲学。这是我想在此肯定的第一点。

也许要问一个问题：所谓越过“界线”，对人生会有什么实际效果？这个问题的答案，将我引到我的第二点，它涉及由哲学达到的理想人生。

像印度哲学许多派别那样的哲学会说，人达到不可言说、不可思议之境，便与所谓绝对实在同一，这种同一的状态叫作“涅槃”。人一达到涅槃，便能解脱“个人不死”。个人不死，西方的人以为乐，印度传统以为苦，中国哲学不如此极端。按中国传统，越过界线的实际效果，是提高我想称为的人的生活境界，以改进人生。

我在《新原人》一书中曾说，人与其他动物的不同，在于人做事时，能理解他在做什么，并能自觉他正在做它。他在做的事对于他的意义，正是这种理解和自觉给予的。由此给予他各种不同活动的各种不同意义，这些意义的整体，构成我所称的他的生活境界。

不同的人可以做相同的事，但是根据他们不同程度的理解和自觉，这些事对于他们可以有不同的意义。每个人各有他自己的生活境界，与其他任何人的都不完全相同。不过，撇开这些个人的差异，我们可以将各种不同的生活境界划分为四个概括的等级。从最低的说起，它们是：自然境界、功利境界、道德境界、天地境界。

一个人可以单纯地只做他的本能或其社会风俗习惯引导他做的事。像儿童和原始人，他对所做的可能并不自觉，或对他正在做的并无很多理解。这样，他所做的事，对于他若有意义，也是极少。他的生活境界，我称为“自然”境界。

或有人可能意识到他自己，做一切事都是为了他自己。这不是说他一定是不道德的人。他可以做某些事，其后果是利他，其动机是利己。他所做的一切对他自己都有功利的意义，他的生活境界，我称为“功利”境界。

再有人会进而理解，有社会存在，他是社会的成员。社会构成整体，他是这个整体的一部分。照这种理解，他做一切事都是为了社会利益，以道德命令为无上命令。在道德一词最严格的意义上，他是真正道德的人，他所做的是道德行为，他所做的一切都有道德的意义。因此，他的生活境界，我称为“道德”境界。

最后有人进而理解，在作为整体的社会以外，还有更大的整体，这就是宇宙。他不仅是社会的成员，同时还是宇宙的成员。本这种理解，他做一切事都是为了宇宙利益。他理解他做的事的意义，自觉他正在做他做的事这件事。这种理解和自觉为他构成更高的生活境界，我称为“天地”境界。

这四种生活境界，前两种是实是的人的产物，后两种是应有的人之所有。前两种是自然的赐予，后两种是精神的创造。自然境界最低，接着是功利境界，然后是道德境界，最后是天地境界。其所以如此，是因为自然境界几乎不需要理解和自觉，而功利、道德境界则需要多一些，天地境界需要最多。道德境界是道德价值的境界，天地境界是可以称为超道德价值的境界。

按照中国哲学的传统，一般地说哲学，特殊地说形上学，其功用是帮助人达到精神创造的那两种生活境界。天地境界必须看成哲学境界，因为若非通过哲学得到对宇宙的某种理解，就不可能达到天地境界。但是道德境界也是哲学的产物。道德行为并不单纯是符合道德律的行为，道德的人也不是单纯养成一定的道德习惯的人。他的行为，他的生活，必须含有对相关的道德原则的理解；否则他的生活境界简直可能是自然境界。哲学的任务就是给予他这种理解。

在中国哲学中，道家强调在最高的生活境界中可能有的快乐和幸福。但是在儒家看来，提高人的生活境界到最高境界，不光是个快乐和享受的问题，而是实现人之所以为人者。一个人，作为某种特殊一类的人，例如工程师或政治家，可能是完人，而作为人则可能不是完人。只有在最高的生活境界中，人才是完人。哲学的功用是训练人成为完人，完人的最高成就，是与宇宙合一。

但是宇宙不能是理性的对象。在哲学中我们称为宇宙者是一切存在的总体，它相当于道家所说的“大一”。照他们所说，由于大一是一，所以不可言说、不可思议。当我们说“大一”时，已经是二了：一个是所说的大一，一个是说大一的说。

用现代逻辑的话说，当我们思一切存在的总体时，我们是在反思，因为我们是要把我们自身和我们的思都包括在总体之中。但是当我们思总体时，在我们思中的总体在逻辑上就不包括思总体的这个思。所以，我们所思的总体不是一切存在的总体。严格地说，一切存在的总体，是思想的一个观念，但是那样的观念，将欲得之，必须失之，而将欲失之，必先得之。

在《理想国》中，柏拉图说，哲学家必须从感性世界的“洞穴”提高到理智的世界。如果哲学家在理智世界，也就是在天地境界。可是生活在天地境界的人，其最高成就是他自身与宇宙同一。刚才我们说过，宇宙不能是理性或理智的对象。所以，人自身与宇宙同一时，人也就否定理智，这与“越过界线”的情形相同。

个人与宇宙同一，在斯宾诺莎学说中是对上帝的理智的爱。他也似乎说上帝是一切存在的总体。但是如果上帝真是一切存在的总体，它就不能是爱的对象，正如它不能是理性的对象。人不可能爱它，除非人自身与它同一。这个同一，必须由否定理智来完成，因为只有否定理智，人才能实现与不能是理智或理性的对象者同一。可是这个同一就是理智的爱，因为理智的否定本身就是理智的活动，斯宾诺莎没有把这一点讲清楚。

“越过界线”的人，化入“混沌之地”。但是这个化，必须经过理性而否定理性来实现。否则所得的生活境界不是第四种，而是第一种，不是最高，而是最低。在一种意义上，赤子处于威廉·詹姆士称之为纯粹经验的状态，也是生活在“混沌之地”。但是赤子并未化于那里，只不过是在那里。赤子生活在自然境界，自然境界是自然的赐予，不是精神的创造。为什么在越过界线之前，必须对界线有清楚的理解，道理就在此。为了消除理性，必须充分运用理性。为什么真正的神秘主义之前必须有真正的理性主义，为什么负的方法必须结合正的方法，道理就在此。

主张否定理性的哲学，看起来似乎一定是出世的。并非必然如此，虽然一个真正的哲学不可能仅只是入世的。它是出世的，在于试图消除人的自私和卑鄙，但是这不必意味着排除对世间日常事务的兴趣。一个真正的哲学既是出世的，又是入世的，强调在人类生活的日常事务中实现最高的生活境界。

实现这个实现，是中国哲学传统的主要目的和主要问题。在我的《新原道》（一种中国哲学之精神）一书中，曾力求说明，这个问题一直是中国哲学进展的中心，从孔子时代直到现在。

天地境界中的人，中国哲学称之为“圣人”，圣人并不能做出奇迹，也无须试做。他做的事不多于常人，但是具有较高的理解，他所做的就有不同的意义。换句话说，他在“明”的状态中做他做的事，别人在“无明”状态中做他们做的事。这是他的理解的结果，构成最高的生活境界，由他在人生日常行事中实现之。按照中国的传统，这就是由哲学实现的理想人生。

中国哲学对人生启示的就只是这个公开的秘密。它不过是将人生当作一个自然的事实，努力在精神上改进它，以求使之尽量的好。这里并非简单的是一套道德说教或宗教教条，如有些人设想的。这里是一种年代久远的尝试，要改变日常生活的意义和价值，使之具有在最好意义上的最高价值。这说明为什么通贯中国历史，哲学能指导精神生活而毫无超自然主义，又能指导实际生活而不低级庸俗。中国若能对未来世界哲学做出贡献，那就是这个公开的秘密：就在日常生活之内实现最高的价值，还加上经过否定理性以“越过界线”的方法。

向警予
(1895—1928)

生平简介

向警予（1895—1928），原名向俊贤，湖南省溆浦县人。中国共产党早期创始人之一，无产阶级革命家，妇女解放运动领导人之一。自幼接受新式教育，十五岁在常德读书时，就与丁玲的母亲余曼贞结拜姐妹，一起对天起誓要“振奋女子志气，励志读书，男女平等，图强获胜，以达教育救国之目的”。1912 年起先后在湖南省立第一女子师范学校、周南女校读书，其间结识她后来的丈夫、革命伴侣蔡和森。1916 年毕业后回到家乡，克服重重困难，在县城西街文昌阁创办了男女合校的溆浦小学堂，并担任校长，聘请进步青年任教员。学校在她的主持下，传授新知识，提倡新风尚，宣传新思想，陆续培养了不少人才。1918 年参加毛泽东、蔡和森在湖南发起成立的新民学会。1919 年与蔡畅等组织湖南女子留法勤工俭学会，为湖南女界勤工俭学运动的首创者。1919 年赴法国勤工俭学。1921 年底起程回国，次年加入中国共产党。在党的二大、三大、四大上当选为中央候补委员、中央委员，四大后增补为中央局委员，是党的第一位女中央委员和第一任妇女部长。1923 年领导上海丝厂和烟厂的女工罢工。1925 年去苏联莫斯科东方共产主义者劳动大学学习。1927 年 3 月回国，大革命失败后在武汉坚持斗争。1928 年 3 月 20 日因叛徒出卖在汉口法租界被捕，敌人对她进行严刑拷打，但她始终坚贞不屈，于五一国际劳动节被反动派残酷杀害，年仅三十三岁。

勤工俭学是学生自立的基础[①]

1919年12月

中国今日之种种事业，其希望均在学生；而学生中分子不能完全，希望学生界此后宜渐趋纯粹。寰球中国学生会实指导学生入正轨之绝好机关。所最钦佩者，会内办事诸君均有真实之诚意，对于吾人之扶助不遗余力，虽琐碎之事莫不详为指导，令人敬慕无已！

今日到会者，均系勤工俭学学生，比较普通学生略有不同。处今日之世界，应各有自立之能力。勤工俭学即自立之实习，亦即自立之基础。此去应各振精神，以谋各个人自立之职业。且吾人之求学，宜抱贡献于人群之宗旨，以谋振刷东方民族之精神，亦吾人应注意也。

① 本文是向警予在欢送第八届留法勤工俭学学生会上的演讲。

召开国民会议，促进女权发展[①]

1924 年 12 月

今天主席教我来说明本会宗旨，我现在先要说为什么要组织这个上海女界国民会议促成会，和这个上海女界国民会议促成会要做些什么事。

为什么要组织上海女界国民会议促成会？中国这次政变，一方面顽强的直系军阀完全瓦解，同时一方面战胜的反直军阀不敢摆出他们的真面孔来。这样看来，可知人民政治的潮流日长。我们中国目下，有两个趋势：一个趋势是人民乘势奋斗，成为人民政治；一个趋势就是人民坐失机会，让军阀专政，那么军阀的势力仍复会巩固起来像袁世凯的时候一样。假使第一个趋势成功，自然人民的幸福有希望；不然，那种种的战争杀戮、奸淫掳掠，一样地会要临到我们人民头上来。但是要人民政治成功，先要人民自己努力，所以无论男女，通通要起来奋斗。不过奋斗没有组织和武器不行，国民会议便是这奋斗的组织和武器。

上海女界国民会议促成会做什么事？国民会议既是人民奋斗的组织和武器，我们女子占全国国民二万万，对于国民，也有责任，当然也有利用这组织和武器的必要。本会的目的在促成国民会议，和参加妇女独立的团体于国民会议，并且还要使男女人民团体做国民会议的主体，但是还有疑点——参加后又做什么？

---

① 本文是向警予在上海女界国民会议促成会成立大会上的讲话。

代表全体人民提出政治要求。我们中国的乱源在军阀的专政，所以要废督裁兵。我们中国已经不是个独立国，实在因为前清以来和外国订了一些不平等的条约，所以要废除不平等条约。

代表全体妇女提出本身要求。我们妇女现在的痛苦，真是三年六个月都数不尽。女子在社会上是没有地位的；女子没有财产权；女子没有继承权；女子的结婚、离婚不能自由；女子的职业不能和男子平等；女子没有参政权，所以没有法律地位……总而言之，这些举的不过是一点大要——经过这次国民会议，一切不平等法律，通通要废除，重新订立男女平等的法律，并且还要特别助进女权的发展。但是这些事情不是少数人所能办到的。今天来宾很多，希望能够将本会的宗旨和主张竭力宣传。至于在座的诸位姊妹，希望踊跃地来加入，使本会成为轰轰烈烈的组织，促成国民会议，改造中国，使女子成为独立的人，享自由的幸福。

女国民大会的三大意义

1925 年 3 月 22 日

今天是女国民大会开会的日子。这个大会不独在上海地方是一件大事，就是在全中国的历史上也是一件大事。因为这个大会含有三个极重大的意义：

第一，这个大会是为全中国妇女争普遍的权利、普遍的地位，不是为少数妇女争特别权利、特别地位的。本来女权运动的真正意义也就是为全体妇女争普遍的权利、普遍的地位。但是有一班人他们完全没有理会到这个意思。他们把女权运动看作少数女子做官、做议员的运动。其实少数妇女做官、做议员的运动只能叫个人活动，并说不上女权运动。因为少数女子的做官、做议员，只是少数妇女本身的特权，未必能干全体妇女有什么利益。比如唐朝的武则天，以一个女子的身份居然南面称孤，贵为天子，富有四海。她的威权是何等重大，她的地位是何等高贵！但是在她统治底下成千成万的妇女究竟得到什么好处呢？还不是一样地做奴隶，做玩物！所以我们绝对不能把武则天做皇帝的事，看作女权运动。如果武则天能在做皇帝的时候做几件提高全体妇女地位的事，能为全体妇女争普遍的权利；如果她下一道圣旨：从今以后男女在社会上的地位一律平等，女子应有参与政治的权柄，女子应同男子一样地承继父亲的财产。如果她这样的，我们才可以完全肯定地说武则天做女权运动，并可以说武则天是顶呱呱的女权运动领袖。所以今日大会第一个重大的意义，是为全体妇女争普遍的权利、普遍的地位，而不是为少数妇女争特别的权利、特别的地位。

第二，今日大会是对付一切摧残女权的恶制度、恶势力，而不是女子对付男子。我们该知道摧残女权的并不是男子，是社会一切恶制度和恶势力。如果恶势力、恶制度不铲除，我们的女权就永远不能伸张。所谓恶制度、恶势力究竟是些什么呢？扼要点说得有两种：第一是外国帝国主义，第二是军阀。中国社会有了这种恶制度、恶势力的存在，所以不独女子没有女权，就是百分之九十以上的男子也并没有得到民权。我们的权到哪里去了？直截了当地说，完完全全在帝国主义和军阀的手里。所以我们要争女权也应到军阀和帝国主义手里去争。所以今日大会第二个重大意义是对付一切摧残女权的恶制度、恶势力，绝不是无的放矢地对付男子。

第三，今日大会不是狭义的女权的运动，而是在普遍的民权运动里去争女权的运动。因为女权运动本是民权运动的一部分，有了民权运动才有女权运动，女权运动绝对不能离开民权运动而独立。就历史说，中国之女权运动发生于民国初元。民权运动最盛之时，女权运动也跟之极盛。随后袁世凯上台，民权运动衰落，女权运动亦跟着衰落。这些都证明女权运动是不能离开民权运动而独立。而且也只有在普遍的民权运动里面才能争得真正的女权。为什么？前面已经明白说过了。摧残女权的恶制度、恶势力，就是帝国主义与军阀，而帝国主义和军阀总是民权的死敌。民权运动的唯一目的就是要反抗帝国主义，打倒军阀。所以我们要争回女权，只有在普遍的民权运动里面去争。这就是今日大会第三种重大的意义。

现在普遍的民权运动就是国民会议运动么？我们大家都知道国民会议是人民从帝国主义、军阀手中夺回政权，根本解决国事的一种武器。但是，国民会议运动到了现在，究竟成了一个什么样子呢？自从段祺瑞上台以后，他口里虽说与天下相见以诚，骨子里毫无解决国事的诚意。他绝对不容纳人民的意见。他命法制院起草的国民会议条例案不独不许国民会议解决外交、军事、财政各重要问题，而且连起草宪法的权柄都被他夺去。在他的意思是只要国民会议的议员对他颁定的宪法草案举一举手，举手完了就请你们一齐滚蛋！这样还以为未足，所以他又在草案上立了一些很巧的名目，将大多数人民轻轻飘飘地一笔撇开。二万万女国民当然更不在眼里。所以他在草案的第十四条和四十八条上明文规定女子没有选举国民会议议员的权柄，也没有被选作国民会议议员的权柄。至于我们妇女团体派代表参加国民会议的要求他竟然睬也不睬。姊妹们！试想这个条例我们如果不起来反对，不要求修正，我们女子还有人格吗？我们女子还配算国民吗？我们女权还有伸张的一日吗？我们今日所以开这个大会，就是为的反对国民会议条例，修正国民会议条例！我们要贯彻我们向来的主张：女子不独应有与男子同等的选举和被选举权，而且要在国民会议条例上明文规定妇女团体的代表应参加国民会议！因为不是这样，我们妇女的普遍权利、普遍地位是没有方法可以争回、可以提高的。

姊妹们！今日到会的妇女在上海全体妇女比例中虽然是少数，在全国妇女比例中虽然尤其是少数，然而我们少数人的呼声就是代表全中国妇女的呼声。少数人的意志就是代表全中国妇女的意志。我们少数人所要求的就是全中国妇女的普遍的权利、普遍的地位。我们的责任是何等重大啊！我们在今天这个大会，应抖擞我们的精神，对于国民会议条例做有力的反对。我们要一个肩膀担负力争女权的重担，一个肩膀担负力争民权的重担。一面力争妇女在国民会议中的地位，一面就是促成人民代表的国民会议。所以今日的会议，可以叫作力争女权的会议，也可以叫作力争民权的会议，同时也就是上海女国民的救国会议。

争取中国妇女的自由与平等[①]

1925 年 5 月

警予以女界一分子参加中国妇女协会成立大会，中国妇女协会中重要领袖皆系贵族妇女，即主席康先生所谓“名闺才媛”之流也。贵族妇女每每只知坐汽车、吃大菜、叉麻雀、逛游戏场，而诸先生能着眼到妇女运动，着眼到社会国家的问题，警予不觉异常感动，以为诸先生是贵族妇女中的特别人物，不揣冒昧，敢向诸先生提出下列两个极诚恳的希望：

一、诸先生发起的是一个“中国妇女协会”，自然为的中国全体妇女争普遍的利益。要为全体妇女争普遍的利益，但非少数“名闺才媛”所能办到，这是很明显的。我诚恳地希望各位先生不要以为有了几个“名闺才媛”便称满足，要注意群众，时时为群众利益奋斗，并要热切帮助最多数下层最痛苦的工农妇女广大群众。

二、诸先生要知道，妇女运动是求妇女的自由平等，然而在中国民族未达到自由平等以前，妇女绝对不会单独达到自由平等的。上海租界就是全中国的一个缩影。我们 3 月 15 日女国民大会，便因英国工部局干涉开会不成。如果我们只争女权，不管中国民族的生死存亡，那么任上海租界一直扩大到西门、闸北、南市，及至于全中国的领土都要变成了租界，我们简直要变成了朝鲜，两人偶话都要禁止，还想聚众开会

① 本文是向警予在中国妇女协会成立会上的演讲。

吗？连开会的自由都没有了，还说什么女权运动？所以殖民地如印度、安南、朝鲜等只有民族独立运动，没有女权运动。中国是半殖民地，所以还有妇女运动，然而中国妇女运动的大半已经包含在民族的自由平等运动之中了。因此我极热切希望诸先生协同全国被压迫同胞参加民族运动，以求中国民族自由平等者，求中国妇女全体的自由和平等。

全世界劳动妇女互相声援万岁[①]

1926 年 3 月

同志们！我以上海和全中国女工的名义向伏罗涅史州工农妇女表示热烈的感谢！

上海纺织女工是最早起来与中国工人共同进行反对帝国主义和军阀的斗争的。中国工农妇女身受三重压迫：军阀、帝国主义以及家庭和社会的封建残余。然而这些压迫的末日就要来到了。在中国共产党的领导下，中国女工将加入中国无产阶级的行列，消灭外国和中国刽子手的压迫和剥削。苏联工农劳动妇女的光辉斗争是我们的榜样，它鼓舞我们奋斗。

同志们！这面红旗是中国和自由苏联两国劳动妇女团结一致的象征，它鼓舞中国妇女进行斗争。

苏联工农妇女万岁！

全世界劳动妇女互相声援万岁！

世界革命的领袖共产国际万岁！（掌声）

---

① 本文是向警予在共产国际执行委员会第六次全会扩大会议上接受献旗时的讲话。

刘海粟

(1896—1994)

生平简介

刘海粟（1896—1994），名槃，字季芳，号海翁，江苏武进（今属常州市）人。画家、美术教育家。1910年在乡里办图画传习所。1912年11月与乌始光、张聿光在上海创办现代中国第一所美术学校上海国画美术院并任校长，首创男女同校，采用人体模特和旅行写生。1918年到北京大学讲学，并举办第一次个人画展。1920年10月赴日本出席帝国美术学院开幕大典，回国后著《米勒传》《塞尚传》等介绍西洋艺术。1929年3月在蔡元培先生的帮助下，以驻欧特约著作员的身份到欧洲考察美术，其间在卢浮宫临摹塞尚、德拉克洛瓦、伦勃朗等名画，作油画风景、人物写生近三百幅作品，1929年、1930年两次入选法国秋季沙龙。1932年10月回国后，其旅欧作品展览会先后在上海、南京举行。1933年秋第二次赴欧，在德国、荷兰等国发表多次演讲，生动而广泛地将我国传统艺术的特点向欧洲介绍和宣传。两次旅欧的经历，使他获得了空前的声望和荣誉。1940年主持中国现代名画筹赈展览会，并在雅加达、吉隆坡等地展出，卖画收入全部寄给中国红十字会，支援国内抗战。1943年5月被日本特务用飞机押送到上海。1947年在上海“中国艺苑”举行个展。1952年任华东艺术专科学校校长，后任南京艺术学院院长。1981年被意大利国家艺术学院聘任为院士，并获颁赠金质奖章。1991年香港大学授予其名誉博士学位。1994年8月7日病逝于上海华东医院。著有《画学真诠》《存天阁谈艺录》《刘海粟艺术文选》等。

上海美术专科学校二十五周年弁言

1936 年 11 月 23 日

岁月不居，光阴荏苒，本校成立迄今，已垂二十五载矣。回溯本校成立于国祚鼎革之际，鉴于我国文化之衰颓，顺应时代潮流之要求，毅然高揭发扬我国固有文化、融合域外艺学精髓之旗帜，树我全国风气之先声；使命所在，盖以艺术美化群伦，以造就民族之崇高人格，以增强保障生存与抗拒侵略所必需之民族力，以巩固我中华民族复兴之大业。

二十五年来，国人对于艺术之态度，由冷酷而趋于热烈，由盲从而入于鉴赏；而艺术所影响于国家社会者，由局部而至于普遍，由学者名流而达于一般民众，此自我国文化事业时代潮流与夫民族复兴而言，不能不谓一良好形象。而促此现象之实现者，上海美专实居徙突之功。

就艺术本身而言，在过去二十五年间，国际艺坛起一绝大剧变艺术的演进，在比例上，较诸过去三千年间，尤为迅捷与惊人。艺苑现象之复杂，达于空前之境界。溯自印象派崩溃以后，后期印象派与野兽群相继兴起，对于过去艺坛伟迹，因时代思想之不同，艺术潮流之异趋，重新厘定其价值，遂别有一番新鲜面目。欧战而后，各国优秀青年作家各本其自由奔放之活力，以大无畏之精神努力于独特之创作，于是世界艺坛一日数变，有如万花筒之繁富多彩，五光十色，万卉争艳，声势之浩，成就之多，实开艺术史上之新纪元。我国艺术，自魏晋以来，与域外艺术混交后，产生异样光辉之新态，使我国整个艺术，增进充实健旺之拓展力；而在此过去二十五年世界艺坛潮流汹涌澎湃之际，得以吸收欧洲艺坛之新情绪，使与世界潮流相衔接，使我民族艺术又获新鲜滋补，揆诸历史之经验，实属理所当然。吾人于庆祝美专二十五周年纪念之际，对于过去二十五年中从事于我国艺术运动之美专先后同人，不能不有感于衷而致敬意。

过去二十五年中，我中华民族赖革命先烈之牺牲，由昏睡而觉醒，由忍辱而抵抗，由束缚而求解放，此实我民族精神之一大进化。上海美专处此政治多变、国家多难之二十五年中，几无日不在风云谲诡之中，本其苦心孤诣、惨淡经营、百折不回之精神，挣扎苦斗，其于我国新艺术运动之成就，仅及整个艺术史迹千万分之一，其于我国国家社会之功绩，亦仅其本身努力史之一页。今后岁月无穷，吾人所期勖于美专与夫美专所可造就于我国社会文化者，正远且大也。今兹欣逢嘉会，吾人雅不欲过事铺张，仅就实际情形所许，举行下列四事，以资纪念：一、美术展览会；二、音乐会；三、游艺会；四、编辑世界艺术二十五年及本校二十五周年纪念一览。

抑犹有不能已于言者，我国艺术教育，二十五年来尚未有若何显著之发达，固由于客观环境之范围，然艺术界同人之未能尽其最大力量，实难辞其罪责。

今后之发扬普及，尤望美专同人多尽责任，并望社会明达时加督促，则幸甚矣。

傅斯年
(1896—1950)

生平简介

傅斯年（1896—1950），初字梦簪，字孟真，山东聊城人。历史学家、古典文学研究专家、教育家。1913 年考入北京大学预科，1916 年升入本科国文门。曾著《文学革新申义》响应胡适的《文学改良刍议》，提倡白话文。1918 年与同学罗家伦、毛准等组织新潮社，编辑《新潮》月刊。1919 年五四运动期间，为学生领袖之一。是年底赴欧洲留学，先入英国爱丁堡大学，后转入伦敦大学，研究实验心理学、物理、化学和高等数学。1923 年入柏林大学哲学院，学习比较语言学等。1926 年冬应中山大学之聘回国，1927 年任该校教授、文学院长，兼任中国文学和史学两系主任，同年在中山大学创立语言历史研究所，任所长。1928 年受蔡元培先生之聘，筹立中央研究院历史语言研究所。1929 年兼任北京大学教授，讲授“中国上古史专题研究”及“中国古代文学史”。其间先后兼任社会科学研究所所长、中央博物院筹备主任、国民参政会参政员、中央研究院总干事、北京大学代理校长等职。1948 年当选为中央研究院院士。1949 年随历史语言研究所迁至台北，并兼任台湾大学校长。1950 年 12 月 20 日病逝。著有《傅孟真先生集》《东北史纲》《性命古训辨证》等。

考古学的新方法[①]

1929 年 11 月 19 日

今天所讲的题目，诸位大概已经知道了。这个题目，虽然很平常，但是所讲的事实，却是很重要，尤其是研究历史的人应当特别注意。

考古学是史学的一部分，这个部分与其他部分不同，因其与自然界有关；与地质学是不能分开的，如离开了地质学，考古学就失其效用，考古学就根本不能成立的。所以考古学在史学当中是一个独异的部分。

所谓方法，无所谓新旧。所谓新方法，不是在好高，不是在骛远。假定这个方法，用来可以得到新的知识，就是好的方法。若是用来得不到新知识，即不可靠，就不算是好的方法，也就不是新的方法。一时代有一时代的变迁，一时代有一时代的进步，在转换的时候，常有新观念新方法产生。以方法为抽象的东西去讲，本无所谓新旧之分了。

讲到考古学的本身，及考古学的事情，须注意下列各点：一、历史这个东西，不是抽象，不是空谈。古来思想家无一定的目的，任凭他的理想成为一种思想的历史——历史哲学。历史哲学可以当作很有趣的作品看待，因为没有事实做根据，所以和史学是不同的。历史的对象是史料，离开史料，也许成为很好的哲学和文学，究其实与历史无关。二、古代历史，多靠古物去研究，因为除古物外，没有其他的东西作为可靠的史料。我国自宋以来，就有考古学的事情发生，但是没有应用到历史

① 本文是傅斯年在河南中山大学发表的演讲。

上去；盖去古愈近，愈与自然界接近，故不得不靠古物去证明。

古代史的材料，完全是属于文化方面，不比现代材料，多可注意于人事方面，因为文化史，特别是古代史的着意点，不是单靠零碎的物件，一件一件地去研究，必定有全部的概念方可。用一件一件的东西去研究，固然有相当的结果，所得究竟有限，况其物的本身，间有可怀疑之处，所以应当注重整个的观念。譬如在两千年后，在地下掘得现在所用的火柴，各处有各样不同的见解，就是所代表的文化不同；在欧洲是表示文化的发明，在中国是表示文化的接触，在南洋群岛是表示文化的进步。同属一物，在各处所表现的意义，就各不相同；如后来不以全体的观念去研究，就不能得到很多的意义和普遍的知识。所以要用整个的文化观念去看，才可以不至于误解。

我们大概都可以知道，古代历史多不可靠，就是中国古史时期，多相信《尚书》《左传》等书，但后来对于《尚书》《左传》，亦发生怀疑，不可信处很多很多，于是不能不靠古物去推证。中国最早出土的东西，要算是钟鼎彝器了。周朝钟鼎文和商代彝器上所刻的文字去纠正古史的错误，可以显明在研究古代史，舍从考古学入手外，没有其他的方法。在光绪末年以前，尚无人注意到发掘古物；就是有的，亦无可考。在光绪末年河南安阳（彰德）西北，洹水以南的小屯，有甲骨发现，甲骨上刻有卜辞。最先得者为商人刘铁云。他虽搜罗得不少，但是以龟甲为古董，所以没有什么贡献。其次得者就算是孙诒让了。他把甲骨文考订出来，断为商朝古物；他考订的成绩，足与钟鼎相印证。再其次为罗振玉、王国维二人。罗振玉收有一万多片，他的著作，有《殷墟书契考释》等书。王国维更应用于历史方面，确有不少的贡献，如对于帝系文字，有极大的帮助；如王恒王壬，为《史记》上所无，现在已把它补正；又如商代世系表上外丙之外字系讹误，又已把它修正了。所以我们研究古史，完全怀疑，固然是不对的；完全相信，也是不对的。我们只要怀疑得有理，怀疑得有据，尽可以怀疑。相信得有理有据，也尽可以相信的。要是这样，就不能不借重考古了。

我们中国考古学家，还是用旧法整理，已有这样发展和成绩（所谓旧方法只限于陶器）。若用新方法去考察，所得当不止此。首用新方法的人，为瑞典人安特生（Anderson），完全用近代西洋考古方法去研究。在奉天发现史前时代的人迹；在河南渑池仰韶村发现石器铜器；在甘肃洮县也发现了不少的古物，这个地方所发现的，较其他地方更为重要。安氏说其所发现的遗物，最早时代在七千多年以前，最晚也有三千多年，多是些新石器时代的东西，铜器也有少许。在河南方面，所发现的铜器是很进步的。此外法国的教师，在河套地方，也发现旧石器时代的遗物。

中国人考古的旧方法，都是用文字做基本，就一物一物地研究。文字以外，所得的非常之少。外国人以世界文化眼光去观察，以人类文化做标准，故能得整个的文化意义。最近外国人在亚洲新发现的古物有几处，如印度西北部和小亚细亚，都有发现。最重要的，要算是在里海与黑海之间安奴（Auau）地方所发现的六七层的陶器了。这是很有趣味的一件事，因为这些古物，能表示各时代的文化。不过他们所研究的观点，在普遍的方面，所以对西洋文化无关的东西，他们就不注意。在中国的外国考古学家，对于纯粹代表中国文化的，他们不注意，他们所注意的，是在中西文化接触的产品。这是他们特别的地方，也是他们远大的地方。

陶器是最容易流传下来的，所以被发掘的陶器居多，我们就可以用掘出的去参订历史。用陶器考订历史，有三种便利的地方。

一、易于保存——陶器不容易破坏，所以能在上古遗传下来。

二、时代易分——陶器有时代性，一个时代有一个时代的陶器，我们可以因陶器的区分而为时代的区分，这是最容易、最妥当的办法。

三、变化很快——陶器是因时因地而变的，并且因日常所用，变化很快。

我们从陶器的变化就可以知道古代文化的变迁，所以砂锅陶器等等，是研究古史唯一好史料。安奴地方的开掘物中有带彩色的陶器，花纹很大，不外红黑白三种，为中国所无；在中国河南、奉天、甘肃各处，也有带彩色的陶器。日本人在朝鲜也发现相同的东西，但是花样不同，因此可以证明史前安奴、朝鲜、中国各民族的生活及其变化。

安特生的考古方法，确实是比中国人有进步，所得的有趣味的材料，亦为不少；但是他的实际工作甚多可议之点：一、不能利用中国的材料；二、走马看花，不能充分地考验；三、粗心挖掘，随便毁坏；四、如掘不得，即随便购买。关于购买一层，最不可靠，因为不知道它的来源，不如亲自掘出来的较为确实可信。把掘出来的考订完竣，再把买来器物做个比较，是不能把买来的当作材料的。安特生对于考古的功劳，着实不小，但是他对于甘肃一带的古物，因发掘时的不细心而毁坏去的，却也是不少。

我在前两年，同几个同伴到河南殷墟去了一次，想切实地研究一下，但有几种困难：一、前人已掘出不少，所剩的都是零碎不全；二、不是在短时间内所能办到的，因此没有得到什么大的效果。

我想考古学与人类学有关，所以于古器之外，应特别注意人骨之测量，再根据比较法来推测当时人类之形状与其变化。所以研究年代学（chronology）有两种方法：一种是比较的（relative）；一种是绝对的（absolute）。先用直觉的、绝对的，定个标准时期，然后依照这个时期的东西，去推定其他地方的所发现的古物，是在这个时期以后，或在以前，因此年代的前后，也就弄清楚了。

考古学上最难定的是绝对的时期。而殷墟是考古学上最好的标准时期，便于研究的人去比较：因为这个时期，是史前的一个最后时期，以这个时期的人骨做标准，去比较其他地方所发现的人骨，来定它们的时代先后，可以知道人类的演进是怎样；同时汉殷墟发掘的陶器做标准，推出其他地方的陶器变更情形，及其时代关系，可以断定其时文化是怎么样。又用比较的方法，并可以证明安特生所考据的，是否有误；中国向来所传说的，何处是误。这种工作，是最切要而最不容易的工作，总希望在二年以内，可以成功，用具体的著述报告出来。

最近发现唐宋时代及唐宋以前的房屋，直隶各处，都有发现。房屋的发现，却是为安特生所未曾注意，未曾做到。安氏以为古代人类在山洞中居住，或在森林里憩息，是没有房屋的；因为当时发现古代石器时，并没有屋子这样东西。后来无意中发现一个商朝的屋子，确是冶金的地方，地为长方形，屋子里面比外面要低一米，一层一层地向下，在地上仍可以找到未熔化的铜条、碎金、有花纹的镶金和极薄的金叶等等。以镶金来说，可以证明商鼎是镶金，确实是不错的。商朝是铜器全盛时代，所以兵器也很有进步。刀箭都是用铜制成的，我们现在尚可以发现商朝骨制的箭头，是平时用作练习的，比欧洲古代所用箭头，要厉害多了。因为箭头下部两旁，制有倒齿，射进人的身体的时候，是拔不出的。若是箭头配有毒药，射到人的身上，立刻可以致人死命。欧洲所发现的古箭头如形，殷墟所发现的商代的古箭头如形，所以我说商代的兵器，要比欧洲进步（记者按：甲骨文矢字作，像镞，亦可为商朝箭头像形之一证）。

这个时候的陶器极多，但是没有带彩色的，多属于纯纹的陶器，足以代表商代文化的特点。陶器之外，有不少的兽骨，兽骨的种类，有野马、野鹿、牛羊等等，猪骨很少，可以证明当年此地尚属游牧民族的地方，是毫无疑义。因为农业发达的地方，家畜也必繁盛。猪是家畜中的重要部分，如果当时是农业社会，当然猪骨存留下来的一定很多。所以断定此地与曾经发现过多量的猪骨的地方的民族情形不同，文化也就不同了。这个时候已有交易，我们曾经发现过当时所用的贝，每只上有小孔，可以用绳线穿起来的样子。此外又发现商代的衣冠形式，以及发镇（为压头发用的）等项，可以证明当时“衣裳之治”。当时的民族，绝非断发民族，是毫无疑义的。种种发现的中间，尚有可以使我们注意的地方有两种：

一、铜器模型——在古代的坟墓中，掘出许许多多的铜器，制造亦很进步。铜器模型，是占这些铜器中间一大部分。

二、安葬方法——古代葬事，是不用棺椁的；安放的部位，有伏有立，有侧有偻，却是没有仰的。这是很奇特的一件事，足以耐人研究的地方。

殷墟所发现的东西，尚不敢断定完全是商代的，或许也有些周代的在里面，所谓之商，是商期的末年。因纣与文王是同时的人，纣都彰德（即今安阳），文王是常去朝拜的；因为他们同时，所以分定商周是最难的一件事，只有待将来遇有机会再去考证。［记者以个人的推测，在殷墟发现周的东西，也有可能的事实。不外下列三种原因：一、据地质学家说，地层也时有错乱的，如果殷墟地层是错乱的，在殷墟发现周朝古物，是可能的事。二、是周所贡的方物，因为文王三分天下有其二，以服事殷，于此已可见周之文化所及，范围广大。况商朝把周所贡的东西，混在自己的东西以内，也是可能的事。三、纣囚文王于羑里，羑里是在彰德与朝歌（今淇县）之间，是包括在商都以内的地方。自从文王囚于羑里，他的臣子、家人，常去探望他，因此把周的东西带到商都去，也是可能的事。]

殷墟的地层，最深的殷，在第四层；第三层是隋，第二层是唐，第一层是明。中间有断了不少朝代，这不过是一种显著的提示，并不是说丝毫不爽的分期。殷代文字的寄托，多在甲骨文之上，已是毫无疑义的。所刻的甲骨，只有两种：一种是牛的肩胛骨，一种是龟的腹骨。龟甲多刻卜字形（记者按：龟甲用火灼所得的裂纹，名之曰兆，兆有多种；如、、、、、等，可以证明龟甲所刻，不一定卜字形），凡是君主有疑怀，或是国家有大事不易决定的时候，将龟甲用火烧之，那么没有着火的一面，必定因刻痕而拆裂，由裂痕向上向下，以决定凶吉。同事董君，专门研究龟甲，考订文字，用新龟甲去试验，是否照所说的一样，不久当有报告出世的，无须我细说。

有人说龟甲上所刻的文字，行列是颠倒错乱，其实他没有懂得原来用意，就以偏概全。这是不对的，文字的方向，向上向下，向左向右，是看刻在什么部位而定，并不是随意乱刻的；不能以片面的认识，□□□错了。我们要从全部的考古学研究起来，不能抱残守缺，否则就犯以上所说的毛病；我们要用全副的精神，做全部的观察，以整个的文化为对象去研究，所以必比墨守成规专门考订文字要□得多。所谓新方法，不过如是而已。今天所讲的，并没有什么特别的见地，不过把经过的事实略略地叙述了一遍。因为来去匆匆，缺乏时间去预备点材料，只就忆想所及，为诸君道之。挂漏之处，尚请诸君原谅。对于考古学的讨论，不久当用文字发表。

“五四”二十五年

1944 年

今年的5月4日，是“五四”的第二十五年纪念。五四事件已经过去了一世纪的四分之一了。在这样变动剧烈的世界中，一世纪的四分之一，可以有无穷的大变化发生。即在中国，这变动也是空前的。所以若有人在今天依旧全称地、无择地讴歌“五四”，自是犯了不知世界演进、国家演进的愚蠢，其情可怜。然而若果“五四”的若干含义，在今日仍有教训性而并未实现，或者大势正与之相反演进，自然不必即是国家之福，其事可虑。

“五四”在当时本不是一个组织严密的运动，自然也不是一个全无计划的运动，不是一个单一的运动，自然也不是一个自身矛盾的运动。这个情形明显地表现于其整个运动的成就上，所以消极方面的成就比积极方面的多。这正是许多人贬责五四运动的根据。我以为“五四”纵有许多弱点，许多未成熟处，但这个消极的贡献，却是极可宝贵的，也还是今天甚可警醒的。

何以呢？中国的存在有几千年，自有其长处，即是说，有使他寿命如此长久的缘故。但是，这个几千年的存在，论对外呢，究竟光荣的年代不及屈辱的年代多；论内政呢，内政的真正清明，如四川冬天之见太阳，“生民多艰”，古今一致。所以恢复民族的固有道德，诚为必要，这是不容怀疑的。然而涤荡传统的瑕秽，亦为必要，这也是不容怀疑的。假如我们必须头上肩上背上拖着一个四千年的垃圾箱，我们如何还有气力做一个抗敌劳动的近代国民？如何还有精神去对西洋文明“迎头赶上去”？试问明哲保身的哲学，“红老哲”（《红楼梦》《老子》世故之极之哲学）、虚文哲学、样子主义、面子主义、八股主义、官僚主义、封闭五官主义，这样一切一切的哲学和主义，哪一件不是建设近代国家的障碍物？在洗刷这些哲学和主义，自须对于传统的事物重新估价一番。这正如尼采所说，“重估一切的价值”。自然，发动这个重新估价，自有感情的策动，而感情策动之下，必有过分的批评；但激流之下，纵有漩涡，也是逻辑上必然的，从长看来，仍是大道运行的必经阶段。今人颇有以为“五四”当年的这样重新估价有伤民族的自信心；不错，民族的自信心是必须树立的，但是，与其自信过去，而造些未曾有的历史奇迹，以掩护着夸大狂，如何自信将来，而一步一步地做我们建国的努力？这就是说，与其寄托自信心于新时期时代或“北京人”时代，何如寄自信心于今后的一百年？

我何以说“五四”的若干含义在今天仍有教训性呢，大凡时代的进展，总不免一正一反，一往一复。最近十五年，东西的若干强国——今日全是我们的敌人——各自闹其特殊的国粹运动，我们也有我们的国粹运动，我们的国粹运动自与他们的不同，这因为我们的“国粹”与他们的“国粹”不同。我们的国粹运动所以生于近来是很可了解的，在颇小限度内，有它的用处，然若无节制地发挥起来，只是妨碍我们国家民族的近代化，其流弊无穷。随便举青年一事做例说吧。不是大家都说今日的青年总是犯了消沉、逐利、走险三条路吗？要想纠正这些，绝不是用老药方所能济事的，无论这药方是汉学的威仪齐庄，或是宋学的明心见性，这个都打不动他的心坎，你说你的，他做他的。要想打动他的心坎，只有以行动启发其爱国心，启发其祈求社会公道心，为这些事，舍生取义是容易的事。总而言之，建设近代国家无取乎中世纪主义。日本在维新之初，除去积极地走向近代化以外，又弄一套“祭政一致”“国体明徵”的神秘法门。日本之强，是他近代化之效，而把日本造成一个神道狂，因而把日本卷入这个自杀的战争中，便是这神秘法门的效用。难道这是可以效法的吗？所以中世纪主义也许可为某甲某乙以忽不勒汗的过程成其为呼图克图，而于全国家、全民族，是全无意义的。

“五四”的积极口号是“民主”与“科学”。在这口号中，检讨二十五年的成绩，真正可叹得很。“民主”在今天，已是世界大势所必趋，这篇短文中无法畅谈，只谈谈“科学”。注意科学不是“五四”的新发明，今天的自然科学家，很多立志就学远在“五四”以前的。不过，科学成了青年的一般口号，自“五四”始，这口号很发生了它的作用，集体的自觉总比个人的嗜好力量大。所以若干研究组织之成立，若干青年科学家之成就，不能不说受这个口号的刺激。在抗战的前夕，若干自然科学在中国已经站稳了脚，例如地质、物理、生理、生物化学，而人文社会科学之客观研究，也有很快的进展。若不是倭鬼来扰，则以抗战前五年的速度论，中国今天可以有几个科学中心，可以有几种科学很像个样子了。即是说，科学的一般基础算有了。恰恰暴雨狂风正来在开花的前一夕。受战事的打击，到了今天，工作室中徒有四壁，而人亦奄奄一息，这全是应该的、无可免的、无可怨的。一旦复员，要加倍努力赶上去。不过，今天的中国科学确有一个极大的危险，这就是，用与科学极其相反的精神以为提倡科学之动力是也。今日提倡科学之口号高唱入云，而为自然科学的建设不知在哪里。其结果只是些杂志宣传，而这些杂志中的文学，每每充满反科学性。大体说来，有狭隘的功利主义，这是使自然科学不能发达的。然若自然科学不能发达，应用科学又焉得立其根本？又有狂言之徒，一往夸大，他却不知科学的第一义是不扯谎的。全部科学史告诉我们，若没有所谓学院自由（Academic Freedom），科学的进步是不可能的。全部科学史告诉我们，近代科学是从教条、学院哲学（Scholasticism）、推测哲学（Speculative philosophy）、社会成见中解放出来的，不是反过来向这些东西倒上去的。全部科学史又告诉我们，大科学家自然也有好人，有坏人，原来好坏本自难分，有好近名的，有好小利的，原来这也情有可原，但绝没有乱说谎话的、做夸大狂的、强不知以为知的。大科学家自然有一种共同性，这可在盖理律（伽利略）、牛顿、达尔文、巴斯德诸人传记中寻得之，这些人与徇禄的经生绝无任何质量的相同处。所以今日提倡科学的方法极简单，建设几个真正可以做工作的所在，就是说，有适宜设备的所在，而容纳真正可以做科学工作的若干人于其中就够了。此外，便只是科学家自己的事了。此外，更无任何妙法。工作的环境可以培植科学家，宣传与运动是制造不出科学家来的。

我要提出一个“五四”的旧口号，这个口号是，“为科学而研究科学”，各位以为我这话迂腐么？只有这才是科学的清净法门！

茅　盾

(1896—1981)

生平简介

茅盾（1896—1981），原名沈德鸿，字雁冰，浙江嘉兴桐乡人。作家、文学评论家、文化活动家和社会活动家，“五四”新文化运动先驱之一，我国革命文艺奠基人之一。出生在一个思想开明的家庭里，从小接受新式的教育。1913年考入北京大学预科，毕业后入商务印书馆编译所工作。1920年开始主持《小说月报》工作。1921年1月参与发起组织文学研究会，7月加入中国共产党。1923年辞去《小说月报》主编职务，转商务印书馆国文部工作。1925年被选为出席广州国民党第二次全国代表大会代表。1926年留广州工作，任国民党中央宣传部秘书，3月返沪。1927年1月赴武汉，任中央军事政治学校武汉分校教官；9月以“茅盾”为笔名发表小说《幻灭》。1928年7月东渡日本，1930年4月回到上海，不久加入中国左翼作家联盟。1931年至1945年间笔耕不辍，创作出《子夜》《林家铺子》《春蚕》《白杨礼赞》《霜叶红似二月花》等一系列优秀文学作品，其间被选为中华全国文艺界抗敌协会理事。1946年赴苏联访问，次年归国。1949年7月被选为中国文学艺术界联合会副主席和中国文学工作者协会（后改为中国作家协会）主席；10月任中央人民政府文化部长职务，主编《人民文学》杂志。1951年1月当选为世界和平理事会理事。1958年1月开始创作文学论著《夜读偶记》。1981年3月27日于北京去世。

文学上各种新派兴起的原因[①]

1922 年

今天能够把我的意见贡献给诸位，真是万幸。一时想不出一个适当的题目，因为我所研究的，似乎和诸位所需要的，不十分适合。虽则“文艺像空气一样的普遍”，小说戏剧是人人喜欢看而且常看的，但若要谈到文学上的种种理论，那就觉得太抽象得非人人喜欢听了。我们常常听得人说最新派的小说、戏剧看不懂，或者以为那些东西不值一笑。我想，如果就从解释这种“非难”入手，带便讲到文学上的理论，或者听者更觉有味，所以我就定了“文学上各种新派兴起的原因”一题。

中国近四五年，文学界起了一个变动，读者但凡看看最近出版的小说、诗、戏曲，总觉得另有一种现象。从前的小说，大都是章回体，内容不外离合悲欢的人事。像《红楼》《水浒》就是现成的好例。现在可不是这个样子了，冰心女士所作的《笑》，是一篇短篇小说，里面第一段是描写老妇人的笑容；第二段是小儿的笑容；第三段是图画里天使的笑容。老妇人的笑容，是作者下笔前所得的印象，其余两个是回忆。这篇小说里没有悲欢离合，也不专讲一人一家的事，只是一段印象与回忆的混合品。若照旧例看来，简直不算小说，但是我们现在即叫她这一篇是小说了。因为我们现在相信，小说的内容并不一定要离合悲欢，一时的感想，一时的印象，都可作成小说。譬如有人从上海到宁波，抵埠的

① 本文是茅盾在宁波“四明夏期讲习会”上的演讲。

时候，看见许多争先揽生意的脚夫，又看见靠在第三层船舱栏杆上的安闲的贵绅和美貌青年的女士，我们觉得这两种人生有了个“对照”，因此生了一种感想，写了出来，便可成为一篇小说。如果作者能够观察到极精微的地方，又把作者对人生的意义，运化在里面，或者竟可成为一篇极好的短篇小说。因为我们看一本小说，并非单单看到一点离合悲欢的人事，我们要得到欣赏，得到感动，有离合悲欢的人事小说，固能使人欣赏，使人感动，没有的也可以使人欣赏，使人感动。

其次，中国旧体诗注重格律，韵脚平仄对仗，都有固定的格律，不好随便变动。近来的白话诗，却不讲究这些，并且反对有格律；两句三句的白话，便可成为一首诗，例如郭绍虞的《暮气》：

夕阳之神
正在精心地撰写他的文章呢！
把满山红霞，
铺作满江红锦，
说他是垂死的留恋吗？
但是何曾有些儿暮气呢！

又如朱自清的《台州杂诗》中的一首《笑声》，却只得两句：

是人们的笑声哩，
追寻去，却跟着风走了！

这种诗若用旧诗式来批评，一定觉得极不合格，算不得诗了。但我们试问：诗是为什么作的，不是一个人胸中有种极热烈的非说不可的情绪，故发而为诗么？可知诗之成立，以情绪之真不真，能不能感动人为主要条件。形式、格律尚在其次。我们胸中的热烈的情绪，有时可以四句话表现出来，有时或只得三句，有时说了五句方能畅尽，有时说了七句便已足够。而旧体诗的格律限定字句，七绝五绝一定只能四句，七律五律一定要八句，三句七句是万万不能的。作者拘于格律，于是只好硬硬缩短，或勉强拉长了。于是乎动笔时的真挚热烈的情绪也只好牺牲了。这种办法当然不对。可惜几千年来的文人，竟然不知其不对，或虽知之而不敢说。我记得从前书上说，唐朝有个祖咏，应试《终南积雪》一题，本限五言律，他老先生却只作了“终南阴岑秀，积雪浮云端。林表明霁色，城中增暮寒”便交了卷。人问他为何只有四句，他说我已作尽，此外不能再添一语了。这一段故事，就证明诗人若果要忠实于自己的情绪，便绝不能有什么来束缚他。诗有格律是诗人的不幸。我们平心而言，若果有人能够自然地把热烈的情绪用旧诗的体裁发表出来，我们当然不反对，但若作者不愿用旧诗体裁而用白话一行一行写下来，我们当然不能因其不照格律而说他不应该。不过在看惯旧诗的人看来，觉得实在奇怪罢了。

像上面所引的短篇小说和新诗，就是现在所谓的新派，近年来以一日千里之势流行于社会，早惹起一般人的注意，同时又引起了很纷纠的争论。有人说新派好，有人说旧派好，好不好是另一问题，我们现在可以置之不问，但是我们到底应该问一问为什么近来忽然有这些新派出来，于今新派也受一部分人的欢迎，是什么缘故？我想，最普通的答案，一定是说新派文学之产生，由于人的厌旧喜新，由于青年的好奇心，这种浅薄的见解，简直把文学上的新派比作妇女的时装，实在很不对。喜新厌故原是人之常情，妇女衣服的袖口，从前以小为时髦，近来变成又短又大，渐渐又回小去，常常是循环的。但是文学上的新派，以外国的例看来，却是从不走回旧路的，只就这一点上看，已可证明文学上的新派绝不是好奇心理的表现，而况文学作品是人类精神的结晶，他的改变安能不有更深刻的原因呢！

我们先要晓得，文艺是人生的反映，是时代精神的缩影，一时代的文艺完全是该时代的人生的写真。这种话，初看似乎是西洋来的“舶来品”，不是“国货”，然而细想起来，中国古人原也早已悟到这一层的。古语说：“治世之音安以乐……乱世之音怨以怒……亡国之音哀以思……”这就是说，怎么样的社会背景产生出怎么样的文艺，怎么样的文艺是怎么样的人生反映。《左传》上又说，吴季札到各国观乐，便知某国将兴、某国将亡；与其士大夫接交，听他们宴会时赋的诗，便知某也将败，某也将荣贵，这也是吴季札晓得文艺是人生的反映，丝毫不得错的。所以他听了某国的乐声而知某国的治乱，便敢断定某国的兴衰。变乱之世，自然要生出怨以怒的文学来，并非先有了怨以怒的文学，然后造成乱世；后代人大都误认“怨以怒”的文学是造成乱世的，极力要说谎话，粉饰太平，便是大错；因此而忽略了一时代的人生、一时代的时代精神对于文学的影响，那就更错得厉害。

不但文学思潮是跟着时代变迁的，即如文学上各种体裁的次第发生，也是跟着时代变迁而来的结果。法国近代批评家蒲留契尔（Brunetierc）主张的文学进化论就是这么说的，他以为史诗、悲剧、抒情诗等等的发生，都根据于时代变迁的影响——或者有些地方难免穿凿，然而他的见解确是不错的。

根据上面说的，我们且看西洋新兴的派别是否都合于上述的原则。我们要晓得，中国所谓新派文学——白话诗与短篇小说——实在未为十分新奇、难以索解。我们不如把西洋最新的来看一看。西洋的较新派是：一、未来派（Futurist）；二、达达派（Dadaist）；三、表现派（Expressionist）。这三派中间，未来派是大战前几年就有的，以意大利为出发点，亦以意大利为最盛。达达派是大战正剧烈的时候发生的，现在法国颇流行。表现派是大战后德国的特产。我们为易于了解起见，仍想先把这三派作品的面目说一说，然后再追求发生的原因。

第一先讲未来派。未来派的历史比较长久些，所以它的运动的范围亦较广大，除意大利外，英、法、德、俄、美都有未来派的作家。这一派有绘画、有诗、有剧本，而以剧本为最多。我们知道，剧本都是描写一段人生，其中有男女角色若干——至少也要一个角色，场面至少要一幕。但是未来派的剧本可就大不相同了，竟可没有角色。我记得有一剧本，开幕时只见一条乌黑的小弄，一条黑狗在台前慢慢地走了过去，就闭幕了，就算完了。我们知道诗是表现作者的情绪，但是未来派的诗却写了一架机关枪跳在空中，向四面放射子弹，如此而已。这种完全破坏文学旧规则的“新派”，而且好像全无意义的作品，在我们看来，也觉得奇怪，也几乎要说他们是好奇心了。但是我们向四面搜求之后，便知未来派也是受了那时候的人生的影响。我们要晓得，未来派是小中产阶级心理的产物，当本世纪初，物质文明骤然进化，科学和机械挟其雷霆万钧之力扫荡社会，人的心理咸受其影响。机械是力量愈大愈好，愈速愈好，所以一般人的脑子里也旋转着“力”“速”两个字。无论什么事，总想以愈大的力，愈快的速度把它做成，个个人背后好像有鬼赶着，拼命要向前去，力愈大愈好，愈快愈好，这便是那时人生的真相。未来派受了这种暗示，生当那时，住在那种社会里，自然也要做出崇拜力、崇拜速的作品来了。正如日处田野要讴歌大自然，乃同一合理的事，丝毫不足为奇。

第二且看达达派。达达派的历史暂只四五年，运动范围自然要小些，现在除法国的一群人外，俄国有×个，美国有×个，都是达达派。但从者不多，势力并不怎么大。法国的一派人，也是近一二年来方得了批评家的注意。1916 年欧战正剧烈的时候，有几个法国作家避乱于世外桃源的瑞士，便开始了达达派的运动。1920 年 2 月 15 日，他们为要使人注意，特在巴黎郑重其事地开了个展览会，这会里陈设着他们的诗歌、戏剧和图画。最奇怪的是绘画，有一张 Marcel Duchump① 的绘画，乃是取普通铜版印物 Mona Lisa 像，加了两撇凯撒式的胡子在微笑的樱唇上，我们知道 *Mona Lisa* 是文西的杰作，他画了一个微笑的女子半身像，后面布着深山河源的背景，是有意义的。他说最不可测者，是女子的微笑，表面虽然极美丽、极温柔、极安静，然而底下是不可测的，犹如深渊的底下，或龙潜或魔斗，是不可测的，然而水面却只有微波。现在这幅 *Mona Lisa* 成为世界珍品，藏在法国罗浮宫中，铜版的影印品几乎各处都有，达达派的作家却就取了这么一张铜版影印品，加上了两笔胡子，就挂起来，这岂不是极无意义、极可笑的事么？又有一幅《圣贞玛利》，却是一般白纸上洒些墨水，更不可解了。再看他们的诗，有一首叫作《基督的心》的，是 Picabia② 所著，乃是无意义的、自造的字组合成的。又有 Aragon③ 的一首《自杀》，则全是字母组成之。

总之，达达派在一切新派中，比较的是最难索解了。观上例就可明

① Marcel Duchamp：马塞尔·杜尚（1887—1968），法国画家。

② Picabia：皮卡比亚（1879—1953），法国画家。

③ Aragon：阿拉贡（1897—1982），法国作家。

白他们自己的宣言。他们说："不求人家懂，要打破艺术上已有的规则。"像这种样"突飞"的新派，势必不能不叫人看了诧异，以为是好奇心勃发的结果；然而我们细细去考究他们发生的原因，又觉得不足为奇了。我在上文说过，达达派兴起于 1916 年——正当欧战剧烈，法国拼死命的时候。那时两交战国胜负未分，两方都舍弃一切，做孤注一掷。布厂木厂——一切铸造人生日用必需品的工厂，都可以改作兵工厂，教育经费可以提用，口粮可以限制，大家都用了全部力量从事战争，在法国方面，因为半个国境已被德国占据，自然尤为困难，那时的法国人虽然牺牲一切，以求最后之胜利，然而究竟不敢确信最后胜利必属于己。诸位试想，牺牲一切以求一不可必得的目的，是何等可笑而无意识的事！然而那时的法国人，受了爱国的催眠术，狂热到视以为理之当然了。达达派的作家，一方面亦亲身感着这种空虚的悲哀，一方面却因置身世外，反而脑筋看得清楚，看得彻，见得到。他们觉得世界上的事都是可笑的、无意识的，人类就是可笑的、无意识的东西，所以他们就要本此见解以创作了。这结果就是我们上面说过的不可解释的东西。其次，战争是什么，是不是破坏？随便你怎样曲解，总是破坏。大战的时候，正是人类借了好听的冠冕堂皇的名词，实行破坏的时候。达达派亦感到了，所以他们实行破坏艺术上的一切法规了，其结果我们上面亦已说过了，由此观之，达达派也是应时而生的东西，不足为奇。

现在我们讲表现派。表现派是德国战败后兴起的新派，法国大战前出名的作家，经了这次大战，都像扰乱了神经，暂时没有什么作品，近三四年书坊里最流行的作品都是表现派的。他们有绘画、有诗、有剧本，他们的题材大都是一些刺激性极强的，例如战争、性欲等等。他们对于人间悲观极了，在他们看来，人性是恶的、物质的、肉的。从前印象派的画家画了一个妓女，尚从她的眼光里表现出人性的善，现在表现派画家画的妓女却就完全不相同了。女性的温柔也没有，可怜的影像也没有，只是痴肥、粗恶、淫毒的结晶罢了。譬如马尼的《俄林皮亚》，是一幅娼妓裸体画，他画一个妓女全身裸露睡在柔软的床上，旁边有一个女黑奴捧着一丛美丽的花，这个可怜的娼妓，不知犯过多少淫恶，现在老而且不中用了，她的身体大概已经腐了，爱之源泉也已枯涸了，但是她的瞳子尚很柔和，显着她心内深蕴的人性的善良。这是印象派画家所见的人生，白修修泰因的《女》也画的是个娼妓，那娼妓却肥肿如猪，唇厚，眼半闭，没有修养，没有道德，没有恋爱，并且没有柔软的床和香花，她只睡在荒凉的沙漠里，那分明是变态的肉欲和自然人没有意义的生活。这就是表现派所见的人生。再看他们的剧本，则和从前的完全不同，不论是布景，是结构，都和从前不同。譬如海似林的一篇《海战》，布景是用海景和一座巡洋舰，全剧极少动作，几乎满篇都是对话——直挺挺站在那里说话。然而水兵们憎恶战争的心理以及卑怯的畏死的情形，都跃然纸上。表现派的诗比剧本和绘画更为难懂，他们完全破坏旧规律，每每一个字一句，并且不求人懂。有一个勃鲁纳①，他作的诗完全是无意义的字组成的。他说声、义、色、格四者虽是诗的四德，然而声最要紧。他的诗是旧的，也有意义，但须以神会，不能以理智求得。这种议论给我们看来，一定觉得非常奇怪，就是他们对人生的见解，也不是我们听得惯的。可是细细地考察，就可以知道这种创作品也是人生的反映，不足为奇。我们知道大战以前，德国人是很自负的。在科学、艺术、哲学方面，德国都不示弱于人，不但不弱，并且比人家都行。可是此次大战一败涂地，物质上的困难引起了精神上的痛苦。德国人颓丧之余，觉得对自己的文化有点怀疑了，加以实际的生活问题又近在眉前，不能不想法。照德国现在的纸币低落的情形看来，谁也不敢料定明天要跌落多少。今天有二十马克的人，原能吃二天，但到马克一落，不够吃两天亦说不定。所以德国人天天在危疑之中过生活，然而德国人却不能不生活下去，既不能不生活，而又终日烦闷，一定要想些娱乐方法来暂时自排遣的。但是心绪不宁，又无意去寻美妙的精神上的娱乐，只要求肉感的娱乐，刺激一下罢了。所以喜听战争、炸弹、性欲的事。在这一方面看来，可说德国人现在正过着变态的肉和自然没有意义的生活。

但是德国民族的特性，不是一败之后就能屈服沮丧的。德国人虽然战败了，却不肯认输，他们现在所渴望的是“精神复苏”。德国人再提

① 勃鲁纳（A. Bronnen，1895—?），德国诗人、剧作家。

起精神来从事创造——创造出新文化来，哪怕是一双靴子、一根带子，只要是新创造出来的，总比没有好些。我们从两方面看，又可说德国人现在苦心想创造，合了这两方面，就成了表现派的文学运动。表现派破弃一切旧规则而努力要创新的精神，以及变态性欲的生活，都是现在这时代的人生的缩影，既不是好新的缘故，尤其不是发昏。

从上面这三派看来，大概可以证明文学上各种新派兴起的原因，是因为时代不同，人生各异，并非源于人之好奇喜新。或者有人说文学上派别兴起的原因，不仅是时代的，那也未尝不可；不过总不能不承认时代背景是最重要的原因。中国近十年来，人生的变幻比从前要厉害得多，文学上要有新派兴起，亦是自然而且合理的事，虽然现在新派的东西亦尽有许多不满意的地方，但这是启蒙时代必不可免的现象。我希望大家能够把公正的心去批评新派，不要以为只是青年好奇心的表现，不值一笑，须知他们的价值实在高出一笑以上呢！

文学与人生

1922 年

今天讲的是文学与人生。中国人向来以为文学不是一般人所需要的，闲暇自得、风流自赏的人，才去讲文学。中国向来文学作品，诗、词、小说等都很多，不过讲文学是什么东西，文学讲的是什么问题的一类书籍却很少，讲怎样可以看文学书、怎样去批评文学等书籍也是很少。刘勰的《文心雕龙》可算是讲文学的专书了，但仔细看来，却也不是，因为他没有讲到文学是什么等等问题。他只把主观的见解替文学上各种体格下个定义。诗是什么，赋是什么，他只给了一个主观的定义，他并未分析研究作品。司空图的《诗品》也没讲"诗含的什么"这类的问题，从各方面看，文学作品很多，研究文学作品的论文却很少。因此，文学和别种方面，如哲学和语言文字学等，没有清楚的界限。谈文学的，大都在修辞方面下批评，对于思想并不注意。至于文学和别种学问的关系，更没有说起。所以要讲本题，在中国向来的书里，差不多没有材料可以参考。现在只能先讲些西洋人对于文学的议论，再来讲中国向来的文学，与人生有没有关系。

西洋研究文学者有一句最普通的标语是："文学是人生的反映（Reflection）。"人们怎样生活，社会怎样情形，文学就把那种种反映出来。譬如人生是个杯子，文学就是杯子在镜子里的影子。所以可说"文学的背景是社会的"。"背景"就是所从发的地方。譬如有一篇小说，讲一家人家先富后衰的情形，那么，我们就要问讲的是哪一朝。如说是清朝乾隆的时候，那么，我们看他讲的话，究竟像乾隆时候的样子不像；要是像的，才算不错。上面的两句话，是很普通的。从这两句话上，大概可以知道文学是什么。固然，文学也有超乎人生的，也有讲理想世界的，那种文学，有的确也很好，不过都不是社会的。现在我们讲文学与人生的关系，单是说明“社会的”，还是不够，可以分下列的四项来说一说。

一、人种。文学与人种，很有关系。人种不同，文学的情调也不同，哪一种人，有哪一种的文学，和他们有不同的皮肤、头发、眼睛等一样。大凡一个人种，总有他的特质，东方民族多含神秘性，因此，他们的文学也是超现实的。民族的性质，和文学也有关系。条顿人刻苦耐劳，并且有中庸的性质，他们的文学也如此，他们便是做爱情小说，说到苦痛的结果，总没有法国人那样的热烈。法国作家描写人物，写他们的感情，非常热烈。假如一个人心里烦闷，要喝些酒，在英人只稍饮一些啤酒，法人却必须饮烈性的白兰地。这英法两国人的譬喻，恰可以拿来当作比较。文学上这种不同之点是显然的。

二、环境。我们住在这里，四面是什么。假设我们是松江人，松江的社会就是我的环境。我有怎样的家庭，有怎样的几个朋友，都是我的环境。环境在文学上影响非常厉害。在上海的人，作品总提着上海的情形；从事革命的人，讲话总带着革命的气概；生在富贵人家的，虽热心于平民主义，有时不期然而然地有种公子气出来。一个时代有一个环境，就有那时代环境下的文学。环境本不是专限于物质的，当时的思想潮流、政治状况、风俗习惯，都是那时代的环境，著作家处处暗中受着他的环境的影响，绝不能够脱离环境而独立。即使是探索宇宙之秘奥的神秘诗人，他的作品里可以和他的环境无涉——就是并不提起他的环境，但是他的作品的思想一定和他的大环境有关。即使是反乎他那时代的思潮的，仍旧是有关系。因为他的“反”，是受了当时思潮的刺激，绝不是凭空跳出来的。至于正面的例子，在文学史上简直不胜枚举。例如法国生了佐治、申特等一批大文学家，他们见的是法国二次革命与复辟，所以描写的都是法国那时代环境下的人物。申特虽为了他的革命思想，逃到外国，可是他的作品，总离不掉法国那时代的色彩。举眼前的例：我们在上海，见的是电车、汽车，接触的可算大都是知识阶级，如写小说，断不能离了环境，去写山里或乡间的生活。英国诗人勃恩斯（Burns）的田园风景诗，现在人说他怎样好，怎样美丽、平静；19世纪末，作家都写都会状况，有人说他们堕落；这都是环境使然。又如19世纪末有许多德国人，厌了城市生活，去描写田园，但是他们的望乡心，一看便知。这就是反面的例。可见环境和文学，关系非常密切，不是在某种环境之下的，必不能写出那种环境；在那种环境之下的，必不能跳出了那种环境，去描写出别种来。有人说，中国近来的小说，范围太狭，道恋爱只及于中学的男女学生，讲家庭不过是普通琐屑的事，谈人道只有黄包车夫给人打等等。实在这不是中国人没有能力去做好些，这实在是现在的作家的环境如此，作家要写下等社会的生活，而他不过见黄包车夫给人打这类的事，他怎样能写别的？

三、时代。这字或是译得不好。英文叫 epoch，连时代的思潮，社会情形等都包括在内。或者说时势，比较近些。我们现在大家都知道有"时代精神"这一句话。时代精神支配着政治、哲学、文学、美术等等，犹影之与形。各时代的作家所以各有不同的面目，是时代精神的缘故；同一时代的作家所以必有共同一致的倾向，也是时代精神的缘故。自然也有例外，但大体总是如此的。我们常听人说，两汉有两汉的文风，魏晋有魏晋的文风，就是因为两汉有两汉的时代精神，魏晋有魏晋的时代精神。近代西洋的文学是写实的，就因为近代的时代精神是科学的。科学的精神重在求真，故文艺亦以求真为唯一目的。科学家的态度重客观的观察，故文学也重客观的描写。因为求真，因为重客观的描写，故眼睛里看见的是怎样一个样子，就怎样写。又因为尊重个性，所以大家觉得尽是特别或不好，不可因怕人不理会，就不说。心里怎样想，口里就怎样说。老老实实，不可欺人。这是近世时代精神表见于文艺上的例子。

四、作家的人格（personality）。作家的人格，也甚重要。革命的人，一定做革命的文学；爱自然的，一定把自然融化在他的文学里。俄国托尔斯泰的人格，坚强特异，也在他的文学里表现出来。大文学家的作品，哪怕受时代环境的影响，总有他的人格融化在里头。法国法朗士

(Anatole France) 说，“文学作品，严格地说，都是作家的自传”就是这个意思了。

以上是西洋人的议论，中国古来虽没有这种议论，但是我们看中国文学，也拿这四项做根据。第一，中国文学，都表示中国人的性情：不喜现实，谈玄，凡事折中。中国的小说，无论好的坏的，末后必有个大团圆：这是不走极端的证据。关于人种一条，可以说没有违背。第二，环境更当然。中国文学的环境，自然都是中国的家庭社会。第三，时代的关系在中国似乎不很分明，但仔细看，也有的。讲旧文学的人说：同是赋，两汉的与魏晋的不同；同是诗，初唐盛唐晚唐也不同。李义山的无论哪一首诗，必不能放在初唐四杰的诗中。他们的诗，同是几个字缀成，同讲格律，只因时代不同，作品就迥然两样。《世说新语》的文字，在句法与文气上都与他书不同，《宋人语录》亦如此，与《水浒》不同，与《宣和遗事》又不同，这都可以说因为时代空气不同。非但思想不同，文气、格律也有不同。可见时代的影响，也很厉害。至于人格，真的作家，不是欺世盗名的，也有他们的人格在作品里，所以文学与人生的四项关系，在中国也不是例外了。

文学与人生简单的说明不过如此。从这里，我们得到一个教训，就是凡要研究文学，至少要有人种学的常识，至少要懂得这种文学作品产生时的环境，至少要了解这种文学作品产生时代的时代精神，并且要懂这种文学作品的主人翁的身世和心情。

李　济
(1896—1979)

生平简介

李济（1896—1979），原名顺井，字受之，改字济之，湖北省钟祥县人。人类学家、考古学家。1918年毕业于清华学堂，后前往美国留学，于麻省克拉克大学攻读心理学和社会学，后又改读人口学，1920年获得社会学硕士学位后进入哈佛大学人类学系，受民族学家罗兰·狄克森（Roland Dixon）与体质人类学家恩斯特·虎顿（Earnest Hooton）指导，于1923年完成论文《中国民族的形成》，从而获得人类学博士学位，并于同年返回中国。1924年开始从事田野考古。1925年任清华学校研究院人类学讲师。1926年发掘山西西阴村新石器时代遗址，这是中国考古学史上首次正式的考古发掘工作。1928年成为中央研究院历史语言研究所考古组组长，并于1929年接手董作宾的职务，领导日后十年的殷墟发掘工作，造就出中国第一批水平较高的考古学者。1936年曾赴欧洲讲学。1938年被推选为英国皇家人类学会名誉会员。1945年担任中央历史博物馆首任馆长。1948年当选中央研究院第一届院士，同年底迁居台湾，并于隔年创立台湾大学考古人类学系。1955年至1972年接任董作宾的遗缺，担任历史语言研究所所长。1979年8月1日病逝于台北寓所。著有《西阴村史前遗存》、《殷墟器物甲编·陶器》上辑、《李济考古学论文集》等，又与他人合著有《古器物研究专刊》。

中国的若干人类学问题①

1922 年

从一个角度看，中国人不论就民族还就体质而言，都不属于纯一的种族，就像作为整体的欧洲人不论就民族还就体质而言都不属于纯一的种族一样。但从另一角度看，中国人就民族和体制两方面说又都属于纯一的种族，就像作为整体的欧洲人在民族和体制两方面都属于纯一的种族一样。我这样说，是为了表明中国人类学问题的重要性不亚于欧洲，解答起来也是一样困难的。

中国的人类学问题很自然地可分为两类：带有普遍性的问题和中国特有的问题。在我的心目中，更重要的是第二类问题。不过，现在我将只限于探讨具有一般性传统背景并被公认属于人类学的那些问题。理由有三点：一、这些问题比较容易弄懂；二、这些问题比较切近；三、这些问题是过去两年里我在哈佛大学的虎藤教授和狄克森教授指导下研究的课题。

作为人类学探索的领域，中国可以说是几乎还未曾被接触过。基于这一点，我认为我的第一步工作应该是对整个领域做一番考察，以找出问题的所在。因此，我的这项工作并不是为着去解答这整个问题的任何一个侧面。

---

① 本文是李济在哈佛大学研究院念学位时向美国人类学会做的一次报告。原载 1990 年北京文物出版社出版的《李济考古学论文选集》，李光谟译。

我选了五个不同的角度进行探讨，得出了一些颇为费解的结果，遇到许多在此之前意想不到的困难。在这篇论文中我打算扼要地依次表述一下这五个方面。如果时间宽裕，我想再说说我认为对中国这个领域至关重要的几个突出问题。

工作一开始，我对一百一十一名中国人进行了测量和观察。这是一个小数目。但令人惊奇的是，在遍览有关中国人的全部体质人类学文献后，我发现我的这一组是迄今人数最多的，而且整个说来是最准确的一组。有些观测结果是饶有兴味的。举例说，蒙古眼褶并非中国人的一个普遍体质特征，我所观测的人中有25%没有这个著名的蒙古人种的褶。此外，我偶尔也看到中国人头发有呈赤褐色的趋势，甚至有蜷曲的头发。但描述这些细微特点将会离题太远，我只能扼要地表述一下对各种可测量特征的分析结果。头形指数、鼻形指数和身高，这三点被选作地区分布研究的标准。为此目的，我搜集了一切能到手的前人所获得的数据。所有这三个体征在中国人身上都显出很大的变量：身高：141～186厘米；头形指数：66.5～98.5；鼻形指数：50以下至100以上。此外，这几种体征还有着许许多多奇妙的结合方式：长头窄鼻，长头宽鼻，圆头窄鼻，圆头宽鼻。在华南地方，还可以明显看到矮人的痕迹。我并不认为我的数据可以用来保证任何武断的结论，但我认为它们确凿地证实了现代中国人体征的极端复杂性，而中国人一向被认为是一个纯一的种族。

我说现代中国人的体征这个话是很审慎的，因为今日的中国人不同于五百年前的中国人，而五百年前的中国人又有别于孔子时代的中国人。为了探索这个民族学上的变化，我搜集的两套独特的资料，一套可用以说明历史上中国人口规模的变化，另一套则可说明他们的成分的演变。前者是通过比较不同地区构筑防御设施的聚落的年代来进行研究的，后者则通过探溯中国人姓氏的起源而进行研究。对此我需要做进一步的说明。

谁都知道中国有一条万里长城，然而很少有人还知道，在中国的每个地方都造有城墙，有的远在四千年以前就有。事实是：当爱琴人刚刚走出石器时代，中国人就在构筑自己聚落的防御设施了。中国过去的历史学家的辛劳，给我们留下了关于建造四千四百七十八座城墙的年代记录。通过对这些年代的比较，我得以勾画出中国本部与三次大规模的筑城活动相适应的考古学上的三条大环带。我发现，这种构筑城墙活动的扩展，可以成功地用来当作历史上的中国人口规模演变的指数。

另一方面，宗谱记录所载的中国人姓氏的起源，也提供了一套说明北方部落逐渐渗入中国地区的资料，举例说，起源于通古斯族的、匈奴族的、蒙古族的姓氏，全都可以找到。

以上述三套资料即人体测量、城墙构筑的年代、姓氏的源流为构架，再加上对一千五百年来中国人口资料和各种历史记载的研究，使我得出了如下的结论：参加构成现代中国人的，共有五个大的民族单位和四个小的民族单位。五个大的是：黄帝的后裔、通古斯群、孟高棉语群、掸语群和藏缅语群。历史上的发展趋势是通古斯群日渐占有黄帝后裔的地盘，而黄帝后裔日渐占有另外三个群的地盘。

我依靠上述五套资料的数据，得以从时间和空间两方面十分详尽地勾画出上述五个族群的迁徙状况。就这五个民族单位来说，黄帝的后裔即最早的中国人，在孔子那个时代仅见于黄河两岸。这一族群的移动始于公元前 2 世纪。移动的方向一开始是朝向东南。移动一经开始，就缓慢而持续地向前推进。这场移动在 3—6 世纪这段时间内达到高峰，当时正值蛮族第一次大规模入侵中国。经过这一次入侵，黄河两岸的居民已变得不那么纯一了，他们跟北方和西北方来的一些部落——匈奴群、藏群以及通古斯群融合起来。从这一时期的初始时起，经过八百年，即大约在 11 世纪，发生了又一次的通古斯群入侵，其结果促成整个中国人口的又一次大移动。总的来说，这两次大规模的迁徙，使中国产生的民族变化比任何其他单一原因造成的后果都要大。在这个向东南方扩展的过程中，中国南部的一些土著逐渐被同化了。

以上就是我近两年总的研究成果的概貌。即便从以上关于我所做工作的十分简略的概述中，也可以明显看出，顺着这条路线展现出进行巨大科学探索的广阔天地。在中国这个研究领域，需要有考古学的调查、民族志的调查和人体测量学的调查。这些方面的问题都是规模极其宏大的，需要有极大的匠心独运的心智来做出答案。然而就问题的根本性质来说，这些问题虽说困难，却并非难以克服的。但是从另一个角度来看，一个中国人类学者将会感受到另一人类学问题的巨大诱惑力：这些问题不是那么有形的，而是比较难以捉摸的，是远为重要的，却又不太容易用现代科学词汇加以说明的。不过，我还是试着尽我的可能把这个问题说得明确。我所指的就是关于中国语言的研究，以及关于中国文字对中国文化发展的影响的研究。

在欧洲科学家的心目中，语言历来只被看作声音的集合，而不被看作是某种比发声器官更内在、更深刻的东西的表述。在文字研究这个领域，亚利安人的语言学家恐怕长时期以来就相信拼音文字是迄今最好的文字，它代表人类全部智力活动的最高成果。或许另一行星上的某种人类可以判断此话的真实程度如何。可是一个中国人很难无保留地接受这种看法，因为他看到问题的另一面。他会用大体这样的方式来争辩：拼音字文明只是文明的一种，而不是整个文明。同样，拼音文字只是文字的一种，而不是一切文字。在这个基础上来区分世界现有各种族的文化，就会发现使用拼音文字的人和使用象形文字的人之间的根本区别。西方文明的历史表明，拼音文字的长处是它能容纳种种变化，但与此相应的短处是它不能持续地支撑一种思想。拼音文字的过度流动性，至少要为西方历史上的许多动荡起伏承担部分责任。中国人的历史表明，象形文字的主要长处是它作为某种最终的、简单明晰的真理的化身，经受得住各种冲击和压力，而它相应的短处就是抵制变化。整个的拼音字文明可以被称为一种检索式文明，而象形字文明则是一种图象式文明。在现代社会，检索式文明自然大大优越于图象式文明。现代社会可以不要艺术、文学、道德和宗教而存在，但却不可一日无检索系统。早上把检索系统破坏掉，不到半夜现代社会就要垮台。我不信有谁会知道：中国现代化的步伐之所以如此缓慢，基本原因之一在于它的文字不能检索化。因为现代文化就意味着科学和机器，但这两者离开检索系统都不能运转，而中国语言却无法提供它。然而，这正如吉卜林先生所说，已经是题外的话了。

现在回到我原来的题目上来。前面的议论的目的，是想说明拼音文字虽然这般奇妙，但功能毕竟有限。既然功能有限，就不能视它为无所不能。这还意味着：一方面，那些自称客观上可靠的所谓对文化的科学解释，经过进一步的分析，十之八九暴露出一种语言文字上的偏见，不过是一堆装腔作势的废话。另一方面，拼音字文明的本性与拼音文字的本性之间有着密切的相互关系。同样，象形字文明和象形文字之间，也是如此。我从下述三个方面取得对我这个论点的进一步支持：（一）数理逻辑表明，一切严格的逻辑思维要用数学符号来表示，而不能用拼音文字表示；（二）行为心理学表明，一切思维活动，包括拼音的思维，只是一种行为类型，而不是一种神秘才能；（三）内省心理学表明，在语言符号，与思想的发生、成长、形成和变动二者之间，存在着十分错综复杂的关系。这样一来，我们不能不得出如下结论：文字对较高文化发展的影响问题，是一个极重要的问题。如果认真地看待它，可能有助于解决“心理上的一致”这个问题——这个字眼人们用得不少，却又懂得不多。我没有时间在这里详谈解决这一问题所需要的方法，不过我这里冒昧地做个预言:今后三十年里，如果中国人能对人类学的研究做出什么贡献的话，最要紧的将是沿着这条路线去走。

中国最近发现之新史料[①]

1928 年 11 月

现在我们讲历史是与从前不同了。从前讲历史是局部的、狭隘的，是以一国的历史做一单位的，而且认作是一个整个的——几千年来都是这样。可是现在呢？各个民族的历史，一个国的历史，并不是整个儿的世界史的全体，而只是人类史之一部分。我们这个基本观念的变迁，在这个时代是非常重要的。我们解释历史的方法在变迁，我们搜求材料的方法在变迁。

这变迁不仅中国是这样，在西洋也有同一的经过。欧洲史之扩大为人类历史，原因是在自然科学的发达。因为人类不是上帝创造的，是由自然界生物进化而来。三十年前讲欧洲史，只是希腊史而已，远不过公元前五百年。现在至少在十万年前了。

历史上可靠的材料，虽然很难辨择，但是材料很多，我们可以考古。中国从前治历史的方法不精密，见解也受了限制。到现在基本观念在变迁，处处有新发现。我们的方法将与欧洲同一步调。以前讲中国史对一种民族的来源和它的变迁，一种民族的语言和风俗，向不注意，而且，以为无考求之必要。西洋人应用新方法，于新的问题与材料有相当的注意、适宜的处理，结果致人类历史上有长足的进展、超越的成绩。

这种方法的不同是很重要的，我现在把个人考察的经过讲讲。

---

① 本文是李济在广州中山大学发表的演讲。

三年前我做考古工作，太重要的地方不敢去发掘，因为一不小心就要毁坏不少的材料，遗后来无穷的追悔。所以选择的区域在山西，但下雪后不容工作；过了半年再到山西去发掘，地点是山西南部，安邑（今夏县）的西阴村，距安邑甚近。夏县相传为夏都，靠不靠得住，现在不能知道。我到安邑，第一次是旅行，那地方全为田地。因为河水不多，农人掘井取水，往往掘得瓦砌；但他们都不注意，不知道那是古物，以为是神迹。我们旅行到这地方，就注意它，决定发掘。地方有七十余亩，我怕经验不够，损坏了固有材料，择的地点很小；一层一层地剥下，差不多每一撮土都是经过五个指头的。这样工作两个月掘深六尺多，看见黄土，就没动它。在黄土间灰土中所得到的东西有六十余箱。

这里边的东西有瓦器[①]、骨，但没有铜器；知是有史以前、无历史时的。以后运至清华学校研究院，再加以研究。六十余箱瓦片都没有整个的，瓦片都是用手做的。

我把这些陶片分为十三类，有灰色的、绳印的、砖红的、白色的——与现今无异，带彩的……带彩最有趣的为有几何形的瓦片，圆点、圆圈、红底、黑花，此为最精彩。此外石器有石斧、石箭头十余个——此为中国第一次发现，燧石。其余的就不认识，所谓不认识者，是拿来和世界上所有的石器比较都没有同样的。最有趣的为石弹，是陶制的。还有圆球形的陶制物，上有花纹。

此外还有猪、鹿骨，比现在猪骨为大；尚有煤炭；蚌壳，长方的，为女人装饰用以挂在胸或头上。

还有半个蚕茧。（永梁按：此茧为切割了的半个蚕茧，李先生带到美国经专家研究，确定是蚕茧。）

我们研究这些材料，没有铜器，没有文字，知非铜器时代之物，至于发掘的动机也非偶然的。北平地质调查所在河南、甘肃发掘了好几处，最力的是瑞典人安特生，他从 1922 年起至 1925—1926 年三四年间的工夫，在河南、奉天、甘肃发掘了不少。他研究的结论是：中国文化在商代以前的仰韶文化，为公元前 3000 年。他根据的是，发现中无金

---

① 本文中称瓦器、瓦片的，实际指的就是陶器、陶片。

属；比较起来，近中亚细亚波斯南的安诺地方，美人发现陶器；法人在印度西北发现类似的陶器；欧东巴尔干以及印度发现的哈拉帕、摩亨佐达罗两古城，也有相似的陶器。因此，他认为在公元前3000年，与西方各处有直接关系。

安特生在发掘上，我个人觉得他是功过参半；他的方法还不精密，非科学者最成功的方法。他在甘肃，因为急于有成绩，收买陶罐，以致回人在地下率意捣掘，像现在河南打窑子一样，结果不知毁坏了许多材料。我个人觉得我们并不注重在整个的结果，唯一在精密，一步一步地去记载。我在西阴村所掘得的东西，现存在清华，若随意拣出一片来，可以知它原来在哪一地层、在什么位置，次序都可一一明了的。

这次发掘研究的结果，与安特生虽没有大异，但有几点很不同。

安特生注意带彩色与不带彩色（灰色）之分，以为带彩者为自西来，不带彩者为原有的。我以为它们的土质都相似，带彩与不带彩并没有这样大的区分。英人法兰克复把欧洲带彩色时期文化做一总结，结果，一源论是打破，带彩陶器并不来自一源；并评安特生研究的结果，怀疑与安诺没有关系。所以现在仰韶期已不可靠，安特生的结论根本动摇。我个人的意思也是这样，中国带彩与不带彩的有密切关系。以经验而论，如带彩色的来自西方，则彩色细致的陶器应当在来源先及的地方。但事实上恰反，愈西愈粗：仰韶的精细，甘肃的粗。所以，带彩陶器来源不能不怀疑了。我个人研究所得，中国在有文字之史前已有文化，为固有文化；这在山西南部有十几处。这文化与后来的文化有没有关系？或是这时期的文化完全沦没了，后来的文化是另起的？这时期的文化与西方历史有何关系？又与甲骨文关系是并行的，还是一条线上原来的文化？这些都是重要问题。

还有两件发现，一是法人德口进在河套发现旧石器时代遗物，在一万年前。以前只知道中国有新石器时代，现在可证明中国有旧石器时代。

二，北平南发现人牙二，经协和大学教授考定与爪哇猿人同时，在冲积期以前，十几万年以前。足见中国本地之有人类是在史前了。

人种来源问题到现在有非洲亚洲两学派，各自持论；经上面这几个发现，则以亚洲说为胜了。

我们考从前的历史，材料之可珍贵，那考古的方法就不能忽视，以与中国全体民族有关。以前讲历史，方法很不注意。从人类全体历史关系来看，不能不注重掘地法之考古学。考古学都有地方性的，如希腊考古学、埃及考古学，都与疆域有关系。中国考古学现在最要紧的是保存方法。各地方地上古迹的毁坏，地下古物的损毁，不知多少；地面上古迹保存，需各地设普通博物馆，愈多愈好。地下古物，最重要的要先有问题、有目的去发掘，才能注意到各方面细微的物事。若鲁莽从事，一定毁残了固有的材料，不如不动，将来还有发掘的机会。就历史这学问的立场而论，不与古董客一样，材料不在完整大个，大小是同等价值的。

我这次到美洲、欧洲、非洲，绕地球一周，此行目的为考察他们的方法。美国可说从前是没有历史，可是博物馆每州每县都有，无处不用地方上力量去保存。欧洲的成绩尤堪惊异，过去已整理得很好，现在犹进行不已。埃及学者对于发掘的精细，是梦想不到的。中国地下的材料，真是遍地黄金，一扒总可扒出些来。可是不去工作，或工作也不精密，损毁了许多固有的材料，以致英、法、美、德各国的人都以人类全体历史的关系来向我们吵。我们自己若不去工作，还等待什么呢?

我们希望政府维护协助，希望有兴趣的人参加，多多受一些训练，这不但是人类历史上应做的工作，也是应付外来的趋势啊!

关于中国古代史的新史料与新问题①

1933年5月27日

诸位先生、同学：

此次到这里来，一面是会会老朋友，一面是看看故乡文化的发展。至于贵校请我讲演，因为完全没准备，实在无话可说；但既承殷勤的招待，又不得不丢丑了。现在且就我经验所得，提出来和诸君讨论讨论。

当我们一说到上古史，总觉得时期要推到很远很远。有一部分人，他们感觉到古史是和现代的生活有密切的关系，尤其在今日中国紧急状态之下，大家往往喜欢去追溯从前，回忆过去；他们要看中国在往古于世界有没有贡献，是否能够在今日世界上存在，这是一部分人对于中国古史立脚点和观念不同的地方。但是依我们看来，总觉得中国古史应该是人类的一部，应该要放在人类的圈子里去。不过对于中国的古史，往往不能使我们满意，除书籍外，是否可以在别的地方去找新问题，这种观念，是现在中国古代史第一次发生的观念。

发掘古史工作，也是治古史好几种方法的一种利用。在近数十年来所得着的许多材料，虽然没有完全解决，但已有部分的成功。历史也和其他学问一样，材料愈多，问题也愈难，因为问题是时常发生变化的。

今天提出来讨论的，是我个人过去七八年的经验所得。诸位记得有一时期，北平学术界对于中国古史起了怀疑，这以顾颉刚为代表，他整

① 本文是李济在国立武汉大学大礼堂发表的演讲。

个地怀疑中国先前的旧史，他要把“黄金的尧舜”打倒，这在古史上起了个大风波，诸君于此事都早已知道，现在我也不去申说。但自这风波后，一般人对于古史上得着了一个新观念，虽是当时新材料还没有发现，其所据都在旧书本之中，但不久这问题竟惹起学术上研究的兴趣。如自然科学者的人类学家、考古学家等，尤以地质研究所对于古史特具豪兴。在当时的发现，就地而言，是中国的河南；就人来说，是外国人。如安特生在渑池发现了古代的石斧和陶器等物。发现以后，他特作了一篇《中国远古之文化》一文，以后他还是继续地工作。他说中国在铜器时代以前是有石器时代的，但是这石器时代的文化，与中国的夏商周——正统文化是否有关，却成了一个新的公案。因为在这里（河南）的陶器，是正和西伯利亚、中央亚细亚所发现的相似，时期约在纪元前三千年左右，这和想象的中国当时文化也差不多。至于西伯利亚、中央亚细亚当时和中国有没有关系，关于此问题讨论的人很多，不过就陶器看来，说法是以证明中西文化之关系，其沟通不是在汉代，而是在石器时代了。

以上是研究古史运动的一幕。自此以后，欧洲和中国的新旧学者都将此事加以注意。他们晓得，中国古史不专在故纸堆中，而是要采用自然科学方法去找新材料。这种冲动，是北平几个学术机关发起的，如北京大学研究所国学门、历史博物馆、清华大学等，开始研究发掘工作，一年年地不间断地发掘，成绩很有可观；于是将此类材料作起点，乃发生安阳发掘的动机。安阳，是属河南彰德府，在黄河北岸，这地方自来发现材料很多，宋代就在此发现不少的材料，但从来不为人所注意。直到清光绪二十五年，有农民在此耕种，掘得兽骨龟甲很多，上面的字迹很是不少，却无人能认识。他们不晓得是什么东西，于是拿来做治伤的药品，假充龙骨，卖于药铺。一般药铺嫌它上面有字，乃把它磨光。后来有个姓范的古董商人，将骨甲尽力搜买，辗转传到北平，为王懿荣所见，他晓得这个东西比金文还要古，同时刘铁云也竭力搜罗。中国人原来是个好古的民族，于是一般的金石学者，为之轰动一时，群起收买。当地的农民这时才晓得这东西是很值钱了，于是在秋天收割棉花过后，大肆挖掘。当时收罗得愈加多，作假的也就不少，这是光绪二十五年以后的情形。这班收罗甲骨文的人，当时并不辨真假，他们收罗的动机，有的是为上面的文字的，有的是好古董。后来到了外国人的手里，他们对于这东西的观念，自然和金石学者不同，而是认为最有价值的东西，如当时英国人、法国人都很注意。

中国的金石学者收罗甲骨文以后，他们根据自己的经验，以为这类的字很和金文相似，同时参以《说文》小篆，认识出来的很是不少，于是乃再加以研究，就中罗振玉将此类的字收罗得很多，经他考证出来的也很不少，这是一个很大的贡献。当时有个英国学者荷伯斯，看到这骨甲很是好笑，他以为中国人对于这种东西，是不明其价值的，纵多也不过重在文字上。但是外国人对此，究竟是此路不通，因为他们根本就不识这类的字。自罗振玉《殷墟书契前编》和《殷墟书契考释》一出来，外国人才觉得这种工作，只有把中国人去干，而在中国的确也是个空前之举，因是罗氏得着法国国家学院的奖。其实于甲骨文有贡献的，还要算王国维，这是殷墟从前一个大概的情形。

在此以后，想在殷墟发掘的有北大教授马叔平、胡适之等，但未实现于事实。一直到1928年，中央研究院才动手，这时离发现的时候已经三十年，在此三十年间，当地的乡人都还是继续地做这种生意，并且罗振玉的《殷墟书契前编》也说过：这里的东西罗掘已尽。所以当我们做此工作的时候，许多人都在讽劝，他们以为东西既得不着，且失了学者的身份，这又何必呢？但我们的观念并非如此，我们的目的，并不仅仅在甲骨文上。这文字既经了二十多年的考证，既承认是殷代的文字，而殷代史料还是这样的缺乏。我们除了文字外，难道没有别的东西和甲骨文同在一处吗？稍微有常识的人，当然猜想得到有文字的地方，或者有殷代的图书馆在，或者有其他的器物在，我们如果发现时，自然可以推测到殷代的生活。这第一次发掘的结果，我们很高兴，原来这地方蕴藏的确丰富，掘出来的材料的确不少，前后我们发掘过七次，现在就这七次所得的材料，大概来说一说。

安阳——小屯，无疑地是殷代建都之地。从甲骨本身的证据看，大多是记皇家之事，如王的田猎、王的征伐、王的钓鱼等等，都是王的起居注；在卜辞中关于祭祖等，也是皇家之事；再看甲骨文上的名字，如祖乙、祖丙、盘庚等，也都是王的名字，可知此处至少也是近都之地。这次最重要的发掘所得，是在另一个地方，我们发掘七次的结果，虽然不能和在罗马希腊一样，把古时建筑完整发现，但在此我们发现了商代建筑的地基。当时商代的建筑方法是板筑，就是黄土加水，以板夹着。这是商代重要建筑之迹。这基迹地面很广且长，比教室大五倍（指武大第一教室）。基迹都是一块块的长方形或圆形，基上有石，大概是为柱基之用。这地基最近才发觉，因为黄土不易辨别，虽经过多次破坏，然外形还可以看得清楚。此外还有一种用黄土建筑的台子，面积很宽很长，它的方基都很齐整；不过当时还没有用石灰，而是用一种特别的土代替。另外又有一种圆坑形式，是三个圆，如下图（图略），接二连三地连着，这种坑穴都具有很多的阶级，穴中所藏，有牛骨和猪骨等物，这自然是有人住过之征。现在的“宫”字，在甲骨文中作，这个自然不是我们所想象的紫禁城内堂皇的大宫，而是两个穴的形式，当时的物质生活，在此也就可以概见了。但在外面的建筑，我们不能得知，也不可以想象；或者在当时，另外有大宫殿作为召集诸侯的大会场，是否有此，现在也殊难明白。总之，此地不是一个寻常之地罢了。从书籍上，我们既看见“盘庚迁于殷”的记载，同时在汉代作《史记》的司马迁，又定名此地为“殷墟”，可见这殷墟，正和现在的明陵、圆明园一样，很容易地被人忘掉。可是这数百年京城遗址（殷自迁都在此一直到灭亡），如今一片砖、一片瓦，却都成了我们的好材料。

我们再用现代的观念——以人类铜器时代来说一说殷代：殷代是没有铁的。至于铜，的确当时已有，这种问题，在中国的古籍中是不能答复的，因此在现在就异说纷纭，如现在有人说殷代是无铜的，没有人敢说他不是；法国一个学者马斯贝尔，以为中国到汉代才有铜，这也无法去解决。此次我们的发现，证明了殷代是有青铜的，除甲骨文外，这是最重要的材料。不过在殷代，还没完全脱离石器时代，而且在中国的石器时代，又找得出新的关系来。在当时兽骨不多，自然是牧畜很盛，但在这种种兽骨中，有属于热带的，有属于寒带的，如东海之鲸鱼、南方之水牛等（在北方是看不到水牛的）。由此可见当时交通的辽远，同时又可证明此时尚未脱离游猎时代。

再进一层，谈到当时的艺术，在铜、骨和石头上，除刻有文字外，同时有很多的花纹；就这种的石刻看，可以推想当时的建筑必有可观，而又借此知道当时有断发文身之俗。这种雕刻很艺术，作品非常好，当我们发现以后运到北平时，外国的雕刻家见了很是羡慕。此种发现，在中国艺术史上是个大变动，对于汉代始有艺术的观念，至此也就被打破了。

关于当时的衣、食、住。衣虽然无法知道，但丝是有的，因为在土中还留着腐茧的印迹。而总括说来，究以文字为重要，这文字和宗教是有密切的关系的。当时所谓龟卜，是用龟甲钻孔燃烧，看它的裂纹，以定吉凶休咎。这用法实际上虽简单，然却有大迷信在里面。关于殷代的龟卜，我们固然老早就晓得，但同时骨卜也很多，这是值得注意的。因为骨卜的习惯，不是中国特有的习惯，而是亚洲普遍的现象。中央亚细亚的游牧时代，也是如此。原始是成为研究亚洲的大问题的，现在也成为中国古史的大具兴味之事了。

安特生的发现是在渑池，这一处的陶器，在中国蔓延很广，自甘肃、东三省（沙锅屯），以及自黄河流域的南部全包括在内。在此同一石器时代，全无一点为以骨为卜之事，而此处（安阳）却骨积成堆。最近又有个新的事实，是在山东发现的：原来我有个学生吴金鼎，在齐鲁大学教书，他在济南附近（沿胶济铁路的龙山）自掘石器，最近得着个有趣的黑陶器，颜色发光，和黄河流域所产生的陶器全异，而粗糙的陶器是一样。但细的陶器，又和仰韶时代的不同，这是石器时代最特别的。同时在这里也发现有骨卜的习惯。大的分别，就是殷墟的骨甲刻满了文字，而在此处则否；再殷墟骨甲上的钻孔是整齐划一的，和现在写字一样，而此地发现的骨甲，在殷墟中应当烧的，在此又不然，这也是特别的地方。我们现在将石器时代，若以仰韶时期作中心，分作三个：仰韶为一个石器时代；河南、陕西以东产生的陶器，和殷墟的差不多，划作一个石器时代；山东（龙山）也划作一个时代。这样一比较，殷墟和山东的石器不同，而与仰韶的石器相差更远！

在此发生了另一个问题，就是东方的石器时代与西方的仰韶时期，到底孰先孰后，还不是随便可以解答的。两年前，在安阳附近，隔殷墟三四十步的地方，是一个种棉的处所，在此发现了堆积的东西。分为三层：第一层的陶器和殷墟的陶器一样，再下就是和山东一样的陶器，再下就是仰韶时期的陶器。在此我们又将黑陶文化（龙山的）和仰韶来比较，他们的文化传到黄河——华北，或许是仰韶先来而黑陶文化后到。本来黑陶文化之散播也广，在河南发现黑陶器很多，但大都是仰韶的陶器在前，黑陶在后，大概依我们窥测，当时为晚石器时代，东方西方，都无分别。这问题自然不是如此的简单，不过这问题的方向，我们可以见到，我们都认为殷代是最可靠的时代，但不得认为最早的时代。我们应该晓得殷墟文化，与山东文化有关系，同时又最受西方的影响。如有殷墟所发现的青铜器，有戈、矛、剑种种，并且还有箔铜器，除铜器外，又杂有石器，可见是铜石并用了。他这种箔铜，到底自何而来呢？我们在此可以间接地看出，当时的兵器实在是受了西方的影响，如“矛”在文字上往往有“某日某得矛二十”等类的记载；又矛形和欧洲铜器时代之矛形相像，而最奇的，是西方从前盛行的空头刀和空头斧，在此也发现了，这足见当时东方与西方，是有密切关系的。又如最近在西伯利亚所发现的兵器，和中国的也正相似，但我们据此，是否能断定当时的青铜器是从西方来的呢？这是不能决定的，因为殷代的鼎爵等器，又是西方所无的；上面所说的艺术作品，也是在西方未见的。瑞典的学者，以为欧洲的文化是在中国之前，这句话现在可以打倒，并且我们借此又知道殷墟的文化，除受山东文化影响之外，同时又受西方的影响，而又和南方的文化有关，如水牛、米，以及文身之风（马来的习惯），且又和东海有交通的关系。所以殷墟文化之来源，不是来自一地，而是自东、自西、自南，各方面来的。再者殷代的文字，见于甲骨者有二千多，有许多是超过了象形，已有若干年的演化，这是谁传来的呢？那倒是最有趣味、最费精神去讨论的事。以上的问题，我们现在都不能够解答，不过商代文化的成分，是如此的复杂，文化经若干年又变化一次，这是历史上常有的事情，西方的情形，也是一样。至于成分的孰先孰后，我们现在是不能辩证得明明白白。总之，文化是渐进的，是互相变化的。一部分属于自己创造，一部分是人家送给我们的。既是如此，则所谓“保存国粹”，如梁漱溟先生之辩，也就大可不必了。

彭　湃

(1896—1929)

生平简介

彭湃（1896—1929），原名彭汉育，曾用过王子安、孟安等化名，广东省汕尾市海丰县人。中国共产党早期领导人之一，民国时期中国农民运动的领导人，被称之为“中国农民运动大王”。1917 年夏去日本求学，其间积极参加留日学生的反帝反封建的斗争。1921 年加入中国社会主义青年团。1924 年初加入中国共产党。1925 年 5 月当选为广东省农民协会执行委员会常委、副委员长。1927 年 3 月到武汉农讲所工作，5 月在中共第五次全国代表大会上当选为中央委员，8 月 1 日参加南昌起义，任中共前敌委员会委员。是年 10 月在广东海陆丰地区领导武装起义后，建立了海丰、陆丰县苏维埃政府，这是中国第一个农村苏维埃政权。1929 年 8 月 24 日因叛徒出卖而被捕，30 日在上海龙华英勇就义，年仅三十三岁。其著作编为《彭湃文集》。

工农兵团结起来，实行土地革命[①]

1927 年 11 月

各位亲爱的工人同志、农民同志、兵士同志：

中国自从辛亥革命到现在已十六年了，在这十六年当中，完全是国民党起来领导的，他的口号有："工农群众起来革命"，"谋工农群众利益"。所以，我革命的工农群众，在他指导底下，已经做了极大的牺牲。如广东杨希闵、刘震寰叛变时候，我工农群众牺牲了无数头颅，才能够把杨、刘赶走。去年国民革命军北伐，也靠着我工农群众的力量，得以打到长江流域以至黄河流域。这个时候，我们便起来要求减租加薪种种运动，结果，这个要求，反被他们指为叛变，同时并说是共产党作乱，因此他就要来打倒中国的共产党，这简直就是要杀我工人农民罢了！在湖北被他杀了万余人，在湖南、江西、广东也给杀了数万人。到这个时候，国民党的假面具已揭出来了，我工人农民兵士也觉悟起来了，我们要解除痛苦，唯有团结起来，夺回一切政权，实行土地革命！

国民党怎样残杀我工农群众，在远的地方可不必说，我们在海丰是可以看得出来的：指使民团保安队屠杀革命群众，烧屋抢产，种种行为，实已露出他反革命的真面目，故此我们就应该起来打倒压迫我们的国民党！

我们要能够免受一切痛苦，更要起来拥护中国共产党，实行土地革

---

① 本文是澎湃在海丰工农兵代表大会开幕式上的演讲。

命；因为土地革命，是共产党目前的第一件要紧的工作。我们更要明白土地是天然的，因被地主资本家霸占，所以我们连一点田也没有；他要永久地保护这土地，就组织一个政府——反动政府；他还怕政府不能尽量保护他，他又组织一种军队——军阀；而且他要保护自己的土地，还恐没有证据，又造出一种契约，于是就把土地各人瓜分起来，并划定界限、田塱。共产党对此是明明白白的，知道我工农群众要能够解放，除非把这私有制度打破是不行的，所以领导大家起来打倒反革命政府！打倒反动军队！杀尽土豪劣绅大地主！把一切契约烧掉！把田塱可以铲去者铲去！这样农民才得着真正的利益。地主资本家打倒后，同时并把一切的工厂归还工人。至于兵士呢，也有很大的利益，因为从前去当兵到年纪老了，被长官赶出来，回到家里没有工做，就要白白去饿死；现在我们夺回土地以后，就可把土地分给退伍的兵士及其家属，使兵士可以在家里享福。故此兵士尽可去打仗，可无后顾之忧。

现在共产党已命令其党员，于最短时间，应合同工农兵去打倒一切反动政府，杀尽土豪劣绅，去焚烧契约，并怎样地去铲掉田塱。而且现在不是单单要海丰的革命成功，还要使全广东全中国全世界的革命成功！

最后一句话，现在中国反革命派，时时刻刻还想向我们进攻，我们应该起来反攻！

全世界最大力量就是我们工人、农民、兵士，最后的胜利也是我们的！我们的口号是：工农兵团结起来！打倒大地主土豪劣绅！实行土地革命！解除反动武装！一切武装交还工农兵！一切政权交还工农兵！土地革命成功万岁！世界革命成功万岁！

郁达夫
(1896—1945)

生平简介

郁达夫（1896—1945），原名郁文，幼名荫生、阿凤，字达夫，浙江富阳人。小说家、散文家、诗人。通五门外语，分别为日语、英语、德语、法语、马来西亚语。1910 年与徐志摩、厉麟似一同考入杭州府中学堂，后又到嘉兴府中学和美国教会学堂等校学习。1913 年 9 月至日本留学。1921 年 6 月和郭沫若、成仿吾等人组织成立文学团体创造社，担任《创造季刊》、《创造月刊》、《洪水》半月刊编辑。同年 10 月出版我国现代文学史上第一部白话短篇小说集《沉沦》，由此奠定了他在新文学运动中的重要地位。1926 年底返沪，发表了《小说论》《戏剧论》等大量文艺论著。1928 年主编《大众文艺》。1930 年 3 月，中国左翼作家联盟成立，郁达夫为发起人之一。同年 12 月，其小说《迟桂花》发表。1933 年 4 月移居杭州后，写了大量山水游记和诗词。1936 年任福建省府参议。1938 年赴武汉参加军委会政治部第三厅的抗日宣传工作，并在中华全国文艺界抗敌协会成立大会上当选为常务理事。1938 年 12 月至新加坡，主编《星洲日报》等报刊副刊，写了大量政论、短评和诗词。1942 年，日军进逼新加坡，与胡愈之、王任叔等人撤退至苏门答腊，化名赵廉。1945 年 9 月 17 日被日本宪兵杀害于苏门答腊丛林。中华人民共和国成立后被追认为革命烈士。代表作有《故都的秋》《春风沉醉的晚上》等。

青年的出路和做人[①]

1936年3月1日

主席，诸位：

在这二星期当中，来找我谈话的朋友很多，演讲也讲了好多次，要说的话，差不多说完了。

诸位，人是一样的，我和各位也是一样的，关于知识和经验也是差不多。在过去一般社会上的人，就加一个专门名词在我身上，叫作浪漫派、颓废派作家，在最近上海、南京、浙江各报纸上，像开玩笑般，说我做官了。做官是有多种的，我们且先来解释这个官字。官尤事也，官者，人尽其责之谓也。若是如此，那做官就是做人。我现在即使做了一个芝麻绿豆官，也和我的做人并没有相背或转变的地方。

对社会、对国家有点贡献，不贪污、不敲吸民间的膏脂，这是正当地做官，像这种官，也大可以做得，可惜以前贪官污吏和“只许官厅放火，不许百姓点灯”这一类的官太多，所以把“做官”二字弄得不好听了，现在的官，只变成升官发财、贪官污吏之官。故上海各报骂我写文章没出路，吃不饱饭，就跑到福建来“做官”了，像煞有介事的。

因此我便联想到青年出路问题。青年的出路，我以为可以分作积极和消极两方面来说。

说到积极方面，一个人是要生活的，是要从事生产的生活，能够利

① 本文是郁达夫在青年学术研究会发表的演讲。

己利人才对。除做文章外，也可以从事生产事业，如工、农、商等等，不过还是从小处做起，运用必要的技巧，去营生活，去从事一切，才是正当地做人。譬如上海小说家天虚我生，从前是个杂文编著者，后来心机一转，觉得咬文嚼字，做做文章，并不是一个人的正当事业，于是就去改行从事实业去了，这我们当然不能够说他是不对。还有在山东有一位武训公，他是未受过教育的，到处受人奚落，后来，他发誓了，要办一个学校，可是他没有钱，但他就去做了乞丐，到处行乞，结果，他办了二个、三个，以至十数个的学校。这也是做人不必尽走一条路的实例，只教目的、宗旨不变，手段是可以不问的。

以上数点足以证明做一件事情，应从小处着手，结果是会成功的，这些是积极解决生活问题的一面。在消极方面呢，当然是要把欲望降低来才对。Maupassant 的 *Necklace* 故事，告诉我们一条假的项链和价值最贵项链，实用上也是一样的。那女主人为了赔偿宝贵的项链而潦倒一生，由这故事，可以给我们很好的教训。

现在一般的青年，对于生活的欲望太高，在社会上得不到完满的生活，就想造成一篇暴力的文章，来左右社会。此种现象，在东京、上海各地都有，福州也有，唯比较少一点。

至于我的个人生活，倒也是无所谓的，有钱我也是这样子，一天不吃饭，二个光饼过一天也行，一个星期没有钱用，我也并不要紧，故说一个人，对于生活的条件，不要太高，对于职业应该随便，如工、农、商等，小而卑的职业，都可去做，不要说是要做官，才算是工作。

今天我对演讲，是没有预备的，因为原定系十一时到十二时，在大清早起来，看到报纸上才晓得改为九时半，差不多是一起来，就走来了。

演讲，外国人的演讲，有些是讨论的方式的，所以我今天也来模仿一下，暂定二十分钟……三十分钟，请诸位提出问题来讨论，因为单独一个说，有点像我一个人说是对，你们都不对的样子，故我特利用这个公开演讲的机会，来共同讨论问题。

关于文学介绍

这个题目，我前次在青年会已谈过了，记得在不久以前，上海有一班人，提倡“民族文学”，是非常卖力，那时候，结果是“此路不通”，到处碰壁，当时的人们，听到“民族文学”这四个字，就有点“头晕”，到了现在，就有事实来证明这“民族文学”怎样。

前几天晚上，有一个朋友来谈天，谈到现在很流行的报告文学，应该是文学中很重要的一支，此意很对。

报告文学是什么？

对内，用很浅显的笔调，来报告最近时事的消息，告诉给在水平线下的大众，同时也可介绍国际上瞬刻万变的情形，告诉国际上的人们，对中国的注视，或动向等。

对外，报告些远东的风云，东方的习俗、民意等等。

这一种报告文学，我相信，是能得到大家的欢迎，是能够一时得到效力的。

关于民族主义，浪漫、颓废主义

民族主义，我是不提倡的，也不想打倒的。关于民族主义文学怎么样，我现在不愿意加个批评，唯各地多数刊物上，是已经实际都充满民族意识的文字了。

浪漫、颓废主义，以前很多人讲我是浪漫、颓废主义者，这种论调，是非常不对的；“浪漫”，是每个人年轻时代都有的，青年人对理想不符、社会不满，就起有破坏一切、打倒一切的心，这种精神，是西洋所说的浪漫主义的精神，我在年轻的时候，也有此种普通的习惯，故一般人均目我为浪漫、颓废主义者。现在，我一经年岁加增了一点，年轻时候的那种勇往直前、不顾一切的行为思想，都没有了。生活上因为在大病之后，也稍为改良，故一般人又说我是转变了，其实这也是环境使然的转变。

关于旧道德

旧道德，是否应加发扬的？事实是很明显，时代如巨轮般流转，这个时代的环境背景是否还会再适合那个环境所产生的旧道德呢？事实上是绝对不可能的。同时，旧道德中，充满着虚伪、自利、自私的成分，这一种倾向，是破坏社会秩序最大毒素。

总之，道德无所谓新旧，唯真纯的人才能够说得上道德的两字，若言不顾行，行不顾言，那不管你天天在高叫道德，结果终是一个坏人。

最后，我并不是想在福建做官，在最近会到闽南闽北走一圈，我希望在后来，能够再和诸位见面。现在时候已不早了，就此完结散会吧。

在吉隆坡公演《原野》揭幕式上的演说

1939 年 9 月 27 日

诸位来宾：

今晚武汉合唱团初次公演我国剧作家曹禺先生的新剧《原野》，来实践他们筹赈兼宣扬祖国文化的双重义务，特地命鄙人自新加坡来此地，替他们揭幕，代他们向各位致一辞，鄙人亦为中华民国的国民一分子，对于筹赈，对于宣扬祖国文化，自然是义不容辞。现在暂借这一个大剧本未开演以前的几分钟，向各位讲几句简单的话。

第一，关于我们的抗战。关于我们的应该出最后一个钱和最后一分力的话，诸君原也已经听得很多了，这里可以不再说。但有一事，要向诸君报告的是最近在扬子江以南，洞庭湖以东新展开的血战，我们绝对有胜利的把握的一点。诸君从报上，大约也都已经看到，敌人因在伪满与苏联的边境，最近取了事大主义，向苏联屈膝求和了，故而抽调了两三师团的兵力，来向我们华中下一个总攻。一面既可以助长汪逆精卫等傀儡登场的声势，一面也可以暂掩饰一下师劳无功的丑态，使敌国内反战的空气、敌前线倒戈的局势，得缓和一下。可是出师不利，在湘鄂赣边，首次就受了大挫折，结果又增加了几万敌师的死亡，和许许多多军械的损失。敌人的计划，是在夺取长沙，直下衡阳，然后再分兵向西向南，最后目的，在宜昌、沙市，与广西桂林。可是敌人这一个迷梦，当然在不久的将来，就说一个月之后吧，马上会被我们打破。因为两湖的形势，就是目下正在展开血战的那一块地方，不是湖泽湿地，就是崇山峻岭。敌人的机械化部队，大炮、飞机、舰队，是绝对不能发生效力的。

原来，湖南这一块地方在中国一向是兵家用以覆没敌军的好处所。军阀时代，北下的雄师，每次都在湖南全军覆没的事情，只教稍为留心一点祖国近二十年来内战局势的人，都应该记得清楚：普通我们老爱说敌人的泥足二字，可是两湖这地方，才真正是陷敌人于不拔之境的沼泽。洞庭湖水，秋来要减，湘、澄等江，弯曲迂回，敌人进得去，就永走不出。过了长沙以南，洞庭湖以西呢？一面是南岳衡山的脉网，一面是扬子峡下的岭区，就在平时行路之人要向西南前进，都是很不容易的，更何况人生路不熟的敌人的疲怠厌战之师！所以要求敌人付以相当代价以后，长沙一个空城，我们是可放弃的。但敌人要想征长沙再西进、南进呢？则诸君请瞧着吧，绝对是一个不能实现的迷梦。并且我敢断言，敌人的葬身之地，就在湖南的湖沼与山区接壤之间。我们最后胜利的第一块路程碑，也就可以从那里建起。

可是，诸位来宾，天时、地利、人和，目下原是全于我有利的。但不久之后，寒天就要到了，前线勇士和新成战区的成千成万的难胞，正在亟待我们去接济，去抚养。

吉隆坡诸位侨领对于赈济事务的出钱出力，本来就是马来亚的表率，这就武汉合唱团来吉隆坡后筹赈的成绩上看来，就可以明白。可是好事不嫌多做，尽力务期到底。百尺竿头，若能再进一步，就是鄙人此来的本愿。

第二，要说到我们的文化了。

敌国的文化，本来就是从中国抄去的副本。他自从侵入中国以来，一味地想摧毁我文化机关、文化种子。原也如拓碑的人，既拓得了全碑之后，想把原碑打破毁去的意思一样。可是五千年的文化历史，四亿五千万人的种子，敌人哪里能全部摧毁得了，我们国家的灿烂的文化，是绝不会全灭的。在沦陷区的同胞，敌人原可以用奴化、毒化的政策来消弭，但是在抗战后方的同胞呢？在海外广大的同胞呢？敌人有什么方法来毒化，来奴化？汪逆的恶宣传，绝对不会发生效力。我们的援助祖国抗战，和保持祖国文化的决心，也绝对不会有一点动摇。古人有抱祭器而入海，到海外来培养文化基础，做复国兴师的根底的。这一次合唱团要来宣传文化，在艰难困苦之中，排演曹禺先生的这一出名剧的用意，我知道他们，也就在这里。关于这剧本的话我已经在《马华日报》上写过一点了，并且该报也已经出了专刊。想诸位来宾，都已经见过，此地亦可以不说。至于剧情的全部，和合唱团诸君的演出艺术，诸君也可以马上明白。最后，不得不用力提一提的，是我们在海外的侨胞，不得不乘这一个大时代，来更加努力于保持，与发扬光大我们祖国的文化这一件事情。文化的种类，原是很多，也应该从各方面来着手提倡的。譬如学校、家庭和社会的教育方面，艺术、宗教以及生活习惯方面。可是从戏剧来着手却是一个捷径，因为他的感动力大，教育范围广，而且很容易使一班和文化不接近的人发生出趣味和热爱来。

此次武汉合唱团的提倡，以及诸位来宾及当地筹赈会诸君的热心赞助，使这一个企图，得收到这样的成功，使筹赈和宣扬文化的两重目的都能达到，就是最后胜利必属于我们的一个证明。

何思敬
(1896—1968)

生平简介

何思敬（1896—1968），原名何浏生，别名何畏，浙江余杭人。哲学家、法学家、马克思主义著作翻译家。1912年进日本中等美术工艺学校学习。回国后，在杭州天章丝厂从事图案设计。1916年再次留学日本，入东京第一高等学校预科班。一年后转仙台第二高等学校，攻读法学和哲学。1920年考取中国政府的官费生资格，进入东京帝国大学，攻美学、德文和社会学。1926年春又入东京帝国大学研究院进修。1927年2月回国，任国立中山大学法学院教授兼法学院副院长。1932年加入中国共产党。1938年到延安，历任抗日军政大学教员，中共中央军委编译处译校，延安大学法律系主任、法学院院长等职。1945年当选为中共第七次全国代表大会候补代表。1946年随周恩来参加第三次国共谈判，任中共代表团法律顾问。1948年3月协助周恩来草拟《中国人民政治协商会议共同纲领》，并为起草中华人民共和国第一部宪法做准备。新中国成立后，任第一届中国人民政治协商会议代表，并历任北京大学法律系教授，中国人民大学法律系和哲学系教授、系主任，马列主义发展史研究所教授，中央法律委员会委员，外交部专门委员，政法学会常务理事。“文化大革命”中遭受迫害，于1968年含冤去世。1979年党中央为其平反昭雪，在八宝山革命公墓礼堂举行追悼大会。

哲学与科学[①]

1934 年 3 月 22 日

一、真理之追求——立场，动机，目的

吴院长要求我在哲学系担任点课，我不愿过拂其意，经过好久的斟酌，想定了这个题目。就其包含之广大，内容之森严，实在我自己并非有多少把握，想必有人会笑我狂妄。

不过，我也许很狂妄，但很感谢能有这样一个机会来做一个追求真理的学生去接近这个题目所包含的一些问题。

追求真理——这绝不是我一个人的要求，也不是我一个人的事业，小则一个国度，大则全世界的人类，虽不能期其全体至少大多数人类的要求和事业。我只希望在这方面做一个公民，或最好做一个学徒。

既想追求真理，那么怎样去把握真理，怎样去判断真理？这已经是在哲学上引起派别论争的问题。各位知道哲学上派别之多，然而每一派都有真理吗？如果这样，那么不独我们追求真理的人便无所适从，即使精通了一切学派，恐不能做最后的判断，结果只有望洋而叹，只有绝望。一方面真理本身也失去一切严格性而变成八面美人一样的东西了。

实在没有一个派别的哲学家说过，真理是这样的。然而派别之多，

① 本文是何思敬在中山大学发表的演讲。

每一派都各持其说为真理，可见在初初出发之际已经碰到了一个矛盾。幸而这个矛盾不是根本矛盾的本身，只是根本矛盾之一个显现形态：一方面诱引我们到派别的根本矛盾去，同时逼我们追求真理之标准。实在标准不大妥当，不如说把柄。

例如有些哲学家说了许多标准或规定，如真理之直接性、普遍妥当性、超越性、纯粹性等等教我们去这样追求真理，追追追一直要追到那除了观念的幻影之外别无其他的玄虚空幻“界世〔世界〕”去。这种标准或规定抹杀了真理之现实性、具体性，捉握可能性，其用意在领导真理之追求者舍弃现实的、具体的真理而别求“真理”幻影。

总之这种办法是很危险的，费了一生心血，所获只是整部的泡影，哲学家的一生也许无所为，也许他“为了真理的真理”，然而他的同胞未免太伤心失望。

其实，真理倒并不像一些哲学家那样说得那么玄幻。我们往往对于神秘起一种好奇心。其实神秘只是我们的精神上的缺陷，这是例如法国心理学家（Delacroix）用种种方法在种种方面证明出来的。精神病者往往在神秘中好似看到真理，其实是白昼之梦幻。真理并不那样玄幻。英国的俗谚，倒比复杂的哲学家说得老实，他说：“蛋糕（Pudding）是不是真理，只要吃一口就是了。”当然，真理绝不是这样简单，然不简单的真理也只有生活实践可以做它的判断者，离开了实践，真理之论议只是学究们的玩叶〔意〕。在人类的历史过程中，真理有这样一些特征，既可以增加人类的劳动生产力，可以减轻人类的劳苦，可以促进人类之解放，可以驱除因袭、蒙昧、迷信、偏见、宗教，又追求真理的热忱，要一直追求到实现他才觉得满足。因其如此，我们才看到历史上有为真理而死的先觉，有为真理而斗争的大运动。“Renaissance”便是前例。如果没有这个实践的要求，那么什么虚幻的观念都可以容许其为真理。然在实践之前画饼终不能鱼目混珠！

现在我更当自问我们的动机、目的、立场何在，因我不是哲学家，所以我愿坦白地说出来。老实说，我和各位都是中国人，都可以互相称为同胞的。凡是自觉的中国人，哪一个对于中国的现状不觉得痛心？谁愿意现在中国人所站的地位？谁满意这半殖民地的地位？尽管有些自满的人们想尽一切计谋、辞藻来掩饰否认这个耻辱的地位，然“济南惨案”“九一八”“一·二八”惨史终于暴露了这半殖民地的丑态和劣根性，俗物们的劣根性和物欲之跋扈，外来的那昂坐在榨取机上的魔神，理论之无利益在物欲的视线之下，青春的血液和理性在物欲的钢铁之下横遭蹂躏。他们所追求的：没理论的科学，没原则的建设，没思索的机械人，没痕迹的榨取机；他们所追求的：黄金欲，利润欲，征服欲，榨取欲，屠宰欲，蹂躏欲，欺骗欲，女性征服欲！

外来的内在的横暴与跋扈——凡稍有理性和正义的人们谁不触目痛心？在这样深刻的悲痛中，同胞们，各位在追求真理这个名义之下，是不是愿意跟着自己满足的自己安慰的精神去逍遥于“黄金的”古代，阴暗的神秘以及观念的普遍妥当性、超越性、纯粹性？是不是同胞们，在追求真理这个名义之下，卑弃这被压迫的、被榨取的、痛苦的、耻辱的地位，登云驾雾，离弃这半殖民地的前途，自己羽化而登仙？内在的、外来的，在重重的压迫之下，我们中国是不是要翻身，要解放？是不是要推翻这被压迫、被否定、被侮蔑的地位？

如果想实现这一个从悲痛中发出来的生命的呼求，那么只有变革自然，变革世界，变革历史，贯通着自然和历史并当作自然力本身的发动这样一种真理——推动世界史的这样一种真理，才是翻身的解放的真理。

勃列颠（不列颠）帝国主义者的殖民政策就是对殖民地民众说：“我们送天国给你们，你们送国土给我们。”若要更进一步：“我们送‘真理’给你们，你们送血液给我们。”然而拿血液去交换玄学，天国以及一切抽象的空洞的“真理”是不值得的，宝贵的血液要换现实的世界，要换现实的真理，要换宝贵的世界！

我们从这种立场、动机、目的去追求真理而接近哲学与科学所包含的问题。

二、哲学和科学之对立及其妥协

现在各国科学和哲学（一般）、特殊的和观念论的哲学是对立着的，不过有些地方这互相对立的二者往往互相勾结、互相妥协的。

二者之对立，科学家嘲笑哲学家，哲学家反攻科学家。例一：日本东北大学教授理学博士日下部四郎在其《物理学大观》的跋文中说："哲学家所谓时间和物理学的议论是没有关系的。那么物理学家至今所有的时间概念已经受了大变化，这件事情，焉能成为理由去要求哲学家改造他的时间概念呢？不是鱼，便不能知鱼之心，我不是哲学家，我不知道哲学家究竟拿什么东西当作时间，所以我不能议论能否要求哲学家改造他的时间概念。"这种说法把科学家和哲学家当作两种绝对不相理解的动物看，换言之，如果科学家是人，那哲学家便不是人，如果哲学家是人，那科学家便不是人了。科学家有什么特权把哲学家（不问其派别如何）推到人类社会以外去？如果科学家绝对不能理解观念论哲学的时间观念，哲学家绝对不能知道物理学家至今所有的时间概念之大变化，那么哲学家的错误、科学家的错误都没有克服的一日，而科学的知识也只是科学家这一种特殊种族的特有品了。这种独断本身已经是一个俗物哲学的错误。例二：晏利·班加理（庞加莱，H. Poincaré）在他的四本哲学的著作中也常常带着上品的讥笑对付哲学家。例三：即在他的四本哲学著作也可以看到许多哲学家攻难科学。

然而班加理的污点倒在放松这些俗恶哲学而与之妥协，并且自己包含俗恶哲学的观念。其他如马黑、皮耶孙等等都是和俗恶哲学勾结的观念论科学家！

科学与哲学一般的对立抹杀了哲学中最宝贵的东西，即自然科学的兄弟辈，同时使俗恶哲学神秘主义逍遥于批判之外，二者之妥协使俗恶哲学得到科学家的言质去攻难那最宝贵的哲学遗产。

科学与哲学的对立和妥协是怎样由来的？近代社会的发展造成了这个对立和妥协之条件。支配近代社会的是资本主义，它要促进利润的生产而不断分割工厂内部的工作。不但如此，凡为资本主义服务的一切社会机能都多少按照资本家的工厂内部的分工制来分割工作。不但政府的民间的一切办公室、事务所都是这样，即公私的研究所实验所也是这样。这样造成了特殊研究、个别研究、专门研究之发达。结果，自然科学特别是各种技术研究得了莫大的成就。这些成果对于资本家阶级越有贡献，则越受这个俗物阶级的褒奖：奖金、爵位、头衔、勋章，尊为学圣（Savant），颂为天降，称为选良（élie），新闻纸实行着俗物阶级的新闻政策和广告术竭力鼓吹这种英雄崇拜于民间，造成科学万能和科学家万能的迷信，使善良的科学家在善男信女的拥护之上自鸣得意。于是本来在人类知识上是一个伟大的科学家，然在俗物阶级的拥护之上反变成伟大的俗物，甚且把资本家阶级造的研究所当作科学的象牙塔，高吟其“为科学的科学”“为研究的研究”，其唯我独尊的意识竟流露出来，称为藐视其他一切的态度。其对于哲学一般，及其对于社会科学便是一例。譬如，科学家常说：“社会科学不是科学。”不料，就是这些藐视社会科学的科学家也受着现代社会最俗恶的制度之支配，这种支配在他的感官上也许是一种光荣，但这种光荣感觉只能证明他只是一个俗物而已。这个俗物不但受着最俗恶的制度之支配，并且在其范围之内是一个最俗恶的社会常识和最俗恶的社会科学之良友。在现代，自然科学家已成为社会的宠儿，已忘却其先驱先觉之生死的斗争，不知真正的社会科学反纪念着自然科学的先驱先觉的功绩而走着他们也曾走过的巉道。关于哲学也一样，差不多个个自然科学家都多少嚼着最俗恶的哲学常识，吞着俗恶哲学的渣滓，尚一味视哲学一般，抹杀哲学中最可贵的东西。

科学的象牙塔和艺术的象牙塔一样，“为科学的科学”、“为研究的研究”和“为艺术的艺术”一样断不能拒绝俗物之利用，也不能拒绝愚众之不当的评价。反而这些口号把科学和艺术放任在俗物的支配和利用之下，而使科学家艺术家不思索其自己在资本主义的社会中是什么一个存在，不思索毒气、毒菌、杀人利器都在两个口号之下研究着给谁利用。“为人生的科学”也不过为了少数的人生，放弃着大多数的人生。“为科学的科学”“为研究的研究”不但不管大多数的人生，连人智全体的一般关联都放弃了。从部分研究的窗洞中望出来的世界只是部分知识的演绎，“只要说得通就是，真不真不在乎，横直完全的知识是没有的”，而陷于妥协的、方便的折中主义的观念论的倾向，做陈腐哲学的招魂符！

不但如此，特殊研究、个别研究、部分研究这种研究工作的分割和工厂劳动的分割一样有它的弊病，即生活之片断化、单一化、枯燥化。

整天在幽点的象牙塔中专致于部分研究的孤魂呼吸不到人间的生气，望不到生命全体的关联，于是感觉到所谓精神的空虚。空虚的精神就不得不打开窗户招请宗教、神秘主义、俗恶哲学、艺术上的颓废主义以及其他最俗恶的淫乐。

一方面，自然科学和技术的发达以及俗物阶级的夸张的褒奖招了反动家的妒忌。资本主义文明的一切罪恶被反动家翻译成物质文明的罪恶，把资本主义的罪恶一并课加在科学家身上。然而一向养尊处优，藐视哲学一般藐视真正的社会科学之宠儿们如何遮架得住，于是孤高自昂的宠儿仍本其孤高自昂的态度求乞于神学、形而上学、神秘论、观念论——一方面低吟其“为科学的科学”“为研究的研究”，另·方面谋科学和宗教、科学和道德之“调和”。这还不够，甚且以观念论为科学的基础，主张物质之消灭以为自然科学之新倾向，不知其为科学本身之危机！

不过科学的危机不单是其本身的危机，也是现代社会的危机之反映。不自觉的科学家们随便，然自觉的科学家应当怎样自救——不只救科学于其本身的危机，尚须知科学的危机是在现代社会的根本矛盾中发生的。分工制本身并没有罪恶，只是罪恶支配了现代分工制。科学在资本主义的支配下是没有法子脱离其危机的。单是理论上的指摘和纠正，若不实际上消除现在社会的矛盾，那便不能保证将来不再隔于危机。

现代哲学的世界，唯物论早已不在其内，只有观念论、神秘主义、折中主义、玄学、神学在保护制度之下流行着。因为这些哲学使人只望上空不顾脚下，使人类不顾其苦痛的奴隶的存在而神往于观念的普遍妥当性、超越性、纯粹性，在观念的逍遥中忘却现实的痛苦。这当然是饱满的阶级愿意推奖鼓励的。

现代哲学的象牙塔比现代科学的象牙塔更神秘而富于诱惑！然而现代观念论、神秘主义、玄学之特殊的发展另有外部的刺激，即科学发达本身。特殊研究、个到〔案〕研究、部分研究之发达使哲学家无论怎样努力都赶不上科学知识的进步。即使没有困难的数学公式，然而堆积起来成为大量的各种研究报告已不是一个人能够看得完的了。19 世纪尚有自然哲学、综合哲学等等，但现在这种东西差不多不可能了。于是，现代哲学对于现代科学的各种研究率性起一种不正当的怀疑把它放弃，或者借检点之名否认科学的真理之客观性而独自闭塞在观念的范围之内，建造其神秘的空中楼阁。

这个关系有点像照相机与西洋绘画的独自化的关系。从前，西洋绘画的作品总是逼真逼肖的，其艺术论也在乎真。然一旦照相机发明了，这些模仿对象的艺术家就恐慌起来了。画家费了数月的心血画成一幅，只须照相机啪嗒一响，绘画的危机逼在眼前，艺术家和美术家就起了“创造的苦闷”，在这苦闷中想到艺术用不着模仿对象，只要表现心情或表现个性就够了。这样一来照相机的发明好像打破了艺术的至今的迷梦，使艺术自觉到自己的本领，不受外界的束缚了。

艺术也许可以这样，然而哲学是否可以这样？哲学是不是可以完全不受外界的拘束而专在自己的领域中发挥自己的个性，或发挥哲学的特征？如果不可，那么哲学便当精通一切科学，然而，这在现代是不可能的。换言之，哲学已不能代替科学了。如果可以完全不受外界的拘束而专在自己的范围中发挥其自己的本领，那么哲学便变成极端个性的、极端观念的，因之非常难理解、难捉握的东西了。然而，现代哲学的运命不得不如此。运命到这儿，象牙塔中的哲学和象牙塔中的艺术一样是世纪末的征象。

我并不是来救济哲学的这种倾向。不可救药的东西是不可救药的，不过我自己还希望不至于不可救药。追求真理的热忱也为此。

徐志摩
(1897—1931)

生平简介

徐志摩（1897—1931），名章垿，字槱森，留学时改名志摩，曾经用过的笔名有南湖、诗哲、海谷、云中鹤等。浙江海宁人。新月派代表诗人，散文家。1916 年秋入北洋大学预科攻读法科，次年转入北京大学就读，其间拜梁启超为老师。1918 年赴美国学习银行学、社会学、经济学、历史学、文学等课程。1921 年赴英国留学，先后入伦敦政治经济学院、剑桥大学皇家学院，其间开始创作新诗，并翻译文学著作。1922 年返国后在报刊上发表大量诗文。1923 年参与发起成立新月社，加入文学研究会。1924 年与胡适、陈西滢等创办《现代诗评》周刊，任北京大学教授。1925 年赴欧洲，游历苏、德、意、法等国。1926 年在北京主编《晨报副刊·诗镌》，与闻一多、朱湘等人开展新诗格律化运动，影响到新诗艺术的发展。同年移居上海，任光华大学、大夏大学和南京中央大学教授。1927 年参加创办新月书店，并出国游历英、美、日、印等国。次年创办《新月》月刊，任主编。1930 年任中华文化基金委员会委员，被选为英国诗社社员。同年冬到北京大学与北京女子大学任教。1931 年初参与创办《诗刊》季刊，被推选为笔会中国分会理事。同年 11 月 19 日，由南京乘飞机到北平途中遭遇空难，机毁人亡。代表作有《再别康桥》《翡冷翠的一夜》等。

艺术与人生

1922 年

如果不先描述我们整个不得不随遇而安的现行社会状况，便无从谈论艺术和人生，而对现行社会状况的指斥、抨击，无论怎样猛烈也不过分。我们今天习惯于把实利主义的西方看成没有心脏的文明，那另一方面，我们自己的文明则是没有灵魂的，或根本没有意识到其灵魂的存在。倘若说西方人被自身的高效机械和闹哄哄的景象拖向无人可知的去处，那我们所知的这个野蛮残忍的社会，则是一潭肮脏腐臭的死水，四周爬满了蝇营狗苟的虫蛆，散发着腐烂和僵死的气味。事实上，无须极端愤世嫉俗的人断言，中国是一个体质羸弱、理智残废、道德怯懦、精神贫瘠的堂皇国家。在我们这样的社会，人们绝难体验到音乐的激情、理智的亢奋、崇高的爱的悲欢，甚或宗教、美学上的极乐瞬间，即使确曾有过，任何形式的理想主义不仅不被接受，反而注定必受到误解和讥诮。人们所有的是一具没有灵魂的躯壳，或如雪莱所说，是精神死亡。

现在让我们来看看我们的艺术——音乐、绘画、诗歌、雕刻、戏剧、建筑和舞蹈。在十四五世纪前的北魏时期，我们经历了伟大的雕刻时代，但有几个人看到并真正欣赏过那些雕刻艺术的哪怕断简残篇，更不用说世界雕刻最卓越成就之一的山西云冈石窟？音乐很久很久以前就成了春天的伊甸，也许再也不能复活。而今，音乐的圣责更是可悲地退化到粗俗的京胡和琵琶手手里，这只能为那些所谓的戏院和落子结造点气氛。绘画是另一番惨景。我们领略过吴道子开阔朗畅的画风，欣赏过王维博大而精细的画卷，近些时候，也看到过金冬心平静沉实的构图，这些模糊的记忆便足以教我们难以忍受目前十足的匠气、假冒的模仿和直接的欺骗，而没有半点独到之处和创造力。那些九流欧洲创作法的追随者们，技巧幼稚，想象贫乏，还不如那些刻守传统形式的画家，后者好在还能带给份幽默，使你微笑，而前者则常常使你败兴，刺激虐待狂变态心理。戏剧作为一种艺术实在是不足挂齿，虽然一些老式戏剧作为一种通俗的大众娱乐形式值得称道，并很好证明了狄更斯先生所讲的中国人的幽默感。著名戏剧评论家格伦威尔·巴克说："一个民族的伟大，一个种族灵魂的精深，是以其悲剧性诗歌和戏剧的成就来衡量的。"悲剧的本质是精神危机的一种艺术再现，我们中国人还没有这门艺术，也没有任何可以取而代之的东西，因而无法测定我们的悲剧才能。我们甚至从未意识到既美好又可怕的灵魂的现实，并为显然精明地回避、忽视这种现实而自得。现代建筑也毫无艺术价值，以北京为例，"公理战胜"碑达到了建筑学丑恶的顶点，当你走进中央公园，这座纪念碑必定使你败兴。至于舞蹈，无须多说，我们非常满足于梅兰芳、琴雪芳在《天女散花》和《嫦娥奔月》中的优美姿态。

谈到诗歌，我们想不出更悲惨的境遇了。稍一提及樊樊山和易实甫，就令人作呕。庚子式的爱国诗人悲叹恸哭，浪费了那么多眼泪，却没让人记住他们的诗。今天的打油诗人仍然众多，可过去了几个世纪，真正的诗人尚未出现。但有人会提出异议，我们不是有所谓的新诗吗？是的，所以我们还不至于绝望。但远大的前途并未导致我们的批评才能沉睡，误以为我们确实有了真正的诗歌。相反，迄今为止的尝试实在不尽人意，而在杂志、报纸、学校年刊和情书中，人们注定要遇到我所说的荒谬运用一些未经消化的理论。新诗表面上是现实主义，但骨子里却是完全的非现实性；甚之，还有毫不自然的自然主义、没有象征意义的象征主义。换言之，只要达到某种主义，便没有人肯冒昧称其为诗。我不用举例来证明我的评估，那些跟上这一运动的人会明白，我所做出的令人不快的评决一点也不偏激过分。

好了，这一概述足以说明我们无艺术可言。问题是为什么会有这种可悲的事态，它是怎样产生的。对我来说，理由很简单：我们没有艺术恰恰因为我们没有生活。

中国人是一个品德兼备、聪明智慧的种族，但我们从没有完全认识和表达自己，而希腊人和罗马人通过生活觉性的艺术中介这样做了。著名批评家沃尔特·裴特尔说："东方思想中到处是对人生的模糊认识，对人生本身并没有真正理解，不了解人性的本能。人类对自身的意识，仍是同动植物世界奇异、变幻的生活混淆起来。"佩特精辟指出、创立了"灵魂的统治"的希腊雕刻，向人的眼、手和脚施发权力和神威。

"思想上"对人生本身没有真正理解，就无从认识崇高的人性特征。这是我所知的对我们文化最令人信服的批判。我们的圣人，像今天的布尔什维克领袖一样，在致力一项绝非容易的艰苦工作，只是方式不同。他们平衡、协调人与人之间所共有的明显的欲望，诸如食物、性等。可是天哪，他们竟忘了人不仅是物质的，还是精神的，需要精神上的关心和食粮。因此，孔教虽令人叹服，但经后人歪曲更易之后付诸实践，就产生了一种依赖于安闲的感伤基础之上的文化。这种文化也许有其可爱之处，但它除了故作多情以外，别无其他，而且把人的精神视为不值一理的东西。

他们忘却精神，压制理性。孔子卓越地给人的感觉外延和享乐划定了界限，教我们依赖于他从未界说过的准则，即礼。

老子和庄子更用迷人的语言，使我们迷惑的头脑认识到，生活完满是一个理想的怪物，就像莎士比亚笔下七十岁的老娃娃，没有牙齿，没有眼睛，没有口味，没有一切。要是这位绅士一旦发现感觉器官，就无法保持其生命的完整，就会立刻分散、摧毁人与生俱来的能力。愚钝的墨子也是如此，要是人类满足于食草住穴，抛弃自然感官可能发现的一切形式，他才欣喜若狂呢。

中国人不承认灵魂，否认知觉，在原生力下活动着的独特意志，部分通过抑制，部分通过升华，被引入到“安全”、实效的途径。中国人成为这样一种生物，没有宗教，没有爱，甚至没有任何的精神冒险。真诚的朋友如洛斯·狄更生、伯特兰·罗素、艾琳·鲍尔小姐对我们冷静的生活态度、中庸之爱、通情达理和谦恭礼让等等大加赞赏。但对我来说，接受这种恭维的同时，却不禁感到一种辛辣的反讽。因为冷静的生活态度，除了明显否定生活、窒息感情的圣火外，还能有什么呢？中庸之爱除了作为思想、行为怯懦，生活浅薄单调的漂亮借口外，还能是什么吗？所谓受人奉承的理性主义和谦让精神，产生的只是一种普遍的惰习和那个被我们称作中华民国政府的荒唐怪物！啊，我们的朋友们能知道，我们以多大的代价才维持了一种表面和平其实不然的生活方式吗？而这一生活方式近来却受到极端主义和骚乱的西方的嫉羡。H. G. 威尔斯先生曾对我说，我们今天想得到的是和平、和平、和平，但绝不是那种羞怯、单调、令人窒息、悠闲懒散的和平，我所说的是积极主动、生气横溢、富有创造力的和平，如古雅典曾经实现的那种和平。所以说，对热烈的爱、热烈的宗教思想，我们确实太合乎理性了。柏拉图所说“神圣疯狂”的爱是不合理性的，熟知天主教教义的人应该听说过，天主教教义里把爱视为“伟大的圣餐”，与使化体①相类似，它之所以不合理性仅仅因为它超乎理性之上。考文垂·帕特莫尔写道：“这种为蠢人提供了谩骂口实的极端非理性情感，是爱最可靠的保证之一。是爱永不枯竭趣味和力量的主要源泉。除了科学家，还有谁对那些不及我们而能被我们领悟的东西如此看重并被深深打动的呢？”因此，爱同宗教一样，因为宗教即是神圣的宇宙的爱，是超然和圣化的。由于它是被人类的眼睛能看见的一股神秘力量所圣化，因而能看见属于精神领域的图景，但这些图景通常不被认为是现实的准则。人的耳朵将被庄严崇高的音乐征服，这音乐就像来自天际的浩瀚波浪。这种精神超越，能使以前无活力的潜在创造力开始解放自己，并通过可以选择的任何途径，努力

① 指圣餐面包和酒化为耶稣的肉和血。

认识自身的体积和形状。“爱比其他任何情感更深地植根于土地，因此它的头像圣树一样直耸天国。赋予它们物质和可信性，高度要求并证明深度。”把爱说成最富生气、最有潜力的创造源泉绝非一句套话。如果抽去性激情及所有与之有关的因素，你会惊愕地发现欧洲的文化和艺术无可挽回地破产。任何不否定或歪曲人生和真理的男女，无须弗洛伊德派，都会承认，至少也能感觉到，爱虽然最不严肃，却是万物中最有意义的。然而这一简单的真理在漫长病态的中国历史中，从未被认识过。甚至今天，我的个人经历仍让我在这方面发现了两类人：藐视爱的愤世嫉俗者和害怕爱的胆小懦夫。要是知识之树长在中华帝国的中央，而非伊甸园里，那亚当和夏娃仍然是纯美的创造物，他们心眼迷钝，对内在的生命召唤麻木不仁。上帝也不至于对蛇的英雄主义和夏娃的好奇心造成的麻烦而盛怒不休。

这位圣人为我们划定的人生范围几乎是一系列枯燥乏味的伦理陈词滥调，这一命定如果所产生的影响剥夺和抑制了我们的想象力，你只要翻翻我们的小说和诗歌就会相信，其中想象的作用是多么狭窄。我们的伟人，可能除了李白以外，再没一位被认为是世界性的。这不值得深思吗？在我们的文学花名册里，找不到一位堪与歌德、雪莱、华兹华斯相比的，更不用说但丁和莎士比亚了，这不令人震惊吗？说到其他艺术，又有谁堪与米开朗基罗、列奥那多·达·芬奇、特纳①、柯勒乔②、威尔埃斯奎斯③、瓦格纳、贝多芬等等众多天才相比呢？以此类推，是不是我们种族的本性决定了我们总是不同于世界其他地方？由于不相同是程度上的，而非类别上的，那么我们的想象力是不是生来就营养不良，发育不全？我们所拥有的艺术遗产不能整个包含生活，那是不是表明我们在本质上逊于西方呢？因为一切伟大的艺术作品都要求包含生活。我们从很小就受到视觉和意志的训练，以适应实用的细节，合于毫无生气

---

① 特纳（1775—1851），英国著名历史风景画家。

② 柯勒乔（1494—1534），意大利文艺复兴盛期画家。

③ 威尔埃斯奎斯（1599—1660），西班牙画家。

的生活礼仪，而不是揭示伟大生活的奥秘，唤起伟大生活的希望。这是中国教育的大失败，它导致真正人格的死亡，没有穷尽地造就着杰出的庸才。

人生的根本，欢乐的源泉以及想象的能力，这些自然泉流遭到了无情的阻挠，我们的生活存在确实太可怜了。人生的贫乏必然导致艺术的贫乏。充实美好的人生会自发地绽出实在的美，并终将影响我们对永恒的理解。一棵充满生命力的树必定枝繁叶茂，结出的果儿色彩绮丽。同样，洋溢着自我意识的人生，自然结出思想的结晶——艺术，或行为——值得怀恋的行为。因此，丰富、扩大、繁殖、加剧，最重要的是使你的生活精神化，这样艺术就会诞生了。

对于中国艺术与人生的停滞、肤浅，我已经说其实是谴责得够多了。现在，让我们暂时把目光转到西方历史上表现的艺术与人生的一致性上。说到这儿，最好还是像在其他方面一样，求助于古希腊和文艺复兴时代的意大利，以得到启迪和智慧。

我认为，希腊文化最伟大的成就不在政治，更不在科学和玄学，而在于发现了人体的尊严和美。文艺复兴时期伟大的德国艺术家温克尔曼说：“没有哪个民族像希腊人那样尊崇美。主管埃加年轻朱庇特神、伊斯米尼阿波罗神的牧师，还有走在塔纳格拉墨丘利神礼拜队伍前列、肩抬羔羊的牧师，都是赢得了美誉的青年……希腊人是那么渴望美、珍视美，每个漂亮的人都愿向众人显示美，特别是想让艺术家证明这种美，因此他们授予这一荣誉。正因为此，艺术家总有在面前欣赏至上美的机会。美甚至能带来声望，我们在希腊历史中看到了最美丽、卓越的民族……希腊人尊崇美是这样普遍，斯巴达妇女都在卧室里挂上美神纳里厄斯、纳克素斯或海厄西斯的像，希望生下漂亮的孩子。”像在其他方面一样，自然在这里也有其重要的作用。希腊人非常愿意把对自身的看法和同平凡世界的关系转化成可感的客体，绝不是偶然的：他们被赋予了美的身体和理智理解力。轻捷甜美的呼唤感觉的优雅空气，美丽的自然风光，美妙的人体结构，清秀的面部轮廓，这些都是希腊人走入人生时带来的幸运。美像天才或高贵的地位一样，成为一种荣誉。翻开人类文化学课本中比较生理学部分，你就会看到各种族裸露的人体。我不知记得对不对，也许是法国人库里埃的书中，对日本的裸体舞蹈者做了毫不掩饰的描写。然后再转向美丽绝伦的维纳斯或阿波罗，你就会产生一种既惬意又不安的感觉：在塑造不同民族的不同体型和比例时，更不用说黑美人的肤色和气味，造物主是多么的顽皮、不公正。

然而，希腊人对美的神往并不说明他们是一个不负责任的唯美主义的民族。相反，希腊人关注美，仅是把美奉献给实现美好的生活，把不同的灵魂完美地融和在一起。正是由于希腊人完美健全的智力，最终的善才成为可能，并以美的形式最终表现出来。人类最伟大文献之一柏拉图的《共和国》是彻底的美的哲学，它讲的是建立善与美的联系，这种联系可以导致理想的个人品德表现与美好生活的同一。希腊人的独特，在于他们以同样的态度对待人生和艺术。对他们，仅仅是对他们，艺术与人生才是统一体。希腊人以同样的标准审视艺术与人生，他们把艺术看成真正的人生自觉。意味深长的是，他们的绅士一词“Lales Lagathes”意为美丽的善。

如果说希腊人留给我们的珍贵遗产是人体的发现，那15世纪意大利文艺复兴带给我们的礼物就是人的精神的发现和体现。像现时的中国一样，文艺复兴是一个伟大的叛逆时代，是一个多方面而又统一的运动，这一运动使长期受压迫、遭抑制的人们，恢复了独立与尊严，恢复了对理智和想象的事物的爱，恢复了更自由美好地构想生活的渴望，使人们感觉自身，使那些有这种愿望的人探求一个又一个理智享受或想象享受的意义，引导他们不仅去发现这种享受的旧的和已被遗忘的源泉，而且去预言新的源泉——新的经历、新的诗歌主题、新的艺术形式。这是一个个性丰富、博大、集中、完整的时代——洛伦传①的时代好比培

① 洛伦传（1370—1425），意大利画家，早期西爱那画派，后有哥特式画风。

里克里斯[①]的时代。“在这里，艺术家、哲学家和那些在世间活动中变得振作敏锐的人，没有孤独地生活，他们呼吸同样的空气，互相在彼此的思想中寻找着光和热。这里有普遍高尚的精神和人人平等交往的启蒙精神。精神的统一赋予文艺复兴时期所有不同的产物同一性。正是这种精神的亲密联盟，分享那个时代产生的最先进的思想，使 15 世纪意大利的艺术具有了庄重的尊严和深远的影响。”

精神的统一非常重要，它渗透到艺术与人生。造就无数杰出人物的同一力量，使他们的艺术达到了全盛时期。他们那令人惊异的美的艺术充满了人生的热情和人类灵魂所能表现的最深切、最崇高的感情。精神的统一使他们逐渐认识到完全自我表现的个人权利，并最终获得这种权利，同时也使他们认识到宇宙的客观现实，开创了科学方法，导致了随之而来的众多发现。

我没去谈别的什么运动，而是选择了希腊和文艺复兴时期，是为了表明，这两个时期比其他任何时期更能清楚地显示，人的精神在一个文化统一体中，在生活潜能最大限度的一致表现中，享有实现自我的幸福机会，这种生活是丰富、热情、生动和自觉的。文艺复兴对现代中国并非完全不适用，如果她要从西方历史中学点什么，那应该是希腊文化和文艺复兴精神。至于太过自信的理性主义和源于 18 世纪盛行于 19 世纪的唯物主义，都有趣地转了向，最后在自相矛盾的灾难中收场，只留下几个伪科学家狂怒地死抱着实验工具不放。……[②]如果中国尚未完全耗尽生命力，扼杀掉天才，那我们相信，她将带了一颗欢喜的心和觉醒的灵魂，投身这一运动，并终将证明无愧于自己的古老遗产。如果这样，用不了多久，我们就能摆脱作为中国文化特质的僵死陋习和传统桎梏。经过长期的间隔之后，就像“黑暗年代”过后产生了文艺复兴，我们将再一次看到理想的人性光辉，虽然我们得承认目前尚难找到这一迹

① 培里克里斯（前 495—前 429），雅典政治家。培里克里斯时代正值古雅典文化的鼎盛时期。

② 此处略有删节。

象，但我们终将看到具体表现全人类特别是我们种族根本的艺术作品。我总幻想要是我们有一位伟大的音乐家或作曲家，不仅能使过去丢失的东西复活，还能奏出我们伟大民族长期压抑的声音，他也许能预言我们原始的精神走向成熟。音乐和其他艺术不同，它是真正的艺术形式，是衡量完美艺术的标准。音乐能更深地打动人心，能更诚服、不可抗拒、强有力和理想地向有鉴赏力的人传递思想和感情。

让我总结一下在这篇演讲中想讲的内容：我简要说明了为什么中国艺术在完全通过想象能力理解、说明人生总的方面失败了，而欧洲艺术多少获得了成功。我探讨了我们人生与艺术的相对地位，后者是前者的反映，前者对后者负责。

我还列举了古希腊和文艺复兴的成就，来显示以完美的艺术形式出现的精神统一，这种艺术主要是人道主义的。我们的艺术也要这样。

我还贸然断言，关心人生才能关心艺术。所谓关心人生，我指的是有意识地揭示人性中固有的自然资源，利用一切机会将它们转化成有用的东西。换言之，我们必须有意识地培养自觉，有了这种自觉，存在于灵魂中的创造精神才能发挥效用。事实上，我们中很少有人敢说："我已经完全认识了自己。"请记住，追求表现总会导致自我暴露和理解，而这常会令你吃惊。内在事物的揭示有赖于从外界事物吸收的思想中获得灵感和效力。在这一点上审美鉴赏十分重要，细腻的感情对于美的事物远比强烈的理智和品性重要、有效。只要努力追求艺术的激情，就会认识美和人生的价值。倘若《哈姆莱特》或《解放了的普罗米修斯》没能打动你，这不能怪莎士比亚和雪莱。当一个指挥得法的贝多芬交响乐演奏高潮时，你仍不能心醉神迷，我看你最好去请耳科专家查查听觉器官是否出了毛病。客气地讲，如果《特里斯坦和依索尔德》不能叩动你的心弦，除非你不喜欢瓦格纳的风格，那你至少应该像逃避数学或体育一样感到丢尽了脸。如果你站在罗马或科隆大教堂的摩西像前不为所动，如果你从特纳、惠斯勒和马蒂斯的油画中只看到一大块漂亮的颜色，那你可以安然地说服自己，你所受的教育远不如你想的那么好。当你走过顺治门的内院，看到肃穆的古墙边精致陈列着一排绝妙的陶瓷艺术品，心下没有半点喜悦时，你最好放弃欣赏后期印象派大师塞尚的打算，还是躺到安乐椅上去咒诅周围世界的丑陋吧。我当然不是说，我们每个人无须训练和了解，就能像个专业批评家似的即刻爱上欧洲艺术。相反，西方艺术及技巧所体现的根本思想，对普通东方人来说比较陌生，所以总令人迷惑不解。我想中国留学生中具有超于浅薄的肉体快乐之上的起码艺术感觉的人，甚至不足百分之一。但不要忘记，值得获取的东西往往难于得到。总之，是愚蠢的教育和呆板的习性使我们不能感受、欣赏到事物的原貌。扫清这些因素，你就能恢复审美直觉，也许这种直觉会因饥饿而变得热烈贪婪、敏锐透彻。然而，应把生活本身作为一件艺术品，或一个艺术问题来看。我们被赋予这尘俗的身体、大脑和心脏，正如一个艺术家被赋予了绘画、雕刻的主题和场景。当我们将画笔或刻刀运用到已如愿掌握的物质材料上时，不该感到有种责任感吗？一块有限脆弱的材料，可能被一下毁掉，也可能变成一件美的杰作。正如意大利热情的诗人丹农里奥所说，只要我们付出努力，即使在这个世界，还是能把我们的生活变成美丽的寓言。达到善的最好途径是美；既然我们如此乐于追随希腊人的智慧，我们的审美直觉比起含糊不清的道德善感来，是一个更为安全、可信的最终标准。生活是件艺术品！所以，为最后的回顾做好准备。等你七十岁时，青春的红润变成难看的皱纹，甜美的声音变成老年沙哑的干咳，看你是否对用自己的双手塑造了丰富多彩的生涯感到欣慰。读读歌德之类伟大或次要点人物的传记，并以此为标准评估自己的一生，看看对照的结果。歌德伟大的一生不能不被认为是一件艺术品、一部杰作。至少不亚于罗马圣·彼得的杰作，他们的一生都充满了美的神秘和神秘的美。说到高尚、理智人生的训诫和原则，我想最好还是再次引用沃尔特·裴特尔研究文艺复兴的著名论著《结论》中的话：

哲学和思辨文化对人精神的贡献，是使它在敏锐、热情的观察中惊醒。每一时刻某种形式在手上或脸上变得完美；来自山峰海洋的某些声音比其他声音更迷人；某种热情、顿悟或理智兴奋对我们，对那一时刻，更真实，更迷人，更具魅力。感受本身而非感受的果实才是目的。在我们丰富多彩、富于戏剧性的人生中，脉搏跳动的次数是有限的。我们怎样才能在有限的脉搏跳动中，通过最敏感的知觉观察到所要看的一切呢？怎样才能最迅速地从一点到另一点，并总在生命力与其最纯能量凝结的焦点上出现呢？永远与这种热情的宝石般的火焰一起燃烧，保持这种令人迷狂的忘我境界，才是人生的成功。

他又说："正如维克多·雨果所说：我们是罪人，都被判了死刑，但缓刑的期限不明确。我们都有一个期限，过了这个期限，世界不再记得我们了。有些人在倦怠，有些人在热情中度过这一期限，而最聪明的人，至少是在'这世界的孩子'中最聪明，则是在艺术和歌声中度过一生。我们唯一的机会在于尽可能多地增加脉搏的跳动，以延长这一有限的时间。伟大的激情能带给我们复苏的生活感、爱的悲欢和热烈活动的各种形式，无论我们是否感兴趣，这些形式都会自然地来到我们许多人中间。但记住只能是激情，才真正使你收获复苏的意识的果实。诗的激情、美的渴望、为艺术而爱艺术，这里都蕴蓄着最高的智慧。艺术唤醒你时坦率直言，它只把最高的品质赋予稍纵即逝的人生瞬间，而且它仅为那些瞬间而来。"

泰戈尔[1]

1924年5月12日

我有几句话想趁这个机会对诸君讲，不知道你们有没有耐心听。泰戈尔先生快走了，在几天内他就离别北京，在一两个星期内他就告辞中国。他这一去大约是不会再来的了。也许他永远不能再到中国。

他是六七十岁的老人，他非但身体不强健，他并且是有病的。所以他要到中国来，不但他的家属、他的亲戚朋友、他的医生，都不愿意他冒险，就是他欧洲的朋友，比如法国的罗曼·罗兰，也都有信去劝阻他。他自己也曾经踌躇了好久，他心里常常盘算他如其到中国来，他究竟不能够给我们好处，他想中国人自有他们的诗人、思想家、教育家，他们有他们的智慧、天才、心智的财富与营养，他们更用不着外来的补助与戟刺，我只是一个诗人，我没有宗教家的福音，没有哲学家的理论，更没有科学家实利的效用，或是工程师建设的才能，他们要我去做什么，我自己又为什么要去，我有什么礼物带去满足他们的盼望。他真的很觉得迟疑，所以他延迟了他的行期。但是他也对我们说到冬天完了春风吹动的时候（印度的春风比我们的吹得早），他不由得感觉了一种内迫的冲动，他面对着逐渐滋长的青草与鲜花，不由得抛弃了、忘却了

① 1924年4月12日，印度诗人泰戈尔来中国访问，徐志摩是泰戈尔访问期间的陪同人和翻译。本文是1924年5月12日徐志摩在北京真光剧场于泰戈尔演讲之前对泰戈尔的介绍。

他应尽的职务，不由得解放了他的歌唱的本能，和着新来的鸣雀，在柔软的南风中开怀地讴吟。同时他收到我们催请的信，我们青年盼望他的诚意与热心，唤起了老人的勇气。他立即定夺了他东来的决心，他说趁我暮年的肢体不曾僵透，趁我衰老的心灵还能感受，决不可错过这最后唯一的机会，这博大、从容、礼让的民族，我幼年时便发心朝拜，与其将来在黄昏寂静的境界中萎衰地惆怅，毋宁利用这夕阳未暝时的光芒，了却我晋香人的心愿？

他所以决意地东来，他不顾亲友的劝阻、医生的警告，不顾自身的高年与病体，他也撇开了在本国一切的任务，跋涉了万里的海程，他来到了中国。

自从4月12（日）在上海登岸以来，可怜老人不曾有过一半天完整的休息，旅行的劳顿不必说，单就公开的演讲以及较小集会时的谈话，至少也有了三四十次！他的，我们知道，不是教授们的讲义，不是教士们的讲道，他的心府不是堆积货品的栈房，他的辞令不是教科书的喇叭。他是灵活的泉水，一颗颗颤动的圆珠从他心里兢兢的泛登水面都是生命的精液；他是瀑布的吼声，在白云间，青林中，石罅里，不住地欢响；他是百灵的歌声，他的欢欣、愤慨、响亮的谐音，弥漫在无际的晴空。但是他是倦了。终夜的狂歌已经耗尽了子规的精力，东方的曙色亦照出他点点的心血染红了蔷薇枝上的白露。

老人是疲乏了。这几天他睡眠也不得安宁，他已经透支了他有限的精力。他差不多是靠散拿吐瑾过日的。他不由得不感觉风尘的厌倦，他时常想念他少年时在恒河边沿拍浮的清福，他想望椰树的清荫与曼果的甜瓤。

但他还不仅是身体的惫劳，他也感觉心境的不舒畅。这是很不幸的，我们做主人的只是深深的负歉。他这次来华，不为游历，不为政治，更不为私人的利益，他熬着高年，冒着病体，抛弃自身的事业，备尝行旅的辛苦，他究竟为的是什么？他为的只是一点看不见的情感，说远一点，他的使命是在修补中国与印度两民族间中断千余年的桥梁。说近一点，他只想感召我们青年真挚的同情。因为他是信仰生命的，他是尊崇青年的，他是歌颂青春与清晨的，他永远指点着前途的光明。悲悯是当初释迦牟尼证果的动机，悲悯也是泰戈尔先生不辞艰苦的动机。现代的文明只是骇人的浪费，贪淫与残暴，自私与自大，相猜与相忌，扬风似的倾覆了人道的平衡，产生了巨大的毁灭。芜秽的心田里只是误解的蔓草，毒害同情的种子，更没有收成的希冀。在这个荒惨的境地里，难得有少数的丈夫，不怕阻难，不自馁怯，肩上扛着铲除误解的大锄，口袋里满装着新鲜人道的种子，不问天时是阴是雨是晴，不问是早晨是黄昏是黑夜，他只是努力地工作，清理一方泥土，施殖一方生命，同时口唱着嘹亮的新歌，鼓舞在黑暗中将次透露的萌芽。泰戈尔先生就是这少数中的一个。他是来广布同情的，他是来消除成见的。我们亲眼见过他慈祥的阳春似的表情，亲耳听过他从心灵底里迸裂出的大声，我想只要我们的良心不曾受恶毒的烟煤熏黑，或是被恶浊的偏见污抹，谁不曾感觉他至诚的力量，魔术似的，为我们生命的前途开辟了一个神奇的境界，燃点了理想的光明？所以我们也懂得他的深刻的懊怅与失望，如其他知道部分的青年不但不能容纳他的灵感，并且存心地诬毁他的热忱。我们固然奖励思想的独立，但我们决不敢附和误解的自由。他生平最满意的成绩就在他永远能得青年的同情，不论在德国，在丹麦，在美国，在日本，青年永远是他最忠心的朋友。他也曾经遭受种种的误解与攻击、政府的猜疑与报纸的诬捏与守旧派的讥评，不论如何的谬妄与剧烈，从不曾扰动他优容的大量、他的希望、他的信仰、他的爱心、他的至诚，完全地托付青年。我的须，我的发是白的，但我的心却永远是青的，他常常地对我们说，只要青年是我的知己，我理想的将来就有着落，我乐观的明灯永远不致黯淡。他不能相信纯洁的青年也会坠落在怀疑、猜忌、卑琐的泥溷，他更不能信中国的青年也会沾染不幸的污点。他真不预备在中国遭受意外的待遇。他很不自在，他很感觉异样的怆心。

因此精神的懊丧更加重他躯体的倦劳，他差不多是病了。我们当然很焦急地期望他的健康，但他再没有心境继续他的讲演。我们恐怕今天就是他在北京公开讲演最后的一个机会。他有休养的必要，我们也决不忍再使他耗费有限的精力。他不久又有长途的跋涉，他不能不有三四天完全的养息。所以从今天起，所有已经约定的集会，公开与私人的，一概撤销，他今天就出城去静养。

我们关切他的一定可以原谅，就是一小部分不愿意他来做客的诸君也可以自喜战略的成功。他是病了，他在北京不再开口了，他快走了，他从此不再来了。但是同学们，我们也得平心地想想，老人到底有什么罪，他有什么负心，他有什么不可容赦的犯案？公道是死了吗，为什么听不见你的声音？

他们说他是守旧，说他是顽固。我们能相信吗？他们说他是“太迟”，说他是“不合时宜”，我们能相信吗？他自己是不能信，真的不能信。他说这一定是滑稽家的反调。他一生所遭逢的批评只是太新，太早，太急进，太激烈，太革命的，太理想的，他六十年的生涯只是不断的奋斗与冲锋，他现在还只是冲锋与奋斗。但是他们说他是守旧、太迟、太老。他顽固奋斗的物件只是暴烈主义、资本主义、帝国主义、武力主义、杀灭性灵的物质主义；他主张的只是创造的生活、心灵的自由、国际的和平、教育的改造、普爱的实现。但他们说他是帝国政策的间谍、资本主义的助力、亡国奴族的流民、提倡裹脚的狂人！肮脏是在我们的政客与暴徒的心里，与我们的诗人又有什么关系？昏乱是在我们冒名的学者与文人的脑里，与我们的诗人又有什么亲属？我们何妨说太阳是黑的？我们何妨说苍蝇是真理？同学们，听信我的话，像他的这样伟大的声音我们也许一辈子再不会听着的了。留神目前的机会，预防将来的惆怅！他的人格我们只能到历史上去搜寻比拟。他的博大的温柔的灵魂我敢说永远是人类记忆里的一次灵绩。他的无边的想象是辽阔的同情，使我们想起惠德曼；他的博爱的福音与宣传的热心使我们记起托尔斯泰；他的坚韧的意志与艺术的天才使我们想起造摩西像的密佗郎其罗；他的诙谐与智慧使我们想象当年的苏格拉底与老聃！他的人格的和谐与优美使我们想念暮年的葛德；他的慈祥的纯爱的抚摩，他的为人道不厌的努力，他的磅礴的大声，有时竟使我们唤起救主的心像；他的光彩、他的音乐、他的雄伟，使我们想念奥林必克山顶的大神。他是不可侵凌的、不可逾越的，他是自然界的一个神秘的现象。他是三春和暖的南风，惊醒树枝上的新芽，增添处女颊上的红晕。他是普照的阳光。他是一派浩瀚的大水，来从不可追寻的渊源，在大地的怀抱中终古地流着，不息地流着，我们只是两岸的居民，凭借这慈恩的天赋，灌溉我们的田稻，苏解我们的消渴，洗净我们的污垢。他是喜马拉雅积雪的山峰，一般的崇高，一般的纯洁，一般的壮丽，一般的高傲，只有无限的青天枕藉他银白的头颅。

人格是一个不可错误的实在，荒歉是一件大事，但我们是饿惯了的，只认鸠形与鹄面是人生本来的面目，永远忘却了真健康的颜色与彩泽。标准的低降是一种可耻的堕落：我们只是踞坐在井底的青蛙，但我们更没有怀疑的余地。我们也许揣详东方的初白，却不能非议中天的太阳。我们也许见惯了阴霾的天时，不耐这热烈的光焰，消散天空的云雾，暴露地面的荒芜，但同时在我们心灵的深处，我们岂不也感觉一个新鲜的影响，催促我们生命的跳动，唤醒潜在的想望，仿佛是武士望见了前峰烽烟的信号，更不踌躇地奋勇前向？只有接近了这样超逸的纯粹的丈夫，这样不可错误的实在，我们方始相形的自愧我们的口不够阔大，我们的嗓音不够响亮，我们的呼吸不够深长，我们的信仰不够坚定，我们的理想不够莹澈，我们的自由不够磅礴，我们的语言不够明白，我们的情感不够热烈，我们的努力不够勇猛，我们的资本不够充实……

我自信我不是恣滥不切事理地崇拜，我如其曾经应用浓烈的文字，这是因为我不能自制我浓烈的感想。但是我最急切要声明的是，我们的诗人，虽则常常招受神秘的徽号，在事实上却是最清明、最有趣、最诙谐、最不神秘的生灵。他是最通达人情、最近人情的。我盼望有机会追写他日常的生活与谈话。如其我是犯嫌疑的，如其我也是性近神秘的（有好多朋友这么说），你们还有适之先生的见证，他也说他是最可爱最可亲的个人；我们可以相信适之先生绝对没有“性近神秘”的嫌疑！

所以无论他怎样的伟大与深厚，我们的诗人还只是有骨有血的人，不是野人，也不是天神。唯其是人，尤其是最富情感的人，所以他到处要求人道的温暖与安慰，他尤其要我们中国青年的同情与情爱。他已经为我们尽了责任，我们不应，更不忍辜负他的期望。同学们！爱你的爱，崇拜你的崇拜，是人情不是罪孽，是勇敢不是懦怯！

落　　叶[1]

1924 年秋

前天你们查先生来电话要我讲演，我说但是我没有什么话讲，并且我又是最不耐烦讲演的。他说：你来吧，随你讲，随你自由地讲，你爱说什么就说什么。我们这里你知道这次开学情形很困难，我们学生的生活很枯燥很闷，我们要你来给我们一点活命的水。这话打动了我。枯燥，闷，这我懂得。虽则我与你们诸君是不相熟的，但这一件事实，你们感觉生活枯闷的事实，却立即在我与诸君无形的关系间，发生了一种真的深切的同情。我知道烦闷是怎么样一个不成形不讲情理的怪物，它来的时候，我们的全身仿佛被一个大蜘蛛网盖住了，好容易挣出了这条手臂，那条又叫粘住了。那是一个可怕的网子。我也认识生活枯燥，它那可厌的面目，我想你们也都很认识它。它是无所不在的，它附在各个人的身上，它现在各个人的脸上。你望望你的朋友去，他们的脸上有它，你自己照镜子去，你的脸上，我想，也有它。可怕的枯燥，好比是一种毒剂。它一进了我们的血液、你们的性情，我们的皮肤就变了颜色，而且我怕是离着生命远、离着坟墓近的颜色。

我是一个信仰感情的人，也许我自己天生就是一个感情性的人。比如前几天西风到了，那天早上我醒的时候是冻着才醒过来的，我看着纸窗上的颜色比往常的淡了，我被窝里的肢体像是浸在冷水里似的，我也

---

① 本文是徐志摩在北京师范大学发表的演讲。

听见窗外的风声，吹着一棵枣树上的枯叶，一阵一阵地掉下来，在地上卷着，沙沙地发响，有的飞出了外院去，有的留在墙角边转着，那声响真像是叹气。我因此就想起这西风，冷醒了我的梦，吹散了树上的叶子，它那成绩在一般饥荒贫苦的社会里一定格外的可惨。那天我出门的时候，果然见街上的情景比往常不同了；穷苦的老头小孩全躲在街角上发抖；他们迟早免不了树上枯叶子的命运。那一天我就觉得特别的闷，差不多发愁了。

因此我听着查先生说你们生活怎样的烦闷、怎样的干枯，我就很懂得，我就愿意来对你们说一番话。我的思想——如其我有思想——永远不是成系统的。我没有那样的天才。我的心灵的活动是冲动性的，简直可以说痉挛性的。思想不来的时候，我不能要它来，它来的时候，就比如穿上一件湿衣，难受极了，只能想法子把它脱下。我有一个比喻，我方才说起秋风里的枯叶；我可以把我的思想比作树上的叶子，时期没有到，它们是不很会掉下来的；但是到时期了，再要有风的力量，它们就只能一片一片地往下落；大多数也许是已经没有生命了的，枯了的，焦了的，但其中也许有几张还留着一点秋天的颜色，比如枫叶就是红的，海棠叶就是五彩的。这叶子实用是绝对没有的；但有人，比如我自己，就有爱落叶的癖好。它们初下来时颜色有很鲜艳的，但时候久了，颜色也变，除非你保存得好。所以我的话，那就是我的思想，也是与落叶一样的无用，至多有时有几痕生命的颜色就是了。你们不爱的尽可以随意地踩过，绝对不必理会；但也许有少数人有缘分的，不责备它们的无用，竟许会把它们捡起来揣在怀里，间在书里，想延留它们幽淡的颜色。感情，真的感情，是难得的，是名贵的，是应当共有的；我们不应得拒绝感情，或是压迫感情，那是犯罪的行为，与压住泉眼不让上冲，或是掐住小孩不让喘气一样的犯罪。人在社会里本来是不相连续的个体。感情，先天的与后天的，是一种线索、一种经纬，把原来分散的个体织成有文章的整体。但有时线索也有破烂与涣散的时候，所以一个社会里必须有新的线索继续地产出，有破烂的地方去补，有涣散的地方去拉紧，才可以维持这组织大体的匀整，有时生产力特别加增时，我们就有机会或是推广，或是加添我们现有的面积，或是加密，像网球板穿双线似的，我们现成的组织，因为我们知道创造的势力与破坏的势力、建设与溃败的势力、上帝与撒旦的势力，是同时存在的。这两种势力是在一架天平上比着；它们很少平衡的时候，不是这头沉，就是那头沉。是的，人类的命运是在一架大天平上比着，一个巨大的黑影，那是我们集合的化身，在那里看着，他的手里满拿着分两的砝码，一会儿往这头送，一会儿又往那头送，地球尽转着，太阳，月亮，星，轮流地照着，我们的运命永远是在天平上称着。

我方才说网球拍，不错，球拍是一个好比喻。你们打球的知道网拍上哪几根线是最吃重、最要紧，那儿根线要是特别有劲的时候，不仅你对敌时拉球、抽球、拍球格外来得有力、出色，并且你的拍子也就格外地经用。少数特强的分子保持了全体的匀整。这一条原则应用到人道上，就是说，假如我们有力量加密，加强我们最普通的同情线，那线如其穿连得到所有跳动的人心时，那时我们的大网子就坚实耐用，天津人说的，就有根。不问天时怎样的坏，管它雨也罢，云也罢，霜也罢，风也罢，管它水流怎样的急，我们假如有这样一个强有力的大网子，哪怕不能在时间无尽的洪流里——早晚网起无价的珍品，哪怕不能在我们运命的天平上重重地加下创造的生命的分量?

所以我说真的感情、真的人情，是难能可贵的，那是社会组织的基本成分。初起也许只是一个人心灵里偶然的震动，但这震动，不论怎样的微弱，就产生了及远的波纹；这波纹要是唤得起同情的反应时，原来细的便并成了粗的，原来弱的便合成了强的，原来脆性的便结成了韧性的，像一缕缕的苎麻打成了粗绳似的；原来只是微波，现在掀成了大浪，原来只是山罅里的一股细水，现在流成了滚滚的大河，向着无边的海洋里流着。耶稣在山头上的训道“Sermon on the Mount”，还不是有限的几句话，但这一篇短短的演说，却制定了人类想望的止境，建设了绝对的价值的标准，创造了一个纯粹的完全的宗教。那是一件大事实，人类历史上一件最伟大的事实。再比如释迦牟尼感悟了生老病死的究竟，发大慈悲心，发大勇猛心，发大无畏心，抛弃了他人间的地位、富与贵、家庭与妻子，直到深山里去修道，结果他也替苦闷的人间打开了一条解放的大道，为东方民族的天才下一个最光华的定义。那又是人类历史上的一件奇迹。但这样大事的起源还不止是一个人的心灵里偶然的震动，可不仅仅是一滴最透明的、真挚的感情滴落在黑沉沉的宇宙间。

感情是力量，不是知识。人的心是力量的府库，不是他的逻辑。有真感情的表现，不论是诗是文是音乐是雕刻或是画，好比是一块石子掷在平面的湖心里，你站着就看得见它引起的变化。没有生命的理论，不论它论的是什么理，只是拿石块扔在沙漠里，无非在干枯的地面上添一颗干枯的分子，也许掷下去时便听得出一些干枯的声响，但此外只是一大片死一般的沉寂了。所以感情才是成江成河的水泉，感情才是织成大网的线索。

但是我们自己的网子又是怎么样呢？现在时候到了，我们应当张大了我们的眼睛，认明白我们周围事实的真相。我们已经含糊了好久，现在再不容含糊的了。让我们来大声地宣布我们的网子是坏了的、破了的、烂了的；让我们痛快地宣告我们民族的破产，道德、政治、社会、宗教、文艺，一切都是破产了的。我们的心窝变成了蠹虫的家，我们的灵魂里住着一个可怕的大谎！那天平上沉着的一头是破坏的重量，不是创造的重量；是溃败的势力，不是建设的势力；是撒旦的魔力，不是上帝的神灵。霎时间这边路上长满了荆棘，那边道上涌起了洪水，我们头顶有骇人的声响，是雷霆还是炮火呢？我们周围有哭声与笑声，哭是我们的灵魂受污辱的悲声，笑是活着的人们疯魔了的狞笑，那比鬼哭更听的可怕、更凄惨。我们张开眼来看时，差不多更没有一块干净的土地，哪一处不是叫鲜血与眼泪冲毁了的；更没有平安的所在，因为你即使忘得了外面的世界，你还是躲不了你自身的烦闷与苦痛。不要以为这样混沌的现象是原因于经济的不平等，或是政治的不安定，或是少数人的放肆的野心。这种种都是空虚的、欺人自欺的理论，说着容易，听着中听，因为我们只盼望脱卸我们自身的责任，只要不是我的分，我就有权利骂人。但这是，我着重地说，懦怯的行为；这正是我说的我们各个人灵魂里躲着的大谎！你说少数的政客、少数的军人，或是少数的富翁，是现在变乱的原因吗？我现在对你说：先生，你错了，你很大地错了，你太恭维了那少数人，你太瞧不起你自己。让我们一致地来承认，在太阳普遍的光亮底下承认，我们各个人的罪恶，各个人的不洁净，各个人的苟且与懦怯与卑鄙！我们是与最肮脏的一样的肮脏，与最丑陋的一般的丑陋，我们自身就是我们运命的原因。除非我们能起拔了我们灵魂里的大谎，我们就没有救度；我们要把祈祷的火焰、把那鬼烧净了去，我们要把忏悔的眼泪把那鬼冲洗了去，我们要有勇敢来承当罪恶；有了勇敢来承当罪恶，方有胆量来决斗罪恶，再没有第二条路走。如其你们可以容恕我的厚颜，我想念我自己近作的一首诗给你们听，因为那首诗，正是我今天讲的话的更集中的表现：

一、毒　药

今天不是我唱歌的日子，我口边涎着狞恶的微笑，不是我说笑的日子，我胸怀间插着发冷光的利刃；

相信我，我的思想是恶毒的，因为这世界是恶毒的，我的灵魂是黑暗的，因为太阳已经灭绝了光彩，我的声调是像坟堆里的夜鸮，因为人间已经杀尽了一切的和谐，我的口音像是冤鬼责问他的仇人，因为一切的恩已经让路给一切的怨；

但是相信我，真理是在我的话里，虽则我的话像是毒药，真理是永远不含糊的，虽则我的话里仿佛有两头蛇的舌、蝎子的尾尖、蜈蚣的触须；只因为我的心里充满着比毒药更强烈、比咒诅更狠毒、比火焰更猖狂、比死更深奥的不忍心与怜悯心与爱心，所以我说的话是毒性的、咒诅的、燎灼的、虚无的；

相信我，我们一切的准绳已经埋没在珊瑚土打紧的墓宫里，最劲冽的祭肴的香味也穿不透这严封的地层：一切的准则是死了的；

我们一切的信心像是顶烂在树枝上的风筝，我们手里擎着这迸断了的鹞线：一切的信心是烂了的；

相信我，猜疑的巨大的黑影，像一块乌云似的，已经笼盖着人间一切的关系：人子不再悲哭他新死的亲娘，兄弟不再来携着他姊妹的手，朋友变成了寇仇，看家的狗回头来咬他主人的腿：是的，猜疑淹没了一切；在路旁坐着啼哭的，在街心里站着的，在你窗前探望的，都是被奸污的处女：池潭里只见烂破的鲜艳的荷花；

在人道恶浊的涧水里流着，浮荇似的，五具残缺的尸体，他们是仁义礼智信，向着时间无尽的海澜里流去；

这海是一个不安静的海，波涛猖獗地翻着，在每个浪头的小白帽上分明地写着人欲与兽性；

到处是奸淫的现象：贪心搂抱着正义，猜忌逼迫着同情，懦怯狎亵着勇敢，肉欲侮弄着恋爱，暴力侵凌着人道，黑暗践踏着光明；听呀，这一片淫猥的声响，听呀，这一片残暴的声响；虎狼在热闹的市街里，强盗在你们妻子的床上，罪恶在你们深奥的灵魂里……

二、白　　旗

来，跟着我来，拿一面白旗在你们的手里——不是上面写着激动怨毒，鼓励残杀字样的白旗，也不是涂着不洁净血液的标记的白旗，也不是画着忏悔与咒语的白旗（把忏悔画在你们的心里）；

你们排列着，噤声的，严肃的，像送丧的行列，不容许脸上留存一丝的颜色，一毫的笑容，严肃的，噤声的，像一队决死的兵士；

现在时辰到了，一齐举起你们手里的白旗，像举起你们的心一样，仰看着你们头顶的青天，不转瞬的，惶恐的，像看着你们自己的灵魂一样；现在时辰到了，你们让你们熬着，壅着，迸裂着，滚沸着的眼泪流，直流，狂流，自由地流，痛快地流，尽性地流，像山水出峡似的流，像暴雨倾盆似的流……

现在时辰到了，你们让你们咽着，压迫着，挣扎着，汹涌着的声音嚎，直嚎，狂嚎，放肆地嚎，凶狠地嚎，像飓风在大海波涛间的嚎，像你们丧失了最亲爱的骨肉时的嚎……

现在时辰到了，你们让你们回复了的天性忏悔，让眼泪的滚油煎净了的，让悲恸的雷霆震醒了天性忏悔，默默地忏悔，悠久地忏悔，沉彻地忏悔，像冷峭的星光照落在一个寂寞的山谷，像一个黑衣的尼僧匍匐在一座金漆的神龛前；……

在眼泪的沸腾里，在嚎恸的酣彻里，在忏悔的沉寂里，你们望见了上帝永久的威严。

三、婴　儿

我们要盼望一个伟大的事实出现，我们要守候一个馨香的婴儿出世：

你看他那母亲在她生产的床上受罪！

她那少妇的安详、柔和、端丽，现在在剧烈的阵痛里变形成不可信的丑恶：你看她那遍体的筋络都在她薄嫩的皮肤底里暴涨着，可怕的青色与紫色，像受惊的水青蛇在田沟里急泅似的，汗珠沾在她的前额上像一颗颗的黄豆，她的四肢与身体猛烈地抽搐着，畸屈着，奋挺着，纠旋着，仿佛她垫着的席子是用针尖编成的，仿佛她的帐帷是用火焰织成的；

一个安详的、镇定的、端庄的、美丽的少妇，现在在绞痛的残酷里变形成魔鬼似的可怖：她的眼，一时紧紧地阖着，一时巨大地睁着，她的眼，原来像冬夜池潭里反映着的明星，现在吐露着青黄色的凶焰，眼珠像是烧红的炭火，映射出她灵魂最后的奋斗；她的唇，原来是朱红色的，现在像是炉底的冷灰；她的口颤着，噘着，扭着，死神的热烈的亲吻不容许她一息的平安；她的发是散披着，横在口边，漫在胸前，像揪乱的麻丝，她的手指间，还紧抓着几穗拧下来的乱发；

这母亲在她生产的床上受罪：

但是她还不曾绝望，她的生命挣扎着血与肉与骨与肢体的纤微，在危崖的边沿上，抵抗着，搏斗着，死神的逼迫；

她还不曾放手，因为她知道（她的灵魂知道！）这苦痛不是无因的，因为她知道她的胎宫里孕育着一点比她自己更伟大的生命的种子，包含着一个比一切更永久的婴儿；

因为她知道这苦痛是婴儿要求出世的征候，是种子在泥土里爆裂成美丽的生命的消息，是她完成她自己生命的使命的时机；

因为她知道这忍耐是有结果的，在她剧痛的昏瞀中，她仿佛听着上帝准许人间祈祷的声音，她仿佛听着天使们赞美未来的光明的声音；

因此她忍耐着，抵抗着，奋斗着……她抵拼绷断她遍体的纤微，她要赎出在她胎宫里动荡着的生命，在她一个完全、美丽的婴儿出世的盼望中，最锐利、最沉酣的痛感逼成了最锐利最沉酣的快感……

这也许是无聊的希冀，但是谁不愿意活命，就使到了绝望最后的边沿，我们也还要妄想希望的手臂从黑暗里伸出来挽着我们。我们不能不想望这苦痛的现在只是准备着一个更光荣的将来，我们要盼望一个洁白的肥胖的活泼的婴儿出世！

新近有两件事实，使我得到很深的感触。让我来说给你们听听。

前几时有一天俄国公使馆挂旗，我也去看了。加拉罕站在台上，微微地笑着，他的脸上发出一种严肃的青光，他侧仰着他的头看旗上升时，我觉着了他的人格的尊严，他至少是一个有胆有略的男子，他有为主义牺牲的决心，他的脸上至少没有苟且的痕迹，同时屋顶那根旗杆上，冉冉地升上了一片的红光，背着窈远没有一斑云彩的青天。那面簇新的红旗在风前斗峭地袅荡个不定。这异样的彩色与声响引起了我异样的感想。是腼腆，是骄傲，还是鄙夷，如今这红旗初次面对着我们偌大的民族？在场人也有拍掌的，但只是断续地拍掌，这就算是我想我们初次见红旗的敬意；但这又是鄙夷，骄傲，还是惭愧呢？那红色是一个伟大的象征，代表人类史里最伟大的一个时期；不仅标示俄国民族流血的成绩，却也为人类立下了一个勇敢尝试的榜样。在那旗子抖动的声响里我不仅仿佛听出了这近十年来那斯拉夫民族失败与胜利的呼声，我也想象到百数十年前法国革命时的狂热，1789 年 7 月 4 日那天巴黎市民攻破巴士梯亚牢狱时的疯癫。自由，平等，友爱！友爱，平等，自由！你们听呀，在这呼声里人类理想的火焰一直从地面上直冲破天顶，历史上再没有更重要更强烈的转变的时期。卡莱尔（Carlyle）在他的法国革命史里形容这件大事有三句名句，他说："To describe this scene transcends the talent of mortals. After four hours of world bedlam it surrenders. The Bastille is down!"他说："要形容这一景超过了凡人的力量。过了四小时的疯狂它（那大牢）投降了。巴士梯亚倒下了！"打破一个政治犯的牢狱不算是了不得的大事，但这事实里有一个象征。巴士梯亚是代表阻碍自由的势力，巴黎市民的攻击是代表全人类争自由的势力，巴士梯亚的"下"是人类理想胜利的凭证。自由，平等，友爱！友爱，平等，自由！法国人在百几十年前猖狂地叫着。这叫声还在人类的性灵里荡着。我们不好像听见吗，虽则隔着百几十年光阴的旷野。如今凶恶的巴士梯亚又在我们的面前堵着；我们如其再不发疯，它那牢门上的铁钉，一个个都快刺透我们的心胸了！

这是一件事。还有一件是我6月间伴着泰戈尔到日本时的感想。早七年我过太平洋时曾经到东京去玩过几个钟头，我记得到上野公园去，上一座小山去下望东京的市场，只见连绵的高楼大厦，一派富盛繁华的景象。这回我又到上野去了，我又登山去望东京城了，那分别可太大了！房子，不错，原是有的；但从前是几层楼的高房，还有不少有名的建筑，比如帝国剧场帝国大学等等，这次看见的，说也可怜，只是薄皮松板暂时支着应用的鱼鳞似的屋子，白松松的像一个烂发的花头，再没有从前那样富盛与繁华的气象。十九的城子都是叫那大地震吞了去烧了去的。我们站着的地面平常看是再坚实不过的，但是等到他起兴时小小地翻一个身，或是微微地张一张口，我们脆弱的文明与脆弱的生命就够受。我们在中国的差不多是不能想着世界上，在醒着的不是梦里的世界上，竟可以有那样的大灾难。我们中国人是在灾难里讨生活的，水，旱，刀兵，盗劫，哪一样没有，但是我敢说我们所有的灾难合起来也抵不上我们邻居一年前遭受的大难。那事情的可怕，我敢说是超过了人类忍受力的止境。我们国内居然有人以日本人这次大灾为可喜的，说他们活该，我真要请协和医院大夫用X光检查一下他们那几位，究竟他们是有没有心肝的。因为在可怕的运命的面前，我们人类的全体只是一群在山里逢着雷霆风雨时的绵羊，哪里还能容什么种族政治等等的偏见与意气？我来说一点情形给你们听听，因为虽则你们在报上看过极详细的记载，不曾亲自察看过的总不免有多少距离的隔膜。我自己未到日本前与看过日本后，见解就完全的不同。你们试想假定我们今天在这里集会，我讲的，你们听的，假如日本那把戏轮着我们头上来时，要不了嘀嗒嘀嗒嘀嗒的三秒钟我与你们与讲台与屋子就永远诀别了地面，像变戏法似的，影踪都没了。那是事实，横滨有好几所五六层高的大楼，全是在三四秒时间内整个儿与地面拉一个平，全没了。你们知道圣书里面形容天降大难的时候，不要说本来脆弱的人类完全放弃了一切的虚荣，就是最猛鸷的野兽与飞禽也会在霎时间变化了性质，老虎会来小猫似的挨着你躲着，利喙的鹰鹞会得躲入鸡棚里去窝着，比鸡还要驯服。在那样非常的变动时，它们也好似觉悟了这彼此同是生物的亲属关系，在天怒的跟着同是剥夺了抵抗力的小虫子，这里面就发生了同命运的同情。你们试想就东京一地说，二三百万的人口，几十百年辛勤的成绩，突然地面对着最后审判的实在，就在今天我们回想起当时他们全城子像一个滚沸的油锅时的情景，原来热闹的市场变成了光焰万丈的火盆，在这里面人类最集中的心力与体力的成绩全变了燃料，在这里面艺术教育政治社会人的骨与肉与血都化成了灰烬，还有百十万男女老小的哭嚷声，这哭声本体就可以摇动天地，——我们不要说亲身经历，就是坐在椅子上想象这样不可信的情景时，也不免觉得害怕不是？那可不是玩儿的事情。单只描写那样的大变，恐怕至少就需要荷马或是莎士比亚的天才。你们试想在那时候，假如你们亲身经历时，你的心理该是怎么样？你还恨你的仇人吗？你还不饶恕你的朋友吗？你还沾恋你个人的私利吗？你还有欺哄人的机会吗？你还有什么希望吗？你还不搂住你身旁的生物，管他是你的妻子、你的老子、你的听差、你的妈、你的冤家、你的老妈子、你的猫、你的狗，把你灵魂里还剩下的光明一齐放射出来，和着你同难的同胞在这普遍的黑暗里来一个最后的结合吗？

但运命的手段还不是那样的简单。它要是把你的一切都扫灭了，那倒也是一个痛快的结束；它可不然。它还让你活着，它还有更苛刻的试验给你。大难过了，你还喘着气；你的家，你的财产，都变了你脚下的灰，你的爱亲与妻与儿女的骨肉还有烧不烂的在火堆里燃着，你没有了一切；但是太阳又在你的头上光亮地照着，你还是好好地在平定的地面上站着，你疑心这一定是梦，可又不是梦，因为不久你就发现与你同难的人们，他们也一样地疑心他们身受的是梦。可真不是梦；是真的。你还活着，你还喘着气，你得重新来过，根本地完全地重新来过。除非是你自愿放手，你的灵魂里再没有勇敢的分子。那才是你的真试验的时候。这考卷可不容易交了，要到那时候你才知道你自己究竟有多大能耐，值多少，有多少价值。

我们邻居日本人在灾后的实际就是这样。全完了，要来就得完全来过，尽你自身的力量不够，加上你儿子的，你孙子的，你孙子的儿子的儿子的孙子的努力也许可以重新撑起这份家私，但在这努力的经程中，谁也保不定天与地不再捣乱；你的几十年只要他的几秒钟。问题所以是你干不干？就只干脆的一句话，你干不干，是或否？同时也许无情的运命，扭着他那丑陋可怕的脸子在你的身旁冷笑，等着你最后的回话。你干不干，他仿佛也涎着他的怪脸问着你！

我们勇敢的邻居们已经交了他们的考卷；他们回答了一个干脆的干字，我们不能不佩服。我们不能不尊敬他们精神的人格。不等那大震灾的火焰缓和下去，我们邻居们第二次的奋斗已经庄严地开始了。不等运命的残酷的手臂松放，他们已经宣言他们积极的态度对运命宣战。这是精神的胜利，这是伟大，这是证明他们有不可摇的信心、不可动的自信力；证明他们是有道德的与精神的准备的，有最坚强的毅力与忍耐力的，有内心潜在着的精力的，有充分的后备军的，好比说，虽则前敌一起在炮火里毁了，这只是给他们一个出马的机会。他们不但不悲观，不但不消极，不但不绝望，不但不矮着嗓子乞怜，不但不倒在地下等救，在他们看来这大灾难，只是一个伟大的戟刺，伟大的鼓励，伟大的灵感，一个应有的试验，因此他们新来的态度只是双倍的积极，双倍的勇猛，双倍的兴奋，双倍的有希望；他们仿佛是经过大战的大将，战阵愈急迫愈危险，战鼓愈打得响亮，他的胆量愈大，往前冲的步子愈紧，必胜的决心愈强。这，我说，真是精神的胜利，一种道德的强制力，伟大的，难能的，可尊敬的，可佩服的。泰戈尔说的，国家的灾难，个人的灾难，都是一种试验：除是灾难的结果压倒了你的意志与勇敢，那才是真的灾难，因为你更没有翻身的希望。

这也并不是说他们不感觉灾难的实际的难受，他们也是人，他们虽勇，心究竟不是铁打的。但他们表现他们痛苦的状态是可注意的；他们不来零碎地呼叫，他们采用一种雄伟的庄严的仪式。此次震灾的周年纪念时，他们选定一个时间，举行他们全国的悲哀；在不知是几秒或几分钟的期间内，他们全国的国民一致地静默了，全国民的心灵在那短时间内融合在一阵忏悔的、祈祷的、普遍的肃静里（那是何等的凄伟!）；然后，一个信号打破了全国的静默，那千百万人民又一致地高声悲号，悲悼他们曾经遭受的惨运；在这一声弥漫的哀号里，他们国民，不仅发泄了蓄积着的悲哀，这一声长号，也表明他们一致重新来过的伟大的决心（这又是何等的凄伟!）。

这是教训，我们最切题的教训。我个人从这两件事情——俄国革命与日本地震——感到极深刻的感想；一件是告诉我们什么是有意义有价值的牺牲，那表面紊乱的背后坚定地站着某种主义或是某种理想，激动人类潜伏着一种普遍的想望，为要达到那想望的境界，他们就不顾冒怎样剧烈的险与难，拉倒已成的建设踏平现有的基础，抛却生活的习惯，尝试最不可测量的路子。这是一种疯癫，但是有目的的疯癫；单独地看，局部地看，我们尽可以下种种非难与责备的批评，但全部地看、历史地看时，那原来纷乱的就有了条理，原来散漫的就成了片段，甚至于在经程中一切反理性的分明残暴的事实都有了它们相当的应有的位置，在这部大悲剧完成时，在这无形的理想“物化”成事实时，在人类历史清理节账时，所得便超过所出，盈余至少是盖得过损失的。我们现在自己的悲惨就在问题不集中、不清楚、不一贯；我们缺少——用一个现成的比喻——那一面半空里升起来的彩色旗（我不是主张红旗我不过比喻罢了!）使我们有眼睛能看的人都不由得不仰着头望；缺少那青天里的一个霹雳，使我们有耳朵能听的不由得惊心。正因为缺乏这样一个一贯的理想与标准（能够表现我们潜在意识所想望的），我们有的那一部疯癫性——历史上所有的大运动都脱不了疯癫性的成分就没有机会充分地外现，我们物质生活的累赘与沾恋，便有力量压迫住我们精神性的奋斗；不是我们天生不肯牺牲，也不是天生懦怯，我们在这时期内的确不曾寻着值得或是强迫我们牺牲的那件理想的大事，结果是精力的散漫、志气的怠惰、苟且心理的普遍、悲观主义的盛行、一切道德标准与一切价值的毁灭与埋葬。

人原来是行为的动物，尤其是富有集合行为力的，他有向上的能力，但他也是最容易堕落的，在他眼前没有正当的方向时，比如猛兽监禁在铁笼子里。在他的行为力没有发展的机会时，他就会随地躺了下来，管他是水潭是泥潭，过他不黑不白的猪奴的生活。这是最可惨的现象、最可悲的趋向。如其我们容忍这种状态继续存在时，那时每一对父母每次生下一个洁净的小孩，只是为这卑劣的社会多添一个堕落的分子，那是莫大的亵渎的罪业；所有的教育与训练也就根本地失去了意义，我们还不如盼望一个大雷霆下来毁尽了这三江或四江流域的人类的痕迹！

再看日本人天灾后的勇猛与毅力，我们就不由得不惭愧我们的穷、我们的乏、我们的寒碜。这精神的穷乏才是真可耻的，不是物质的穷乏。我们所受的苦难都还不是我们应有的试验的本身，那还差得远着哪；但是我们的丑态已经恰好与人家的从容成一个对照。我们的精神生活没有充分的涵养，所以临着稀小的纷扰便没有了主意，像一个耗子似的，他的天才只是害怕，他的伎俩只是小偷；又因为我们的生活没有深刻的精神的要求，所以我们合群生活的大网子就缺少最吃分量最经用的那几条普遍的同情线，再加之原来的经纬已经到了完全破烂的状态，这网子根本就没有了联结，不受外物侵损时已有溃散的可能，哪里还能在时代的急流里，捞起什么有价值的东西？说也奇怪，这几千年历史的传统精神非但不曾供给我们社会一个巩固的基础，我们现在到了再不容隐讳的时候，谁知道发现我们的桩子，只是在黄河里造桥，打在流沙里的！

难怪悲观主义变成了流行的时髦！但我们年轻人，我们的身体里还有生命跳动，脉管里多少还有鲜血的年轻人，却不应当沾染这最致命的时髦，不应当学习那随地躺得下去的猪，不应当学那苟且专家的耗子，现在时候逼迫了，再不容我们刹那的含糊。我们要负我们应负的责任，我们要来补织我们已经破烂的大网子，我们要在我们各个人的生活里抽出人道的同情的纤维来合成强有力的绳索，我们应当发现那适当的象征，像半空里那面大旗似的，引起普遍的注意；我们要修养我们精神的与道德的人格，预备忍受将来最难堪的试验。简单的一句话，我们应当在今天——过了今天就再没有那一天了——宣布我们对于生活基本的态度。是是还是否；是积极还是消极；是生道还是死道；是向上还是堕落？在我们年轻人一个字的答案上就挂着我们全社会的运命的决定。我盼望我至少可以代表大多数青年，在这篇讲演的末尾，高叫一声——用两个有力量的外国字——

“Everlasting yea!”

海滩上种花[①]

1924年12月30日

朋友是一种奢华：且不说酒肉势利，那是说不上朋友，真朋友是相知，但相知谈何容易，你要打开人家的心，你先得打开你自己的，你要在你的心里容纳人家的心，你先得把你的心推放到人家的心里去；这真心或真性情的相互的流转，是朋友的秘密，是朋友的快乐。但这是说你内心的力量够得到，性灵的活动有富余，可以随时开放，随时往外流，像山里的泉水，流向容得住你的同情的沟槽；有时你得冒险，你得花本钱，你得抵拚在巉岈的乱石间、触刺的草缝里耐心地寻路，那时候艰难、苦痛、消耗，在在是可能的，在你这水一般灵动、水一般柔顺的寻求同情的心能找到平安欣快以前。

我所以说朋友是奢华、"相知"是宝贝，但得拿真性情的血本去换、去拚。因此我不敢轻易说话，因为我自己知道我的来源有限，十分的谨慎尚且不时有破产的恐惧；我不能随便"花"。前天有几位小朋友来邀我跟你们讲话，他们的恳切折服了我，使我不得不从命，但是小朋友们，说也惭愧，我拿什么来给你们呢？

我最先想来对你们说些孩子话，因为你们都还是孩子。但是那孩子的我到哪里去了？仿佛昨天我还是个孩子，今天不知怎的就变了样。什么是孩子？要不为一点活泼的天真，但天真就比是泥土里的嫩芽，天冷

① 本文是徐志摩在北师大附中所做的演讲。

泥土硬就压住了它的生机——这年头问谁去要和暖的春风？

孩子是没了。你记得的只是一个不清切的影子，模糊得很，我这时候想起就像是一个瞎子追念他自己的容貌，一样地记不周全；他即使想急了拿一双手到脸上去印下一个模子来，那模子也是个死的。真的没了。在公园里见一个小朋友不提多么活动，一忽儿上山，一忽儿爬树，一忽儿溜冰，一忽儿干草里打滚，要不然就跳着憨笑；我看着羡慕，也想学样，跟他一起玩，但是不能，我是一个大人，身上穿着长袍，心里存着体面，怕招人笑，天生的灵活换来矜持的存心——孩子，孩子是没有的了，有的只是一个年岁与教育蛀空了的躯壳，死僵僵的，不自然的。

我又想找回我们天性里的野人来对你们说话。因为野人也是接近自然的；我前几年过印度时得到极刻心的感想，那里的街道房屋以及土人的体肤容貌，生活的习惯，虽则简，虽则陋，虽则不夸张，却处处与大自然——上面碧蓝的天、火热的阳光，地下焦黄的泥土、高矗的椰树——相调谐，情调，色彩，结构，看来有一种意义的一致，就比是一件完美的艺术的作品。也不知怎的，那天看了他们的街，街上的牛车，赶车的老头露着他的赤光的头颅与紫姜色的圆肚，他们的庙，庙里的圣像与神座前的花，我心里只是不自在，就仿佛这情景是一个熟悉的声音的叫唤，叫你去跟着他，你的灵魂也何尝不活跳跳地想答应一声“好，我来了”，但是不能，又有碍路的挡着你，不许你回复这叫唤声启示给你的自由。困着你的是你的教育；我那时的难受就比是一条蛇摆脱不了困住它的一个硬性的外壳——野人也给压住了，永远出不来。

所以今天站在你们上面的我不再是融会自然的野人，也不是天机活灵的孩子：我只是一个“文明人”，我能说的只是“文明话”。但什么是文明不是堕落？文明人的心里只是种种虚荣的念头，他到处忙不算，到处都得计较成败。我怎么能对着你们不感觉惭愧？不了解自然不仅是我的心，我的话也是的。并且我即使有话说也没法表现，即使有思想也不能使你们了解；内里那点子性灵就比是在一座石壁里牢牢地砌住，一丝光亮都不透，就凭这双眼望见你们，但有什么法子可以传达我的意思给你们，我已经忘却了原来的语言，还有什么话可说的？

但我的小朋友们还是逼着我来说谎（没有话说而勉强说话便是谎）。知识，我不能给；要知识你们得请教教育家去，我这里是没有的。智慧，更没有了：智慧是地狱里的花果，能进地狱更能出地狱的才采得着智慧，不去地狱的便没有智慧——我是没有的。

我正发窘的时候，来了一个救星——就是我手里这一小幅画，等我来讲道理给你们听。这张画是我的拜年片，一个朋友替我制的。你们看这个小孩子在海边沙滩上独自地玩，赤脚穿着草鞋，右手提着一枝花，使劲把它往沙里栽，左手提着一把浇花的水壶，壶里水点一滴滴地往下掉着。离着小孩不远看得见海里翻动着的波澜。

你们看出了这画的意思没有？

在海沙里种花。在海沙里种花！那小孩这一番种花的热心怕是白费的了。沙碛是养不活鲜花的，这几点淡水是不能帮忙的；也许等不到小孩转身，这一朵小花已经支不住阳光的逼迫，就得交卸它有限的生命，枯萎了去。况且那海水的浪头也快打过来了，海浪冲来时不说这朵小小的花，就是大根的树也怕站不住——所以这花落在海边上是绝望的了，小孩这番力量准是白花的了。

你们一定很能明白这个意思。我的朋友是很聪明的，他拿这画意来比我们一群呆子，乐意在白天里做梦的呆子，满心想在海沙里种花的傻子。画里的小孩拿着有限的几滴淡水想维持花的生命，我们一群梦人也想在现在比沙漠还要干枯比沙滩更没有生命的社会里，凭着最有限的力量，想下几颗文艺与思想的种子，这不是一样的绝望，一样的傻？想在海沙里种花，想在海沙里种花，多可笑呀！但我的聪明的朋友说，这幅小小画里的意思还不止此；讽刺不是他的目的。他要我们更深一层看。在我们看来海沙里种花是傻气，但在那小孩自己却不觉得。他的思想是单纯的，他的信仰也是单纯的。他知道的是什么？他知道花是可爱的，可爱的东西应得帮助它发长；他平常看见花草都是从地土里长出来的，他看来海沙也只是地，为什么海沙里不能长花他没有想到，也不必想到，他就知道拿花来栽，拿水去浇，只要那花在地上站直了他就欢喜，他就乐，他就会跳他的跳，唱他的唱，来赞美这美丽的生命，以后怎么样，海沙的性质、花的运命，他全管不着！我们知道小孩们怎样地崇拜自然，他的身体虽则小，他的灵魂却是大着，他的衣服也许脏，他的心可是洁净的。这里还有一幅画，这是自然的崇拜，你们看这孩子在月光下跪着拜一朵低头的百合花，这时候他的心与月光一般的清洁，与花一般的美丽，与夜一般的安静。我们可以知道到海边上来种花那孩子的思想与这月下拜花的孩子的思想会得跪下的——单纯、清洁，我们可以想象那一个孩子把花栽好了也是一样来对着花膜拜祈祷——他能把花暂时栽了起来便是他的成功，此外以后怎么样不是他的事情了。

你们看这个象征不仅美，并且有力量；因为它告诉我们单纯的信心是创作的源泉——这单纯的烂漫的天真是最永久最有力量的东西，阳光烧不焦它，狂风吹不倒它，海水冲不了它，黑暗掩不了它——地面上的花朵有被摧残有消灭的时候，但小孩爱花种花这一点："真"却有的是永久的生命。

我们来放远一点看。我们现有的文化只是人类在历史上努力与牺牲的成绩。为什么人们肯努力肯牺牲？因为他们有天生的信心；他们的灵魂认识什么是真什么是善什么是美，虽则他们的肉体与智识有时候会诱惑他们反着方向走路，但只要他们认明一件事情是有永久价值的时候，他们就自然地会得兴奋，不期然地自己牺牲，要在这忽忽变动的声色的世界里，赎出几个永久不变的原则的凭证来。耶稣为什么不怕上十字架？密尔顿何以瞎了眼还要作诗，贝多芬何以聋了还要制音乐？密仡郎其罗为什么肯积受几个月的潮湿不顾自己的皮肉与靴子连成一片地用心思，为的只是要解决一个小小的美术问题？为什么永远有人到冰洋尽头雪山顶上去探险？为什么科学家肯在显微镜底下或是数目字中间研究一般人眼看不到心想不通的道理消磨他一生的光阴？

为的是这些人道的英雄都有他们不可摇动的信心；像我们在海沙里种花的孩子一样，他们的思想是单纯的——宗教家为善的原则牺牲，科学家为真的原则牺牲，艺术家为美的原则牺牲——这一切牺牲的结果便是我们现有的有限的文化。

你们想想在这地面上做事难道还不是一样的傻气——这地面还不是与海沙一样，不容你生根？在这里的事业，还不是与鲜花一样的娇嫩？——潮水过来可以冲掉，狂风吹来可以折坏，阳光晒来可以熏焦我们小孩子手里拿着往沙里栽的鲜花，同样地，我们文化的全体还不一样有随时可以冲掉、折坏、熏焦的可能吗？巴比伦的文明现在哪里？澎湃城曾经在地下埋过千百年，克利脱的文明直到最近五六十年间才完全发现。并且有时一件事实体的存在并不能证明他生命的继续。这区区地球的本体就有一千万个毁灭的可能。人们怕死不错，我们怕死人，但最可怕的不是死的死人，是活的死人，单有躯壳生命没有灵性生活是莫大的悲惨；文化也有这种情形，死的文化倒也罢了，最可怜的是勉强喘着气的半死的文化。你们如其问我要例子，我就不迟疑地回答你说，朋友们，贵国的文化便是一个喘着气的活死人！时候已经很久的了，自从我们最后的几个祖宗为了不变的原则牺牲他们的呼吸与血液，为了不死的生命牺牲他们有限的存在，为了单纯的信心遭受当时人的讪笑与侮辱。时候已经很久的了，自从我们最后听见普遍的声音像潮水似的充满着地面；时候已经很久的了，自从我们最后看见强烈的光明像彗星似的扫掠过地面；时候已经很久的了，自从我们最后为某种主义流过火热的鲜血；时候已经很久的了，自从我们的骨髓里有胆量，我们的说话里有分量。这是一个极伤心的反省！我真不知道这时代犯了什么不可赦的大罪，上帝竟狠心地赏给我们这样恶毒的刑罚？你看看去这年头到哪里去找一个完全的男子或是一个完全的女子——你们去看去，这年头哪一个男子不是阳痿，哪一个女子不是鼓胀！要形容我们现在受罪的时期，我们得发明一个比丑更丑比脏更脏比下流更下流比苟且更苟且比懦怯更懦怯的一类生字去！朋友们，真的我心里常常害怕，害怕下回东风带来的不是我们盼望中的春天，不是鲜花青草蝴蝶飞鸟，我怕它带来一个比冬天更枯槁更凄惨更寂寞的死天——因为丑陋的脸子不配穿漂亮的衣服，我们这样丑陋的变态的人心与社会凭什么权利可以问青天要阳光，问地面要青草，问飞鸟要音乐，问花朵要颜色？你问我明天天会不会放亮？我回答说我不知道，竟许不！

归根是我们失去了我们灵性努力的重心，那就是一个单纯的信仰，一点烂漫的童真！不要说到海滩去种花——我们都是聪明人谁愿意做傻瓜去——就是在你自己院子里种花你都懒怕动手哪！最可怕的怀疑的鬼与厌世的黑影已经占住了我们的灵魂！

所以朋友们，你们都是青年，都是春雷声响不曾停止时破绽出来的鲜花，你们再不可堕落了——虽则陷阱的大口满张在你的跟前，你不要怕，你把你的烂漫的天真倒下去，填平了它，再往前走——你们要保持那一点的信心，这里面连着来的就是精力与勇敢与灵感——你们再不怕做小傻瓜，尽量在这人道的海滩边种你的鲜花去——花也许会消灭，但这种花的精神是不烂的！

关于女子[①]

1928年12月16日

苏州！谁能想象第二个地名有同样清脆的声音，能唤起同样美丽的联想，除是南欧的威尼市或翡冷翠[②]，那是远在异邦，要不然我们就得追想到六朝时代的金陵广陵或许可以仿佛。当然不是杭州，虽则苏杭是常常联着说到的；杭州即使有几分美秀，不幸都教山水给占了去，更不幸就那一点儿也成了问题：你们不听说雷峰塔已经教什么国术大力士给打个粉碎，西湖的一汪水也教大什么会的电灯给照干了吗？不，不是杭州；说到杭州我们不由得觉得舌尖上有些儿发锈。所以只剩了一个苏州准许我们放胆地说出口，放心地拿上手。比是乐器中的笙箫，有的是袅袅的余韵。比是青青的柏子，有的是沁人心脾的留香。在这里，不比别的地处，人与地是相对无愧的，是交相辉映的；寒山寺的钟声与吴侬的软语一般地令人神往；虎丘的衰草与玄妙观的香烟同样地勾人留恋。

但是苏州——说也惭愧，我这还是第二次到，初次来时只匆匆地过了一宵，带走的只有采芝斋的几罐糖果和一些模糊的印象。就这次来也不得容易。要不是陈淑先生相请的殷勤——聪明的陈淑先生，她知道一个诗人的软弱，她来信只淡淡地说你再不来时天平山经霜的枫叶都要凋谢了——要不是她的相请的殷勤，我说，我真不知道几时才得偷闲到此

---

① 本文是徐志摩在苏州女子中学发表的演讲。

② 威尼市，通译威尼斯；翡冷翠，通译佛罗伦萨；均为意大利文化名城。

地来，虽则我这半年来因为往返沪宁间每星期得经过两次，每星期都得感到可望而不可即的惆怅。为再到苏州来我得感谢她。但陈先生的来信却不单单提到天平山的霜枫，她的下文是我这半月来的忧愁；她要我来说话——到苏州来向女同学们说话，我如何能不忧愁？当然不是愁见诸位同学，我愁的是我现在这相儿，一个人孤零零地站在台上说话！我们这坐惯冷板凳日常说废话的所谓教授们最厌烦的，不瞒诸位说，这是我们自己这无可奈何的职务——说话（我再不敢说讲演，那样粗蠢的字样在苏州地方是说不出口的）。

就说谈话吧，再让一步，说随便谈话吧，我不能想象更使人窘的事情！要你说话，可不指定要你说什么。“随便说些什么都行”，那天陈先生在电话里说。你拿艳丽的朝阳给一枝芙蓉或是一只百灵，它就对你说一番极美丽动听的话，即使它说过了你冒失地恭维它说你这“讲演”真不错，它也不会生气，也不会惭愧，但不幸我不是芙蓉更不是百灵。我们乡里有一句俗话说宁愿听苏州人吵架，不愿听杭州人谈话。我的家乡又不幸是在浙江，距着杭州近，离着苏州远的地处。随便说话，随你说什么，果然我依了陈先生扯上我的乡谈，恐怕要不到三分钟你们都得想念你们房间里备着的八封丹或是别的止头痛的药片了！

但陈先生非得逼我到，逼我献丑，写了信不够，还亲自到上海来邀。我不能不答应来。“但是我去说些什么呢，苏州，又是女同学们？”那天我放下陈先生的电话心头就开始踌躇。不要忙，我自己安慰自己说，在上海不得空闲，到南京去有一个下午可以想一想。那天在车上倒是有福气看到镇江以西，尤其是栖霞山一带的雪叶。虽则那早上是雾茫茫的，但雪总是好东西，它盖住地面的不平和丑陋，它也拓开你心头更清凉的境界，山变了银山，树成了玉树，窗以外是彻骨的凉，彻骨的静，不见一个生物，鸟雀们不知藏躲在哪里，雪花密团团地在半空里转。栖霞那一带的大石狮子，雄踞在草亩里张着大口向着天的怪东西，在雪地里更显得白，更显得壮，更见得精神。在那边相近还有一座塔，建筑雕刻，都是第一流的美术，最使人想见六朝的风流，六朝的闲暇。在那时政治上没有统一的野心家，江以南，江以北，各自成家，汉也有，胡也有，各造各的文化。且不说龙门，且不说云冈，就这栖霞的一些遗迹，就这雄踞在草亩里的大石狮，已够使我们想见当时生活的从容、气魄的伟大、情绪的俊秀。

我们在现代感到的只是局促与匆忙。我们真是忙，谁都是忙。忙到倦，忙到厌。但忙的是什么？为什么忙？我们的子孙在一千年后，如其我们的民族再活得到一千年，回看我们的时代，他们能不能了解我们的匆忙？我们有什么东西遗留给他们可以使他们骄傲、宝贵，值得他们保存，证见我们的存在，认识我们的价值，可以使他们永久停留他们爱慕的纪念——如同那一只雄踞在草亩里的大石狮？我们的诗人文人贡献了些什么伟大的诗篇与文章？我们的建筑与雕刻，且不说别的，有哪样可以留存到一百年乃至十五年而还值得一看的？我们的画家怎样描写宇宙的神奇？我们哪一个音乐家是在解释我们民族的性灵的奥妙？但这时候我眼望着的江边的雪地已经戏幕似的变形成为北方赤地几千里的灾区，黄沙天与黄土地的中间只有惨淡的风云，不见人烟的村庄以及这里那里枝条上不留一张枯叶的林木。我也望得见几千万已死的将死的未死的人民，在不可名状的苦难中为造物主的地面上留下永久的羞耻。在他们迟钝的眼光中，他们分明说他们的心脏即使还在跳动，他们已经失去感觉乃至知觉的能力，求生或将死的呼号早已逼死在他们枯竭的咽喉里；他们分明说生活、生命，乃至单纯的生存已经到了绝对的绝境，前途只是沙漠似的浩瀚的虚无与寂灭，期待着他们，引诱着他们，如同春光，如同微笑，如同美。我也望见勾结在连环战祸中的区域与民生；为了谁都不明白的高深的主义或什么的相互的屠杀，我也望见那少数的妖魔，踞坐在跸卫森严的窟中计较下一幕的布景与情节，为表现他们的贪、他们的毒、他们的野心、他们的威灵，他们手擎着全体民族的命运当作一掷的孤注。我也望见这时代的烦闷毒气似的在半空里没遮拦地往下盖，被牺牲的是无量数春花似的青年。这憧憬中的种种都指点着一个归宿、一个结局——沙漠似的浩瀚的虚无与寂灭，不分疆界永不见光明的死。

我方才不还在眷恋着文化的消沉吗？文化，文化，这呼声在这可怖的憧憬前，正如灾民苦痛的呼声，早已逼死在枯竭的咽喉里，再也透不出声音。但就这无声的叫喊已经在我的周围引起怪异的回响，像是哭，像是笑，像是鸱鸮，像是鬼……

但这声响来源是我座位邻近一位肥胖的旅伴的雄伟的呵欠。在这呵欠声中消失了我重叠的幻梦似的憧憬，我又见到了窗外的雪，听到车轮的响动。下关的车站已经到了。

我能把我这一路的感想拉杂来充当我去苏州的谈话资料吗？我在从下关进城时心里计较。秀丽的苏州，天真的女同学们，能容受这类荒伧，即使不至怪诞的思想吗？她们许因为我是教文学的想从我听一些文学掌故或文学常识。但教书是无可奈何，我最厌烦的是说本行话。她们又许因为我曾经写过一些诗是在期望一个诗人的谈话，那就得满缀着明月和明星的光彩，透着鲜花与鲜草的馨香，要不然她们竟许期待着雪莱的云雀或是济慈的夜莺。我的倒像是鸱鸮的夜啼，不是太煞尽了风景？这我转念，或许是我的过虑，她们等着我去谈话正如她们每月或每星期等着别人去谈话一样，无非想听几句可乐的插科与诙谐（如其有的话，那算是好的），一篇，长或是短，勉励或训诲的陈腐（那是你们打呵欠乃至瞌睡的机会），或是关于某项专门知识的讲解（那你们先生们示意你们应得掏出铅笔在小本子上记下的）写了几句自己谦让道歉不曾预备得好的话，在这末尾与他鞠躬下台时你们多少间酬报他一些鼓掌，就算完事一宗，但事实上他讲的话，正如讲的人，不能希望（他自己也不希望）在你们的脑筋里留有仅仅隔夜的印象，某人不是到你们这里来讲过的吗？隔几天许有人问：嗄，不错是有的，他讲些什么了？谁知道他讲什么来了，我一句也没有听进去；不是你提起，我忘都忘了我听过他讲哪！

这是一班到处应酬讲演人的下场头。他们事实上也只配得这样的下场头。穷、窘、枯、干，同学们，是现代人们的生活。干、枯、窘、穷，同学们，是现代人们的思想。不要把占有名气或地位的人们看太高了，他们的苦衷只有他们上年纪的人自家得知，这年头的荒歉是一般的。

也不知怎的我想起来说些关于女子的杂话。不是女子问题。我不懂得科学，没有方法来解剖“女子”这个不可思议的现象。我也不是一个社会学家，搬弄着一套现成的名词来清理恋爱，改良婚姻或家庭。我也没有一个道学家的权威，来督责女子们去做良妻贤母，或奖励她们去做不良的妻不贤的母。我没有任何解决或解答的能力。我自己所知道的只是我的意识的流动，就那个我也没有支配的力量。就比是隔着雨雾望远山的景物，你只能辨认一个大概。也不知是哪里来的光照亮了我意识的一角，给我一个辨认的机会，我的困难是在想用粗笨的语言来传达原来极微纤的印象，像是想用粗笨的铁针来绣描细致的图案。我今天所要查考的，所以，不是女子，更不是什么女子问题，而是我自己的意识的一个片段。

我说也不知怎的我的思想转上了关于女子的一路。最显浅的缘由，我想，当然是为我到一个女子学校里来说话。但此外也还有别的给我暗示的机会。有一天我在一家书店门首见着某某女士的一本新书的广告，书名是“蠹鱼生活”。这倒是新鲜，我想，这年头有甘心做书虫的女子。三百年来女子中多的是良妻贤母，多的是诗人词人，但出名的书虫不就是一位郝夫人王照圆[①]女士吗？这是一件事，再有是我看到一篇文章，英国一位名小说家[②]作的，她说妇女们想从事著述至少得有两个条件：一是她得有她自己的一间屋子，这她随时有关上或锁上的自由；二是她得有五百一年（那合华银有六千元）的进益。她说的是外国情形，当然和我们的相差得远，但原则还不一样是相通的？你们或许要说外国女人当然比我们强，我们怎好跟她们比；她们的环境要比我们的好多少，她们的自由要比我们的大多少；好，外国女人，先让我们的男人比上了外国的男人再说女人吧！

可是你们先别气馁，你们来听听外国女人的苦处。在 Queen Anne[③]的时候，不说更早，那就是我们清朝乾隆的时候，有天才的贵族女子们

① 王照圆，清代经学家郝懿行之妻，长于训诂，亦擅文学，著有《列女传补注》《诗经小记》等。

② 指英国女作家弗吉尼亚·伍尔芙（1882—1941）的《一间自己的房子》。

③ Queen Anne，即英国的安女王，1702—1714 年在位。

（平民更不必说了）实在忍不住写下了些诗文就许往抽屉里堆着给蛀虫们享受，哪敢拿著作公开给庄严伟大的男子们看，那不让他们笑掉了牙。男人是女人的“反对党”（The oppose faction），Lady Winchilsea[①]说。趁早，女人，谁敢卖弄谁活该遭殃，才学哪是你们的分！一个女人拿起笔就像是在做贼，谁受得了男人们的讥笑。别看英国人开通，他们中间多的是写《妇学篇》的章实斋[②]。倒是章先生那板起道学面孔公然反对女人弄笔墨还好受些。他们的蒲伯[③]，他们的 John Gay[④]，他们管爱文学有才情的女人叫作“蓝袜子”，说她们放着家务不管，“痒痒的就爱乱涂”。

Margaret of Newcastle[⑤]，另一位有才学的女子，也愤愤地说“女人像蝙蝠或猫头鹰似的活着，牲口似的工作，虫子似的死……”。且不说男人的态度，女性自己的谦卑也是可以的。Dorothy Osburne[⑥]那位清丽的书翰家一写到那位有文才的爵夫人就生气，她说：“那可怜的女人准是有点儿偏心的，她什么傻事不做倒来写什么书，又况是诗，那不太可笑了，要是我就算我半个月不睡觉我也到不了那个。”奥斯朋[⑦]自己可没有想到自己的书翰在千百年后还有人当作宝贵的文学作品念着，反比那“有点儿偏心胆敢写书的女人”风头出得更大、更久！

再说近一点，一百年前英国出了一位女小说家，她的地位，有一个批评家说，是离着莎士比亚不远的 Jane Austen[⑧]——她的环境也不见得

① Lady Winchilsea，通译温奇尔西夫人（Lady Hilse，1667—1720），原名安·芬奇，出身于英国颇有名望的芬奇（Finch）家族。她是那一时代少有的女诗人。

② 章实斋，即章学诚（1738—1801），清代杰出史学家、思想家，其《文史通义》与唐代刘知几的《史通》齐名，并为中国古代史学理论的“双璧”。

③ 蒲伯，通译蒲柏（1688—1744），英国启蒙时期古典主义诗人。

④ John Gay，通译约翰·盖伊（1685—1732），英国剧作家。

⑤ Margaret of Newcastle，即纽卡斯尔（英国一港口城市）的玛格丽特，生平不详。

⑥ Dorothy Osburne，通译多萝西·奥斯本（1827—1895），英国外交家坦普尔爵士的妻子，以婚前写给坦普尔的书信闻名。

⑦ 奥斯朋，即奥斯本，前文中 Dorothy Osburm。

⑧ Jane Austen，通译简·奥斯汀（1775—1817），英国女小说家，主要作品有《傲慢与偏见》《理智与情感》等。

比你们的强。实际上她更不如我们现代的女子。再说她也没有一间她自己可以开关的屋子，也没有每年多少固定的收入。她从不出门，也见不到什么有学问的人；她是一位在家里养老的姑娘，看到有限几本书，每天就在一间永远不得清静的公共起坐间里装作写信似的起草她的不朽的作品。“女人从没有半个钟头，” Florence Nightingale[①] 说，“女人从没有半个钟头可以说是她们自己的。” 再说近一点，白龙德[②]（Bronte）姊妹们，也何尝有什么安逸的生活。在乡间，在一个牧师家里，她们生，她们长，她们死。她们至多站在露台上望望野景，在雾茫茫的天边幻想大千世界的形形色色，幻想她们无颜色无波浪的生活中所不能的经验。要不是她们卓绝的天才、蓬勃的热情与超越的想象，逼着她们不得不写，她们也无非是三个平常的乡间女子，郁死在无欢的家里，有谁想得到她们——光明的19世纪于她们有什么相干，她们得到了些什么好处？

说起来还是我们的情形比她们的见强哪。清朝的大文人王渔洋、袁子才、毕秋帆、陈碧城都是提倡妇女文学最大的功臣。要不是他们几位间接与直接的女弟子的贡献，清朝一代的妇女文学还有什么可述的？要不是他们那时对于女子作诗文做学问的铺张扬厉，我们那位文史通义先生也不至于破口大骂自失身份到这样可笑的地步。他在《妇学》里面说：

> 近有无耻文人，以风流自命，蛊惑士女，大率以优伶杂剧所演才子佳人惑人。长江以南名门大家闺阁，多为所诱，征诗刻稿，标榜声名，无复男女之嫌，殆忘其身之雌矣。此等闺娃，妇学不修，岂有真才可取，而为邪人拨弄，浸成风俗，人心世道，大可忧也。

---

① Florence Nightingale，即弗洛伦斯·南丁格尔（1820—1910），一个在英国被推崇为民族英雄的著名护士，现代护理教育的奠基人。

② 白龙德，通译勃朗特，英国家喻户晓的三姐妹作家，即夏洛蒂（1818—1855）、艾米莉（1818—1848）和安妮（1820—1849）。

章先生要是活到今天看见女子上学堂，甚至和男子同学，上衙门公司店铺工作和男子同事，进这个那个的党和男子同志，不把他老人家活活地给气瘪了！

所以你们得记得就在英国，女权最发达的一个民族，女子的解放，不论哪一方面，都还是近时的事情。女子教育算不上一百年的历史；女子的财产权是五十年来才有法律保障的；女子的政治权还不到十年。但这百年来女性方面的努力与成绩不能不说是惊人的。在百年以前的人类的文化可说完全是男性的成绩，女性即使有贡献是极有限的或至多是间接的，女子中当然也不少奇才异能，历史上不少出名的女子，尤其是文艺方面。希腊的沙浮①至今还是个奇迹。中世纪的 Hypatia②、Heloise③是无可比的。英国的依利萨伯④、唐朝的武则天，她们的雄才大略，哪一个男子敢不低头？18 世纪法国的沙龙夫人们是多少天才和名著的保姆。在中国，我们只要记起曹大家的汉书，苏若兰的回文，徐淑、蔡文姬、左九嫔的词藻，武曌的升仙太子碑，李若兰、鱼玄机的诗，李清照、朱淑真的词，明文氏的九骚——哪一个不是照耀百世的奇才异禀。

这固然是，但就人类更宽更大的活动方面看，女性有什么可以自傲的？有女莎士比亚女司马迁吗？有女牛顿女培根吗？有女柏拉图女但丁吗？就说到狭义的文艺，女性的成绩比到男性的还不是培楼比到泰山吗？你怪得男性傲慢、女性气馁吗？

在英国乃至在全欧洲，奥斯丁以前可以说女性没有一个成家的作者。从依利萨伯到法国革命查考得到的女子作品只是小诗与故事。就中国论，清朝一代将近三百年间的女作家，按新近钱单夫人的《清闺秀艺文略》看，可查考的有二千三百十二人之多。但这数目，按胡适之先生的统计，只有百分之一的作品是关于学问，例如考据历史、算学、医

---

① 沙浮，通译萨福（前 7—前 6 世纪），古希腊女抒情诗人。

② Hypatia，通译希帕蒂娅（约 370—415），古希腊女数学家、天文学家、哲学家，被判异端处死。

③ Heloise，通译爱洛伊丝（1098—1164），法兰克女隐修院院长，神学家和哲学家阿伯拉的妻子。

④ 依利萨伯，通译伊丽莎白一世，英国都铎王朝女王，1558—1603 年在位。

术，就那也说不上有什么重要的贡献。此外百分之九十九都是诗词一类的文学，而且妙的地方是这些诗集诗卷的题名，除了风花雪月一类的风雅，都是带着虚心道歉的意味，仿佛她们都不敢自信女子有公然著作成书的特权似的，都得声明这是她们正业以外的闲情。本算不上什么似的，因之不是绣余，就是爨余，不是红余，就是针余，不是脂余梭余，就是织余绮余（陈圆圆的职业特别些，她的词集叫《舞余词》），要不然就是焚余烬余未焚未烧未定一类的通套，再不然就是断肠泪稿一流的悲苦字样（除了秋瑾的口气那是不同些）。情形是如此，你怪得男性的自美、女性的气短吗？

但这文化史上女性远不如男性的情形自有种种的解释，自然的趋势，男性当然不能借此来证明女子的能力根本不如男子，女性也不能完全推托到男性有意的压迫。谁要奇怪女性的迟缓，要问何以女权论要等到玛丽乌尔夫顿克辣夫德①方有具体的陈词，只须记得人权论本身也要到相差不远的日子才出世。人的思想的能力是奇怪的，有时他连窜带跳的在短时期内发现了很多，例如希腊黄金时代与近一百五十年来的欧洲，有时睡梦迷糊的在长时期里一无新鲜，例如欧洲的中世纪或中国的明代。它不动的时候就像是冬天，一切都是静定的、无生气的，就像是生命再不会回来，但它一动的时候那就比是春雷的一震，转眼间就是蓬勃绚烂的春时。在欧洲从亚理斯多德直到卢梭乃至叔本华，没有一个思想家不承认男女的不平等是当然的，绝对不值得并且也无从研究的；即使偶有几个天才不容自掩的女子，在中国我们叫作才女，那还是客气的，如同叫长花毛的鸭作锦鸡，在欧洲百年前叫作蓝袜子，那就不免有嘲笑的意思。但自从约翰弥勒②纯正通达论妇女论的大文出世以来，在理论上所有女性不如男性或是女性不能和男性享受平等机会以及共同负

---

① 玛丽乌尔夫顿克辣夫德，即 Mary Wollstonecraft，通译玛丽·沃斯通克拉夫特（1759—1797），以所著《女权论》闻名。她是英国政治家威廉·葛德文的妻子，在生育时因患败血症死亡。

② 约翰弥勒，现通译约翰·穆勒（John Stuart Mill，1806—1873），英国哲学家，曾提出人权、女权等社会改良学说。其著作由严复译入中国，影响很大。

责文化社会的生存与进步的种种谬见、偏见与迷信都一齐从此失去了根据，在事实上在这百年来女性自强的努力也已经显明地证明，女性只要有同等的机会不论在哪样事情上都不能比男性不如；人类的前途展开了一个伟大的新的希望，就是此后文化的发展是两性共同的企业，不再是以前似的单性的活动。在这百年来虽则在别的方面人类依然不免继续他们的谬误、愚蠢、固执、迷信，但这百余年是可纪念的，因为这至少是一个女性开始光荣的世纪。在政治上，在社会上，在法律与道德上，在理论方面，至少女性已经争得与男性完全平等的地位。在事实上，女子的职业一天增多一天，我们现在不易想象一种职业男性可以胜任而女性不能的——也许除了实际的上战场去打仗，但这项职业我们都希望将来有完全淘汰的一天，我们决不希望温柔的女性在任何情形下转变成善斗杀的凶恶。文学与艺术不用说，女子是早就占有地位的，但近百年来的扩大也是够惊人的。诗人就说白郎宁夫人、罗刹蒂小姐①、梅耐儿夫人三个名字已经是够辉煌的。小说更不用说，英美的出版界已有女作家超过男作家的趋势，在品质方面一如数量。I. A. George Eliot②、George Sand③、Bronte Sisters④，近时如曼殊斐儿、薇金娜吴尔夫⑤等等都是卓然成家为文学史上增加光彩的作者。演剧方面如沙拉贝娜⑥、Duse⑦、Ellen Terry⑧，都是人类永久不可磨灭的记忆。论跳舞，女子的贡献更分明地超过男子，我们不能想象一个男性的 Isadora Duncana⑨。音乐、

---

① 罗刹蒂小姐，即克里斯蒂娜·罗赛蒂（1830—1894），英国女诗人。画家罗赛蒂的妹妹。

② George Eliot，通译乔治·艾略特（1819—1880），英国女作家。

③ George Sand，通译乔治·桑（1804—1876），法国女作家。

④ Bronte Sisters，即勃朗特三姐妹。

⑤ 薇金娜吴尔夫，通译弗吉尼亚·伍尔芙（1882—1941），英国女作家。

⑥ 沙拉贝娜，未详。

⑦ Duse，通译杜丝（1859—1984），意大利女演员，擅演悲剧主人公。

⑧ Ellen Terry，通译爱伦·泰丽（1847—1928），英国女演员，以演莎剧人物著称。

⑨ Isadora Duncan，通译伊莎多拉·邓肯（1878—1927），美国女舞蹈家，现代舞派创始人。

画、雕刻，女子的出人头地的也在天天地加多。科学与哲学，向来是男性的专业，但跟着教育的发展女子的贡献也在日渐地继长增高。你们只须记起 Madam Curie[①] 就可以无愧。讲到学问，现在有哪一门女子提不起来的。

但这情形，就按最先进几国说，至多也不过一百年来的事，然而成绩已有如此的可观。再过了两千年，我想，男子多半再不敢对女子表示性的傲慢。将来的女子自会有她们的莎士比亚、培根、亚理斯多德、卢梭，正如她们在帝王中有过依利萨伯、武则天，在诗人中有过白郎宁、罗刹蒂，在小说家中有过奥斯丁与白龙德姊妹。我们虽则不敢预言女性竟可以有完全超越男性的一天，但我们很可以放心地相信此后女性对文化的贡献比现在总可以超过无量倍数，反倒男子要担心到他的权威有摇动的危险的一天。

但这当然是说得很远的话。按目前情形，尤其是中国的，我们一方面固然感到女子在学问事业日渐进步的兴奋与快慰，但同时我们也深刻地感觉到种种阻碍的势力，还是很活动地在着。我们在东方几乎事事是落后的，尤其是女子，因为历史长，所以习惯深，习惯深所以解放更觉费力。不说别的，中国女子先就忍就了几千年身体方面绝无理性可说的束缚，所以人家的解放是从思想做起点，我们先得从身体解放起。我们的脚还是昨天放开的，我们的胸还是正在开放中。事实上固然这一代的青年已经不至感受身体方面的束缚，但不幸长时期的压迫或束缚是要影响到血液与神经的组织的本体的。即如说脚，你们现有的固然是极秀美的天足，但你们的血液与纤维中，难免还留着几十代缠足的鬼影。又如你们的胸部虽已在解放中，但我知道有的年轻姑娘们还不免感到这解放是一种可羞的不便。所以单说身体，恐怕也得至少到你们的再下去三四代才能完全实现解放，恢复自然发长的愉快与美。身体方面已然如此，别的更不用说了。再说一个女子当然还不免做妻、做母，单就生产一件事说，男性就可以无忌惮地对女性说“这你总逃不了，总不能叫我来替

① Madam Curie，即居里夫人。

代你吧！”事实上的确有无数本来在学问或事业上已经走上路的女子，为了做妻做母的不可避免临了只能自愿或不自愿地牺牲光荣的成就的希望。这层的阻碍说要能完全去除，当然是不可能，但按现今种种的发明与社会组织与制度逐渐趋向合理的情形看，我们很可以设想这天然阻碍的不方便性消解到最低限度的一天。有了节育的方法，比如说，你就不必有生育，除了你自愿，如此一个女子很容易在她几十年的生活中匀出几个短期间来尽她对人类的责任。还有将来家庭的组织也一定与现在的不同，趋势是在去除种种不必要精力的消耗（如同美国就有新法的合作家庭，女子管家的担负不定比男子的重，彼此一样可以进行各人的事业）。所以问题倒不在这方面。成问题的是女子心理上母性的牢不可破，那与男子的父性是相差得太远了。我来举一个例，近代最有名的跳舞家 Isadora Duncan 在她的自传里说她初次生产时的心理，我觉得她说得非常的真。在初怀孕时她觉得处处的不方便，她本是把她的艺术——舞——看得比她的生命都更重要的，她觉得这生产的牺牲是太无谓了。尤其是在生产时感到极度的痛苦时（她的是难产），她是恨极了上帝叫女人担负这惨毒的义务，她差一点死了。但等到她的孩子一下地，等到看护把一个稀小的喷香的小东西偎到她身旁去吃奶时，她的快乐，她的感激，她的兴奋，她的母爱的激发，她说，简直是不可名状。在那时间她觉得生命的神奇与意义——这无上的创造——是绝对盖倒一切的，这一相比她原来看作比生命更重要的艺术顿时显得又小又浅，几于是无所谓的了。在那时间把性的意识完全盖没了后天的艺术家的意识。上帝得了胜了！这，我说，才真是成问题，倒不在事实上三两个月的身体的不便。这根蒂深而力道强的母性当然是人生的神秘与美的一个重要成分，但它多少总不免阻碍女子个人事业的进展。

所以按理论说男女的机会是实在不易说成完全平等的，天生不是一个样子你有什么办法？但我们也只能说到此，因为在一个女子，母的人格、母性的实现，按理是不应得与她个人的人格、个性的实现相冲突的。除了在不合理的或迷信打底的社会组织里，一个女子做了妻母再不能兼顾别的，她尽可以同时兼顾两种以上的资格，正如一个男子的父性并不妨害他的个性。就说 Duncan，她不能不说是一个母性特强（因为情感富强）的一个女子，但她事实上并不曾为恋爱与生育而至放弃她的艺术的追求，她一样完成了她的艺术。此外做女子的不方便当然比男子的多，但那些都是比较不重要的。

我们国内的新女子是在一天天可辨认地长成，从数千年来有形与无形的束缚与压迫中渐次透出性灵与身体的美与力，像一只在箨裹中透露着的新笋。有形的阻碍，虽则多，虽则强有力，还是比较容易克除的；无形的阻碍，心理上，意识与潜意识的阻碍，倒反需要更长时间与努力方有解脱的可能。分析地说，现社会的种种都还是不适宜于我们新女子的长成的。我再说一个例，比如演戏，你认识戏的重要，知道它的力量，你也知道你有舞台表演的天赋。那为你自己，为社会，你就得上舞台演戏去不是？这时候你就逢到了阻力。积极的或许你家庭的守旧与固执，消极的或许你觅不到相当的同志与机会。这些就算都让你过去，你现在到了另一个难关。有一个戏非你充不可，比如说，那碰巧是个坏人，那是说按人事上习惯的评判，在表现艺术上是没有这种区分的，艺术需要你做，但你开始踌躇了。说一个实例，新近南国社①演的《沙乐美》②，那不是一个贞女，也不是一个节妇。有一位俞女士，她是名门世家的一位小姐，去担任主角。她只知道她当前表现的责任。事实上她居然排除了不少的阻难而登台演那戏了。有一晚她正演到要热慕地叫着“约翰我要亲你的嘴”，她瞥见她的母亲坐在池子里前排瞪着怒眼望着她，她顿时萎了，原来有热有力的音声与诗句几于嗫嚅地勉强说过了算完事。她觉得她再也鼓不住她为艺术的一往的勇气，在她母亲怒目的一视中，艺术家的她又萎成了名门世家事事依傍着爱母的小姐——艺术失败了！习惯胜利了！

---

① 南国社，前身为南国电影剧社，1927 年冬在上海成立，以其戏剧活动最为著称，主要成员有田汉、唐槐秋、陈艇秋等。

② 《沙乐美》，英国唯美主义作家奥斯卡 · 王尔德于 1893 年创作的戏剧。

所以我说这类无形的阻碍力量有时更比有形的大。方才说的无非是现成的一个例。在今日一个女子向前走一个步都得有极大的决心和用力，要不然你非但不上前，你难说还向后退——根性、习惯、环境的势力，种种都牵掣着你，阻拦着你。但你们各个人的成或败于未来完全性的新女子的实现都有关系。你多用一分力，多打破一个阻碍，你就多帮助一分，多便利一分新女子的产生。简单说，新女子与旧女子的不同是一个程度，不定是种类的不同。要做一个新女子，做一个艺术家或事业家，要充分发展你的天赋，实现你的个性，你并没有必要不做你父母的好女儿、你丈夫的好妻子，或是你儿女的好母亲——这并不一定相冲突的（我说不一定因为在这发轫时期难免有各种牺牲的必要，那全在你自己判清了利弊来下决断）。分别是在旧观念是要求你做一个扁人，纸剪似的没有厚度没有血脉流通的活性，新观念是要你做一个真的活人，有血有气有肌肉有生命有完全性的！这有完全性要紧的一个个人。这分别是够大的，虽则话听来不出奇。旧观念叫你准备做妻、做母，新观念并不不叫你准备做妻、做母，但在此外先要你准备做人，做你自己。从这个观点出发，别的事情当然都换了透视。我看古代留传下来的女作家有一个有趣味的现象，她们多半会写诗，就是说拿她们的心思写成可诵的文句。按传说说，至少一个女子的文才多半是有一种防身作用，比如现在上海有钱人穿的铁马甲。从《周南》的蔡人妻作的“芣苢三章”，《召南》申人女“行露三章”，《卫》共姜“柏舟诗”，《陈风》《墓门》，陶婴《黄鹄歌》，宋韩凭妻“南山有乌”句乃至罗敷女《陌上桑》，都是全凭编了几句诗歌，而得幸免男性的侵凌的。还有卓文君写了《白头吟》，司马相如即不娶姨太太，苏若兰制了回文诗，扶风窦滔也就送掉他的宠妾。唐朝有几个宫妃在红叶上题了诗从御沟里放流出外因而得到夫婿的。（一入深宫里，无由得见春。题诗花叶上，寄与接流人。）此外更有多少女子作品不是慕就是怨。如是看来文学之于古代妇女多少都是于她们婚姻问题发生密切关系的。这本来是，有人或许说，就现在女子念书的还不是都为写情书的准备，许多人家把女孩送进学校的意思还不无非是为了抬高她在婚姻市场上的卖价？这类情形当然应得书篇似的翻阅过去，如其我们盼望新女子及早可以出世。

这态度与目标的转变是重要的。旧女子的弄文墨多少是一种不必要的装饰；新女子的求学问应分是一种发现个性必要的过程。旧女子的写诗词多少是抒写她们私人遭际与偶尔的情感；新女子的志向应分是与男子共同继承并且继续生产人类全部的文化产业。旧女子的字业是承认女子无才便是德的大条件而后红着脸做的事情，因而绣余炊余一流的道歉；新女子的志愿是要为报复那一句促狭的造孽格言而努力给男性一个不容否认的反证。旧女子有才学的理想是李易安的早年的生涯——当然不一定指她的“被翻红浪，起来慵自梳头”一类的艳思——嫁一个风流跌宕一如赵明诚公子的夫婿（赖有闺房如学舍，一编横放两人看）过一些风流而兼风雅的日子；新女子——我们当然不能不许她私下期望一个风流的有情郎（易求无价宝，难得有情郎），但我们却同时期望她虽则身体与心肠的温柔都给了她的郎，她的天才她的能力却得贡献给社会与人类。

顾　随

(1897—1960)

生平简介

顾随（1897—1960），字羡季，别号苦水，晚号驼庵，河北清河县人。韵文、散文作家，理论批评家，美学鉴赏家，剧作家，禅学家，书法家，文化学术研著专家。1915 年考北京大学，通过了北大国文系的入学考试。北大校长阅卷时，发现其中国文学水平卓异，建议他改学西洋文学。于是他先到北洋大学预科专攻英语，两年后转入北京大学英文系。在北大他获得了很好的西洋语言与文学的修养。1920 年毕业后，终生执教并从事于学术研究与文学创作。先后在河北女师学院、燕京大学、辅仁大学、中法大学、中国大学、北京师范大学、河北大学等校讲授中国古代文学。四十年来桃李满天下，很多弟子早已是享誉海内外的专家学者，叶嘉莹、周汝昌、史树青、郭预衡、颜一烟等便是其中的突出代表。有《稼轩词说》《东坡词说》《元明残剧八种》《揣龠录》《佛典翻译文学》等多种学术著作行世，并发表学术论文数十篇。1960 年 9 月 6 日于住所去世。他最得意的学生、红学泰斗周汝昌曾这样评价他："一位正直的诗人，而同时又是一位深邃的学者、一位极出色的大师级的哲人巨匠。"

麻花、油炸鬼、馓子及其他[1]

1942年初

自维于文字训诂之学，素无研究，所知极少。今日来此，非敢自居于讲演，不过将平日读书所见，拉杂述之。错误在所不免，遗漏亦不能无，所望诸位师友之不吝教诲与纠正也。

吾人平日早点所食有所谓麻花，乃是以碱发面揉作细条，再搓合扭转入油炸成者。松脆可口，有甜咸二种。不过故都人士每称如环者之一种，亦曰麻花，盖连类而及，不复细为区分。此如环者，通称作油炸鬼。鬼或书作烩，皆非是，当为果字之伪，音之转也。即如“国”字，国音读若果，而黄河流域则读若鬼。江浙读鬼若“举”，而油炸鬼之鬼则仍为国音之鬼而不读举。于此证之，油炸鬼固当作油炸果矣，而又或简称曰果子。盖吾国习俗凡以油酥制成之面食而作点心用者，多曰果子。故都所谓饽饽，黄河流域即称果子。意其最初当是制成果实之形，故宋人笔记中有“像生果子”之名。“像生”云者，言其形制逼真也。浸假而不作果实形之点心，仍袭名果子。浸假而油炸者，亦泛名曰果子矣。油炸鬼之形制亦有多种，有如环者，有作椭圆者。有食之而酥脆者，而松软者。其作圆饼形者，故都谓其薄者曰薄脆，厚者曰起子。又有粘合两条入油炸者，天津往往有之，故都尚不多见，或名之曰油条，曰两条腿，吾乡则曰麻糖。吾乡又有以鸡卵入面饼炸之，中隆起而外多

---

[1] 本文是顾随在辅仁大学语文学会发表的演讲。

泡，则像其形名曰炸蛤蟆。至故都饽饽肆中有所谓炸木耳（或曰猫耳朵）、蜜套环、蜜麻花、花蜜蕊之类，皆油炸果也。

至于馓子，乃是扭合多数之细面条而炸成，殆油炸鬼之精制者与？此间多为圆柱体，市场及庙会上俱有出售。吾乡则多为扁方形。其条较之此间所见者尤细致，精者殆如二合线，入口一嚼，松脆欲消，有如冰雪，但不冽齿耳。早点佐粥，最为佳品。又或瀹汤食之。绵软如汤饼，而细腻过之。此间所制，类多疲软，较逊色矣。吾幼时读书塾中，初见“馓”字，以为是俗字。后来稍长，乃知《说文》《广韵》《玉篇》中皆有之。然《说文》食部“馓”下曰：“熬稻粻餭也。”《广韵》《玉篇》于“馓”下俱注曰：“饭也。”似皆非今世之所谓馓子。

油炸鬼古时谓之寒具。刘禹锡诗曰：“纤手搓成玉数寻，碧油煎出嫩黄深。夜来春睡无轻重，压扁佳人缠臂金。”言其制法，言其色，复言其形，可谓形容尽致。“缠臂金”云者，殆指金钏而言。金钏作圆环形，寒具亦尔。然钏之条亦作圆体，而寒具之条则为扁体，故曰“压扁”耳。而后魏贾思勰《齐民要术》曰：“膏环：用秫稻米屑，水蜜溲之，强泽如汤饼面，手搦团可长八寸许。”注曰：“屈令两头相就，就膏油煮之。”想象其形制，其似今之果子。同书又曰：“细环饼，截饼：皆须以蜜调水溲面。若无蜜，煮枣取汁，牛羊脂膏亦得，用牛羊乳亦好，令饼美脆。截饼纯用乳溲者。”注曰：“环饼一名寒具，截饼一名蝎子。”又注曰：“入口即碎，脆如凌雪。”则大类今之薄脆。度贾氏之意，膏环作圜形，故曰环；而细环饼、截饼皆扁平如饼，故曰饼耳。然古人于面食多命曰饼，如汤饼蒸饼之类。故此三种，贾氏皆列入书中“饼法第八十二”。至贾书之注，当非出自著者之手，《四库书目提要》据《文献通考》以为宋人所作。若然，则注所云云，亦未必尽当贾氏之意。吾人正不必以贾书之注，而疑刘氏之诗耳。寒具唐人或曰䭔头，亦作捻头。范摅《云溪友议》载李日新诗曰：“商山食店大悠悠，陈黯馉锣古䭔头。”韦绚《刘宾客佳话》亦曰：“以寒具为捻头。”

复次，《楚辞·招魂篇》曰：“粔籹蜜饵，有粻餭些。”朱子集注曰：“粔籹，环饼也。吴谓之膏环，亦谓之寒具。”《玉篇》“粔”下，亦曰：“粔籹，膏环也。”朱注混环饼与膏环为一物，与《齐民要术》

之区分为二者不同。至于，朱注则曰："饧也。"《说文》："食部""馓"下曰："熬稻怅惶也。"又同书"食部""饧"下曰："饴和馓也。"扬雄《方言》亦曰："饧谓之怅惶。"又曰："饧谓之糖。"郭璞于"饧"下注曰："即干饴也。"夫怅惶而曰饧，而曰熬稻，似只是今所谓"糖稀"之类。《招魂》之意若曰：粔籹蜜饼之上，涂以怅惶；或其中羼合以怅惶耳。盖一若今市上所售"糖饼儿"之类。然《玉篇》又曰："饵曰怅惶。"而今日饽饽肆中招子亦往往大署粔籹怅惶，则又为点心果饼，而非"糖稀"矣，恐非怅惶之原意也。

总之，古来之油炸鬼，虽名称不同，形制各殊，而多合以蜜与饴，故为甜味。若吾人今日所食，多为咸味，殆后起者欤？

拉杂述来，引证既欠详博，论断尤难正确，未难谓为一得之供。如师友有兴，更作系统之考证，则抛砖引玉，至引为荣幸也已。

禅与诗[①]

1943 年 11 月 6 日

今日来此，原拟谈禅，然因方面过广，道理太深，特将范围缩小，而就禅与诗论之。自从佛教传至中国，诗篇与佛教禅宗发生了甚深的关系。所以对于爱好或创作诗的同学，我每每劝他多少看点儿佛经及禅宗的书籍，使其对“禅”有相当了解。今日借此机会，把我的野狐禅谈谈，也是板桥所谓“不免请教诸公，以当一笑”之意。谈禅并非易事，尤其是我，真将如禅宗大师所谓“一场败阙”也。

余之所以爱好韵语，乃由家庭环境之熏陶；至于学禅，则纯是自己参学。究其因缘，盖有四焉：最初，是由于《镜花缘》的一段笑话。书中叙一居士，随喜寺院，僧慢之而趋迎贵人，居士怒而诘之。答曰：“其中有一禅机在焉，接是不接，不接是接。”居士批其颊曰：“打是不打，不打是打。”当时幼稚，但觉新鲜有趣。后自笔记中更见到一个偈语说：“镇日寻春不见春，芒鞋踏遍岭头云。归来笑捻梅花嗅，春在枝头已十分。”颇觉韵味悠长，是乃第二因缘也。当在燕大教书时，于大学演讲聆胡适之谈禅，胡先生大肆发挥，并引用禅宗大师“昂首天外看，无我一般人”之语。尔时我对禅宗虽无深切了解，然已有感于禅宗不应如是之简单也。像《传灯录》《五灯会元》等书，在这时亦都依次读过。其后痛遭先严大故，促成我与禅宗最大之因缘。回想自己自洒扫

① 本文为顾随应辅仁大学国文系同学之邀所做的演讲。

应对以及立身行事，莫不受自过庭之训。先严既逝，真觉如天翻地覆。虽已年逾三十，然犹心如赤子，若小草之庇于大树，不知风霜雨露为何物，迨遭大故，风霜频至。当此身心衰弱之时，才感到历来所学，并不能帮助自己渡此无可奈何之关头。至此方思学禅，原意是即或不能在此中辟一大道，亦可稍睹光明也。然余读书向不求甚解，常以不了了之，故学禅十余载，仍是一窍不通，今既来此，也只有罄我所知，请教诸公，聊当一笑耳。

“禅”乃音译，梵文原音为“禅那”。泛称曰“禅”，即“禅定”之义。所谓“禅定”是指四禅八定而言，虽云四禅八定其实却是四四定，曰四禅八定者，四禅四定共为八也。佛教传入中国后，始有禅宗产生，六祖慧能谓：“诸佛妙理，非关文字。”传有语录名《六祖坛经》。其中解释说：“内见自性不动”为禅。又释禅定说：“外离相为禅，内不乱为定，外禅内定，是为禅定。”（见《坛经》）所谓禅定，盖有所本，佛家首重“治心”，儒家仅说一个“心”字，以为“正心诚意修身齐家治国平天下”皆源出于心者；而佛家却把它看作甚于毒蛇、恶兽、怨贼，所以告诫众弟子，首须降服其心。（见《佛遗教经》）《金刚经》开端，须菩提首问：“世尊，善男子，善女人，发阿耨多罗三藐三菩提心，云何应住？云何降服其心？”佛告以：“应无可住而生其心。”又说：“若心有住，即为非住。”《遗教经》说：“戒是正顺解脱之本，故名波罗提木叉，因依此戒得生诸禅定。”又说：“此五根者，心为其主，是故汝等当好制心，心之可畏甚于毒蛇恶兽怨贼。”又说：“当勤精进，折伏汝心。”若降服其心，发阿耨多罗三藐三菩提心方可成佛。（阿耨多罗三藐三菩提乃是译音，若译意当作“无上正等正觉”，或“无上正遍觉”。）佛家曰“治心”，就是外禅内定之义，所谓“禅定”亦即“治心”是。

进一步谈谈禅宗与佛教之渊源。

佛于《心经》上只说：“三世诸佛，依般若波罗密多故，得阿耨多罗三藐三菩提。”在《金刚经》中则言及“涅槃”。“涅槃”又名“真如”，即佛教大师之“死而不死，不生不灭”义。佛之所谓生死乃是世人之生死，而佛并无有生死也。涅槃具有四德，曰“常、乐、我、净”。常者不断也，唯佛得永生。乐者离苦也，非世谛乐后有苦之乐。我者自得也，与佛家所忌之“我执”不同，所谓不假外力，万物皆备于我也。净者不染也，心本清净，因受尘世无明熏染而生染心。能达此四境界即是“涅槃”。

如何能得涅槃?《楞严经》云：“旋汝倒闻机，反闻闻自性，性成无上道，此是微尘佛！一路涅槃门。”佛谓世谛所闻乃是倒闻，是歪曲了事实的，必须倒旋方能得其正。一部《楞严》，千言万语，推其究竟亦极简单。大凡道也者，莫不如是单纯，因道是真故当为一。所以说：“余二则非真。”但仅是知道，不能实行，仍不能得其门而入。佛乃大慈大悲者，遂为众生开种种方便之门。其中大体可分为二：一曰“信”，信佛即可成佛，后来之净土宗即出于此；一曰“解”，由悟解而入道，乃为上智而设。佛在世四十九年，说法八十余会。每次说法，便成一经。皆是要解开人心中迷惑烦恼之结，迷网既解，自当入门，于是乃由解而得信。“解”者对“结”而言。“结”又称“执”，“解”又称“破”。“执”者世谛执为实有。佛家认有为无，故以“解”破“执”。譬如儒家以“正心”为诚意修身、齐家、治国、平天下之本。佛家根本不信心，于心上加一性，主张制心。既曰破，必先要分析。既如表然，看来是实物，若件件拆破焉复有表?佛家于“心”，便是这般见解。以世谛观之，只是一心，佛家小乘法则折为六识。由眼、耳、鼻、舌、身、意六根，生色、声、香、味、触、法六尘，合之方为心。大乘法于六识外，更加第七末那识，第八阿梨〔赖〕耶识。心本一个，何以分为八识?这种不惮烦的分法，只是要说明心无自体，而加以破解。破执以后，则众生由解生信，得入佛之门矣。佛之将“有”化“无”，即因分析之故。物物皆可分析。唯有不可分析者方是“真”。因此一切诸相，都是虚妄。是故说：“所谓佛法，即非佛法。”只有阿耨多罗三藐三菩提是“真”。但佛之分心为八，本意虽是将“有”化“无”，然其结果反是化少为多，求简得繁，因此象教西来，乃有禅宗。意主废除一切名相，毋庸分析，亦可明心见性成佛作祖。此真佛家纷纭琐碎之对病药也。

菩提达摩相传是西天第二十八代祖，携释迦牟尼之衣钵来中国，正当梁武帝时，中国佛教已极盛行，但达摩在南朝，既与梁武不契，此来亦不得志，九年面壁，终究遇毒。至六祖慧能，力主顿悟，禅宗遂立。由此禅与佛分而为二：谓佛为“教”，谓禅为“宗”；称佛为“佛”，称禅为“祖”。故禅宗弟子时以“教意祖意是同是别”为问。其实禅宗所标榜者仍是出于佛经。禅宗之于佛教，乃革新而非革命。禅宗之所谓：“自性圆明，本无缺欠。”仍是本于佛经之返闻自性。其与佛教所不同者，仅不重分析名相而已。若以佛教禅宗比之儒家，颇似孔子道“吾道一以贯之”，曾子应曰“唯”。又似《中庸》所谓：“大性之谓性，率性之谓道。”至于释尊拈花迦叶微笑，又大似孔子之言性与天道不可得而闻矣。

禅机最是微妙。如弟子常以“如何是佛祖西来意”为问，大师或曰：“西来无意。”至赵州和尚则曰：“庭前柏树子。”此话头为禅人所常举，几于尽人皆知。有以是语问之于赵州之子弟，则又答曰：“先师实无此语，莫谤先师好。”佛家本戒妄语，而禅宗大似专出此游离无定之言，唯其意亦只在将寻常知解情见一齐推翻，然亦遂为禅宗最难了解之义。故禅宗语录与宋儒语录不同，宋儒语录说一是一，如程子曰：“鸡雏可以观仁。”是老老实实地说“鸡雏可以观仁”。禅家说：“狗子有佛性。”却不可如是参会，必须超出语言文字之外，方有几分是处，否则便是地道死于句下矣。黄龙大师遇有问法者辄举拳曰：“唤作拳头则‘触’，不唤作拳头则‘背’。”当时号为拳头关。学人下语多不契。在这种无法解释之中，若能得到一个理解，即可悟道。禅家主张参悟，参透悟明，则可明心见性。看来似是玄虚，其实乃是真的、极端理智的。所以禅宗大师莫不是“提起来昭昭灵灵，放下时绵绵密密”。到此田地乃可谓之“常、乐、我、净”。故佛与禅虽有繁简之殊，其最终目的则相同也。

佛教自戒生定，由定生慧，不戒不定，不定不慧；禅宗则似乎屏除戒定而单言慧，看去颇与佛家有别。然佛家是先以普慧照破烦恼黑暗，于烦恼解除消灭之时更将智慧抛弃。这种以智破愚、功成复弃的态度，颇似庄子所谓“筌所以得鱼，得鱼而忘筌”。然而庄子是“忘筌”，佛家则是根本踢翻智慧，是粉碎虚妄，尊重理智，而又打破理智的。禅宗亦未尝不如是也。

宋人说诗，好以禅为喻，任渊《陈后山诗集序》曰：“读后山诗，大似参曹洞禅，不犯正位，切忌死语。”如再翻阅宋人诗话，则以禅说诗者更多。禅师说法，亦往往拈举前人诗句。余素喜韵语，近来又常涉猎禅宗语录，颇觉其间有似处，然而实在说来，禅与诗的关系是：“似则似，是则非是。”二者未可混为一谈。

唐宋诗人接近禅学者甚多，唯其接近禅学，故诗中常作禅语，但诗中参以禅语则必不能佳。如苏东坡之《东林偈》云：“溪声便是广长舌，山色无非清净身。夜来八万四千偈，他日如何举似人。”非诗非禅，正是禅家之“触”。至于王摩诘、柳子厚尽有好诗，于佛经亦熟，但其好诗皆不是佛家语也。禅师亦好为偈语，若律之以诗，即非笑话，亦是外行。如云居舜禅师之“云居不会禅，洗脚上床眠。东瓜直侬侗，瓠子曲弯弯”。还有应庵华禅师之“蜻蜓许是好蜻蜓，飞来飞去不曾停。被我捉来摘去两边翼，恰似一枚大铁钉”。又如简堂机禅师之“圆通不开生药铺，单单只卖死猫头。不知那个无思算，吃着通身冷汗流”。皆是禅而非诗。但简堂住山时，有偈语一则，虽禅机不深，而真是好诗：“地炉无火客囊空，雪似杨花落岁穷。拾得断麻穿破衲，不知身在寂寥中。”大有孔子疏食饮水乐在其中、颜渊箪食瓢饮不改其乐之境界。由此可知：好诗未必通禅，而禅语亦多非好诗也。唐宋两代号为诗僧之作品，如《禅月集》《白莲集》《石门文字禅》皆不过尔尔。此亦禅与诗不能十分相合之一佐证。

如此，则宋人以禅说诗，岂非毫厘相差，天地悬隔？然宋人之说，亦自有其见地。诗与禅相似处只在“不可说”之一点。非不许知，乃是不许说。禅宗大师云“这张嘴只好挂在墙上”，即是必须由自己参悟而来的意思。由旁人解说而知者，并非真知。老子《道德经》曰：“道可道，非常道；名可名，非常名。”及其道之、名之，则又曰：“恍兮惚兮，其中有物；窈兮冥兮，其中有精。”恍惚窈冥，如何可说？又《庄子》“庖丁解牛”亦说此义。故谓道必自得，父不可传之于子，兄亦不能传之于弟。以上乃就哲学方面而言。

如再以文学论之，六朝时陶弘景隐居，皇帝诏问：“山中有何物？”

弘景答诗云：“山中何所有，岭上多白云。只可自怡悦，不堪持赠君。”禅与诗也正如这诗的后两句“只可自怡悦，不堪持赠君”也。

唐文宗诗曰：“人皆苦炎热，我爱夏日长。”柳公权续曰：“熏风自南来，殿阁生微凉。”一禅宗大师说法，亦举此二十字。意谓人必身临其境，方可体会得出。然柳公作句，何尝有意于禅？后来禅师举此二句，当然忘其为诗，此即诗与禅相似之处，均是不可说也。

所谓不可说者，并非“无”，而是“真有”。因此不可说并非玄妙。凡一境界其高深微妙之处，皆是“不可说”，固不独诗与禅为然。庄子曰：“道可得而不可见。”因“不可见”故“不可说”。诗与禅之“不可说”而非“无”之一点相同，诗人之谈禅，禅师之举诗，适以证明诗禅相通之处，如以简图明之，则：

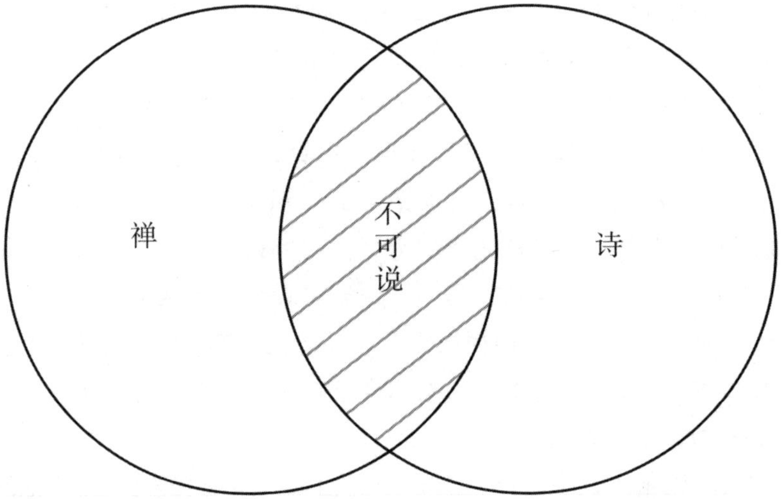

故诗是诗，禅是禅，而其精深微妙的“不可说”的境界则相同。

总结之曰：禅者，万殊归于一本。诗者，一本散为万殊。禅是自性圆明，见心见性，法尔如然，在智不增，在愚不减。诗是包罗万象，神通变化，无有常法。如此则禅为静，诗为动。禅是由外向内如孟子所谓“收其放心”；诗是由外之内，收于内后再放于外。陆士衡《文赋》有曰：“收视返听，耽思旁讯，精骛八极，心游万仞。”收视返听是收精骛，心游是收而复放。所以诗乃静中之动、动中之静也。

宋人学道者称学诗者曰“玩物丧志”。至于禅师则意更不在诗。然而，禅宗虽然万殊归于一本，试问“一”又将归于何处？一切文学哲学宗教虽路径各不相同，而其最高境界皆是追求真理。故于诗，可得一转语曰：“此众无枝叶，唯有诸真实。”

小说家之鲁迅①

1947 年

阳历年才过了不几日，中法文史学会便要我举行一次讲演。我本不善于说话，而讲演则尤其怕；加之考试阅卷之余，精力亦觉不济。况且虽说过了年，鲁迅先生说得好，旧历年底毕竟最像年底，寓中颇有些琐事，所以当时便推说过了旧年再说吧。转眼旧历年就来到而且过去了，丝毫没有准备。待到上星期三到中法上课，文史学会又来催了，可不好说过了旧历的灯节再说，于是就定规在今天。

然而接着就要讲题目了。好吧，就谈一谈鲁迅先生的小说。心想二十几年常常念《呐喊》与《彷徨》，到时好像不必准备，也不愁无话可说。然而说定之后，归来一想，觉得这个题目太大了，我的学识也还不够，那就是说：我还不配来谈鲁迅先生的小说。不过戏码既然定了，既不好临时改戏，又不好回戏，于是只好硬了头皮来唱一次了。我想：我既没有什么“新鲜的”“真个的”可说，诸君听了之后，一定要失望的。“戏，出出是好的，可惜被孩子们唱坏了。”一位戏班教师的话。

鲁迅，在学术与文艺上说起来，同时是思想家、文学家、艺术家、考据学家、史学家、诗人又是小说家，集许多“家”于一身，简直无以名之，也许就是博学而无所成名，与大而化之之为圣吧。在这一点上

① 本文是顾随在中法大学文史学会发表的演讲。

看来，在中国可以说是空前，而且假如我们后人不努力，一定要成为绝后的。这，鲁迅先生并不希望其如此。我个人也并不希望其如此，但又时时恐怕其如此的。话落到书题，现在我所要同诸位一谈的，乃是小说家的鲁迅（Lu Xun as a Novelist）。

为节省自己的精力，也就是所谓偷懒，并节省诸位的时间，我将《朝花夕拾》与《故事新编》除外，而单举《呐喊》和《彷徨》。鲁迅先生之成为小说家，这两部书便已足够而且有余。在两部书中，先生表现出除了成为一个小说家思想家而外，同时是诗人。我所要谈的特别是后一点。而这一点，许是先生的作风特别成熟之故，在《彷徨》中表现得尤其显而易见。在表现先生人生哲学的《孤独者》《伤逝》里，在处处流露出伤感气氛的《在酒楼上》《祝福》里，那诗味的浓厚自不必说；即在《肥皂》《兄弟》以及其他所谓讽刺小说里面，也还是举不胜举。诸位知道，讽刺文章是最难写成为诗的。

《肥皂》里的主人翁四铭先生的下意识的弱点被四铭太太觉察出，被女儿明喊出“咯吱咯吱，不要脸……”之后，“他来回地踱，一不小心，母鸡和小鸡又唧唧足足地叫了起来……经过许多时，堂屋里的灯移到卧室里去了。他看见一地月光，仿佛满铺了无缝的白纱，玉盘似的月亮现在白云间，看不出一点缺。他很有些悲伤，似乎也像孝女一样，成了‘无告之民’，孤苦伶仃了”。且不要说那鸡声和月色，和四铭之孤苦伶仃是如何地有诗意，只看“堂屋里的灯移到卧室里去了”一句简单的话，那静穆，那纤细，唐宋以后的旧诗人就掂尽了平平仄仄、仄仄平平，也还描写不出。

《兄弟》一篇中，沛君在医生诊断出他的弟弟是出疹子而非伤寒之后，心是平静下去了，于是“院子里满是月色，白得如银；‘在白帝城’的邻人已经睡觉了，一切都很幽静。只有桌上的闹钟愉快而平匀地轧轧地作响；虽然听到病人的呼吸，却是很调和”。调和吗？是的。鲁迅先生明明地写出了。但那月色的如银、闹钟的作响，早已将那调和表现得十足。如果说诗——无论什么样的诗，其最高的境界也总是调和，先生的这描写不也就是最好的诗吗?

又如在《高老夫子》一篇中的写打麻雀牌:“万籁无声,只有打出来的牌拍在紫檀桌面上的声音,在初夜的寂静中清澈地作响。”打牌虽然是国技,我自己当年也颇喜欢,但总是一件不足以自豪的事情,有先生的这一描绘,真是盐车之马,得伯乐一顾而增价了。然而以上所举,也还是旧诗的境界,也就是我在讲堂上所说的中国诗的传统的精神。

是诗,而又非旧诗的境界,也就是打破了中国诗的传统的精神,是《幸福的家庭》中的主人公,在理想回到现实,幻想归于幻灭之后,那是先之以劈柴的川流不息地到了床下,继之以白菜的堆成A字地出现于背后书架的旁边之后了,也就是五五二十五,九九八十一,主人公将稿纸揉了几揉,展开来拭了孩子的眼泪和鼻涕之后了,他想要定一定神,回转头,闭了眼睛,息了杂念,平心静气地坐着——静不得的,一静,于是乎诗来了:眼前浮出一朵扁圆的乌花,橙黄心,从左眼的左角漂到右,消失了;接着一朵明绿花,墨绿色的心;接着一座六株的白菜堆,屹然地向他叠成一个很大的A字。这是象征,是神秘,而又是写实的诗。总之,已经不得再是旧诗的境界,而又的的确确地是诗,毫无可疑。

还有,真个是举不胜举。我尝以为中国的诗人不能也不会或者根本就不想写夏天。这恐怕是神经衰弱,受不得那威胁和压迫的缘故吧,此刻也不暇细讲。然而鲁迅先生在他的《示众》里写了夏天了,而且是沙漠似的大城的夏天:“火焰焰的太阳虽然还未直照,但路上的沙土仿佛已是闪烁地生光;酷热满和在空气里面,到处发挥着盛夏的威力。……但是,自然也有例外的。远处隐隐有两个铜盏相击的声音,使人忆起酸梅汤,依稀感到凉意,可是那懒懒的单调的金属音的间作,却使那寂静更其深远了。”但是描写却还并非先生的绝调。下面还有:“热的包子咧!刚出屉的……”十一二岁的胖孩子,细着眼睛,歪了嘴在路旁的店门前叫喊。声音已经嘶嗄了,还带些睡意,如给夏天的长日以催眠。他旁边的破桌子上,就有二三十个馒头包子,毫无热气,冷冷地坐着。这是夏天，这是北平城里的夏天，这也就是整个儿的北平的象征；（小说写于1925 年，就算他是民国十四年时的北平的象征吧。）而且这不但是小说的描写，而是诗的表现。孩子要胖，胖的孩子的眼睛要细，嘴要歪。这是夏天。唉唉，还有二三十个馒头包子冷冷地在夏天里坐着……这是……这是什么呢？象征！诗的象征！

就带住吧。先生的小说里面，到处吹着诗的风，弥漫着诗的气息，真是陆机《文赋》中所谓“彼琼敷与玉藻，若中原之有菽”。（穆柯寨中焦赞所谓降龙木在穆柯山前后，拿小棍拨拉拨拉，到处皆是。）诸公不必听我胡说，最好是“归而求之”，那下面就是“有余师”。然而我还不能带住。鲁迅先生有的是一颗诗的心：爱不得，所以憎；热烈不得，所以冷酷；生活不得，所以寂寞；死不得，所以仍旧在“呐喊”。也就是《西游记》中孙大圣说的“哭不得了，所以笑也”。

忘记是什么人批评怎样的一个作家的话了，此刻懒怠去查书——其实呢，我是时时刻刻都懒怠去查书的。那是这样意思的一句话：“抱了一颗无所不爱而又不得所爱的心。”鲁迅先生也正是如此。即使退一步讲，也还是厨川白村氏所谓“唯其爱得极，所以憎得也深”。《阿 Q 正传》是先生的不朽之作，说是先生震动全世界的作品也无不可的，所以有日文翻译本，有英文翻译本，有俄文法文翻译本。我时常说每一个中国人或者说全人类都应该站在《阿 Q 正传》这一面孽镜台前照一照自己的嘴脸、神气、思想、灵魂，看一看有没有阿 Q 的气息和成分，夫然后有则改之，无则加勉，然后中国人或者说全世界的人才有进步，才不至于灭亡。方才我说鲁迅先生是这样那样的家，但我还忘记说先生是医学家。是的，先生是医学家，他诊断明白了中国人的病入膏肓的症候，《阿 Q 正传》是一张伟大的脉案。先生是怎样地深恶痛绝而且诅咒这讳疾忌医、自取灭亡的病夫啊！《阿 Q 正传》中的阿 Q 是典型人物；并且正传中所有的人物无一不是阿 Q 式。小 D、王胡、赵太爷、赵白眼、赵司晨、邹七嫂、吴妈、酒店主人……无一不是。真是聚而为一，集中于阿 Q；散而为无数，分播为全传中的任何人物。不过众矢之的当然是阿 Q。然而先生写着这一篇讽刺，不，应该说是诅咒的小说，也还禁不住诗心之流露的。

显而易见的是《阿 Q 正传》的第五章《生计问题》。阿 Q 为了要求食而走出了未庄了。“村外多是水田，满眼是新秋的嫩绿，夹着几个圆形的活动的黑点，便是耕田的农夫。”接着他走到静修庵的墙外了。“粉墙突出在新绿里”。阿 Q 终于跳到墙里面了：“里面真是郁郁葱葱”，靠西墙是竹丛；下面许多笋……还有油菜早经结籽，芥菜已将开花，小白菜也很老了。”这是诗，而且是素诗，英文所谓“Naked poetry”。是那一班掂平仄、讲格调、看花饮酒、吟风弄月的诗人不能，或者压根儿就不曾想，或者想也写不出来的诗。

然而为了写阿 Q 也值得浪费先生的诗笔吗？阿 Q 也配放在这样诗的美丽的环境里吗？上文交代过：先生对阿 Q 是深恶而痛绝之的。然而先生竟将这样的一个人物安置在那样的一个境界里。这是先生的不爱惜自己的笔墨吗？怕也未必，而且绝对不是的。先生的诗才不必说。方才说过先生是有着一颗诗的心的。抱定了这样的诗心，具有那样的诗才，先生是无处不、无时不流露出诗的作风来的。所以写阿 Q 也用诗笔，而阿 Q 也被放在诗的美丽的环境里了。契诃夫有一篇《可爱的人》，用意是讽刺与表露女性的弱点的。然而篇中的女主人公是写得那么有诗意、有温情，不独是软弱得可怜，简直是伟大得可爱、可敬了。托尔斯泰的批评说有时我们想要把某人扶起，反而将他撞倒；契诃夫是想要将那篇中的女主人公撞倒的，反而将她扶起了。伟大的托尔斯泰啊！真是与契诃夫相赏于牝牡骊黄之外了。然而这也不在话下。我所要请大家注意的是：鲁迅先生是想将那位阿 Q 撞倒，而且置之死地，使之万劫不能翻身的，但是先生在这一段里，虽不曾将阿 Q 完全扶起，至少也把他寄放在可爱的处所里了。

一个伟大的艺术家必是一个大诗人大文人。而一个大诗人大文人也必是一个大艺术家。因此，他们都特别注意自己的作品的完整——我说完整，为了避免“美”这一个笼统而又滥用得化石了的字眼。复次，他们的天才、心境、力量、技术，无一不是有余裕的。日本的夏目漱石的作品，是号称为有余裕的文学的。那完全是另一回事，与我毫不相干。先此声明，以防误会。我之所谓有余裕，反言之，即是宽绰有余，创作的时候，不至于力竭声嘶得勉强完卷的。为了注意到作品的完整而又有余裕的缘故，在必要的部分之外，常常有些多余的附加。而这附加就使那作品更为艺术化，更为有诗意。据说唐代的吴道子所画的《地狱变相》，是神来之笔。假使真的有地狱，有许多人——应说是灵魂——在那里面受着刀山、剑树、碓捣、磨研的刑罚，我想我们如果稍有人心，无论如何是不能站在一旁去欣赏的。不过等到大艺术家画了出来之后，无论怎样的逼真，无论怎样的惊心动魄，我们是可以当作艺术品而任情地去欣赏了。艺术的真与事实的真在这里遂不能合而为一。其理由当然并不简单，但我想“多余的附加”是一定有关系的。再如旧小说中的《水浒传》，其中的人物是强盗，事迹则是杀人放火，我也常常注意到必要的部分之外的多余的附加。譬如血溅鸳鸯楼这一场，武松右手提刀，左手揸开五指摸上楼来，却见“三五枝灯烛辉煌，一两处月光射入”。智取无为军这一回，宋江领了弟兄们过江去杀黄文炳的举家满门。在船上时，作书的却写道：“此时正是七月尽天气，夜凉风静，月白江清。水影山光，上下一碧。”我想这和鲁迅先生之写阿Q求食，而把他安置在诗的环境里，是一鼻孔出气的。然而现在的小说家就少有人能注意及此了。

鲁迅先生是有着东方高尔基之徽号的。在高尔基的作品里，我也发现了不少诗的描写，像《秋夜》之写雨，《马尔华及凯尔卡》之写海，《奥洛夫夫妇》之写郊野，《一个人的诞生》之写山，写草原。我以为高尔基之写大自然之美是近代少有人及得的名手。那原因是在于其他诗人文人的写大自然，多少总有点先从书篇中得来了印象，然后再加以实际的印证；于是他们创作时，也就往往不免坠落在前人的窠臼里。好一点的还能掺加上作者自己的联想、想象、幻想。二三流以下，便只成为粗制滥造的翻印与仿造了。高尔基呢？则在少年流浪的时节完全生存于大自然里面，他的身心是直接地而非间接地与自然发生了关系的。所以他对大自然的描写多是生动、新鲜，而且有生命。在这一点上，我总疑惑我们鲁迅先生——东方的高尔基，较之也有逊色的。高尔基与鲁迅都是读破万卷书的，但我可不可以这样说呢？高尔基是先生活，后读书；而东方的这位高尔基则是先读书，后生活的。如果诸位嫌我武断，我可以改作鲁迅是读书与生活并行的。至少我可以说：高尔基的书斋外的生活是较之鲁迅先生多得多。鲁迅先生在幼年时的确与贫苦奋斗过，这当然并非书斋以内的生活。这，我们可以在《朝花夕拾》以及其他零星的自传式的文章里看得出来的。先生受过压迫、束缚；高尔基也受过，而且超过了先生的。然而，又是然而，我今天用得然而太多了，然而不用又转不过来，那么就再然而一回——然而高尔基逃出来过，自然，逃出来之后，饥寒的压迫与束缚当然会更有增而无减的，不过精神的桎梏就被大自然完全给脱掉——这也就是一切诗人文人爱好大自然的一个原因；倘不如此，则这位诗人文人就根本不会了解自然，欣赏自然，同化于自然，更谈不到对大自然的诗的描写与表现的。鲁迅先生却一向不曾逃出来过。这是先生的幸呢，不幸呢？总之，在这里，先生与高尔基大异其趣的。幸与不幸都非我此刻要谈的主题了。

先生是太也深爱人生了。爱人生，这又是中外古今的大诗人大文人的共同之点。先生爱人生，是将人生抓住了不撒手、叼住了不撒嘴的。先生说过他讨厌中国仙人饮着啤酒汽水似的琼浆玉液、吃着五香牛肉干似的龙肝凤髓那种生活的。逃吗？他根本就不想。真是姜桂之性，老而愈辣。为了这，先生是步步为营，变成了战士，扎硬寨，打死仗，直至于死的。所以先生与高尔基比较起来，那气象之阔大，表现之自然，是不可相提并论的；然而那意志之坚强，先生较之高尔基是有过之，无不及。英雄造时势，时势亦造英雄。中国的时势，是将先生造成那么样的一个英雄了。就在描写表现大自然而具有诗的美这一点上，高尔基是自由一点，而先生就显得非常之冷峭与谨严。这也并非无缘无故（偶然），而且不得不然（必然）的。我并未曾读过《高尔基全集》，因此，也就不敢斗胆去批评他的整个儿的作风。但只就我零零碎碎地见到的他的小说而论，我总觉得那作品有时好像是一片草地；或者说得伟大一点，像是一座天然的森林，如《水浒传》上所说，好一座猛恶林子。而鲁迅先生的好的作品则简直使人觉得好像一座经过整理了的园林。像《彷徨》里的《伤逝》一篇，结构之谨严，字句之锤炼，即是在极细微的地方，作者也不曾轻轻放过；于是读者觉得其无懈可击，即使在旧的诗词的短篇作品里也很少看到的。这样的小说我以为，当然是我以为，高尔基无论如何写不出。我如此说，既非抬高鲁迅之身份，也并未贬低高尔基之声价，我是取了纯客观的态度来说明这事实、这现象的。

但两位高尔基——东方的与西方的——对于大自然的诗的表现与描写，在动机上，在方法上，在作风上，也许大异其趣，而在其作品中有着诗的表现与描写这事实，则是共同的。也就是他们两位的作品中“在必要的部分”之外都有着“多余的附加”。并且他们的作品中的“多余的附加”，虽然那么有诗意，那么富于艺术性，我总觉得那“多余”几几乎成为过剩，严格地讲起来，几几乎成为不必要。这需要好好地说明一下。我的意思是说：小说是人生的表现，无论是什么派，传奇，写实，自然，新传奇，新写实，其前提总是表现人生。在其中，大自然的诗的描写与表现，虽然有时可以增加文章美，而在帮助表现小说中人物的情感、思想甚至于行为的时候，纵然不是完全无用，也总有偏于静的方面的嫌疑。而人生呢，可完全是动的。因此，那静的描写与表现也就不免减低了小说中人物的动力，并且冲淡了小说中的人生的色彩。前面所举的《水浒传》的两节，就是犯了这毛病；再如莫泊桑的《人心》（*Notre coeur*）虽是在心理分析上得到了成功，因为太偏于思索，而只是一篇不成其为小说的小说。附带声明：我并不是说小说中不应当表现思想；但是那思想须以行为、动作来表现的。鲁迅先生的《阿 Q 正传》第五章《生计问题》，写阿 Q 因求食而走出未庄之后，那些诗的写法，据我的愚见，也就几几乎成为过剩，几几乎成为不必要了。《论语》上说：“质胜文则野，文胜质则史。”史不史倒还在其次，而鲁迅先生于此不免有“文胜质”的嫌疑的。高尔基的小说，也有此病。恕我不举例了。而现在我国的许多小说家，却是“质胜文则野”。

说着说着，我自己打了自己的嘴巴了，而且是两个。

其一，我说鲁迅先生爱人生，但既是爱人生，为什么又有许多对于大自然的多余，应该说过剩或不必要的描写呢？这两种现象，在先生的小说中，都是无可遮掩的事实，同时也是先生的矛盾。那就是说：既爱人生，就不应该对大自然有着那么多的过剩与不必要的描写；然而居然有。这，我以为是先生的旧文人的习气还未洗刷净尽的缘故。他是中国人，又读过许多旧诗人的作品，并且那么富于诗才，所以写小说的时候不知不觉自然而然地流露出来了。

其二，我说小说是人生的表现，而对于大自然的诗的描写与表现又妨害着小说的故事的发展、人物的动力，那么，在小说中，诗的描写与表现要得要不得呢？于此，我更有说。在小说中，诗的描写与表现是必要的，然而却不是对于大自然。是要将那人生与动力一齐诗化了，而加以诗的描写与表现，无须乎借了大自然的帮忙与陪衬的。上文曾举过《水浒》，但那两段，却不能算作《水浒》艺术表现的最高的境界。鲁智深三拳打死了镇关西之后，“回到下处，急急卷了些衣服盘缠细软银两，但是旧衣粗重都弃了，提了一条齐眉短棒，奔出南门，一道烟走了”。林冲在沧州听李小二说高太尉差陆虞侯前来不利于他之后，“买了把解腕尖刀带在身上，前街后巷，一地里去寻。……次日天明起来，……带了刀又去沧州城里城外，小街夹巷，团团地寻了三日”。宋公明得知何涛来到郓城捉拿晁天王之后，先稳住了何涛，便去“槽上鞁了马，牵出后门外去，袖了鞭子，慌忙地跳上马，慢慢地离了县治；出得东门，打上两鞭，那马泼剌剌地望东溪村撺将去；没半个时辰早到晁盖庄上”。以上三段以及诸如此类的文笔才是《水浒传》作者绝活。也就是说，这才是小说中的诗的描写与表现；因为他将人物的动力完全诗化了，而一点不借大自然的帮忙与陪衬。上文还举过鲁迅先生的《示众》，说他写夏天写得好；但那前半段还无甚了得——用《水浒传》中一个名词，到了后半段，“胖孩子，细了眼睛，歪着脖子，裂了嘴，在喊热的包子……”那才是先生的绝活。再有《伤逝》中的涓生与子君，在与生活奋斗到生离死别的前前后后，那也都是诗笔。理由同上，恕不一一说明。

然而，又是然而，鲁迅先生不独写自然，便是写人生，也有偏于静的倾向之嫌疑。若单就这一点而论，先生的文笔，还有逊于《水浒》。我说：只就这一点。但是有什么法子呢？先生的《呐喊》与《彷徨》是着手于1918（年），而断笔于1925（年）——那是民国七年到十四年之间，其时全中国到处是弥漫着暮气、死气与尸气的，虽是五四运动已经发生了。先生在《呐喊》自序上明明地写着：“这寂寞又一天一天地长大起来，如大毒蛇，缠住我的灵魂了。”序是1922年，即民国十一年所写的。先生虽然愤慨，而自己又看见自己：“就是我绝不是一个振臂一呼应者云集的英雄了。”那周围的暮气、死气与尸气，与他自心的寂寞与悲哀，就逼迫着先生在创作中流露出静的气氛了。我们还能对先生有什么不满与抱怨吗？

我尝说：世人永不会以“人”待人，如果他不把你当作天神，便把你看成一个不知什么名儿的玩意儿，或者简直不是玩意儿。如果不是什么事都不认为你能做，便是什么事你都应当能做。小人之于人求备，《论语》上的话。不错，鲁迅是这样那样的家，是天才，是伟大的作家，然而归根彻底，先生也是人，而且是中国人。在作品中流露着静的气氛，我们对于先生还是担待了吧。然而，我再用一回然而，以先生的躬自厚而薄责于人的精神，先生是无须乎我们的担待的。至少，先生是有自知之明的，他自己也觉察到这一点。先生翻译过日本有岛武郎的《与幼小者》，收在《现代日本小说集》里。先生对那一篇的批评，此刻已经记忆不清，还是懒怠去查书。但大意，我约略记得：是说有岛那篇诚然好，终总不免有些伤感、凄怆；先生还希望将来的作家是前进的，并且是愉快的，也就是没有那一些伤感与凄怆。这不明明地是先生的“夫子自道”吗？后死者不得辞其责，这又是一句很有意义的成语。

诸位都知道。

我说得这么乱，但说来说去，毕竟也逼出一个结论来。

小说中的诗的成分必须要多；岂独小说而已哉？人生、人世、事事物物，必须有了诗意，人类的生活才越加丰富而有意义。如今书归正传，还是说小说。小说中的诗的成分，也还得分个三六九等。写一篇小说而没有诗意，是没有成其为小说的理由的。这且不必去说它。小说中写大自然，虽然写成诗了，如果与小说中人物生活无关、活动无关，也算不得成功。在小说中将大自然写成诗了，并且借以帮助表现人物的思想、情感甚至于行动时，也还不是最上乘。小说是要诗化了人物的动作，而且所有的动作、生活，也必然都是诗，无论那生活与动作是丑恶的，或美丽的。做到这一步，避免着前两项，我们才能在鲁迅先生园地之外开辟新园地，我们才对得起鲁迅先生，而鲁迅先生也不白到人间来一趟。而且我敢担保先生的在天之灵是无日无夜地不盼望着我们这些后死者如此去做的。否则虽然天天崇拜鲁迅，赞美鲁迅，纪念鲁迅，甚至将鲁迅供起来，天天去三炷香，九叩首，先生也还是死不瞑目的。我的话说到这里，就算结束了吧。不过我还要加上几句谈话。

我本想说了上面那些废话之后，再谈一谈文体家的鲁迅和古典派作者鲁迅的（Lu Xun as a classicist，Lu Xun as a stylist）。精力实在来不及，学识也还不够。而时间也相当长了，于是说完上一段，就凑坡下驴了。

有劳诸位久坐，抱歉之至。

关 于 诗

1947 年 8 月

今天的题目颇觉广泛，但也并非信手拈来。自从约好前来讲演一次之后，就时时想到题目。自然，讲演一如作文，没有题目便无从下手。但我想除此而外，还有一个问题：即是诸君年级不同，系别各异，拟的题目太高太低、太深太浅，都不免有厚此薄彼之嫌。而况太低太浅，不是卑之无甚高论，便是老生常谈，未免糟蹋诸位宝贵的时间与精力；太高太深，则我个人的学力与见解亦俱办不到。加之几日本有些琐事萦心，思想不能集中；立秋以来，天气潮热，时苦骨痛，兴致亦复大减，所以想来想去，想了这么一个题目。意思是尽我所知，想到哪里，说到哪里，仿佛谈天似的不受拘束，诸君听着也许不至于太枯燥，但又希望不使其成为信口开河的所谓乱谈者是。但立刻又觉得大非易事。你们邀我来谈诗，一定以为我懂得诗。而且我当面答应了来讲诗的，其时我自觉也颇知道一点诗似的。然而诗这个东西，本身真有点古怪，在我不说它时，我自以为有点儿懂得；但待到想说时，我又茫然了。诸位是正受着高等教育的人，于诗也并不生疏而隔膜；但在未听我讲说之前，你们个个都似乎对诗有点儿了解认识，待到听我说时，或之后，一定要感到又莫名其妙了。但今日实逼处此，事不获已，我不妨姑妄言之，诸位也少安毋躁，姑妄听之吧。

首先要讲的是何谓诗，也就是说：诗是什么？什么是诗的定义？《毛诗·大序》上说得好：“诗者，志之所之也，在心为志，发言为诗。”若简括言之，便是“诗言志”。诗与志是一而二、二而一者也。什么又叫作志呢？古来于志字所下的定义是：志者，心之所之也。说得明白一点，便是《大序》所谓“情动于中”。说得哲学一点，就是：心是体，志是用。又：如果说心是喜怒哀乐之未发，而志便是已发了也。亦即是佛家所谓“心生种种法生”之心生。不过单单有此心之所之，情动与心生，也还不成其为诗；因为这只是内在的动机。又必须出之于口，笔之于纸，而后整个的诗乃能成立：这便是外在的形式。（此刻还顾不得详说。）

复次，这心之所之，情动与心生，必须是纯一的，无一丝毫掺假始得。这便是中国所谓修辞立其诚的那个诚字。《中庸》曰：“不诚无物。”连物都没有，哪里得有诗来？你饿了，想吃饭，这个是心之所之，是情动，是心生；也就是诚。饿了想吃饭，焉有不诚之理。渴了想喝水，这个是心之所之，是情动，是心生，也就是诚。再如夏天燥渴，想吃冰淇淋，亦复如然。孟子说“知好色则慕少艾”，也就是如此道理。余俱准此，不再絮聒。以上所说的诚，也即是诗。

又，以上所讲诚字是无伪义。本已具足圆满，但我还想画蛇添足，即诚字尚有专一义。此本不必专立一义，为是要引起诸位注意，所以不觉辞费。专一者何？《论语》有言曰“造次必于是，颠沛必于是”，即是此义。亦复即是佛说阿弥陀经所说之一心不乱；赵州和尚云，老僧四十年，别无杂用心处，如是如是。譬如你饿了时既想吃饭，又想吃面，渴了时既想吃西瓜，又想吃冰淇淋，不用再说别的，只这个便是心乱，杂用心，不专一，也就是不诚。恐怕如此想吃想喝，亦未见得是真饿与真渴。不见《石头记》中人物刁钻古怪地想出许多吃的、喝的东西，难道俱是饿出来的、渴出来的见识么？绝不，绝不！须知这正是不饿不渴时的想头也。“知好色则慕少艾”，亦然。爱到了白热化时，对方一人便即占据了整个的心灵，更无些许空隙留与第二人。西洋有一位作家曾说：“我只需要一个女子，其余的都可以到魔鬼那里去。”于此，你不可再问：那么，连他的母亲也在内吗？这个便是诗，这个便是诚，也就是诚的专一义。

以上说诚有二义，一者无伪，一者专一。中外古今的诗人便无一个不是具有如是诗心。若不如此，那人便非诗人，那人的心便非诗心，写出来的作品无论如何字句精巧、音节谐和，也一定不成其为诗的作品。倘若说诚字未免太陈旧，又是诚，又是无伪，又是专一，未免有些儿三心二意，于此，我再传给你一个法门：诗心只是个单纯。能做到单纯，《诗经》的“杨柳依依”是诗，《离骚》的“哀众芳之芜秽”也是诗，曹公的“老骥伏枥”是诗，曹子建的“明月照高楼”也是诗，陶公的“采菊东篱”是诗，他的“带月荷锄”也是诗，李太白的“床前明月光”是诗，杜少陵的“麻鞋见天子，衣袖露两肘”也是诗。等而下之，“月黑杀人夜，风高放火天”也不害其成为诗。扩而充之，不会说话的婴儿之一举手、一投足、一哭、一笑，也无非是诗。推而广之，天地之间，自然、人事、形形色色，也无一非诗了也。我如此说了，诸君可觉得奇怪吗？试想诗如不在人世，不在生活中，将更在什么处？

诸君也许觉得从吃饭、喝水等等一直说到自然、人事之形形色色，不免有点儿不单纯了吧。我再告诉你这一切依然是单纯。我的定义是单纯，假若所举例证是复杂，岂不是证龟成鳖？我虽糊涂到不知二五是一十，亦还不至于如是之荒唐。是的，这一切依然是单纯。你如以为不单纯，那便是你自己不肯做到单纯。玉泉山的水号称“天下第一泉”，据说泡茶吃最好不过。煮水在泡了茶之后，已经有了茶的色香味质在内，当然并不单纯。即在未泡茶之前，我们假使用化学分析法分析那水，恐怕氢二氧一之外，还有其他矿质在内，又何尝是单纯？但在这氢二氧一与其他矿质按了一定的量数组合而成为玉泉水这一点上，便已是单纯化了也。又如日光，以肉眼看来，岂不是白色？岂不是单纯？但我们的物理学老师曾讲解给我们听，又试验给我们看过：日光分明是七色。这岂不又是复杂？然而在七色组合为日光时，那却又早是地地道道的单纯了也。即你们这许多人，人人有其性情，人人有其面目，这岂不又是复杂？然而纪律严明，精神团结，而并非一盘散沙，这又早已单纯了也。即如我今日在此胡说乱道，颠倒翻覆，且莫认作复杂；须知我只说一个字：诗。单纯，单纯，单纯之极了也。总而言之，统而言之，世间一切，摄于诗心，只是个单纯，只是个诚，只是无伪与专一。举一反三，闻一知十不再多说。

试问诗心如何做到单纯，单纯又到何种田地？则将答之曰：只需要一个无计较心；极而言之，要做到无利害，无是非，甚至于无善恶心。佛家好说第一义，这个与我们今日无干，诗心并非第一义，而是第一念。何谓第一念？譬如诸君从西苑进城，路上遇着乞丐向你乞讨，那么，由于儒家的恻隐之心也好，佛家的慈悲心也好，总之是有一种内在的力量鼓动着你，使你自然而然地不得不然地将些钱或物给予那乞丐，这个便是单纯的诗……

渴了想喝，见了乞丐想帮他钱物，日本侵略中国，我们抗战……这一切只是个第一念，有甚是非善恶好讲？佛家所谓"不思善，不思恶"，儒家所谓"喜怒哀乐之未发谓之中，发而皆中节谓之和"，正是这一番道理。但如此说诗，虽未必即是误入歧途，却亦不免玄之又玄。如今却另换一种说法，其实也更别无新意，只是重复一回前面所说之诚。只要你们做到诚的境界，自然无计较，无利害，无是非，无善恶，更无丝毫做作，步步踏着，句句道着，处处光明磊落，只此一团诗心作用着，说什么佛法、儒教，要且莫干涉。

说到这里，假使有人问：那么，恶人的杀人放火又当如何呢？那心是否诗心？是否第一念？不知我只向你说诗心是无道德（Non-morality），而并非说是不道德（Immorality）。况且他已自成为恶人了，你还让我向他说些甚的？我自愧并非生公说法能使顽石点头。难道诸君真好意思让我抱了琴对牛去弹？须知恶人性近习远，以后天熏习之故，失掉诗心，已自成为恶人了，你教我从何说起？然而如此说，却又不免落在世谛中，若细细按下去，触类而长之，则真正恶人未始没有诗心。即以杀人放火而论，《水浒传》里的铁牛李大哥岂但以之为业，简直以之为乐，十足的一位真命强盗也。你且看他平时言谈举动是何等风流自赏，妩媚可喜。风流自赏是名士，妩媚可喜是美人，教人不禁不由得衷心里爱他。那原因即在于李大哥从来不曾口是心非。只是一个诚，只是一个无伪与单纯。至如宋公明却被金圣叹那位怪物骂了个狗血喷头，就因为他口里是替天行道，考其行实满不是那么一回子事也。所以说真小人胜于伪君子就是这个道理。又如孟老夫子是精于义利之辨的，他所定的君子小人之分野即在此义利二字上。他道是“鸡鸣而起，孜孜为义者，尧之徒也；鸡鸣而起，孜孜为利者，跖之徒也”。这岂不是冰炭不同炉、薰莸不同器？但是除开义利两字，与尧之徒、跖之徒两个名词，你只看那鸡鸣而起，孜孜而为，君子与小人，又岂不是同此一个诚字，岂不是一般无二地无伪、专一与单纯。庄子曰：“盗亦有道。”我于此亦不妨说，恶人亦仍旧有诗心也。你只要不站在世谛的立场上去看，去想，去批评，便一定不以我为信口开河了也。

说到这里，诸位便可了然于中国旧诗古来原是好的，何以后来堕落到恁般地步。作诗者只晓得怎样去讲平仄，讲声调，讲对仗与格律，结果只是诗匠而并非诗人，因为他压根儿就不曾有过诗心。以此之故，所以他虽然点头晃脑，自命雅人，其实却从头顶至脚跟毫无折扣的一个俗物。又因为不诚，所以没有真性情、真感情、真思想，而只成为一个学语之徒，动是说我学陶渊明、我学杜少陵，漫说学得不像，即使像了，也只是大户人家的一个听差，饶他腆了个大肚子倚在朱红的大门旁，坐在光漆的板凳上，自觉威风，明眼人看来，适不又是《水浒传》上石勇所说的脚底下泥之流耶？像这样人的笔下的作品，岂但非诗，简直是一堆一堆的垃圾！我之读诗作诗者已四十余年，为什么将旧诗说得如此不堪？只为四十余年之读作，直到白发盈头、百病交集的今天，方才发觉自身深受此病，真是悔之晚矣。所以今日借此机缘，大声疾呼不愿别人再受此病，拟得一味独参汤，拈出一个诚字来供大家商量。明知刍荛之力未必即能回天，但愿中国的诗人与其作品从此日臻康强，毫无病态。

诸君不要以为诗心只是诗人们自己的事，与非诗人无干；亦不可以为诗心只是作诗用得着，不作诗时便可抛掉；苟其如此，大错，大错。诗心的健康，关系诗人作品的健康，亦即关系整个民族与全人类的健康；一个民族的诗心不健康，一个民族的衰弱灭亡随之；全人类的诗心不健康，全人类的毁灭亦即为期不远。宋儒有言：我虽不识一个字，也要堂堂地做一个人。我亦要说：我们虽不识一个字，不能吟一句诗，也要保持及长养一颗健康的诗心。我们不必去做一个写了几千首诗而没有诗心的诗匠。我不愿再去打落水狗，梁鸿志不也作了许多诗，王揖唐不也作了许多诗，汪精卫不也作了许多诗。诸君再放眼去看社会的黑暗岂不俱是因了没有诗心的缘故吗？

我本想由诚再说到仁，由诗心再说到诗的内容要有力，外形要简单，但时间有限，而我的精力也不支。北平洋车夫的一句话：带住。但我还要引《论语》孔圣人的话来为自己壮壮门面：

> 诗可以兴，可以观，可以群，可以怨。迩之事父，远之事君，多识于鸟兽草木之名。

有劳诸君久坐，谢谢。

俞庆棠

(1897—1949)

生平简介

俞庆棠（1897—1949），女，字凤岐，祖籍江苏太仓，出生于上海。教育家。1919年秋留学美国，1922年于哥伦比亚大学毕业。归国后，在私立无锡中学等校任教。后任上海大夏大学教授。1927年任第四中山大学（后改为中央大学）教授兼扩充教育处处长，提出大力推行民众教育的主张。1928年3月在苏州创办中央大学区民众教育学校，兼任校长。1932年12月发起成立中国社会教育社，被选为常务理事兼总干事，创设河南洛阳、广东花县两个实验区。翌年赴丹麦等欧洲七国考察成人补习教育。1935年起主编《民众抗日救国读本》，从事抗日救亡活动。1938年8月先后在四川松潘、乐山创办纺织、蚕丝实验区。1939年3月由重庆回到上海，先后在东吴大学、沪江大学和震旦女大等校任教。抗战胜利后，担任上海市教育局社会教育处处长，先后兴办一百四十多所民众学校，并亲自担任上海实验民众学校校长。1947年担任联合国科教文组织中国委员会委员。翌年又任联合国远东基本教育会议中国代表团顾问。同年10月赴美国考察教育。1949年5月应邀回国，作为教育界的代表出席中国人民政治协商会议第一届会议，并参加开国大典，后被任命为教育部社会教育司司长。同年12月4日去世，终年五十二岁。著有《民众教育》一书，译著有杜威《思维与教学》（与人合译）等。

今日青年的烦闷与出路

1933 年

我们要讨论这个问题，应该先把我国的青年人数来统计一下。根据各国人口统计的经验，凡五个人里边有一个幼童；七个人里边有一个学龄儿童。现在假定十个人里边有一个青年，换言之，青年的人数，大约是占全人口的百分之十。我国人口号称四万万，占全人口百分之八十五以上者为居住乡村的农民，百分之十五者为居住城市的人民。兹为便利数字计算起见，姑臆测地说，我国有三万万二十万的乡村农民、八十万的城市人民。如是再以约数百分之十来分析，我国青年人数，在乡村的，当有三百二十万人；在城市的，只有八十万人。我们今天讨论青年的烦闷与出路问题，应不仅注意于少数的有知识的城市青年，而更应注意占我国全人口大多数的乡村青年。所以我在未开始讨论这个问题以前，第一个要求，请诸位先生应该注意到乡村青年的烦闷与出路。其次我又觉得今天出席讨论的人，除本人外都是男性，大家所讨论的材料，都偏于男子青年方面，而忽略了二十万的女子青年。所以我第二个要求，请诸位先生也应该注意到女子青年方面。

职业问题

一、关于城市青年男女的职业问题。现在的青年，大多是所学非所用，所用非所学，这就是青年烦闷的症结。我觉得青年一跑进社会里面，不要只怪社会不给事情他做，最要紧须有决心，须有毅力，去做自己要做的事，用全力来奋斗自己的前途，即英文所谓自己挣扎出来的人（self-made man）。试看外国的爱狄生、高尔基，中国的陆费伯鸿、杨斯盛、叶澄衷等诸位先生们，他们的事业，不是他们自己奋斗出来的吗？他们的光荣，不是他们自己找寻出来的吗？我听说上海有四万人专靠买卖日货来生活的。像这种职业，是不容青年进去的，而青年也是不愿意进去的。我以为青年的职业，不应该专向城市里去找，因为城市里面，粥少僧多，时闹失业恐慌，青年要在城市里找职业，恐有登天之难。近年来我国乡村的衰落，及离村问题极为严重。我们希望城市里的青年们应该回到乡村里边去，做归农运动，帮助农民改造乡村、建设乡村。做农民的喉舌，说农民心里要说而表达不出的话；做农民的手脑，介绍科学方法，减少农民的劳力；做农民的耳目，将国内外各种问题传递给农民，使农民知道怎样去应付。一方面乡村情情愿愿地供给青年生活上的需要，同时乡村可以得到许多进步。

二、关于乡村青年男女的职业问题。中国的乡村青年，大多数是务农为业的。近年受天灾人祸的妨害，受苛捐杂税的压榨，真苦得不得了！他们终岁碌碌，结果还不能一饱。在吸收民脂民膏，专刮地皮的军人、政客、地主、劣绅压迫之下，他们的烦闷，他们的苦痛，非一时所能解除的。而且他们因为没有受过教育，对于他们的痛苦知其所当然而不知其所以然，因此他们是麻木不仁的。就以农业论，他们不知改良，只知墨守传统的旧法；他们不知道西洋各国利用科学方法用电力机器来耕种，只知道袭用古代农具。结果生产力有减无增，农村日趋贫困。最痛心的事情，他们一个字都不认识，对于契约与诉讼，不懂得内容，就会签画十字，或打一个指印，以代表他整个人格！诸如此类的麻木事情，实在说不胜其说。诸位想一想，假使我们身体上有大多数的细胞是麻木的，我们的身体当然不中用了。国家有这样多的人民是麻木的，这个国家不是很危险么？所以解除多数青年的烦闷，就是解除国家的烦闷；谋多数青年的出路，就是谋国家的出路。现在我们只希望对乡村青年赶快培植起来，授以相当教育，指导他们相当的出路，与城市青年在同一条水平线上面，互相携手，共同进展，奋发有为。希望青年们以建设乡村为己任，以改造乡村为终身事业，这样自然可以解除青年的烦闷。假使青年们解除了烦闷，有了出路，同时国家也有出路了！

婚姻问题

青年男女对于婚姻的烦闷的原因很多，城市青年大都因为有了西方人的消费的习惯，而无西方人的生产能力，所以造成双方对于结婚后的不满足。学了西方人的自由结婚，不能学西方人经济独立后始谈婚姻，所以双方对于婚姻不愉快。至于女子对于婚姻的烦闷，有的在年龄尚小的时候，有人来求婚，因知识经验浅薄，无相当判断能力，往往羡慕虚荣而择偶，以致不能得到愉快。有的信仰自由结婚，苦无社交机会（这一点是男女一样的），以致不能满足。有的因为父母思想不合潮流，对他们不做积极的指导，反做消极的压制，毫无同情的态度，这也是青年为婚姻而引起烦闷的重要原因。更有许多女子，因为受了高等教育，对于选择的标准提高了，不容易找到相当的配偶，结果也要造成烦闷。总之，这个问题颇复杂。简单地来说，青年要解除这个烦闷，青年要不慕虚荣，不羡财富，根据人品学识及感情而结合，才能找到愉快的结果。

政治问题

外侮不御，内战不息，政府对民众屡失信用，怪不得青年们因不满政治而烦闷。但我们要做救国工作，无论在求学时期、任职时期，随时都可以努力。如：一、援助东北义勇军；二、提倡国货运动；三、普及关于国难之宣传；四、协助民众自卫；五、拟撰并编印各种有关救国之读物；六、编订关于救国之讲演材料；七、推行足以发扬民族精神之音乐图画与艺术；八、组织青年假期国难宣传团；九、努力学习御侮复仇之实力以及其他有效方法。这些都切实易行，足以陶铸民族意识，激发爱国热忱，坚定救国意志。

城市里有知识的青年，负起先知先觉的责任，来指导乡村的青年，这是青年政治烦闷很重要的出路。

朱光潜
(1897—1986)

生平简介

朱光潜（1897—1986），笔名孟实、盟石，生于安徽桐城（今枞阳县）。美学家、文艺理论家、教育家、翻译家。1921 年发表白话处女作《福鲁德的隐意识说与心理分析》。1922 年在其《怎样改造学术界》中，倡导培养“爱真理的精神”、“科学的批评精神”、“创造精神”和“实证精神”。1924 年撰写第一篇美学文章《无言之美》，又到上海与叶圣陶、胡愈之、夏衍、夏丏尊、丰子恺等成立立达学会，创办立达学园，广泛进行新型教育的改革试验，倡导教育的自由独立。1925 年出国留学，先后肄业于英国爱丁堡大学、伦敦大学，法国巴黎大学、斯塔斯堡大学，获文学硕士、博士学位。1933 年回国，先后在北京大学、四川大学、武汉大学任教，并任中华全国美学学会名誉会长。历任全国政协委员、常委，民盟中央委员，中国美学学会会长、名誉会长，中国作协顾问，中国社科院学部委员，香港大学名誉教授等职。在“文化大革命”期间遭到不公正待遇。1986 年 3 月 6 日在北京去世。主要编著有《谈美》《西方美学史》《谈美书简》《美学拾穗集》等，并翻译了《歌德谈话录》、柏拉图的《文艺对话集》、黑格尔的《美学》等。

唯心哲学浅释[①]

1930 年

从前希腊人有一次在德尔斐神的面前求签，问当时谁是世界最聪明的人，神回答说："苏格拉底。"于是就有人拿这个消息去报告苏格拉底。苏格拉底说："我本来也和一般人是一样无知，不过一般人都自己以为有知，我自己却知道自己是无知，神说我最聪明，大概就是因为这一点。"

我今天讲唯心哲学，为什么开头就说这段故事呢？我的用意是要诸君先明白哲学是什么一回事。一般人都以为哲学好比一部百科全书，能给我们许多知识。其实哲学的最大功用不在给我们知识，在教我们明了自己实在无知识。哲学本来是想求真理，想得到真知识，而结果只是发现许多新问题出来，发现我们平时以为没有问题的东西实在还有问题，这就是说，发现我们平时自己以为知道的东西实在还是没有知道。所以苏格拉底是一位最大的哲学家，就因为他知道自己没有知识。

要懂得唯心哲学，第一步就要明了这一点。因为唯心哲学是最和我们的常识不相容的，所以我先请诸君暂且把常识抛开，假定自己是一无所知，来考究人和宇宙究竟是什么一回事。

"宇宙"这个名词太广大、太玄渺了，我的口袋里有一个橘子，我们姑且先来研究这个橘子，把宇宙暂时丢开。如果我们懂得这个橘子，

① 本文是朱光潜在中华学艺社伦敦分社发表的演讲。

自然也就懂得宇宙，因为“橘子是什么一回事?”和“宇宙是什么一回事?”根本只是一个问题。

这个橘子在这里，大家都看得见，摸得着；依常识说来，它自然是真实的，可是唯心哲学居然要问起“这个橘子是否是真实的？它是否像我们在梦里所见的橘子只是一个幻相?”你看这种问题可不是荒谬，可不是没有常识？但是我们慢些下判断，且来看看橘子的真实与否何以成为问题。

我们说这里有一个橘子，有什么凭据呢？我们的凭据是感官。我们的眼睛能看它，皮肤能触它，鼻子能嗅它，舌头能尝它。假如有人问我们的橘子是什么样子的东西，我们可以回答说：“它是黄的，圆的，香的，甜的，皮子很光滑的……”所以我们可以说，我们知道橘子之所以为橘子是凭借感官的。

感官是不是知识的唯一的来源呢？不是。比如说“橘子是黄的”，我们何以知道这件东西叫作“橘子”，这个颜色叫作“黄”呢？我们知道它是橘子，因为已往见过许多同样的东西都叫作“橘子”，知道它是黄的，因为已往见过许多同样的颜色都叫作“黄”，换句话说，因为我们心中原来已有“橘子”的概念和“黄”的概念。概念是比较、分类和推理的结果，比如说，“凡是像某样某样的东西叫作橘子，这件东西是像某样某样的，所以它是橘子。”从这个例子看，我们应该说，我们知道橘子之所以为橘子，有一半是借感官，也有一半是借理解。

感官和理解原来是相辅而行不可分割的，但是它们的对象却有分别：感官所接触的是殊相，理解所领会的是共相。什么叫作“共相”，什么叫作“殊相”呢？共相是公共的性质，这个橘子是甜的，那个橘子是酸的，可是都叫作“橘子”，所以“橘子”是共相。殊相是个别的事例，这一个甜的橘子是殊相，那一个酸的橘子也是殊相。“黄”是一个共相，这个橘子的“黄”，这块金子的“黄”，或是这个面孔的“黄”都是殊相。古今中外的橘子都叫作橘子，所以橘子的共相随地都可用，随时都可用。随地都可用，所以它是无空间性的；随时都可用，所以它是无时间性的。殊相这个橘子是占一定空间和一定时间的，它既在这个时间存在就不能在别的时间存在，既在这个空间存在就不能在别的空间存在。感觉也是限于一定时间和一定空间的，所以只能达到殊相；理解是不受时间和空间限制的，所以能达到共相。

我们现在可以把上面的话做一句总结。我们知识所用的工具有两种，一种是感官，一种是理解；我们知识所有的对象也有两种，一种是殊相，一种是共相。殊相有时间性和空间性，要用感官去接触；共相无时间性和空间性，要用理解去领会。

我何以说许多话来解释感官和理解以及殊相和共相的分别呢？因为要了解无论哪一派哲学，起码就要先懂得这几个术语。现在我们懂得这几个术语了，且再回头来研究这个橘子。

我们已经说过，橘子有殊相和共相。殊相是这个感官所接触的橘子，共相是有适用于一切橘子的概念。现在我们要问：这两种橘子究竟谁是真实呢？我说“真实”而不说“实在”，请诸君特别注意，因为“实在”两个字虽然比较顺口，而从唯心哲学观点看，却是互相矛盾的两个字，实者就不能在，在者就不能实。明白“实”和“在”的分别，我们就能明白我心中橘子的概念和这个感官可接触的橘子的殊相究竟哪一个是真实的。

什么叫作“在”呢？凡所谓“在”，都是指在某一个时间或是在某一个空间。这个橘子的殊相在这个时间在我手里，所以我们可以说它是“在”。什么叫作“实”呢？凡所谓“实”，是说不能变为“假”的，它既然是“实”，在今天是如此，在明天也还是如此；在这里是如此，在那里也还是如此；换句话说，它应该是没有时间性和空间性的。比如我们心中橘子的概念——就是橘子的共相——就是如此。今天我在这里遇见这么一个东西，我叫它为橘子，明天我在别处遇见这么一个东西，我也还叫它为“橘子”。“橘子”这个概念是不受时间和空间限制的，在任何时任何地都是真实的。“实者不在”的道理是如此，这是比较容易明了的。

什么叫作“在者不实”呢？我手里这个橘子是“存在”的，我们已经承认了，它是否可以“实”字去形容呢？我们根据感官的经验，说它是圆的。但是各人所见到的圆并不一致，你从远处看，说它是椭圆，我从近处看，说它是扁圆，几何学家记着它的几何定义，说它既不是椭圆，又不是扁圆，我们究竟谁见到橘子真实的形状呢？再比如说它是黄的，那就更有疑问了。从远处看它是深黄，从近处看它是浅黄，有色盲的人看它简直不是黄的。从物理学观点看，颜色不同由于光波的长短，同是一样光波，长一点是一种颜色，短一点又另是一种颜色。照这样看，橘子本来有色或是无色，就成为问题了。从这番分析看，我们于共相和殊相之外又发现“真相”和“现象”的分别。我们感官所接触的都是现象，都是外貌。各人在各时各地所见的现象都不相同，所以现象不能说是真相。所谓现象就是殊相在感官面前所现的形象，我们各人所见到的橘子都是现象，虽然各人所见到的现象也许和橘子的真相都有些类似，然而究竟都不是橘子的真相。“在者不实”的道理就是如此。

我们已经明白各个人所见到的在我手里的这个橘子都只是橘子的现象而不是橘子的真相了，现在我们要问：橘子除了现象之外是否另有真相？假如另有真相，真相究竟像什么样子呢？它和现象的关系如何呢？这个问题还可以用另一个方法来说明。比如形容这个橘子，我们说：“它是圆的，它是黄的，它是香的，它是甜的，它是光滑的……”圆、黄、香、甜、光滑等等都是感官所觉察到的现象，除了这些现象以外是否还另有所谓真相和“它”字相当呢？这个“它”字所代表究竟是什么东西呢？哲学上所有的争执就是从这么样的简单的问题生出来的。许多哲学家闹得像老鼠钻牛角，找不到出路，都因为没有办法处置这个“它”字。

科学家说“它”字所代表的是“物质”。“物质”又是什么东西呢？据说它是极细极微的原子或电子。这个橘子是无数原子构成的，这个桌子也是无数原子构成的，何以一个叫作橘子，一个叫作桌子呢？科学家说，因为原子的运动和配合不同。这种说法能够把“它”字的问题解决完满么？它不但没有完满解决，简直就没有去解决。原子究竟是什么东西？它是否是可思议的、可形容的？如果它是不可思议、不可形容的，我们就无凭据说它存在，说它是构成宇宙的。如果它可思议、可形容，我们就要说“它是如此如此”，结果还是离不去这不可能的“它”字本身。换句话说，原子不可能也还和橘子不可能是一个道理。

英国18世纪哲学家贝克莱（Berkeley，1685—1753）就根本否认

"它"字存在，在"它是圆的、黄的、香的、甜的、光滑的，……"一个判断里的"是"字其实就是一种等号。在我们通常人看，把"是"字看成等号也并不是什么大不了的事，可是这一步的关键好不重大！我们上面已说过，圆、黄、香、甜、光滑等等都是由感觉得来的。感觉是心的活动，没有心就没有感觉，没有感觉就没有圆、黄、香、甜、光滑等现象。你如果说这些现象就是"它"，就是橘子，那么，如果没有心岂不是就没有这个橘子么？扩而充之，如果没有心岂不是就没有这个世界么？贝克莱却老老实实地这样主张。当时有人把这个学说告诉文学家约翰逊说："这种学说虽然是荒谬，可是我们实在没有方法辩驳他呢。"约翰逊下劲用脚踢面前一块大石头，石头不动，他自己可是蹦回了好几步，于是很得意地说："我这样就辩驳了贝克莱！"我们一般人依赖常识，大半都要向约翰逊拍掌，可是你如果仔细想一想，就会知道贝克莱的主观唯心论不是可以如此轻易辩驳的。

贝克莱的唯心论也并非不可辩驳的。它的困难非常之多，我在这里不能详细讨论，只能提出一点来，做介绍康德的唯心论的线索。依贝克莱说，我们如果没有心，就没有方法知道世界，所以世界存在心的里面。这个"存在心的里面"（in the mind）是最难讲得通的。"存在"是必有空间的。这个橘子是有空间的，我的手也是有空间的，我们可以说"这个橘子存在我的手里"。心是不占空间的，我们如何可以说"这个橘子存在我的心里"呢？"空间"问题是科学上一个最大的难题，也是哲学上一个最大的难题。科学家和哲学家分析物质，都以为物质的要素是"占面积"（extension）和"运动"（motion），而这些要素都和空间有关。所以我们一日不能解释空间，就一日不能解释物质，就一日不能解释世界。有空间而后有"关系"，比如说"甲大于B"，"爱丁堡在伦敦之北"，都是表示物和物的关系。近代哲学对于这种"关系"争得非常热闹，唯心派说"关系在内"，唯实派说"关系在外"。这种问题其实还不过是空间问题。

空间问题是最难解决的。物质占空间，而心却不占空间；假如我们要说物质是唯心的，必定先证明空间也是唯心的。证明空间是唯心的，是主观的，就是康德的一个大成就。康德如何证明空间是唯心的呢？比如说这个橘子，我们不能感觉它则已，如果能感觉它，必定感觉它在某一定空间。换句话说，这个橘子如果现形象在我们的心眼前面，它一定脱离不去空间，所以空间是外物呈现于人心的条件。这个橘子除非是存在空间里，我们就不能感觉它。但是反过来说，如果世间没有这个橘子，没有任何外物，我们却仍旧可以想象一个空空洞洞的空间。我们可以假想把一切事物毁灭去而空间仍然可存在，可是我们不能假想把空间毁灭去而万事万物仍旧可存在。所以在理论上说，察觉外物之前须先以察觉空间为条件。所谓“察觉外物”就是我们通常所谓“经验”。所以察觉空间须在经验之先。有空间而后有经验的可能，所以空间不是从经验来的，既然不是从经验来的，它就不是存在外物界的。空间既不存在外物界而人心察觉外物又不能离开空间，那么，空间自然是心的产品了。换句话说，我们的心察觉这个橘子时，必定察觉它存在某一空间，这并非是橘子带着空间印进我们心里来，乃是我们的心带着空间套在橘子上面去。空间是我们的心察觉外物时所必用的方式，没有心去察觉外物就没有所谓空间。比如戴黄眼镜时看见外物都是黄的，黄是由于眼镜，并不是由于外物，空间对于心和外物的关系，也犹如黄色对于黄眼镜与外物的关系。

空间是心知物所必具的形式，这种形式康德称之为“范畴”（category）。他用同样的推理法证明时间也是如此，证明时间和空间之外，还有十二个范畴，都是心知物所必具的方式，如“因果”就是其中之一。

康德把“空间”证成唯心的，他是否把橘子也证成唯心的呢？是否把全世界都证成唯心的呢？奇怪得很，他并没有走这一着。他以为这个橘子有现象，有真相。我们所能用范畴察觉的只有现象，如这个橘子的圆、黄、香、甜等等性质。这些现象从什么地方发出来的呢？它们是从“事物本身”发出来的。“事物本身”就是橘子的真相，就是上文所说的“它”字，就是圆、黄、香、甜等等性质所附丽的本体。这个康德所认为真实的“事物本身”究竟像什么样子呢？康德老实不客气地答道：“我不知道，因为它是‘不可知的’。”因为我们的心是如此构造的，不用时间空间就不能察觉外物，不用十二范畴就没有方法去思想。

时间空间和十二范畴都只能应用到现象上去而应用不到“事物本身”上去的，所以我们能知道者尽是现象，“事物本身”却绝对不可知。一句话归根，康德一方面以为人所可知的世界全是唯心的，而同时只承认这个世界只是现象，它的后面还另有一个不可知的真实世界是离心而独立的。所以康德虽然想建造一个彻底的唯心哲学，而结果仍是走到极不彻底的心物二元论那一条路上去了。

康德之后，唯心派最大的健将是黑格尔。黑格尔的哲学就是从打破康德的“事物本身”出发。康德的“事物本身”本来是一个极自相矛盾的观念。第一，“事物本身”既不可知，我们又何以知道它存在呢？第二，它既不可知，我们又何以知道它是现象的来源呢？康德以为现象一定要有一个本体可附丽，所以抬出一个不可知的“事物本身”出来，不知道这在逻辑上是说不通的。黑格尔所以痛痛快快地把康德的“事物本身”一刀砍去。

“事物本身”既然砍去了，所剩的是什么呢？所剩的全是可知的现象。否认“事物本身”就是否认宇宙中有所谓“不可知的”东西。因此，一切事物都变成心的内容了。这里诸君也许要问：黑格尔这一步不是要回到贝克莱的主观唯心论么？不然。黑格尔的哲学中有一条最基本的原则叫作“相反者之同一”，根据这条原则，他把心和物的界限打破了。他承认心是真实的，他承认物也是真实的，他承认心和物确实是相反的，可是他又主张心和物是同一的，同是一个实，从一个观点看，叫作心；从另一个观点看，叫作物。这话是怎样讲呢？我们先从物方面说。我们在上面说过，我们知道这个橘子是黄的，因为心中先已有黄的概念。拿心去知物都离不掉概念。比如这个橘子，它是什么呢？它是“圆”“黄”“香”“甜”一大堆概念挂在一起的。由这样看，每个殊相（橘子）都是许多共相（圆、黄、香、甜等等）集合成的，这就是说，每个“物”都是由“心”造成的，“物”离“心”便毫无意义可言。这个道理是从前贝克莱一班主观唯心论者所看得很清楚的。但这只是一面的真理。从前人只看到物离开心就不能成立，“心离开物能成立么？”这个问题他们简直没有想到。我们来把心分析看，心究竟是怎么一回事呢？笛卡儿（笛卡尔）说过：“我思故我在。”唯心哲学加上一句说：

“我在故物在。”这个“我”是什么东西呢？我们把眼睛回看自己的“心”，回看自己的“我”，能看见什么东西呢？我们只能觉到“心”是有意识的；意识又是什么东西呢？意识是许多观念、印象、概念所组成的一条河流。观念印象等又自何而来呢？它们是从外物界感觉而来的。除开意识我们是否另外有一个意识者，可以叫作“心”，可以叫作“我”呢？这种精光净的“心”在想象上是否能存在这是学者所聚讼的；它在实际上是不能存在的，这是学者所公认的。经过这番分析，我们见到心离开物也是不能成立的。没有心固然不能有物，没有物也就不能有心。因此，黑格尔说，心和物虽相反却是同一的。

心物的界限既然打消，结果是怎么样呢？这里照中文的意义说，我们不能把黑格尔哲学称为唯心论了。唯心论的原文是 idealism。黑格尔的哲学通常叫作 objective idealism，依字面应译为“客观的唯心论”，不过这在中文中是自相矛盾的名词，既是客观的就不是唯心的，既是唯心的就不是客观的。可是原文 objective idealism 却可以说得通，因为 idea 一个字起源于柏拉图，柏拉图所谓 idea 就是“理式”，就是“共相”，原来是偏重客观的。从这一点看，可知以“唯心论”译 idealism 很有些不妥当，译作“唯理论”或较好些。这里我因为要通俗，所以沿用旧有的译名。黑格尔哲学是最看重纯理的，所以通常称为“泛理主义”。他以为整个宇宙，全是可以由“理”中推证出来的。

他的著名的推证法就是根据“相反者之同一”的原则。我现在姑且举一个例子来说明。比如“有”（being）和“无”（nothing）是相反的，但是在“变”（becoming）里它们却变成同一。这话怎么样讲呢？我们且来分析“有”的概念。什么叫作“有”？“有”是一个极抽象的概念，是一个最高的共相，就是我们所说“万有”的“有”。宇宙中事事物物尽管千变万化，而在“有”的一点是相同的。比如这个橘子和我的心是极不同的东西，橘子有颜色而心没有颜色，橘子有形状而心没有形状，橘子占空间而心不占空间。可是世间“有”这个橘子也“有”我的心，所以就“有”一点说，这个橘子和我的心是相同的。“有”是我的心和橘子的共相，是一切事物的最高的共相。“有”这个概念如何得来的呢？就是把万事万物的个性一齐剥去而专提出“有”这一个共同点。比如这个橘子是圆的、黄的、香的、甜的等等，我们须把圆的、黄的、香的、甜的这一切个性一齐丢开而专提出它与一切事物所公同的“有”。所以“有”是不含任何个性的，这个不含任何个性的“有”是很空虚的，所谓“空虚”其实就是“无”。纯粹的“有”是“无”任何性质的。因此，“有”之中就含有“无”在内。但是“无”是空虚，空虚也是一种“有”，所以“无”之中也含有“有”在内。“有”和“无”根本既然相同，所以由“有”可以转到“无”，由“无”也可以转到“有”，由“有”转“无”或是由“无”转“有”，这话就叫作“变”，所以“变”是调和“有”与“无”的。应用同样的推证法，黑格尔证明世界许多在表面看来似乎相反的东西其实都可以用一个较高概念来调和。所以宇宙就全体看，是没有冲突的，是极有理性的。凡所谓冲突都是局部的，局部的冲突应该在全体中求调和。唯心哲学把全体比部分看得较重要，所以在政治思想方面绝对反对个人主义。……①

我这番话是唯心哲学的一个极粗浅的解释。唯心哲学还有许多很重要的原理，别派哲学家有许多攻击唯心哲学的理由，我在这里限于时间都不能详细讨论了。

① 此处略有删节。

在四川大学总理纪念周上的演讲

1937 年 7 月 20 日

今天本大学本年度举行第一次总理纪念周，个人得与诸位见面，觉得非常高兴，不过刚才张校长（张颐）介绍的时候所说的那些话，使我又很觉得有点惭愧。在现在因为时间的限制，只得把这次途中的经过和感想向诸位简单地说说。

张校长这次邀我来到四川大学任文学院长，初先我本不敢承认，因为自觉能力有限，并且不熟悉四川各方面的情形。其次北京大学也已经对我下聘了，所以初先本已决定不能来到这里。兼之，我还对上海商务印书馆负有《文学杂志》编辑的责任。后来，因北平已被日本占领，北京大学不能开学及其他种种关系，又才决意来川。但是也只打算在这里外国文学系任几点钟的功课，并没有意思任川大文学院长。来了以后，张校长一定要我担任这个职务，我也不便过于推辞，只好暂时代理着，以后请校长另觅贤才来接替。因为我个人不但没有这样才能、这样经验，而且我很爱清静，对于行政事务没有浓厚的兴趣，所以我在北京大学的时候，当局屡次要我任西洋文学系主任，我都没有答应。本来在我们现在这样环境底下，应当牺牲个人兴趣来干公家的事的。我这次贸然答应担任文学院长的事，也是因为这点责任心。

这次我来到四川，虽然还没有很久，但是我对于四川大学非常乐观。本校经任校长（任鸿隽）和张校长同各位教职员的努力以后，已有了很好的基础，应兴应革的事，也已经办到了许多。文学院的各位同事，许多都是旧日的同学或同事，即或也有初次见面的，但是也都早在著作方面或朋友关系中间接地知道了。至于诸位同学与我虽是初次见面，但是见面之先，也许在精神上早已有了默契，因过去我曾做过一些关于青年修养的短文章，听说在四川看的人也还不少。

至于说到关于川大文学院的大政方针，简直说不上我有什么意见，现在可以告诉诸位的，我只是脚踏实地地努力做去。现在我姑且把我由北平到四川的经过及感想先向诸位谈谈。

我是8月13号就离开北平的，那时天津已失守。平时由北平到天津只需两小时，这次因军事倥偬便已花了十六小时。火车上以平时能够容下八个人的地方，这次便挤了二三十人。到天津时，因为租界里戒严，深夜不能进去，便和几百位同行人在法租界外面万国桥街上露宿一夜。后来等了几天才上了船，到了烟台，船上拥挤困顿的情形更甚于火车。到了烟台以后，又转车到济南，再由济南乘津浦车到南京。这次所有离平的人们，都得经过这般周折。

我到南京后，总共住了四天。每天都有飞机来攻，弄到寝不安席。我所眼见的地方除了四川以外，所有教职员学生及一般人等，均在流离失所中。这次最大的损失，我认为是在文化方面。素负最大文化使命的北京大学、清华大学、师范大学、南开大学、中央大学、武汉大学、浙江大学等，或者已遭重大的损失，或者因已经酿成恐怖情势，也没有学生到校了。现在只有四川成都，俨然世外桃源。一般人虽然在报纸上见到前方战士的痛苦和敌人的残酷，究竟还没有亲自尝到战争的痛苦。他处的同学，不独无书可读，甚至无家可归，尤其是平津的同学，还正在被敌人残杀之中。那么，我们这个机会，实在很不容易得到。我们的机会愈难得，所负的责任也就愈重大。文化教育是国家的命脉。从前维持这一线命脉的有许多大学及其他文化机关，现在就单靠几个还能勉强开学的大学了。

校长刚才已经说过，我们当前的责任有两项，一是临时的，一是永久的；他所说的修养精神，提高人格，尤其是要紧莫过的事。

有的人以为这次便是最后的战争了，实则并不是这样。我们还是要做长久的计划，极力培养中国文化之生命与元气，只要文明生命尚在，我们中国还不会遽然灭亡的。所以我们现在极当注意的，第一是物质方面，我们的体格；第二是精神方面，我们的人格。就是以这次平津失守来说，也并非兵不能打，也不仅是武器不能用，实在是因为汉奸太多。平津一带的汉奸，在过去一年就很活动，暗中与日本通消息，济南、徐州、首都等处，也都曾有泄露消息事件发生。这次中央专任秘书黄浚父子也都当汉奸，泄露重要消息，甚至晚上日本飞机来轰炸的时候，汉奸用手电指示轰炸的地点，所以结果竟使首都这次受了偌大的损失。据说当汉奸的人们，受过大学、中学、小学的教育的都有。这当然算是我们中国的教育，至少有一部分遭失败。由此可知救国之道，不只是在注意物质方面，就可以了事的，还要特别注意精神方面的修养。在战争中交战两国所互相抗衡的不仅是枪炮，尤其是民族文化与民族精神。

诸位肄业四川大学，当着这样国家危急的时候，还能安然上课，是非常难得的事，应当各尽自己的责任，方才不负国家培养人才的宗旨。

国难期中我们应有的自信与自省[①]

1937年12月

从卢沟桥战事发生以来，我们的敌人倾国大举，用重兵利器来侵略我们，到现在为时不过四个月，我们的领土几乎被他们占领五分之一了。这五分之一的领土，都是我们国防的重镇。河北、察哈尔、绥远、山西是我们的西北两方的腹背，是我们和俄国交通的大道。天津、上海是我们北部和中部的重要海口，是我们与欧美交通的要道。我们的长江咽喉，是紧固的江阴炮台，也只守了四天就陷落敌人的手里了。现在敌人还要从捷道包抄我们的首都南京。他们的用意是破坏我们的长江封锁线，一方面侵占南京，控制津浦路线，一方面用重兵直扑汉口，控制我们的平汉路线与粤汉路线。如果他们的计划成功，我们恐怕就要临到生死关头了。

我对于这些军事上的失利，倒不十分忧虑，因为胜败是军家的常事。从历史看，拿破仑和威廉第二都曾经打过好多的胜仗，有在几小时之内就有征服全欧的可能，到后来终于是一败涂地。可见天下事也在人为。我个人所担忧的倒不是这种战场上一时的得失，而在我们的抗战的精神，是在能百折不挠，坚持到底。我近来观察群众的心理，觉得我们大部分人，在这个生死存亡的关头，还没有真正觉悟。我们有两个可以致死的病根还没有除尽，一是缺乏真正的自信，一是缺乏彻底的自省。

① 本文是朱光潜在四川大学发表的演讲。

换句话说，还不能真正感觉到礼义廉耻的耻。

先说自信。现在有许多人一听到某某地方失守，某某地方我们打败了仗，便不免垂头丧气，仿佛自己没有把握的样子。太原失了，自己就仿佛没有把握能守住潼关；江阴失了，自己就仿佛没有把握能守住南京、汉口。这就是没有自信。打败仗不能亡中国，失土地也不能亡中国，如果中国会亡，一定要亡在这种没有自信的心理。因为没有自信心，就没有抵抗到底的勇气，没有抵抗到底的勇气，就失去了抵抗力，就不免束手无策，坐以待毙。

除了失败便垂头丧气以外，还有一种现象，也是没有自信心的表示，我们每遇到困难当头，就希望旁的国家来替我们解围。在一个月以前，我们希望九国公约会议的结果能够使各国来压制日本侵略我们，后来九国公约会议无结果而散，我们感觉到失望；现在我们又指望俄国出兵、英国出兵、美国出兵，以为他们一出兵，我们就可以抬头了。这种观望心理，很像坐船遇上了大风浪，自己的水手不努力救自己的命，而指望岸上的人来救一样。我们近二三十年的国策，就误在这种不相信自己而相信旁人的心理。袁世凯时代，日本突然向我们提出二十一条件，我们希望欧洲各国出来说话，结果他们没有说话，而日本人所要求的如愿以偿。这个教训对于我们没有一点影响，到九一八事变时，我们还是希望国际联盟出来把东四省捧还我们，结果他们除了做些官样文章以外，一点动作也没有，日本人惬惬意意地把东四省吞下去了。不但如此，当时列席国际联盟调查团的意大利，现在已公然承认“满洲国”了。这个教训还不够使我们觉悟，到现在我们还张着呆眼睛望英国，望美国，望俄国，这种倚赖心理真是可怜亦复可耻。老实说，这个世界，是利害的世界，并非公理人道的世界。旁的国家如果没有真正的切身的利害，绝不起来帮助我们打日本的。到了他们真正感到切肤之痛时，要起来收服日本，那也是为他们自身的利益，而不是为什么人道主义来救我们，他们现在已经很坦白地说，他们不高兴日本，因为要“保护他们在华的利益”。他们如果真正向日本宣战，也许可以把日本压下去，但是我们是否就因此能抬头，或者说，他们肯不肯就让我们抬头，也还是问题。自然，我们为外交策略起见，不能不联合一些朋友，来打倒我们的敌人，我们应该用尽方法，运动英国出兵，运动俄国出兵，但是任何其他一国家，绝不能帮助我们生存，我们要生存，还要自己努力在死里求生。自己不能生存，自己不相信自己能生存，纵然外国人有好意要帮助我们，也绝无济于事。历史上从来就没有一个先例，说是一个自己不能生存的国家，像寄生物似的，仰仗邻邦的庇荫而生存的。我们如果要生存，一定要自己努力；自己努力，一定要先自信自己的努力，能够得到最后的胜利。

不过我所谓“自信”，与“自夸”不同。现在有一句最流行的口号说“最后的胜利必定是我们的”。这句话可以看作好，也可以看作坏。看作好，我们可以说，这是有“自信心”的表示。看坏一点，我们可以说，这是打官话；或者更坏一点，这是心虚口夸。我们凭什么能说“最后的胜利必定是我们的”呢？你说这句话时，是出于“自信”，还是出于“自夸”，就全看你心中对于这个问题有没有正确的答案。如果你说“最后的胜利必定是我们的”，因为英国、俄国会帮助我们，或者说中国近来命运好，遇事都逢凶化吉，这次也许不致一霎就亡了；那么，你这句话并非真有“自信”而是依赖外人，依赖命运，与自信恰恰相反。然则真正的自信，要有什么做根据呢？真正的自信，换句话说，就是彻底的自知与自知后所下的决心，认清了达到尽这种责任的方法，然后下决心去脚踏实地、百折不挠地做下去，一直到最后的成功才甘休。这才是我所谓自信。就目前的困难说，我们有什么凭据能说“最后的胜利必定是我们的”呢？我们认清了敌人是要吞并我们，逼我们做奴隶的；我们认清了外国人是不可靠的，认清了这浩大河山、这光荣的历史，由我们的祖宗辛辛苦苦地维持起来传给我们，现在如果在我们手里丧失了，使我们子子孙孙永远受人以奴隶待遇，不但是对不起祖宗，也对不起未来的子孙；同时，我们也认清了我们的人口、我们的疆域、我们的富源就超过我们的敌人不知道若干倍，我们只要真能抗战到底，敌人是支持不住的。敌人现在比我们稍强的不过是新式军械，但是他们的军械也不是天赐的，也还是制造的、买来的；他们能制造，我们就不能制造？他们能买，我们就不能买吗？在这种认识之下，我们四万万的国民，每个人都抱定打到底只剩最后的一个人，都不肯甘休的决心，有了这种认识和决心，我们才配说“最后的胜利必定是我们的”。

真正的自信必定根据真正的自知。自夸式的自信不难，真正的自知却不容易。希腊人以为人生最高的智慧是“知道你自己”。严格地说，世间事物许多都容易知道，只有自己最难得知道。自己难知道，因为每个人的见解，都囿于自己的智力与经验，每个人都有抬高自己的虚荣心，而虚荣心是最易产生幻觉、蒙蔽真知的。要能自知，先要下自省的功夫。所谓自省，就是自己观察自己，自己省问自己。在这困难当头，危急存亡的时候，我以为我们第一件要务便是自省。在这个时候，每个人都要问自己，是否在尽他的抗敌救国的责任，或是在准备尽他的抗敌救国的责任。我们慢些责备旁人是汉奸，是误国者，且先问自己的行动，在实际上是否还是像汉奸，还是误国；慢些骂旁人不抗敌救国，或是向旁人宣传要抗敌救国，且先问自己是否真在抗敌救国。

姑且举一两个眼前的实例来说。我近来听到许多非难文化界与学生界的话。有人说，现在一班青年们口口声声劝旁人毁家纾难，而他们自己却穿得很漂亮，用得很阔绰，过的生活并不像国难时期所应过的卧薪尝胆的生活，他们并不像想到前方将士在这冰天雪地的地方，还有多少人连棉衣都没有穿，日夜苦战，往往歇两三天还吃不得一餐饱饭。有人说，现在教育界人所办的救亡会抗敌会等等，真正的用意并不在救亡抗敌，而在趁国难中混乱的局面，来培植自己的党羽，扩充自己的势力，预备将来谋自己的利益。在这个危急存亡的时期，你们还有心肝在闹党派，争纵领袖之欲。又有人说，现在一班青年天天在喊口号贴标语，其实都是打官话出风头，他们自己并不能照他们所喊的去做，比如说，他们口口声声要求实施国难教育，现在学校要他们在寒假中受军官教育，预备给他们一些实际战争的技能，让他们在必要时可以上前线去冲锋杀敌，他们临时一定会借故脱逃的。没有给他们国难教育时，他们喊着要，到真正给他们国难教育时，他们会喊着不要，像这种情形怎么配说抗敌救亡呢？此外社会一般人士，责备我们教育界的话还很多，诸位一定也略有所闻。我不敢说拿这些话来责备我们的人个个都是对的，他们的态度有时甚至于很恶劣，动机有时甚至于不纯正，但是处在我们的地位，我们且不必和他们争论，我们应该认定这是我们严厉自省的机会。

我们应该自问，我们的言行何以引起外人的责备？他们所责备我们的话是否完全没有根由？我们是否可以问心无愧？假如他们责备我们的话不尽无因，我们就应该感觉到这是我们的羞耻。

我现在把话总束起来：我们如果要抗战到底，一定要有真正的自信，真正的自信要根据彻底的自知。要自知必须能自省，能自省才能知耻。所谓知耻，不是西文所谓 sense of honour，从前人说“知耻近乎勇”，又说“明耻教战”。不知耻的人不会有勇气，不“明耻”也绝不能教战。我们现在要确实感觉到日本人对于我们烧杀淫掳，是我们的极大的耻辱，在这种耻辱之下，我们如果不能真正地觉悟，下极大的决心，去脚踏实地、同心协力地去洗清我们的国耻，这是我们的更大的耻辱。

说校风[1]

1940年3月23日

一个稍有历史的学校都有它的特殊的风气。比如说从前北平的几个大学，像北大、清华、师大都是国立的，彼此相距不远，并且这校的教授常在那校里兼课。照理它们应该没有多大差别，可是你从清华走到北大，觉得是到了另一境界；由北大走到师大，觉得是又到了另一境界，这种另一境界的印象你随处可以感到。校舍的样式，课室和宿舍的布置，图书馆和实验室里的工作状况，运动场上的紧张和松懈，学生的服装、走路的步法、说话的声调、待人接物的姿态，甚至于校工的面孔、学校附近的零食摊子，都各是各样。如果你是嗅觉灵敏，你闭着眼睛，嗅一嗅那里的空气，你就会猜得着你是在清华还是在北大。这种每一校的另一境界的印象，就是我所谓校风。

我们进一步问：校风究竟是什么一回事呢？“风”字的意义很广。可以分为五点来说。

第一，“风”就是风格，也可以说是个性。在自然界和艺术界，有生命的事物都必有个性。同是花，这棵花与那棵花不同；同是建筑，这座房子与那座房子不同；同是人，这个人与那个人不同。他们各有一个特殊的样子。这个特殊的样子就是个性，也就是风格。它有两个要素，在内是精神，在外的是形态。个性是生命的表现，一个人或是一个团体

① 本文是朱光潜在武汉大学总理纪念周上对全校学生发表的演讲。

若没有个性，那就可以说是没有生命。就这个意义说。校风就是一校的风格，一校的特殊精神表现于特殊形态。一校不能无校风，因为它不能无生命。

“风”的第二种意义是“风行”或“风动”。“风”的原意本是空气的流动，无动不成风，而风所属的事物亦必都受感动。这个物理的事实引申于人事。于是成立“风”的第二义。一种特殊风格由某一点出发，逐渐蔓延生展。由个体浸润到全体，于是我们说那一种风格“风行”于某一个社会。“楚王好细腰，宫中多饿死”，“宫中好高髻，城中高一尺”，是“风行”的好例。就这个意义说，校风是由一部分教师和同学提倡出来的。一个团体要好，不能马上都一齐好，必先有一部分人开风气之先，把这风气逐渐推广出去，使它风行。一个团体的风气要变坏也是如此。所以在一个学校里，无论是教师或是学生，每个人对于自己的言行风采都要特别注意，因为它有风行的可能。

一种风格既风行，就会在一个社会里继续存在下去，维持生命的连续性。这就成为“风俗”或“风气”。这是“风”的第三义。一个社会的伦理信条甚至于政治、法律、宗教等等一切文物制度，往往都起于风俗或风气。比如我国儒家所说的仁、义、礼、智、信。起先只是一种风格，后来发现这风格有益于社会，于是要把它演为风俗或风气，使人人都跟着它走。这就是伦理信条和社会制度了。西文“道德”一词（morality）源于拉丁文的 mos，其义即为风格。一个社会若没有它的特殊风俗，就不能有它的特殊道德观念，也就见不出它的特殊精神。（moral 字也含有精神的意思。）就这个意义说，一校的校风就是一校的道德意识的表现，就是它的特殊精神所寄托。

风格之所以能风行成为风气，就在它可以供人仿效，所以“风”有“风范”的意义，我们说某人“俭德可风”，就是他可以为范，值得仿效。“范”的原意是模子。铸钱用钱范，把液化的金属物倾注到范里，于是铸出来的钱都是一个模样。就“风”的第四个意义说，一校的校风就是一校的模范，这模范常存在那里，不但是学生，就是教师，也都须经它熔铸成一种特殊模样。比如说牛津的师生和剑桥的师生显然不同，就因为这两校的传统所酿成的风气不同，所树立的风范不同。

风格为风范，所以风行。感受者说，是为之所化，所以风又有风化的意义。我们每个人在一个社会里生活，都多少要受那社会的风俗习惯文物制度所影响，这就是说，为它所“风化”，凡是文化的建设与传播都赖这种“风化”作用。“文化”一词在西文为civilisation，动词都是civilize，字源是从拉丁文civis来的，其意为公民或人群分子。所以“文化”就是“公民化”，或“人群化”，一个人为整个社会的风俗习惯文物制度所风化，就算是一个“被开化的人”（a civilized man）。就“风”的这第五个意义说，“风化”可以说与“教育”同义。一个学校如果没有一种风范去化人，或是一个学生如果感不到一种校风的风化，那根本就没有教育可言了。

以上所说的“风”的五个意义——风格、风行、风气、风范、风化——显然是彼此相关的。一种风格风行，就成为风气，其所以能流行，因为它是风范，感受风范者为之所化，就是风化。我们已经觅到，所谓校风包涵有这五种意义。一校必有校风。校风是一校的风格，是风行全校的风气，同时也是一校的风范，使全校师生都受它的风化。《学记》说“教之所由兴”，归原到四要点，而最后最重要的一点是“相观而善谓之摩”，这句话可以说把“风”的几种要义都包括无遗，有可观便是风格、风气和风范，相观便是风行，相观而善便是风化。

校风可好可坏，要想一个学校办得好，必须培养优良的校风，怎样校风才算优良，我们很难下一个定准。各校所悬的理想可以不同。这理想的结晶是各校的校训。校训往往揭示几种美德为师生进修的鹄的，它是理想，不一定实现于事实。不实现于事实，它只是几个空洞的名词，实现于事实，它终成为一种优良的校风。不过各校所悬的理想尽管不同，而优良校风成立的条件则是一致的。那就是全校师生必定先成为一个坚固的、健全的、有机的团体，这就是说，必定成为一个完整的社会。一盘散沙或一堆乱草绝不能表现一个公同的风格，因为它没有一个公同的生命和公同的意思。你把其中分子调动位置或增减分量，它还是散的、乱的。偶然聚集在某一块的乌合之众也是如此。要使聚成为集团，成为社会，那就必有一种东西联系他们，融贯他们，使他们成为一个有机的整体，这种联系是政治学家和社会学家所谓esprit de corps，即集团的精神。个人的精神就是个人的生命，集团的精神也就是集团的生命。有生命才可以有生命的表现的风格。所谓“集团的精神”究竟是什么呢？我们知道，个人的精神是由他的知、情、意三种活动组合起来的。集团的精神也是如此。集团有公同的知的水准、公同的情感、公同的意志，才会完整坚固。打个比譬说，同船过渡，人尽管是乌合之众，假如暴风浪起来了，他们可以马上变成一个完整的集团。他们有公同的知，稍一不慎，船会翻，他们会淹死；他们有公同的情感，都为目前的危险而焦虑恐惧；他们有公同的意志，都想设法出力把船安全地撑到彼岸。知、情、意相同，他们于是表现公同的活动，极力去撑船脱险。这些公同的知、情、意和他们所表现的公同活动就是他们的集团的精神或生命。这个很简单的道理可应用于一切团体，小而球队工会，大而民族国家。学校也是如此。要想学校成为一个有精神有生命的集团，师生全体必定有一种公同的认识、公同的情绪和公同的意志，大家在别的方向尽管不同，而向完成学校的崇高的传播学术文化的一个使命努力迈进，则属一致。在这个条件之下，学校才能有一个公同的精神，才能有校风。

以上所说，大意是学校要培养一种校风，必先形成一个完整的社会，具有集团的精神。但是集团的精神可好可坏，一个强盗伙子还是有他们的集团的精神。要培养一种优良的校风，全校的师生对于学校这个集团必须有公同的自爱心。我称赞一个人常说他能“自好”“自爱”“自重”，一个人总极力往好处走，觉得败名失节的事对于自己是污点，是耻辱。这样的一个人总能努力成为一个善人。一个学校也是如此，要想它望好处走，它这个集团全体必须能自好、自爱、自重；这其实就是说，学校每个分子对于学校知道爱好和敬重。一个人的自爱自重，在西方叫作“荣誉意识”（sense of honour），一个学校也须有一种集团的荣誉意识。我们在这个学校里，就须觉得这个学校可爱护，就须觉得自己属在这个集团里是一种荣誉，就须设法维护这个荣誉，不让它受污损。常听到青年学生们用讥诮的口吻批评他们自己学校说：“我们的贵校教员是怎样坏，设备是怎样糟。”学校到出现这种学生时，校风是绝不会好的，因为集团的荣誉意识不存在。缺点是任何团体所难免的。一个自爱自重的人发现了自己的缺点，他的态度必定不是对自己做轻薄的讥笑，或刻毒的攻击，而是努力去弥补这个缺点。一个自爱自重的集团也应该是如此，唯其自爱自重，就要努力向好处走。自己觉得有不好的地方，就要设法去纠正它，一个学校团体像这样，总能培养成优良的学风。

以上只就培养优良的学风需要两个重要的条件，第一是全校师生必须形成一个健全的集团的精神——这就是说，在知识情感意志三方面能够交感共鸣，其次是这个集团全体必须像个人一样，能自好自爱自重，有集团的荣誉意识。在这两个条件之下，优良的校风才能成立。至于甚样校风才算是优良又另是一个问题。我在前面已说过，各校的理想可以不同。在我个人看，优良的校风必须具有四个特点。

第一学校应该有家庭的和乐空气。现在一般学校的通病，在倾全力于贩卖知识。师生都闻铃上课，闻铃下课，在课堂里教师很呆板地讲解一点钟，学生也很呆板地静听一点钟，他们的关系止于此，课外彼此相视为路人，丝毫没有一点社会生活。一个教师在一班里上了几年课，可以不认识他的学生，两个同学在同班上课，同宿舍起居，一直到毕业可以不曾互相攀谈。在这种情形之下，学生固然觉得生活枯燥，养成孤僻颓废的习惯；教师也觉得教书是一件顶乏味的事，找不着一点精神的安慰，养成敷衍塞责的习气。如此则不但人格感化说不上，即教学也不能达到最大的效率。我们必须痛改这种积弊，将学校加以家庭化，师生相遇，如家人父子兄弟，大家都是一团和气，合作互助，没有一点隔阂或间隙。这样的学校生活自然不枯燥，人格感化可以在和乐的空气中顺利进行，教学也可以因了解深刻而收到最大的效果了。中国讲教育最好的文章是《学记》，它谈到教育进步的程序有这几句话："一年视离经辨志，三年视敬业乐群，五年视博习亲师，七年视论学取友，谓之小成。"你看，除初入学只注重立足向外，以后几个阶段都着重群育。乐群、亲师、取友，都是着重同校里师生的关系。我国几千年来教育理想都特别看重尊师敬友，都是深有见于在教育中人与人的关系之重要。这点精神是值得发挥光大的。

二、优良的学校必有爱护纪律的风气。所谓纪律含有两种意义，一是个人生活的纪律，一是团体生活的纪律。就个人生活纪律说，起居要有时，饮食要有节，读书、运动、游戏、休息时间要布置得妥帖，按部就班地天天照着做下去。这样的身体才会强健，习惯才会养好，时间才会经济，学问才会循序渐进。就团体生活纪律说，许多人聚集在一块成为一个团体，必定有一个大家都须遵守的法则，团体生活才能维持，每个国家、每个政治集团都有法律规程，用意都在维持公众秩序，使许多人在一块可以相安无事，并且尽量发挥团体互助的效能。就这种纪律说，我们中国人都很缺乏。一般读书人喜欢摆名士气，以不修边幅、放浪形骸为高雅。这种毛病现在一般青年学生仍不能尽免，比如平时饮食不讲究，到腰里有闲钱时便到馆子里大吃一餐，平时对于功课不按部就班地做，到考试时整天整夜地不休息。至于团体纪律的散漫更是我们民族的通病。比如在车站上买票，依先来后到的次序很省事，而大家却欢喜乱挤乱抢。这是一则，其实类似的现象在任何公众场所都可以看见。我们的政治不上轨道，病根就在一般人的纪律观念太薄弱。学校里也是如此，一切事照章程做本很简单，因为大家常不肯如此，所以生出许多麻烦。比如宿舍里电灯原有一定的办法，有些人要私自添换灯泡，以至全宿舍的灯常常坏，甚至把课室里电灯扯下安在自己的房子里。这虽是小事，但推而广之，到社会上去，什么违法徇私的事不可做？大学教育要针对社会积弊，无纪律是我们中国的一个大缺点。一个优良的大学必须养成尊重纪律的风气，为社会树立一个好榜样。

三、优良的学校必定有很浓厚的研究学术的风气。大学是国家的最高学府，它的功用和一般专门学校不同，一般专门学校的目的在训练专门技术人才，大学则除此之外，还有一个更崇高的使命，就是推进全国学术文化。所以大学的最高的目的不在一时的实用，而在长久的文化大计。它必定有高远的眼光、伟大的理想，和无所为而为的精神。大学生也应该如此。现在一般大学生的通病在过于注重职业问题，刚入学校时不顾自己的学历与兴趣，只问哪一系毕业出路最好，就勉强进哪一系。因此，学科学者多往工学院跑，而偏于纯理研究的理学院很少有人问津。他们不知道为全国学术文化设想，理学院办不好，纯粹科学没有进步，应用科学没有根据，工学院也绝不会好的。至于出路问题，那是不成多大问题的。目前中国各种工作都需要人才，无论学哪一科，只怕学不好，学好了绝不愁没有事做。那种过于看重职业的倾向所表现的是什么呢？就是偷懒取巧，对于学术没有真正的浓厚兴趣，若是学术研究空气浓厚，这种反常的现象是不会发生的。我们中国儒家思想向以干禄为耻。子张学干禄，孔子骂他说："学也禄在其中矣。"这点不屑干禄，为学问而学问的精神是我们的文化中一个优点，值得我们保存。现在是几乎无人不学干禄，禄到了手，学也就忘记了，如何能希望学术有进步呢？这种不良的风气我们必须尽力矫正。我们要知道，我们进大学，最重要的目的不是为将来可以找饭吃，找饭吃的门路甚多，不一定要进大学，进了大学，就应不忘记推进学术文化一个神圣的使命。

四、优良的校风必须养成宏毅豁达的胸襟气宇。上文说过大学和专门学校的分别，我们可以把那层意思换句话说，专门学校教育在培养专才，而大学教育则不仅在培养专才，而尤在培养通才，或则说，大学生应退可为专才，进可为通才。所谓专才，是指有一种专门技艺，能担任局部的专门工作；所谓通才，是指有普遍的修养，可以做局部的事，也可以做自己专门范围以外的事，如领导国家社会。比如说，一个大学工科毕业生，就专才说，他可以当工程师，就通才说，他也可以当国家行政首领。在英国做政治文化工作的大半是牛津剑桥几个著名大学出身的，他们在校时尽管学的不外法学医学神学文学哲学之类，而社会上做事，却不必很狭义地应用其所学。就因为这些大学所偏重的不仅在专门学问，而尤在养成一种特殊的胸襟气宇，即英国人所说的 gentleman 的风度。这种胸襟气宇的教育也是我国向来所注重的，《论语》专有一章写得最好。孔子有一天叫门人弟子各言尔志，子路说他可以治千乘之国，可以治兵，冉有说他可以治六七十里大的地方，可以正兵，公西华说他可做宗庙朝廷的司仪人。其次问到曾点，"'点，尔何如?'鼓琴希，铿尔，舍瑟而作，对曰：'异乎三子者之撰。'子曰：'何伤乎，亦各言其志也。'曰：'莫春者，春服既成，冠者五六人，童子六七人，浴乎沂，风乎舞雩，咏而归。'夫子喟然叹曰：'吾与点也!'"子路、冉有、公西华都有所专长，曾点并没有说什么专长，只知道逍遥快乐，何以孔子不特别称许前三人而特别称许曾点呢？就因为他所表现的胸襟气宇高人一等，以他这种胸襟气宇去做事，不会比旁人差。孔子曾明白说过，“君子不器”，说子贡“汝器也”，多少有一点不足之意。中国从前有一部顶好的书叫作《世说新语》，里面所说的大半是汉魏晋时代人物的风度。读过这部书，我们就可以知道我们中国向来对于胸襟气宇是何等看重。近代教育似乎不甚讲究此道，所以士大夫中颇多卑鄙龌龊之徒，大家也不以为怪。这是我们大学教育所急应矫正的，所以我特别提出宏毅豁达的胸襟气宇来说，这其实还是从前人“先气识而后文艺”的意思。

我所认为最重要的是以上四点，家庭的和乐空气、爱护纪律、浓厚的研究学术的空气，和宏毅正直的胸襟气宇。一个学校有这四特点形成它的校风，它就不愧“优良”两字了。自然，此外还有其他可希冀的美德，不过这四点是缺一不可的。

最后，我还得补充一句，一校的校风好坏，固然要靠教师，学生所负的责任也相当重大。学校既是一种有机的集团，其中各部分如人体四肢相依为用，有一部分不健全，其他部分都要受影响的。好比撑船，教师是掌舵者，学生是摇桨撑篙的水手，舵固然要拿得稳，方向才不会错，但是水手不摇桨撑篙，船还是不能前进的。同理，要培养优良的校风，师生必须互助合作才行。我们要知道，大学是一国的最高学府，大学的风气可以转移全社会的风气；古人所谓“君子之德风，小人之德草，草上之风必偃”。我们筹建国大计，必须改良社会风气，而改良社会风气，必须从改良大学校风入手。明白这一点，我们就会明白我们所负的责任之重大。

谈作文[①]

1946 年 10 月 27 日

今天我们要讲的题目是“谈作文”。一般人对于文学写作多有两种错误的观念。有一种人把写作看得非常容易，他们自视很高，总以为自己写出来的东西与众不同，时时幻想将来要写出伟大作品。另一种人却以为写作需要天才，没有天才的人，就根本不能写作。这都是对于文学写作的误解。我们又常听人说，自己的阅读能力很高，对于别人的作品很喜欢，而且全能看得懂，但等到自己来动手写，却又什么也写不出。这就是一般所谓眼高手低，有欣赏的能力，而缺乏创作的天才。其实这也是不对的。实际上，阅读能力大的人，在写作时亦必能充分表现，手眼必须一致，眼低者手未必高，手低者眼也未必高。文学是思想情感的表现，而思想情感，是由实际生活中所产生。我们必得亲尝甘苦，方知其中真味。写作是由于一种表现的需要，必须在自己有了某一种思想情绪需要表现时，才能写作，才有创作，作品完成后，会发生一种创造的快感。一个人对于自己的思想情感表现不出而不感苦闷者，绝对不能接近文学。写作当然是不易，但也绝非不可能。创作需要辛苦的努力，经常不断地练习，用一番功夫必有一种效果的。

写作如下棋，一种基本的训练是最要紧的，我们必须做到有话必说，无话不说，说须心口如一的地步。也有的人写出来的东西，与他个

① 本文是朱光潜在北京建国礼堂发表的演讲。

人的思想情感并不完全一致。这假设不是他个人的表现能力不够，就一定是在存心说谎。若写作能力不够，尚可补救，只消不断地练习必有成功之一日；但若有心说谎，却是非常危险的！大抵在写作时存心说谎的人，都不外下面两种原因：一就是心里那样想，而口里却不那样说，忘掉“我”，而去逢迎习俗，其失败实为理所当然。另一个原因就是强不知以为知，写自己本来不懂得的事物。须知作品中间的经验的成分，是祛除不掉的。必须认清自己的限度，注视那限度以内的事，看清楚了以后再去写。就是“想象”，也应当是有根据的。作文有如作画，没有深刻的体验写是写不成功的。写作必须要照个人心中所感，如实地写出来，不能说谎；并须认清自己的性格，所找的材料必须是自己的经验。写作的对象，若是自己知道得最清楚而且易于着笔的事物，当然就容易成功。

因此我主张一般青年练习写作当由写日记开始。不过一般人所写的日记，却不一定接近文学。机械地把一天的生活写下来，像记账一样，是无关于创作的。日记必须要把每天最有趣、最能激动思想、激动情感的事情记下来。不必限定字数，必须是自己最清楚、最有把握的事。

现在再来让我们从文章的类别，谈一谈练习写作时的层次问题。

宇宙间的一切，我们可以分为四个范畴，就是所谓情、理、事、态。情，就是吾人喜、怒、哀、乐的感情；理，就是思想在事物中间的条理；事，就是人物动态；态，就是一切事物的形状。根据宇宙间这四个范畴，在文学作品上，就产生了四种类别，即言情、说理、叙事、状物。这四种类别我们抽象地来讲，虽然可以加以分析，但是具体地来说，却不能个别拆开。四者之间的难易，亦是各有分别的。说理文需要丰富的知识和成熟的思考，初学者不宜多作。勉强来作时，难免空泛肤浅，不切实际。初学者宜发展具体的想象，不做抽象的推理。事实上年轻人也是比较接近于具体意象的思维的。不过，抒情文写起来却也并非易事，因为情感是不可捉摸的。英国一诗人吴滋渥氏曾说过：“诗，是沉静中回味出来的情绪。”其实不但诗也，一切文艺作品，又何尝不是一样。青年人虽然容易感受情绪，但是不易于沉静中回味情绪。同时，表现情绪必需要间接表现，不能抽象地来说喜说悲，概念是表现不出情绪的。情绪要见于景于事，抒情文必须先有叙事状物的底子。所以年轻人初学写作，不宜先学说理或抒情，应当由叙事、状物作起。

事与态摆在眼前，具体而有客观性，容易认识清楚，易于着笔。因而学叙事状物，当然可以免掉空洞肤泛的恶习，这二者——叙事状物之中，尤以学习叙事为最要紧。我们知道一般的物态，大抵分为两种，就是动态与静态。叙事文所叙述的就是物的动态，状物文则为描绘其静态。叙事文于“叙事”中，必须“绘态”，状物文中必夹有叙事才能生动。所以我以为初学写作的青年，应当由叙事文学起。

现在让我们进一步来谈一谈写作的方法。

我认为学习写作，第一步要训练思想，养成选择的能力。有许多人写文章，想一句写一句，随写随想；另外有一部分职业文学家，他们为报章或者杂志写连载的文稿，今天写成一段，送出去付印，第二天的续稿，临时再想再动笔。这种写法，我是不敢赞同的。我敢断言:他们所写的东西，绝对不能前后连贯，也一定不能产生出一种完美的形式。此外尚有一种人写文章，主张先打“腹稿”，也就是苏东坡所说的“成竹在胸”。其实这也是不易做到的事。第一，人的注意力与记忆力是有限度的，几千几万字的长篇，都要打成“腹稿”，事实上不可能。写作本身根本就能刺激思想，写的动作紧张，注意力集中，写成的字句就能刺激思想和感情，即所谓“由文生情”。想出一点写出一点，争得一地即筑一堡垒，可守可攻。比浪费精力去记忆冗长的腹稿，要强胜得多。而且这样写出来的东西，自然就能避免呆板、不生动的毛病。

我个人写稿时的经验是这样的：先选定一个题目。题目选定后，我就开始四面八方地想，自由地联想，随着想，随着就写成一个个小题目。想出一段就写成一段。不管它如何零乱芜杂，也不论其前后顺序。这样的联想告一段落以后，就需要开始选择了。分别其分量的轻重、色调的厚薄而决定去留。经过选择而保留下来的材料，再加以条理，依照一定的线索和先后的顺序，加以适宜的安排。这样一来，全篇文章就被建立了一个纲要。然后我们就可以按着这一个安排好了的纲要，一段一段地写下去了。写一句话，要先想完一句再动笔，写一段，要先把一段的意思想好。依次写下去，有了新意涌现的时候，可以一面写一面修改，一直到一篇作品完全写成。

以上所说的就是我个人写作经验和方法。我认为这样做，能有两种好处：第一，有层次，有条理，有轻重安排，作品的形式可能近于完美。其次可以临时触动文思，激动思想情感，使全文不致过分的呆板。选择与安排是艺术的手腕。随时想出的材料，就好像一堆生锈的钢铁，不经过一番锤炼刻画不能产生美的作品。而这种锤炼刻画的功夫，就是我们所说的完成一篇作品中间所必要的选择与安排。

在抗战期间，本人有这样一种感想：我觉得作文有如用兵。兵贵精而不贵多，精兵一名能顶百名坏兵；坏兵愈多则愈不易调动，愈不易获得好的战果。文章中的一字一句，就等于队伍中的一兵一卒，我们必须随时检阅淘汰，拣选精锐。用兵又讲究布阵，步、马、炮、工、辎，须有照顾联络，全军人马须按部就班，各守岗位，本队侧翼、前锋、后卫必须摆布周密，纪律严明。在一篇文章之中，全文就是一个阵势，每一段就是其中的一个兵种、一支队伍。为了使各段之间紧密联络，相互照顾，组成一篇完美的作品，写作时另一件需要注意的工作就是布局或安排。

很多作品，内容零乱芜杂，头重脚轻，前后不相调和，就是由于作者本身不知“选择”，不懂“安排”的原因。

英国一位名小说家曾说过，文学是剪裁的艺术。所谓剪裁，当然就是我们所说的“选择”。有剪裁就必须有排弃，芜杂的材料，不能不割爱。谈到“割爱”，这又是一件相当困难的事了，没有经久的思想的训练，是做不成功的。假设思想不深入，容易以浅薄为深刻，以陈腐为新奇，或者固执地不肯舍弃任何一段，“和盘托出”去。结果，样样皆会说到，但却一样也没有说好。选择必须学习抓重点。我们再以用兵为喻。用兵之道，在于击破主力，争取要塞，如此始能稳操胜算。做文章亦与此类似。我们应当集中精力，不浪费精力于无用的意思上。做文章必须先确定一个主旨、一个着重点。我们运思选择之时，就必须拣选那些最能表现文中“主旨”的材料。举两个例子来说吧，《红楼梦》中的妙玉，是一个心性虽冷静，但骨子里却仍不能“忘情”的人。曹雪芹却只选了两点，加以描写后，就使我们对妙玉有了一种清楚的印象。一段是在刘姥姥游大观园，从妙玉的庵里辞出后，竟连刘姥姥用过的茶碗，都用水洗过。但是宝玉到庵里来的时候，她却把自己使用的茶杯让给宝玉使用。另外一段，是写在宝玉生日时，别人都去凑热闹了，妙玉表面上一个人冷清地守在庵里，但暗中却备好了礼物，偷偷地派人给宝玉送了过去。守财奴的生活方式和表现的方法是很多的，但是吴敬梓在《儒林外史》中写严监生的吝啬，却只拣选了严监生临死时手指灯碗内两根灯芯不肯瞑目的故事。这些一切都为我们证明，运思选择在作文时实是一件最要紧的事。刚才我们说过写作时第二件必要的工作就是布局安排，并且说到做文章布局安排有如作战时之布列阵势。布阵，讲究所谓“常山蛇阵”，击首则尾应，击尾则首应，击腹则首尾俱应。我们写文章又何尝不是如此。一篇文章安排得当，第一文中层次清楚，首腹尾顺序生发，前后呼应，上下得体，可以免去零乱芜杂的毛病，不至于把从先说出的话遗漏掉，在后文中勉强插入，使全文失掉调和，或者前后重复令人生累赘之感。其次全文轻重分明，使文中人物有宾有主，层次先后首中尾各得其位。篇幅分量互相烘托，可以免去头重脚轻、纲目不明之疵。

前面说过，经过选择、安排之后，我们就可以一段一段写下去了。在写的时候，另一个必须注意的事，就是用字。用字用句需要精巧。所谓精巧并非仅指漂亮，就是说设法拣选那些最能表现你的思想情绪的字。

因而我们练字也需要选择。从来没有一句话换一个说法而意味完全不变的。在一句话中加一字减一字，或者换用一字，就改变文中的情绪。举例来说，唐诗人贾岛的一首诗中有这样两句话：“鸟宿池边树，僧推月下门。”后来被韩愈看见，把下句里面那个“推”字改成了“敲”字，成了“僧敲月下门”。一般人对于韩愈所改过的字，都很推许。但是我却认为这样一来，已经把原诗中那种悲凉凄冷的情绪改变了。假如用个“推”字，则可现出他独往独来的清寂景象。起码“敲”字，会使读者意会到庙内尚住有第二个人，而增加了一点温暖之感。字句应当在思想和语言之间去推敲，推敲时要精巧，尤其不许说谎。

推敲字句，尚需注意其中的声音节奏。朗读实即调整字句章节及声音节奏的最好方法。一篇文章念起来节奏不调和，是有损于文章之完美的。古今文人对于这一点都有同感。比如当初欧阳修的《书锦堂记》，最初开头两句话是“仕宦至将相，锦衣归故乡”。文章写好后就派人送了出去，但是随后经过他几次朗诵以后，觉得不妥，又追回使者索回原书，改为“仕宦而至将相，富贵而归故乡”。当然改过的句子在意义和音律上都谐调得多了。运用文字应当具有这种谨严不苟的精神，使最好的字得到最好的位置，一个字有一个字的分量。

作文的方法大抵即如上述。我们要想写得好，就须多写多读，在平日就养成创作与欣赏两方面的好习惯，将来的成功是不难达到的。

在中国语文诵读方法座谈会上的发言

1946 年 12 月 13 日

我对于诵读问题发生兴趣，是偏重在诗的方面。诗文的和谐与否，大半寄托在它的节奏上面。所谓节奏，就是音长、音高、音势三方的起伏变化。节奏大致可分为两种：一种是语言的、自然的、个别的节奏；另一种是音乐的、形式化的、原型的节奏。从语言的节奏方面说，又因为各人的呼吸循环器官不能完全相同，就生出生理的节奏；对于一篇诗文的理解有深浅之别，就生出理解的节奏；喜怒哀乐的变化无常，就生出情感的节奏。从音乐的节奏方面说，诗本来是伴奏的，诗的节奏即是音乐的节奏。过后诗离开音乐而独立，仍能从变化杂多的节奏中求得整一的形式，即所谓原型（pattern），使大家诵读诗词时还有大致相同的标准可循。

写作时，节奏对于表现有什么功用呢？我以为过去所谓诗文中“气势神韵”，所谓“谐与拗”等等问题，都是生理的反应而已。作者把这种反应表现于诗文中，叫读者也感到相应的生理节奏。每个作者和每个时代又各有一种原型的节奏，这种节奏我们是可以从诵读中去学习模仿的。

其次我们要问到：诵读时要用哪一种节奏好呢？在诗歌方面，我从前在英国尝听英国诗人诵读他自己的作品，音调都极平稳，很少极高极低或极快极慢地变化，其特别着重处，只在协韵的地方。过后，在法国听诗人诵诗也是这样。不过我以为诵读诗歌通常可以用这两种方式，即戏剧式与歌唱式，都是在形式的节奏之中流露语言节奏的读法。至于在散文方面，我以为诵读古文的法子，原则上应该与念诗相同，才可抓住原作的气势神韵，无形中得到某一作家或某一时代文章的空架子，等自己下笔为文时，也就不期而然地有某一作家或某一时代的气势神韵了。所以从学习和模仿的观点来说，我是主张诵读文言文应注重形式化的节奏。至于语体散文，诵读要依语言的节奏为主。何时参互并用两种节奏，则诵读人应当看文意而定。

古文诵读式须抓住所谓气势神韵，也就是节奏。这样，才可以得到它的空架子，无形中受其影响。所以旧日的读文法多少还有点价值。

如何学习英文

1948 年 1 月

诸位：

我们今天谈到如何学习英文，便需首先明了为什么学习英文。无论学习任何学科，首先都要顾及到它的用处。一般说来，学习英文，大都是为了阅读。在今天的社会里，不管学习什么，如果不懂得外国文字，都不会有什么大的发展的。我们学习英文，是要以英文做工具，以备研究更高深的学问。现在我们分三点来说。

第一，学习英文，并不是一件太困难的事，至少不比学中文困难。因为英文是有文法、有系统、有条理的文字，它可以像学数学似的，按部就班地前进。

第二，英文上的说话的语言、口述的语言、写作的语言，大致都是一样的，没有什么显著的区别。这点并不像我们中国文字似的，欲了解艰深的古文，只学会了普通的语体文是不够的，还必须从深发掘。

第三，英文是拼音的，有步骤可循，所以学习起来很容易。然而，它毕竟是外国文字。曾经有一个同学问我，他学了八年英文了，为什么仍旧没有什么成绩呢？其实，何尝他自己如是，在大学外文系四年级的学生，也时常犯很多而且可笑的错误呢。那么，英文既然不难学，为什么有许多人费了很多的时间，还学不好英文呢？依我个人从事教学的经验，我以为是：

甲、有许多人往往好高骛远，乍一读就读很深奥的东西，感觉到非常困难，得不到什么益处，殊不知学英文是需要按照步骤来的，是要由浅入深的，不然，就要觉得枯涩无味，很难引起兴趣。当然，也就很难有成绩可言了。

乙、要有文法的基础。有文法的知识，然后，才能有基本的正确概念。有许多大学生，甚至留学生，往往弄不清楚一个很容易的句子，这是因为，他们根本就未弄清楚这个句子的构成，因为一个句子太简单了，他们认为不屑一读，于是便混了过去。浅显的不清楚，当然就谈不到基本知识了。归根结底，这错误是由于他们不良的读书习惯而造成的。诸位自问，如果自己有读书而不求彻底了解的习惯，应该及早改正。因为我教外文系四年级学生的翻译时，问他们懂不懂，他们说懂，及至着手以后，几乎没有一个不犯错误的。

丙、最普通的错误是，许多人把英文当作死的文字看，其实语言是活的东西，我们应该把它当作活的东西来用才好。我们要练习多听，多读，多写，尤其要紧的是，要用英文思想，当然这是一般英文程度较高的人才能如是的。唯有如此，英文才能表现出它的效用，才能变成我们活的工具。我在中学里，有一个同学，就是章伯钧，他整天背字典，也不见有什么大效果，这是他忽略了英文的整体性，这好像人一样，把他分解开了，还能谈到什么应用呢？所以我们必须要用英文思想。这里，我顺便谈一点学习心理。所谓学习，其目的，也不外使不能变为能，使不知者变为知。这样，我们便要有很多的学习方法的训练。方法很多，但一般人学习的方法，都是用眼睛的，但是这种印象只能在脑子里刺激一下，而且是很微弱的，我们要想使一种意象在脑中固定生根，就非多刺激不可，除了用眼直接获得刺激之外，还有许多感官可用，如耳之于声，喉舌之于诵读、说话，手之操笔，然后把许多刺激凑集起来，围攻脑筋，那么刺激的力量便加大了，意象便会自然而然地加深起来。其中有一个最好的方法就是听。譬如小孩子吧，他们会说话，几乎完全靠听的力量。诸位学了这些年英语，恐怕还不如一个两三岁的英国小孩说得好呢！这就是你们太少听的机会了。所以学英文，听是一个很要紧的方法。听的时候，不妨多听外国人讲，因为那究竟是他们自己的语言。其次，你们要多练习说，有一样人不愿意说，这是他怕犯错误，一直怕犯错误，你的英文永远不会学好。说英文，要脸皮厚，胆子大，如果没有直接与外国人说话机会，你自己不妨在一起组织五六个人，相互练习。如果连这个机会也不可能有，你不妨把你所练文章背下一段，揣摸其中的意思神情，采取说话的方式，自己把它说出来。因为凡是英文文章，都是可以采取说话的方式说出的。用英文说话并不比用英文写文章难。再次，就是要多阅读。关于阅读，我有两点要说：（一）熟读。英文亦如中文，你若是能熟读二十篇或三十篇，把它逐句分析，逐字了解，而达到完全懂得的地方，那么，你在写作的时候，就会随意地写出正确的句子、通顺的文章了。（二）常想。你有了熟读的文章，做你终身受用的东西，然后，你还需要有阅读的习惯，无论报纸或小说都可以，意在使英文常和你在生活中接触，把报章啦，小说啦，看作消遣、娱乐，这时疏忽一点，是不碍事的，常见有许多人写出很可笑的文章来。这就是句子的训练功夫不够，所以我附带要告诉大家，改错的练习也是很重要的，而且用处是很大的。

关于第四点就是分析的功夫了。这个，你们可以在自己的读本上随时随意找出一段，来做练习。

第五点，就是默写。这种办法在中国的学校里很少用，我幼时学英文、德文、法文，都用过这种方法的，一共念三遍，第一遍慢，给你一个机会去听，第二遍较慢，让你去写，念第三遍时，你便可以校正了。然后，再与原文对照，看看你的错误究竟在什么地方，这种错误往往有两方面，（一）拼音，（二）文法。这种办法的收效非常之大，外国的学校里差不多采用这种办法。如果你们练习的时候，两个人也可以做一组，互相帮助，互相改正。这件事并不太费时间，随便抽五六分钟练习即可。默写有两种，一种是常见的文字，一种是不常见的文字。

第六点，这里，我还要介绍给大家一个好的练习英文的方法，这就是翻译。现在，到大学四年级才练习翻译，这足见翻译是件不容易的事，然而，到四年级才做这步工作，也正是不合理的地方。我认为初学英文时，就应做这步工作的。因为如果你真的明白了，当然初学时也是能翻译的，否则了解得不够彻底，还是无用。在外国人，由他们的文字到事实的了解，只是两步工作，我们由人家的文字到事实的了解，便需要费三步的手续，加多一层翻译的手续。譬如说吧，园子里有一棵树，外国人可以直接晓得树的本身，我们便需要将这句话翻成中文，而后领悟到园子里一棵树的事实。如果你翻译时翻成那里是一棵树在园子里，翻译错误了，便表示你了解得不够。翻译不但可以加深你的了解力、记忆力，而且可以提起你对文学的爱好，引起你对文字的敏感力与辨别力。

最后，便是字典的问题了。大家应该有遇见稍有怀疑就查字典的习惯。关于用字典，你们要留神，千万不要用一般的字典，我发现过很多的《英汉字典》，几乎没有一本不是有很多的错误的。你们要知道，这些字典有很多是刚毕业的大学生编的，书店老板为了赚钱，于是便印了出来。所以，无论如何在选择字典时，你们要慎重。最好的如《牛津字典》，其他如《韦氏字典》。小一点的如《简明字典》，以及《袖珍牛津字典》，都是很好的字典。我的话就结束在这里。

萧公权
(1897—1981)

生平简介

萧公权（1897—1981），原名笃平，字恭甫，江西省泰和县人。政治学家。1918年考入清华学校高等科。五四运动中曾参与创办《民钟日报》。1920年赴美留学，先后就读于密苏里大学、康奈尔大学，主修政治哲学，1926年获康奈尔大学博士学位。是年回国后至1948年，历任或兼任南开大学、东北大学、燕京大学、清华大学、北京大学、四川大学、光华大学、华西大学等校教授，讲授中外政治思想史等课程。抗战年间在成都的燕京大学，与陈寅恪、吴宓、李方桂等几位同样学贯中西、博古通今的教授，并称为“四大名旦”。1948年当选为中华民国中央研究院首届院士。同年秋赴台，任台湾大学教授。1949年9月离台赴美，任华盛顿大学远东和苏联研究所客座教授，1968年退休。1981年11月4日晨病逝于美国西雅图寓所。有《政治多元论》《中国政治思想史》《中国乡村》《康有为思想研究》等著作，遗著经其弟子汪荣祖先生辑成《萧公权全集》，计九册。

宪政的心理建设[①]

1944年5月19日

诸位先生：

今天兄弟应四川国民宪政研究会之约，来和新闻界、文化界诸位先生谈宪政，感觉到十分荣幸。但是兄弟学识浅薄，在诸位面前放肆，简直是班门弄斧，所以同时也感觉到十分惶恐。好在兄弟也忝为文化界的一个走卒，而且在少年时代也曾一度做专修新闻学的打算，后来虽不曾实现这个做无冕之王的雄心，至少可以算一个新闻界的逃兵，攀上了这两重渊源之后，才敢放胆来就"宪政的心理建设"这一个题目，提供个人一得的愚见。

心理建设这个名词，诸位都知道就是孙先生所著《建国方略》之一《知难行易学说》一书的名称。这个学说的精义，是人生一切的事功都成于知行，凡知者必能行，不知者也能行；先知先觉的发明家，和后知后觉的鼓吹家，是知而能行的人物，不知不觉的实行家，是不知而能行的群众，有了发明家的创造，又经过鼓吹家的传播，一班实行家自然就能够躬行实践，习焉不察了。兄弟不敏，请依据知难行易的学说来检讨今日文化新闻界对于宪政应该担负的责任。

自从政府发动宪政实施和宪草研究运动以来，全国人士群起响应，这确是一个极可庆幸的现象。但就个人默察，宪政运动虽然顺利地在展

① 本文是萧公权在成都广播电台发表的演讲。

开，而一部分人士对于宪政的本身似乎还未曾得到亲切的体认。换句话说，在这些人士里面显然还有几种心理障碍的存在。其中最显明而有害的，约有三种：一是冷淡的情绪，二是疑虑的态度，三是模糊的了解。我们必须扫除这三种障碍，然后宪政的进行方能够完全顺利。在宪政运动风起云涌的今天来说人民对于宪政情绪冷淡，似乎厚诬了人民。但是只要平心静气去观察，便可知道这并不是毫无事实根据的谰言。情绪冷淡的第一个证据，是直到最近为止，宪政运动并不曾普遍地达到民众，除了都会当中一部分知识分子以外，有许多人绝口不谈宪政，就是谈宪政的知识分子，也未必人人对于宪政都有热烈的情绪。有的是为了装饰门面，有的是为了应付功令，甚至有的是为了不满意于宪政而谈宪政。这几样的人为数虽然不多，但是他们无形中也可成为宪政推行的一个心理障碍。

人民对于宪政的疑虑态度，更是显而易见。他们的疑虑可以从不同的方面表示出来，他们怀疑政府实行宪政的诚意，他们怀疑人民实行宪政的能力，他们怀疑将来宪政的内容。诸如此类的疑虑，个人都曾经亲自耳闻，并不是出于悬虚揣拟。

宪政第三个心理的障碍，是一般人对于宪政缺少明晰正确的了解。最严重而且最普通的一个错误，是不明了中国宪政的基本精神，而去批评宪法草案。中国宪政的最高原则是三民主义、五权宪法，但是有些人仍旧因袭欧美自由主义和三权分立一类的观点来批评宪草。中国的宪政是由训政演进而成的，“五五宪草”是以现行的根本法、组织法与其法规为根据的，但是讨论宪草的人士有时候忘记了这两个不容抹杀的历史和法律根据。立法院在（民国）二十二年宪法草案起草委员会成立和草案完成以后，曾经征求国人的意见，并且也曾参考这些意见酌量修改草案，（民国）二十五年宪草宣布以后，国内学者专家和关心宪政的人士又曾对它做讨论批评和解释答辩，但是今日研讨宪草的人士有时候旧话重提，把从前已发之论，已释之疑几乎丝毫不改，重新复述。“五五宪草”只有一百四十七条，内容并不繁重，意义也不十分难解，但是讨论宪草的人士，似乎有时候对于这百余条的内容不甚了解。张鉴虞先生曾在上星期一《新新新闻》的专论里指出一个可笑的错误，有一些

“五五宪草”的翻印本竟把条文的数目和宣布的年月都弄不清楚。

我们检讨我们的过失，并不是吹毛求疵，我们希望“有则改之，无则加勉”，把这些心理的障碍完全扫除，使得宪草的研究在宪政的实施能够更加迅速更加圆满地进行。

第一，我们要扫除冷淡的情绪。一般人对宪政缺乏浓厚兴趣的原因不外两个：一是鉴于民国初年宪政施行的失败，二是不知道今日宪政需要的迫切。民国初年的种种失败，是人所共喻的事实，我们不必在这里追述。因为前车覆辙，所以后至者裹足，这是人之常情。但是我们应当知道因为从前宪政的试行失败了，所以我们更不容错过当前这一个无比良好的立宪时机。我们也应当知道今日的环境，与二三十年前相较，大有不同，而且今日宪政的精神，也和“天坛宪草”等大有区别。民初的中国尚未受北伐的洗礼，国家未能真正统一，专制遗毒未能完全肃清。在那种情形之下，就是有了完美的宪草，也必然受事实上障碍而不能实施，何况良好的宪草根本上不能成立呢。至于宪政在今日需要的迫切，我们只要略加思索，便可了然。国父孙先生致力革命的目标，除了求民族自主和民主充裕以外，就是求民权的实现。而要求民权的实现，便非实行宪政不可。近代国家所以须实行宪政，并不是少数人鹜新好奇的主张，而是从各国人民长期经验得来的结论。经验告诉我们，非民主无以立国，非法治无以立政，非民主与法治无以措国家于治平，致人民的福利。所谓宪政，不过就是民主的法治。宪政不是什么稀奇古怪、玄妙高深的乌托邦、华胥国，而是 20 世纪立国的康庄坦途。我们不要怀疑宪政，认为它是一种点缀升平、无关实际的装饰品。它虽不必直接地对于人民福利有所贡献，但是在缺乏宪政条件的时候，一切幸福都无从取得或保持。我们做一个粗浅的比喻，空气这样东西，饥不能食，寒不能衣，但是在昼夜二十四小时当中，一刻离开了空气，人类就不能生存。清洁的空气，可以保健康；污浊的空气，可以致疾病；污浊到了极点的空气，也可以令人窒息。专制好比污浊的空气，宪政好比清洁的空气。我们在以往二千多年当中，呼吸了专制的污浊空气，以致内忧外患，百病丛生。倘不是在辛亥年侥幸地得着了医国圣手的孙先生，恐怕我们的国家不免窒息以死。我们今日应当按照孙先生所立的经验良方去继续培养国家的健康，——我们必须保持并增加我们政治生命当中的清洁空气，我们必须实行完全的宪政。

第二，我们要扫除疑虑的态度。宪政是人民自己的事。宪政是否成功，最后的关键系于人民自己是否要宪政。所以我们不要问政府有无实行宪政的诚意，而只要反躬自问人民是否有实行宪政的诚意。按照《建国大纲》，由训政转入宪政的过程是国民党还政于民的过程。政府还政，同时人民要受政。倘若人民事先没有诚意的准备，政府虽要移交政权，也苦于人民不能接受。反过来说，倘若人民诚意接受政权，政府必然不会延宕不交。不但如此，照我个人观察，政府对于宪政实施无疑地具有充分的诚意。这次宪政运动的发起，事实上是出于政府的自动，而不是由于人民的要求。从根本上说，中国宪政最初推动的人是领导国民革命的孙先生。后来的人，继承孙先生的遗教，逐步求其实现。还在民国二十年的时候，中国国民党四届三中全会曾经依据《建国大纲》，议决由立法院从速拟订宪法草案。立法院用几年的时候，七次易稿，完成了《中华民国宪法草案》，于（民国）二十五年5月5日由国民政府明令宣布，“五五宪草”便如此产生了。倘若不是抗战军兴，中华民国的宪法早已经国民大会议决而成立了。今日的宪政运动，发端于去年的秋间。（民国）三十二年9月6日蒋主席在国民党十一中全会开幕致辞里面曾表示抗战的目标不但在求胜利，并且在胜利之后能够建立一个三民主义的新中国。他说：“建国的工作千头万绪，事项很多，但第一要紧的就是要先确立我们的政治建设，而政治建设的基础，就在宪政的实施。”9月8日十一中全会秉承这个意思，做了如下的一个决议：“国民政府应于战争结束后一年内召集国民大会，制定宪法而颁布之。”同月25日蒋主席在国民参政会表示，希望由参政会高置一个宪政实施筹备之机关。此机关以参政会为主体，凡足以促成宪政之实施者，都是由此会协助政府领导人民负责进行。到了11月12日宪政实施协进会在重庆正式成立，于是今日遍及各地的宪政运动也就正式开始了。照这些事实，平心静气看来，我们实在无法可以置疑于政府的诚意。这个根本疑虑消除以后，其余的疑虑，也可以迎刃而解。对于人民是否有实行宪政能力的一个问题，我们的答复是人民宪政的能力，随着实行的经验而增长。孙先生说得好，我们不应当因为一个童子不识字而反对他入学读书；按照同样的逻辑，我们不应当因为人民的能力不够而反对立宪。至于宪政内容的问题，也不难索解，宪政是人民自主的法治。人民诚意地要什么样的宪政，就可以得到什么样的宪政。种瓜得瓜，事在人民自己努力。何况我们宪政的宗旨，早已由建国的三民主义奠定，我们更没有疑虑的必要。

第三，我们要扫除模糊的了解。我们讨论宪政，研究宪草，不要炫新立异，而要实事求是。我们要充分明了建国的大义、时代的需要、宪草的条文、现行的法规，然后方去批评得失。荀子有几句话可以做我们今天讨论宪政的箴言。荀子说："是非疑则处之以远事，验之以近物，参之以平心。"他又说："以仁心说，以学心听，以公心辨。"我们能够以学心听，我们就不会有武断或错误的认识。我们能够以仁心说，以公心辨，我们就不会有偏私邪曲的言论。总而言之，无论我们对于宪草有何批评，我们立论必须以有益于宪政之进行者为限。我们无论持何政见，我们发言必须以有助于宪政之完成为目的。本着这个态度去研究宪草，我们才可以得到正确的结论，才可以对宪政做相当的贡献。

冷淡的情绪，疑虑的态度，模糊的了解——这三种心理障碍扫除净尽以后，我们不啻自己做了一点宪政的心理建设。我们新闻界、文化界的同人，虽然不是先知先觉者，但是就我们的地位和责任言，应当以后知后觉自勉。我们应当先去求宪政的知，并且本着能知必能行的信念去协助政府，领导人民，以期我们的宪政能够早日顺利完成。在宪政实施前夕的今天，我们新闻界、文化界的责任特别重大。个人不敏，谨以这一点粗浅的愚见提供诸位，敬请诸位不弃愚蒙，赐加教正才好。

罗家伦
(1897—1969)

生平简介

罗家伦（1897—1969），字志希，笔名毅，祖籍浙江绍兴，生于江西进贤。教育家、思想家和社会活动家，五四运动的学生领袖和命名者。1917 年以作文满分考入国立北京大学文科，曾与傅斯年等组织新潮社，创办《新潮》杂志。1919 年五四运动中，亲笔起草了《北京学界全体宣言》，提出了“外争国权，内除国贼”的口号。1920 年先后赴美、英、德、法等国留学。1926 年回国，任教于国立东南大学历史系及附中。后投笔从戎参加北伐军，任北伐军总司令部参议、编辑委员会委员长、战地政务委员兼教务处长，曾任中国国民党中央党务学校教务主任、代教育长。1928 年 8 月，清华学校更名为国立清华大学，9 月受命出任首任校长，其间整顿教育，精简机构，罗致优师，扩建设施，卓有成效。1930 年后，任武汉大学历史系教授、南京中央政治学院教育长、中央大学校长等职。在执掌中央大学期间，提出建立“诚朴雄伟”的学风，改革教学方法，培养了一大批人才。抗日战争全面爆发后，他力排众议，将中央大学率先西迁重庆，在艰苦的条件下继续执着地谋求学校的发展，使中央大学成为全国名副其实的最高学府。1941 年离开教育界，曾出任滇黔党政考察团团长、西北建设考察团团长、监察院首任新疆省监察使。抗战胜利后，先后担任联合国教科文组织筹备会议代表、首任驻印度大使兼世界各国驻印使节团团长。1949 年赴台湾。1969 年 12 月 25 日在台北去世。著有《新人生观》《逝者如斯集》等。

学术独立与新清华[①]

1928 年 9 月

在中国近代史上，革命的潮流常是发源于珠江流域，再澎湃到长江流域。但是辛亥革命的时候，革命的力量到长江流域就停顿了，黄河以北它不曾经涤荡过，以致北平仍为旧日帝制官僚军阀的力量所盘踞，障碍了统一的局面几十年。这回国民革命军收复北平，是国民革命力量彻底达到黄河流域的第一次，这是中国历史上一个新的纪元。国民政府于收复旧京以后，首先把清华学校改为国立清华大学，正是要在北方为国家添树一个新的文化力量。

国民革命的目的是要为中国在国际间求独立自由平等。要国家在国际间有独立自由平等的地位，必须中国的学术在国际间也有独立自由平等的地位。把美国庚款兴办的清华学校正式改为国立清华大学，正有这个深意。我今天在就职宣誓的誓词中，特别提出学术独立四个字，也正是认清这个深意。

我今天在这庄严的礼堂里，正式代表政府宣布国立清华大学在这明丽的清华园中成立。从今天起，清华以往留美预备学校的生命，转变而为国家完整大学的生命。

我们停止旧制全部毕业生派遣留美的办法，而且要以纯粹学术的标准，重行选聘外籍教授，这不是我们对于友邦的好意不重视，反过来

① 本文是罗家伦在清华大学校长就职典礼上的演讲。

说，我们倒是特别重视。我们既是国立大学，自然要研究发扬我国优美的文化，但是我们同时也以充分的热忱，接受西洋的科学文化。不过我们接受的办法不同，不是站在美国的方面，教中国的学生“来学”，虽然我还要以公开考试的办法，选拔少数成绩优良的学生到美国去深造；乃是站在中国的方面，请西方著名的、第一流的不是第四五流的学者“来教”。请一班真正有造就的学者，尤其是科学家，来扶助我们科学教育的独立，把科学的根苗移植在清华园里，不，在整个中国的土壤上，使它开花结果，枝干扶疏。

我动身来以前，便和大学院院长蔡先生商量好如何调整和组织清华的院系，我们决定先成立文、理、法三个学院。文学院分中国文学、外国文学、哲学、历史、社会人类五系。理学院分数学、物理、化学、生物、心理五系。我到北平以后，又深深地觉得以中国土地之广、地理知识之缺乏，拟添设地理一系，为科学的地形学树一基础。我们不要从文史上谈论地理，我们要在科学上把握地理。至于工程方面，则以现在的人力设备论，先成立土木工程系，而注重在水利。因为华北的水利问题太忽视了，在我们附近的永定河，还依然是“无定河”。等到将来人才设备够了，再行扩充成院。法学院则仅设政治、经济两系，法律系不拟添设，因为北平的法律学校太多了，我们不必叠床架屋。我们的发展，应先以文理为中心，再把文理的成就，滋长其他的部门。文理两学院，本应当是大学的中心。文哲是人类心灵能发挥得最机动、最弥漫的部分，社会科学都受他们的影响。纯粹科学是一切应用科学的基础，也是源泉。断没有一个大学里，理学院办不好而工学院能单独办得好的道理。况且清华优美的环境，对于文哲的修养、纯粹科学的研究，也最为相宜。

要大学好，必先要师资好。为青年择师，必须破除一切情面、一切顾虑，以至公至全之心，凭着学术的标准去执行。经改组以后，留下的十八位教授，都是学问与教学经验很丰富而很有成绩的。新聘的各位教授，也都是积学之士。科学是西洋的，科学是进步的，所以我希望能吸收大量青年而最有前途的学者，加入到我们的教学集团来工作。只要各位能从尽心教学、努力研究八个字上做，一切设备，我当尽力添置。我想只要大家很尽心努力，又有设备，则在这比较生活安定的环境之中，经过相当年限，一定能为中国学术界放一光彩。若是本国人才不够，我们还当不分国籍地借材异地，一方面请他们教学，一方面帮助我们研究。我认为罗致良好教师，是大学校长第一个责任！

至于学生，我们今年应当添招。我希望此后要做到没有一个不经过严格考试而进清华的学生，也没有一个不经过充分训练、不经过严格考试，而在清华毕业的学生。各位现在做了大学生，便应当有大学生的风度。体魄康强、精神活泼、举止端庄、人格健全，便是大学生的风度。不倦地寻求真理，热烈地爱护国家，积极地造福人类，才是大学生的职志。有学问的人，要有“振衣千仞冈，濯足万里流”的心胸，要有“珠藏川自媚，玉韫山含辉”的仪容，处人接物，才能受人尊敬。

关于学生，我今天还有一句话要说，就是从今年起，我决定招收女生。男女教育是要平等的，我想不出理由，清华的师资设备不能嘉惠于女生。我更不愿意看见清华的大门，劈面对女生关了。

研究是大学的灵魂。专教书而不研究，那所教的必定毫无进步。不但没进步，反而有退步。清华以前的国学研究院，经过几位大师的启迪，已经很有成绩。但是我以为单是国学还不够，应该把它扩大起来，先后成立各科研究院，让各系毕业生都有在国内深造的机会。尤其在科学研究方面，应当积极地提倡。这种研究院，是外国大学里的毕业院的性质。我说先后成立，因为我不敢好高骛远，大事铺张，这必须先视师资和设备而后定。二者不全，那研究院便是空话。我上面指出来要借材异地，主要的还是指研究院方面。老实说，像我们在国外多读过几年书的人，回国以后，不见得都有单独研究的能力。交一个研究实验室给他，不见得主持得好；不见得他的学问，都能追踪本科在世界学术上最近的进步；不见得他的经验和眼光，能把握得住本科的核心问题，所以借材异地是必要的。不过借材异地的方法，不能和前几年请几位外国最享盛名的学者，来讲学一年或几个月一样。龚定庵说：“但开风气不为师。”这种办法，只是请人家来“开风气”，而不是来“为师”。现在风气已开，这个时间已过。我心目中的办法，不是请外国最享盛名的人来一短期，而是请几位造诣已深，还在继续工作，日进未已，而又有热忱的学者，多来“为师”几年。在这期间，我们应予以充分设备上和生活上的便利，使他安心留着，不但训练我们的学生，而且辅导我们的教员。三五年后，再让他们回国；他们经营的研究室和实验室，我们便可顺利地接收过来。我认为这是把科学移植到中国来的最好的办法。但是这需要不断的接洽、适当的机会，不是一下可以成功的。假以时日，我一定在这方面努力进行。

一切近代的研究工作，需要设备。清华现在的弱点是房子太华丽，设备太稀少。设备最重要的是两方面：一方面是仪器，一方面是图书。我以后的政策是极力减少行政的费用，每年在大学总预算里规定一个比例数，我想至少百分之二十，为购置图书仪器之用。呈准大学院，垂为定法，做清华设备上永久的基础。我想有若干年下去，清华的设备，一定颇有可观。积极设备，是我的职责；但是我希望各院系动用设备费的时候，要格外小心，我们不能学美国大学阔绰的模样。我们的设备当然不是买来摆架子的；我们也不能把什么设备弄得“得心应手”以后，才来动手做研究。我们要看英国剑桥大学克文的煦物理实验室的典型，这个实验室在1898年方得到一次四千镑的英金，扩充它狭小的房屋及设备；1908年才另得一项较大的数目，七千一百三十五镑英金，来做设备的用途。当1919年大物理家卢斯佛德教授（Rutheiford）主持该实验室的时候，每个部门的研究费每年不过五十英镑，而好几位教授争这一点小小的款子，来做研究，但是这个实验室对于世界科学的贡献太大了！

我站在这华丽的礼堂里，觉得有点不安；但是我到美丽的图书馆里，并不觉得不安。我只嫌它如此讲究的地方，何以图书的位置如此之少，所以非积极扩充不可。西文专门的书籍太少，中文书籍尤其少得可怜，这更非积极增加不可。我以为图书馆不厌舒适，不厌便利，不厌书籍丰富，才可以维系读者。我希望图书馆和实验室成为教员学生的家庭，我希望学生不在运动场就在实验室和图书馆，我只希望学生除晚上睡觉外不在宿舍！

至于行政方面人员的紧缩、费用的裁减，我已定有办法。行政效率不一定是和人员之多寡成正比例的。我们要做到廉洁化的地步，我们要把奢侈浪费的习惯，赶出清华园去！

还有一件事我不能不稍提一下，就是清华基金问题。几个月前我担任战地政务委员主管教育处来到北平的时候，知道一点内幕，我现在不便详说。其中四百多万元的存款，已化为二百多万元。有第一天把基金存进银行去，第二天银行就倒闭的事实。这不是爱护清华的人所忍见的。我当沉着进行，务必使它达到安全的地步，这才使清华经济基础得到稳定。各位暂且不问，这是我的责任所在。我更希望清华改为国立大学以后，将来行政隶属上，更能纳入大学的正轨系统，使清华能有蒸蒸日上的机会。

总之，我既然来担任清华大学的校长，我自当以充分的勇气和热忱，要来把清华办好。我职权所在的地方，决不推诿。我们既然从事国民革命，就不应该有所顾忌。我们要共同努力，为国家民族，树立一个学术独立的基础，在这优美的“水木清华”环境里面，我们望造成一个新学风以建设新清华！

中央大学之使命[①]

1932 年 10 月 11 日

当此国难严重期间，本大学经停顿以后，能够以最短的时间，由积极筹备至于全部开学上课，以及今天第一次全体的集会，实在使我们感觉得这是很有重大意义的一回事。

这次承各位教职员先生的好意，旧的愿意继续惠教，新的就聘来教，集中在我们这个首都的学府积极努力于文化建设的事业，这是我代表中央大学要向各位表示诚恳谢意的。

本人此次来掌中大，起初原感责任重大，不敢冒昧担任，现在既已担负这个大的责任，个人很愿意和诸位对于中大的使命，共同树立一个新的认识。因为我认为办理大学不仅是来办理大学普通的行政事务而已，一定要把一个大学的使命认清，从而创造一种新的精神，养成一种新的风气，以达到一个大学对于民族的使命。现在，中国的国难严重到如此，中华民族已临到生死关头。我们设在首都的国立大学，当然对于民族和国家，应尽到特殊的责任，就是负担起特殊的使命，然后办这个大学才有意义。这种使命，我觉得就是为中国建立有机体的民族文化。我认为个人的去留的期间虽有长短，但是这种使命应当是中央大学永久的负担。

---

① 本文是罗家伦在就任国立中央大学校长之后第一次全校集会时对师生发表的演讲。

本来，一个民族要能自立图存，必须具备自己的民族文化。这种文化，乃是民族精神的结晶、民族团结图存的基础。如果缺乏这种文化，其国家必定缺少生命的质素，其民族必然要被淘汰。一个国家形式上的灭亡，不过是最后的结局，必定是由于民族文化和民族精神先告衰亡。所以今日中国的危机，不仅是政治社会的腐败，而最要者却在于没有一种整个的民族文化，足以振起整个的民族精神。

我们知道，民族文化乃民族精神的表现；而民族文化之寄托，当然以国立大学为最重要。英国近代的哲学家荷尔丹（Lord Haldane）曾说："在大学里一个民族的灵魂，才反照出自己的真相。"可见创立民族文化的使命，大学若不能负起来，便根本失掉大学存在的意义，更无法可以领导一个民族在文化上的活动。一个民族要是不能在文化上努力创造，一定要趋于灭亡，被人取而代之的，正所谓"子有延内，勿洒勿扫，子有钟鼓，勿鼓勿考，宛其死矣，他人是保"。其影响所及，不仅使民族的现身因此而自取灭亡，并且使这民族的后代，要继续创造其民族文化，也不一定为其他民族所允许的。从另一方面看，若是一个民族能努力建设其本身的文化，则虽经重大的危险，非常的残破，也终究可以复兴。积极的成例，就是拿破仑战争以后，普法战争以前的德意志民族。我常想今日中国的国情，正和当日德意志的情形相似。德国当时分为许多小邦，其内部的不统一，比我们恐怕还有加无已；同时法军压境，莱茵河一带俱分离而受外国的统治。这点也和我们今日的情形，不相上下。当时德意志民族历此浩劫还能复兴，据研究历史的人考察，乃由于三种伟大的力量：第一种便是政治的改革，当时有斯坦（Stein）、哈登堡（Hardenberg）一班人出来把德国的政治改革，确立公务员制度，增进行政效能，使过去政治上种种分歧割裂散漫无能的缺点，都能改善过来。第二种是军事的改革，有夏因何斯弟（Scharnhorst）和格莱斯劳（Greisnau）一班人出来将德国的军政整理，特别是将征兵制度确立，并使军事方面各种准备充实，以为后来抵御外侮得到成功的张本。第三种便是民族文化的创立，这种力量最伟大，其影响最普遍而深宏，其具体化的表现便靠冯波德（Willelm von Hunbaldt）创立的柏林大学，和柏林大学哲学教授菲希特（Fichte）一班人，对于德国民族精神再造的工作。所以现代英国著名的历史家古趣（G. P. Gooch）认定创立柏林大学的工作，不仅是德国历史上重要的事，并且是全欧洲历史上重要的事。尤能使我们佩服的便是当年柏林大学的精神。在当时法军压境、内部散乱的情况之下，德国学者居然能够在危城之中讲学，以创立德意志民族文化自任。菲希特于1807年至1808年间在他对德意志民族讲演里说："我今天乃以一个德意志人的资格向全德意志民族讲话，将这个单一的民族中数百年来因种种不幸的事实所造成的万般差异，一扫而空。我对于你们在座的人说的话是为全体德意志民族而说的。"现在我们也需要如此，我们也要把历史上种种不幸事实所造成的所有差异，在这个民族存亡危迫的关头，一扫而空，从此开始新的努力。德意志民族的统一，就是由于这种整个的民族精神先打下了一个基础。最后俾士麦不过是收获他时代的成功。柏林大学却代表当时德意志民族的灵魂，使全德意志民族在柏林大学所创造的一个民族文化之下潜移默化而成为一个有机体的整个的组织。一个民族如果没有这种有机体的民族文化，绝不能确立一个中心而凝结起来，所以我特别提出创造有机体的民族文化为本大学的使命，而热烈诚恳地希望大家为民族生存前途而努力！

讲到有机体的民族文化，我们不可不特别提到其最重要的两种含义：第一，必须大家具有复兴中华民族的共同意识。我们今日已临着生死的歧路口头，若是甘于从此灭亡，自然无话可说，不然，则唯有努力奋斗，死里求生，复兴我们的民族。我们每个人都应当在这个共同意识之下来努力。第二，必须使各部分文化的努力在这个共同的意识之下，成为互相协调的。若是各部分不能协调，则必至散漫无系统，弄到各部分互相冲突，将所有力量抵消。所以无论学文的、学理的、学工的、学农的、学法的、学教育的，都应当配合得当，精神一贯，步骤整齐，向着建立民族文化的共同目标迈进。中国办学校已若干年，结果因配置失宜，以致散漫杂乱，尤其是因为没有一个共同民族意识从中主宰，以致种种努力各不相谋，结果不仅不能收合作协进之功效，反至彼此相消，一无所成。现在全国大学教授及学生，本已为数有限，若是不能同在一个建设民族文化的目标之下努力，这是民族多大的一件损失？长此以往，必至减少，甚至消灭民族的生机。人家骂我们为无组织的国家，我们应当痛心。但是我们所感觉的不仅是政治的无组织，乃是整个的社会无组织，尤其是文化也无组织。今后我们要使中国成为有组织的国家，便要赶快创立起有组织的民族文化，就是有机体的民族文化。

我上面就德意志的史实来说明我们使命的重要，并不是要大家学所谓“普鲁士主义”，而是要大家效法他们那种从文化上创造独立民族精神的努力！

我们若要负得起上面所说的使命，必定要先养成新的学风。无论校长教职工职员学生都要努力于移转风气。由一校的风气，转移到全国的风气。事务行政固不可废，但是我们办学校，不是专为事务行政而来的，不是无目的去做的。若是专讲事务，那最好请洋行买办来办大学，何必需要我们？我们要认识，我们必有高尚的理想做我们的努力的目标，认定理想的成功比任何个人的成功还大。个人任何牺牲，若是为了理想，总还值得。必须能够养成新的学风，我们的使命乃能达到。

我们要养成新的学风，尤须先从矫正时弊着手。本人诚恳地提出“诚朴雄伟”四字，来和大家互相勉励。所谓“诚”，即谓对学问要有诚意，不以它为升官发财的途径，不以它为取得文凭资格的工具。对于我们的使命更要有诚意，不做无目的的散漫动作，坚定地守着认定的目标走去。要知道从来成大功业、成大学问的人莫不由于备尝艰苦、锲而不舍地做出来的。我们对学问如无诚意，结果必至学问自学问、个人自个人。现在一班研究学术的都很少诚于学问。看书也好，写文章也好，都缺少对于学问的负责的态度。试问学术界习气如此，文化焉得而不堕落？做事有此习气，事业焉得而不败坏？所以我们以后对于学问事业应当一本诚心去做，至于人与人之间应当以诚相见，那更用不着说了。

其次讲到“朴”。“朴”就是质朴和朴实的意思。现在一班人皆以学问做门面，做装饰，尚纤巧，重浮华；很难看到埋头用功，不计功利，而在实际学问上做远大而艰苦的努力者。在出版界，我们只看到一些时髦的小册子、短文章，使青年的光阴虚耗在这里，青年的志气也消磨在这里，多可痛心。从前讲朴学的人，每著一书，往往费数十年；每学一理，往往参证数十次。今日做学问的和著书的，便不同了：偶有所得，便唯恐他人不知；即无所得，亦欲强饰为知，很少肯从笃实笨重上用功的，这正是庄子所谓“道隐于小成，言隐于荣华”的弊病。我们以后要体念“几何学中无王者之路”这句话。须知一切学问之中皆无“王者之路”。崇实而用笨功，才能树立起朴厚的学术气象。

第三讲到“雄”。今日中国民族的柔弱萎靡，非以“雄”字不能挽救。雄就是“大雄无畏”的雄。但是雄厚的气魄，非经相当时间的培养蕴蓄不能形成。我们看到好战者必无大勇，便可觉悟到若是我们要雄，便非从“善养吾浩然之气”着手不可。现在中国一般青年，每每流于单薄脆弱，这种趋势在体质上更是明白地表现出来。中国古代对于民族体质的赞美很可以表现当时一般的趋向。譬如《诗经》恭维男子的美便说他能“袒裼暴虎，献于公所”，或是“赳赳武夫，公侯干城”：恭维女子的美便说他是“硕人欣欣”。到汉朝还找得出这种审美的标准。唐朝龙门的造像，也还可以表现这种风尚。不知如何从宋朝南渡以后，受了一个重大的军事打击，便萎靡不振起来。陆放翁“老子犹堪绝大漠，诸君何至泣新亭”的诗句，虽强作豪气，却已早成强弩之末。此后讲到男子的标准，便是“有情芍药含春泪，无力蔷薇卧晓枝”一流的人；讲到女子的标准，便是“帘卷西风，人比黄花瘦”一流的人。试问时尚风习至此，民族焉得而不堕落衰微？今后吾人总要以“大雄无畏”相尚，挽转一切纤细娇弱的颓风。男子要有丈夫气，女子要无病态。不做雄健的民族，便是衰亡的民族。

第四讲到“伟”。说到“伟”便有伟大崇高的意思。今日中国人做事，往往缺乏一种伟大的意境，喜欢习于小巧。即论文学的作风，也从没有看见谁敢尝试大的作品，如但丁的《神曲》、歌德的《浮士德》；只是以短诗小品文字相尚。我们今后总要集中精力，放开眼光，努力做出几件伟大的事业，或是完成几件伟大的作品。至于一般所谓门户之见，尤不应当。到现在民族危亡的时候，大家岂可不放开眼光，看到整个民族文化的命运，而还是故步自封，怡然自满？我们只要看到整个民族存亡的前途，一切狭小的偏见都可消灭。我们切不可偏狭纤巧，凡事总须从伟大的方向做去，民族方有成功。

我们理想的学风，大致如此。虽然一时不能做到，也当存“高山仰止，景行行止”的心愿。若要大学办好，学校行政自然不能偏废，因为大学本身也是有机体的。讲到学校行政，不外教务行政和事务行政两方面。关于前者，有四项可以提出：第一要准备学术环境，多延学者讲学。原在本校有学问的教授，自当请其继续指教，外面好的学者也当设法增聘。学校方面，应当准备一个很好的精神和物质环境，使一班良好的教授都愿意聚集本校讲学，倡导一种新的学风，共同努力民族文化的建设。在学生方面，总希望大家对于教授有很好的礼貌。尊师重道，学者方能来归。

第二是注重基本课程，让学生集中精力去研究。我们看到国内大学的通病，都是好高骛远，所开课程比外国各大学更要繁杂，更要专门，但是结果适得其反。我们以后总要集中精力，贯注在几门基本的课程上，务求研究能够透彻，参考书能看得多。研究的工具自然也要先准备充足，果能如此，则比开上名目繁多的课程，反使学者只能得到东鳞西爪的知识的那般现象，岂不更为实在，更有益处?

第三是要提高程度。这当然是必要的，但我们如果能做到上面两头，则程度也自然提高了。我们准备先充实主要的课程，循序渐进，以达到从事高深研究的目标。

第四是增加设备。中大此前行政费漫无限度，不免许多浪费，所以设备方面，自难扩充。我们以后必须在这点上极力改革，节省行政费来增加设备费。这是本人从办清华大学以来一贯的政策。

讲到学校事务行政，自然同属重要。现在可以提出三点来说：

第一是厉行节约，特别是注重在行政费的缩减。要拿公家的钱来浪费，来为自己做人情，是很容易的事。现在要节约起来，一定会引起多方面不快之感。这点我是不暇多顾的，要向大家预先说明。

第二是要力持廉洁。我现在预备确立全校的会计制度，使任何人无从作弊，并且要使任何主管者也无从作弊。本校的经费，行政院允许极力维持，将来无论如何，我个人总始终愿与全校教职员同甘苦。大家都养成廉俭的风气，以为全国倡。

第三要增加效能。过去人员过多，办事效能并不见高。我们以后预备少用人，多做事，总希望从合理化的事务管理中获得最大的行政效能。使每一个人员能尽最大的努力，每一文经费获得最经济的使用。

本人自9月5日方才视事，不及一月，而10月3日即已开学，11日已全校上课，在此仓促时间自然过着种种事实上的困难，使许多事未能尽如外人和本人的愿望。这种受时间限制的缺陷，希望大家能够有同情的谅解，不过今天居然能全部整齐开学上课，也是一件不容易而可以欣幸的事。希望以全校的努力把中大这个重要的学术机关，一天一天地引上发展的轨道，以从事于有机体的中国民族文化的创造。我们正当着民族生死的关头开始我们的工作，所以更要认清我们的使命，时刻把民族的存亡一个念头存在胸中，成为一种内心的推动力；只有这种内心的推动力才能继续不断地创造有机体的民族文化，以完成复兴中国民族的伟大事业。愿中央大学担负复兴民族的参谋本部的责任。这是本人一种热烈而诚恳的希望。

中华民族生存之路[①]

1933 年

中国现已到危急存亡的时候，我们看见种种失望与悲痛的现象，非常痛心。有人觉得中华民族前途究竟如何，难道没有出路吗。有许多人想到这个问题，并且全国上下都注意到这个问题。我以为这种现象，不是忧患、悲痛、彷徨而能解决的，我们应当想一种适当的办法来求解决，而且根本问题不单是想到而已，尤应当足踏实地地做去。空前国难，早已开始，热河军事，亦已发动，如今前方忠勇的将士正是在被日军飞机大炮轰炸时，当现在紧急的局势里，真不容我们松懈不努力。我们知道，一个国家过到此种难关，并非中国所独有，在历史上亦有不少次。虽然环境种种不一样，但是其所遭遇则相同。我们回忆欧战时德国的情形，欧战后德国的痛苦，以及德国民族坚忍卓绝的努力精神，我们须知历史教训，永久不可忽略的。日本暴力肆行无惮，其暴行自由东三省扩充至上海、热河，并且将及于我国其他各部分。我们遭遇这种重大难关，我们最大最重要的工作，就是复兴中华民族。复兴中华民族分两部：一、现在的问题；二、永久的问题。现在的问题不是悲痛感慨彷徨所能解决的，应当注意以下几点：

（一）军事抵抗。我们丧失了如此大的领土，但是未流够血的丧失，如上海之役，第十九路同第五军的健儿忠勇地抗战，血流够了，结

① 本文是罗家伦在中央广播电台发表的演讲。

果我们虽然吃亏，但国土未失。我们流血后，万一不幸而丧失国土，但是可以恢复的。历史是光荣，人格是伟大的。现在我们对付敌人，就是军事的抵抗。我们应当用所有的力量，流充分的血，争民族的光荣与人格。假如军事长期抵抗，虽胜负不可知，但借此国际间亦可知道中国民族为有人格的民族。现在政府已决心抵抗，并且已实地抵抗，前方的健儿们，拿着枪和刀在与敌人拼命，全国民众当予以充分的与实际的援助，各人尽其所有地捐助，总要以全国力量对付暴日之军事，打醒日本军阀的迷梦，造成亚洲的新局面。我不能自助，人何能助我？

（二）外交问题。外交上的进行，最近日本在日内瓦以一对四十二的惨败，从这里我们知道国际间对日本的友谊了。日本在国际上的地位，向来很高，这次为什么这样的惨败呢？完全是因为日本外交上信用完全失掉了。我们的外交力量，尚未十分发挥，我们应当以光明的态度，自盟约第十五条转到第十六条，自然国际上有不少国家不愿对日本实行经济裁制，但是我们亦应当这样做去的。每一次国联决议案，日本的回答是飞机大炮：第一次决议案，日本扩大军事行动于黑龙江；第二次决议案，日本进犯锦州；去年国联予日本劝告，日本扩大军事行动于上海；此次国联通过报告书，日本遂扩大军事行动于热河。每一次国联有所表示，我们就直接接受他的攻击，这完全是日本向世界挑战。世界如尚有公理，如尚欲维护威严与信用，对此不加制止，世界文明不久将毁灭无遗。我们在外交上应用充分力量，使各国知道条约之尊严。现在我们知道无人能维护条约的尊严，所以我们应当以维护条约威严为我们的责任。现在我们在外交上已得到道德与法律的胜利，但是只外交上的胜利，失地是不会恢复的。我们要以外交做先锋，军事做后盾。无军事不能说外交，无外交亦不能说军事。全国同胞应以全力助外交成功，但军事外交还不能说到收复失地。我们目前最紧要的是财政问题，就是经济问题，财政问题乃我们命脉的问题。我们希望政府，希望全国金融界注意。我个人的主张，政府采取积极紧缩政策，骈枝机关应撤销，不必用的开支可停止，集中有限的财力，做这一件伟大的抗日工作。全国金融界，更应当打破从前种种的恶习，若中华民族不能生存，则金融界由政府所得之一切公债及担保，均将无用。希望全国金融界及援助政府抗日工作之诸位同胞，看清这个问题。现在处于非常时期，不能以普通眼光来看。外国当作战时，人民财力集中，人民自己节省帮助政府。在欧战时，德国人民以其所有能助政府者，捐之政府，能助军事者，捐之军事，即日用品因军事上需要，亦节省下来助政府。这完全是为争民族的生存与爱国心的热烈。最近我国各地航空救国运动，这都是民族战争上很有补助的。不过限于经济不能充分购买，不能充分制造。欧战时，德国所用子弹为一千五百万发。我们虽不能与之比拟，但至少亦应要一千万发子弹，所以我们应当从各方面节省来帮助政府。长期抵抗，不是空言，须有子弹有枪炮有实力为后盾。现在当局军事外交财政最重的，但是不仅这三种问题得到解决就可渡过难关，还应当从树立民族根本着手，才能渡过此空前的国难。以上所述，都是关于现在的，关于永久的问题，个人所希望于全国同胞者有几点，请分别言之：

（一）国防建设。现在我国门户洞开，随时都有攻击我们的可能。国防建设有几种必不可少的，即飞机的建设，应当相当时期内成立较完善的空军；海防更谈不到，最低限度，亦应有江防；应有军用铁道，粤汉路为中国生命线，若粤汉路能通长江一带，有事我们亦可应付，亦可有出路；陇海路亦很重要，沿长江应有铁路。我们应下决心，将以上各项完成。兵工应有彻底的改革，应有基本的设备。中国向来没有兵工与铁路，谈不到国防，现在吃苦了。就上海来说，有一个兵工厂，但是没有掩护。北宁路自塘沽以北到唐山、山海关等处，全沿海岸，风景固好，坐在火车内，可以看见海，但是不能运用。敌人可以兵舰攻击我们的铁路，破坏我们的运输，这是从来没有计划的结果。以后兵工与铁路，都应当注意，国防万不可再忽略的了。

（二）完成经济建设。现代战争非有坚固的经济基础不可。我们常说全国总动员，全国总动员是以工业为重要，所有一切工业均应当顾到国防。假如没有经济建设，前方抵抗，后方无接济亦不可能。希望能大规模从事于工业建设，建设工业区于敌人压力不能达到的地方，作为我们军事的总粮台。现在中国工业因为交通上之便利及托庇租界的关系，都设在江海的口岸。如战争发生，乃民族的致命伤。就现代战争来说，粮台不可在最前线的，应设法将各种工业移至内地煤铁矿丰富之地，此乃必要的准备。苏俄五年计划已完成，已将其工业最低的地位，移至最高地位去了。其工业设备，实在是对外作战的准备，实在是以对外战争为目标，我们应当注意。我们应有计划，有规模，含辛茹苦，做经济建设。

（三）人才训练。各种建设，如无专门人才，亦不能办到。近年来因种种的关系，人才实在谈不到。全国青年不是慷慨激昂，对于国事没有办法。苏俄虽然反对帝国主义，但是聘请了许多工程师来训练人才，造成许多的工业上农业上的人才。我们训练人才，有许多地方应当效法苏俄。希望全国同胞不要空唱高调，应以理论及实际联合起来，努力做去，以便建设我们当前所必需的种种工作。

（四）复兴中华民族应树新风气及道德的标准。日本在国际上诋我为无组织之国家，我们虽不能承认，但是我们试一反省，确应改革之处很多。许多青年所抱志愿在求学时很高，但在实行时则完全相反。自今以后，我们应当有道德的勇气，能辨别是非，判断是非，无畏惧，无人情，勿含糊，勿敷衍，对于各种问题，应当详细考虑考虑。结果，即应担负起责任，中国人民智识及责任都谈不到。许多人都不注意此点，做起事来，太不负责。其次就是竞争精神，无论何事都应当竞争，但是竞争是应当按轨道的，不是用不规则的行为来竞争，应如运动场上按规则的竞争。故希望同胞都应当有运动家的风度，有运动家的风度，政治才能上轨道。即如美国选举总统，失败者致电贺当选者，谓余二人之政策，求国民公判，现在已得最后之结果，君之政策已为全国民所采用，特致贺忱云云。这就是运动家的态度。故应以运动家态度来竞争，才是竞争，应当做创造的竞争。人类竞争是不可避免的，但不能竞争到这灭的路上。应在创造方面，不应以力量互相诋毁，应以个人竞争化为民族整个竞争。再次就是道德责任，现在有不少人只知享权利而不知尽责任，这是不对的。应先尽责任而后享权利，不然大家重权利而不重责任，欲民族复兴，非民众各尽其责任不可。如注意这点，各争端皆可消灭，旧道德崩溃，新道德未树立，以致社会上种种不安。新道德未树立，各建设俱是空言。全国同胞应有决心有毅力，为民族生存奋斗，对永久问题，积极准备民族创设，非长期惨淡经营不可。故对国防建设、经济建设、人才训练，俱应全部计划。尤其是道德的标准，这层实在是生死存亡关头，否则前途诚将沦于灭亡。若不甘如此，应重新树立道德的标准，决定新的方法，勇敢向前，沉着一步一步向前迈进。现在无所谓悲哀，无所谓失望，不用彷徨，不用感慨，民族生命不是一天可以了的。希望在此生死存亡的时候，一方面努力打开现状，渡过现在的关头，一方面永久的问题奋斗，建设新的中华民族。

知识的责任[①]

要建立新人生观，除了养成道德的勇气而外，还要能负起知识的责任（Intillectual Responsibility）。本来责任是人人都有的，无论是耕田的、做工的、从军的，或者是任政府官吏的，都各有各的责任。为什么我要特别提出“知识的责任”来讲？知识是人类最高智慧发展的结晶，是人类经验中最可珍贵的宝藏，不是人人都能取得、都能具备的；因此凡有求得知识机会的人，都可说是得天独厚，享受人间特惠的人，所以都应该负一种特殊的责任。而且知识是精神生活的要素，是指挥物质生活的原动力，是我们一切行为的最高标准。倘使有知识的人不能负起他特殊的责任，那他的知识就是无用的，不但无用，并且受了糟蹋。糟蹋知识是人间的罪恶，因为这是阻碍或停滞人类文化的发达和进步。所以知识的责任问题，值得我们加以严重的注意。我们忝属于所谓知识分子，尤其觉得这是一个切身问题。

所谓知识的责任，包含三层意义：

第一是要有负责的思想。思想不是空想，不是幻想，不是梦想，而是搜集各种事实的根据，加以严格逻辑的审核，而后构成的一种有周密系统的精神结晶。所以一知半解，不足以称为成熟的思想，强不知以为知，更不能称为成熟的思想。思想是不容易成立的，必须要经过逻辑的

---

① 本文是罗家伦任中央大学校长时对本校学生的演讲。初发表于《新民族》第一卷第18期。嗣经改写，辑入《新人生观》。《新民族》为周刊，系罗家伦于1938年2月主编，罗将其在中央大学的演讲在此刊整理发表。

陶熔、科学的锻炼。凡是思想家，都是不断的劳苦工作者。“焚膏油以继晷，恒兀兀以穷年。”他的求知的活动，是一刻不停的，所以他才能孕育出伟大成熟的思想，以领导一世的思想。思想家都是从艰难困苦中奋斗出来的。他们为求真理而蒙受的牺牲，绝不亚于在战场上鏖战的牺牲。拿科学的实验来说，譬如在实验室里试验炸药的人，被炸伤或炸死者，不知多少；又如到荒僻的地方调查地质、生物、人种的人，或遇天灾而死，或染疾而死，或遭盗匪蛮族杀害而死的，也不知多少。他们从这种艰苦危难之中得来的思想，自然更觉得亲切而可以负责。西洋学者发表一篇学术报告或论文，都要自己签字，这正是负责的表现。

其次是除有负责的思想而外，还要能对负责的思想去负责。思想既是不易得到的真理，则一旦得到以后，就应该负一种推进和扩充的责任。真理是不应埋没的，是要发表的。在发表以前，固应首先考虑它是不是真理，可不可以发表；但是既已考虑发表以后，苟无新事实、新理论的发现和修正，或是为他人更精辟的学说所折服，那就应当本着大无畏的精神把它更尖锐地推进，更广大地扩充。我们读西洋科学史，都知道科学家为真理的推进和扩充而奋斗牺牲的事迹，真是“史不绝书”。譬如哥白尼（Copernicus）最先发现地动学说，说太阳是不动的，地球及其他行星都在它的周围运行，他就因此受了教会多少的阻碍。后来布鲁诺（Bruno）出来，继续研究，承认了这个真理，极力传播，弄到触犯了教会的大怒，不仅是被捕入狱，而且被“点天灯”而死。伽利略（Galileo）继起，更加以物理学的证明，去阐扬这种学说，到老年还铁锁锒铛，饱受铁窗的风味。他们虽受尽压迫和困辱，但始终都坚持原来的信仰，有“鼎镬甘如饴，求之不可得”的态度。他们虽因此而牺牲，但是科学上的真理，却因为他们的牺牲而确定。像这种对于思想负责的精神，才正是推动人类文化的伟大动力。

再进一层说，知识分子既然得天独厚，受了人间的特惠，就应该对于国家民族社会人群，负起更重大的责任来。世间亦唯有知识分子才有机会去发掘人类文化的宝藏，才有特权去承受过去时代留下最好的精神遗产。知识分子是民族最优秀的分子，同时也是国家最幸运的宠儿。如果不比常人负更重更大的责任，如何对得起自己天然的禀赋？如何对得起国家民族的赐予？又如何对得起历代先哲的伟大遗留？知识分子在中国向称为“士”。曾子说：“士不可以不弘毅，任重而道远。仁以为己任，不亦重乎？死而后已，不亦远乎？”身为知识分子，就应该抱一种舍我其谁至死无悔的态度，去担当领导群众继往开来的责任。当民族生死存亡的紧急关头，知识分子的责任尤为重大。范仲淹主张“先天下之忧而忧，后天下之乐而乐”。必须有这种抱负，才配做知识分子。他的“胸中十万甲兵”，也是由此而来的。

提起中国的知识分子，我们很觉痛心。中国社会一般的通病，就是不负责任，而以行政的部分为尤甚（这当然是指行政的一部分而言）。从前的公文程式，是不用引号的；办稿的时候，引到来文不必照抄，只写“云云”二字，让书吏照原文补写进去。传说沈葆祯做某省巡抚，发现某县的来文上，书吏照抄云云二字，不曾将原引来文补入，该县各级负责人员，也不曾觉察。于是他很幽默地批道：“吏云云，幕云云，官亦云云，想该县所办之事，不过云云而已。”这是一个笑话，但是很足以形容中国官僚政治的精神。中国老官僚办公事的秘诀，是不负责任，推诿责任。所以上级官厅对下的公事，是把责任推到下面去；下级官厅对上的公事，是把责任推到上面去。责任是一个皮球，上下交踢。踢来踢去的结果，竟和火线中间，有一段“无人之境”（No Man’s Land）一样。这是行政界的通病，难道知识界就没有互相推诿不负责任的情形吗？有几多人挺身而出，本着自己的深信，拿出自己的担当来说，这是我研究的真理，这是我服务的责任，我不退缩，我不推诿！这种不负责任的病根，诊断起来，由于下列各点：

第一是缺少思想的训练。他的思想，不曾经过严格的纪律，因此已有的思想固不能发挥，新鲜的思想也无从产生。外国的思想家常提倡一种严正而有纪律的思想（Rigorous thinking）就是一种用逻辑的烈火来锻炼过的思想。正确的思想是不容易获得的，必得经过长期的痛苦、严格的训练，然后才能为我所有。思想的训练，是教育上的重大问题。历次世界教育会议，对于这个问题，都曾加以讨论。有人主张研究社会科学的人，他也得学高深的数学，不是因为他用得着这些数学，乃是因为这种数学是他思想的训练。思想是要有纪律的。思想的纪律，绝不是去束缚思想，而是去引申思想，发展思想。中国知识界现在就正缺少这种思想上的锻炼。

第二是容易接受思想。中国人向来很少人坚持他特有的思想，所以最容易接受他人的思想。有人说中国人在思想上最为宽大、最能容忍，这是美德，不是毛病。但是思想这件事，是就是是，非就是非，谈不到什么宽大和容忍。不是东风压倒西风，便是西风压倒东风。哥白尼主张地动说，固且自己深信是对的；就是布鲁诺和伽利略研究这个学说认为他是对的以后，也就坚决地相信他、拥护他，至死终不改变。试看西洋科学与宗教战争史中，为这学说奋斗不懈、牺牲生命的人，要有多少。这才是对真理应有的态度。

中国人向来相信天圆地方，“气之轻清，上浮者为天，气之重浊，下凝者为地”。但是西洋的地动学说一传到中国，中国人立刻就说也是圆的，马上接受，从未发生过流血的惨剧。又如达尔文的生物进化论，也是经过多少年宗教的反对，从苦斗中才挣扎出来的。直至 1911 年，德国还有一位大学教授，因讲进化论而被辞退；甚至到了 1921 年，美国田纳西（Tennesses）州，还有一位中学教员因讲进化论而遭诉讼。这虽然可以说是他们守旧势力的顽固，但是也可表现西洋人对于新思想的接受不是轻易的。可是在中国却不然。中国人本来相信盘古用金斧头开天辟地。“自从盘古开天地，三皇五帝定乾坤”，不是多少本小说书上都有吗？但是后来进化论一传进来，也就立刻说起天演和物竞天择和人类是猴子变来的（其实人类是猴子的“老表”）。人家是经过生物的实验而后相信的，我们呢？我们只是因为严复译了赫胥黎的《天演论》，文章做得极好，吴挚甫恭维他“骎骎乎周秦诸子矣”一来，于是全国风从了。像这样容易接受思想，只足以表示我们的不认真、不考虑，哪里是我们的美德？容易得，也就容易失；容易接受思想，也就容易把它丢掉。这正是中国知识界最显著的病态。现在中国愈是中学生愈是一知半解的人，愈好谈主义，就是这个道理。

第三是混沌的思想。既没有思想的训练，又容易接受外来的思想，其当然的结果，就是思想的混沌。混沌云者，就是混合不清。况且这种混合是物理上的混合，而不是化学上的化合，上下古今，不分皂白，搅在一起，这就是中国思想混合的方式。我不是深闭固拒，不赞成采取他人好的思想，只是采取他人的思想，必须加以自己的锻炼，才能构成自己思想的系统。这才真是化合呢！西洋人也有主张调和的，但是调和要融合（Harmony）才对，不然只是迁就（Compromise）；真理是不能迁就的。我常怪中国的思想中，“杂家”最有势力。如春秋战国时代，百家争鸣，极端力行的墨，虚寂无为的老，都是各树一帜，思想上的分野是很清楚的。等到战国收场的时候，却有吕氏春秋出现，混合各派，成为一个“杂家”。汉朝斥百家而尊儒孔，实际上却尚黄老，结果淮南子得势，混合儒道，又是一个杂家。这种混杂的情形，直至今日，仍相沿未改。二十年前我取了一个“古今中外派”的名词，就是形容这种思想混杂的人。丈夫信仰基督教，妻子不妨念佛，儿子病了还要请道士“解太岁”。这是何等的容忍！容忍到北平大出丧，一班和尚、一班道士、一班喇嘛、一班军乐队，同时并列，真是蔚为奇观！这真是中国人思想的缩影！

第四是散漫的思想。这种是片断的、琐碎的、无组织的思想。散漫的思想固然由于思想无严格的训练，但是主要的原因还是由于懒。这思想的方式常靠触机，只是灵机一来，思想就在这机来的一刹那停止了，不追求下去了。这如何能发生系统的思想、精密的思想？于是成了“万物皆出于机，皆入于机”的现象。他只是让他的思想，像电光石火一样地一阵阵地过去。有时候他的思想未始不聪明，不过他的聪明就止于此，六朝人的隽语，是由此而来的。《世说新语》的代代风行也是为此。中国人的善于“玩字”，没有其他的理由。因此系统的、精密的专门哲学，在中国很难产生。因此中国文学里很少有西洋式如弥尔顿的《天国云亡》、歌德的《浮士德》那般成本的长诗。因此笔记小说为文人学士消闲的无上神品。现在还有人提倡沈三白《浮生六记》和小品文艺，正是这种思想的斜晖落照！不把思想的懒根性去掉，系统的伟大思想是不会产生的。

第五是颓废的思想。颓废的思想是思想界的鸦片烟，是民族的催眠术——并且由催眠术而进为催命符。颓废的思想就是没有气力的思想，没有生力的思想。什么东西一经过他思想的沙滤缸，都是懒洋洋的。颓废的思想所发生的影响，就是颓废的行为。以现在的文艺品来说吧，有许多是供闺秀们消闲的，是供老年人娱晚景的。有钱的人消闲可以，这是一格；但是我们全民族是在没有饭吃的时候，没有生存余地的时候呀！老年人消闲可以，因为他的日子是屈指可算的，但是给青年人读可为害不浅了。而现在喜欢读这些刊物的反而是青年人！文人喜欢诗酒怡情，而以李太白为护符。是的，李太白是喜欢喝酒，“李白斗酒诗百篇”。你酒是喝了，但是像李太白那样的一百篇诗呢？我们学李太白更不要忘记他是“十五学剑术，遍干诸侯。三十成文章，历抵卿相。虽长不满七尺，而心雄万夫”的人呀！你呢？颓废的思想不除，民族的生力不能恢复！

第六不能从力行中体会思想，更以思想证诸力行。中国的文人、中国的“士”，是最长于清谈的，最长于享受的。在魏晋六朝是“清谈”，在以后是蜕化而为“清议”。清谈、清议是最不负责任的思想的表现。南宋是清议最盛的时代，所以弄到“议未定而金兵已渡河”。明末也是清议最盛的时代，所以弄到忠臣义士，凡事不能做有计划的进行，逼得除了一死以外，无以报国。“清议可畏”，真是可畏极了！横直自己不干，人家干总是可以说风凉话了。自己叹叹气，享享乐吧。

“且以喜乐，且以永日，我躬不阅，遑恤我后。”老实说，现在我们国内的知识分子，也不免宋明的清议风气，只是享乐换了一套近代化的方式。我九年前到北平去，看见几位知识界的朋友们，自己都有精致的客厅、优美的庭园，莳着名卉异草，认为不足的时候，还可到北海公园去散散步。我当时带笑地说道，现在大家是“花萼夹城通御气”，恐怕不久要“芙蓉小院入边愁”。现在回想起来，字字都是伤心之泪。这不仅是北平如此，他处又何独不然？我们还知道近年来通都大邑有“沙龙”的风气吗？“我们太太的沙龙”是见诸时人小说的。很好，有空闲的下午，在精致的客厅里，找几位时髦的女士在一道，谈谈文艺，谈谈不负责任的政治。是的，这是法国的风气，巴黎有不少的沙龙，但是法国当年还靠莱茵河那边绵延几百里的马奇诺防线呀！哪知道纸醉金迷的结果，铜墙铁壁的马奇诺竟全不可靠。色当一役，使堂堂不可一世的头等强国，重踏拿破仑第三时代的覆辙，夷为奴隶牛马，这是历史上何等的悲剧？我不否认享乐是人生应有的一部分，只是要看环境和时代。我们的苦还没有动头呢！我们不愿意苦，敌人也还是要逼得我们苦的。

“来日大难”，现在就是，何待来日？我们现在都应忏悔。我们且先从艰苦卓绝的力行里体会我们的思想，同时把我们坚强而有深信的思想，放射到力行里面去。

以上的话，是我们互责的话，也是我们互勉的话。因为如果我脑筋里还有一格兰姆知识的话，我或者也可以忝附于知识分子之列。我所犯的毛病，同样的也太多了。不过我们要改造民族的思想的话，必定先要自己负起知识的责任来。尤其是在现在，知识分子对于青年的暗示太大了。我们对于青年现在最不可使他们失望，使他们丧失民族的自信心。我们稍见挫折，便对青年表示无办法，是最不可以的事。领导青年的知识分子尚且如此，试问青年心理的反应何如？我们要告诉他们世界上没有没办法的事，民族断无绝路，只要我们自己的脑筋不糊涂！知识是要解决问题的。知识不怕困难。知识就是力量。而且这种力量如此之大，凡是物质的力量透不进去的地方，知识的力量可以先透进去。知识的力量透过去之后，物质的力量，就会跟着透过去。全部的人类文化史，可以说明我这句话。我们只要忠诚地负起知识的责任来，什么困难危险都可以征服！

顾亭林说道：“天下兴亡，匹夫有责。”何况知识分子？他又说：“有亡国者，有亡天下者。”他所谓“亡国”，是指朝代的更换，他所谓“亡天下”，是指民族的灭亡。现在我们的问题，是要挽回亡天下、亡民族的大劫。在这时候，知识分子如不负起这特别重大的责任来，还有谁负？我觉得我们知识分子今后在学术方面要有创作、有贡献，在事业方面要有改革、有建树。我们不但要研究真理，并且要对真理负责。我们尤其要先努力把国家民族渡过这难关。不然，我们知识分子一定要先受淘汰，连我也要咒诅我们知识分子的灭亡。

荣誉与爱荣誉①

我所提出的“荣誉”就是指英文的“Honour”或德文的“Ehrlichkeit”。这两个外国字，本都含有人格的意义，在中文方面，很难找到适当的译名，我现在译作“荣誉”。

人生的目的不仅是为生活，而且还要荣誉的生存。荣誉是人格光辉的表现，也是整个人生不可分解的一部分。没有荣誉心的人，就谈不上人格；漆黑黯淡地过一世，这种生存有何意义？

西洋人很重视荣誉，他们把荣誉看得比生命还更重要。假如你说某人无荣誉，他一定认为这是对于他最大的侮辱。为了荣誉问题而实行决斗，也是常见的事。这种决斗办法的对不对，是另一问题，但他们对于荣誉的尊重，却不可小看。英国人对于身兼枢密大臣的内阁阁员，称作“The Right Honourable”，不是恭维他是最高贵的，而是恭维他是最荣誉的。美国西点（West Point）陆军军官学校的校训是三个字，就是“国家，责任，荣誉”（Country，Duty，Honour）；这是他们在军人精神教育上对于荣誉的重视。欧美许多学校的考试，还有所谓“荣誉制度”（Honour System）：就是教员于出题以后，立刻退出教室，并不监考；他只在黑板上写一个大字，就是“Honour”（荣誉）。于是学生懔然于荣誉的观念，不敢作弊。万一有人作弊，不但学校立刻把他开除，而且这个人从此不齿于同学。（最近西点学生同时是全美冠军足球队队员九十

① 本文是罗家伦任中央大学校长时对本校学生的演讲。初发表于《新民族》第三卷第13期，1939年2月27日出版；嗣经订正、补注，辑入《新人生观》。

人，因考试抄袭而全体开除，任何人不能挽回，就是一例。1951 年 9 月 9 日补注。）

荣誉的观念，在中国社会，却太不发达了。为唤起一般人对于荣誉的认识和尊重起见，所以我特别提出这“荣誉与爱荣誉”的问题来讨论。

说到荣誉，往往就要联想到“名誉”。但是荣誉和名誉不同，荣誉不是名誉。“名誉”在英文里面，是另一个字，即“Reputation”。名誉是外加的，而荣誉，却是内足的。更明白一点说，名誉只是外界的称许，而荣誉则是内部发出来的光荣——也可说是光辉——与外界所加上的名誉相合而成的。所以荣誉具有内心的价值，较名誉还要可贵。西洋虽有名誉为第二生命的话，但荣誉却简直是第一生命，或是第一生命的一部分。不过，名誉和荣誉也有关联。人是社会的动物，多少都需要外界的刺激、外界的鼓励、外界的承认，人格外能自发地向上，自觉地求进步；所以人大都是要名誉的。“三代以下，唯恐不好名。”好名誉不一定就是坏事。苏联就常常采取以名誉来鼓励人努力工作的方法。所以他选择工作最努力的工人为“工人英雄”；用这工人的名字去名工厂，去名制度。对于到北极探险的人，也常常加以“英雄”的徽号；这都是用名誉来奖励人奋发有为的证据。这并没有害，而且有益。中国的老子曾经问过一句话：“名与身孰亲？”我想许多西洋人的回答一定是“名亲！”

荣誉不是名誉，更不是“虚荣”。虚荣在英文里面是“Vanity”，也可译为浮名。虚荣乃求他人一时之好尚，或是庸俗的称颂，而即沾沾自喜，以为满足的。虚荣的表现，就是好炫耀、好夸大，借此以博得他人对自己的称赞。譬如女子常喜穿华美鲜艳的衣服，以引人的注意；男子则好出风头，往往做了一次什么会的主席，便自以为了不得，自以为是这小世界里的“小英雄”。这都是虚荣在作祟。虚荣是从错觉（Illusion）来的。错觉是虚荣的粮食，虚荣全靠它培养大的。所以错觉一旦幻灭，虚荣也就随之消散。荣誉则不然。它不是求之于外的，而是求之于内的，所以它可以自持，可以永久。西洋人说虚荣是女性的——但它不是优美的女性，是堕落的女性。男子何曾不好虚荣，不过女人较甚一点。普通女子都欢喜别人恭维她、捧她。如果男子要向女子求婚，最好多称赞她几声“安琪儿”或是“天仙化人”，那她便很容易落到情网里去了！这种虚荣，岂能和荣誉相提并论？

荣誉不但和“名誉”“虚荣”不同，而且和“野心”不同。“野心”在英文为“Ambition”，它可说是一种男性的虚荣。男子大都好求自己政治的名誉、权力、地位、官阶，以作个人自私的满足。这种野心有时也能推动人去做有益的事，但动机仍是自私，所以很容易发生不良的结果。有些人野心一旦发作，便往往不问自己的能力如何，竟为所欲为，以求侥幸的成功。“小人行险以侥幸”，其结果鲜有不将自己的荣誉甚至身体埋葬于野心的灰烬之中。如果说野心是荣誉，那它只是堕落的荣誉。

至于所谓“门第”“头衔”“豪富”，那是更说不上荣誉了。这些都可叫作“荣宠”，而绝不是“荣誉”。不过也有一种荣宠，是靠自己努力的成绩换来的，不可一概厚非。譬如外国有些科学家，对于科学有重大贡献，政府特赐他一个荣誉的头衔，如德国大学教授得“政府枢密顾问”的头衔一样。这确是一种比较高贵的荣宠，虽然不是真正的荣誉。

荣誉既不是名誉，又不是虚荣，更不是野心或荣宠，那么真正的荣誉是什么呢？我以为真正的荣誉，必须具备以下几个条件：

第一，必须能维持生命的庄严。“人必自侮而后人侮之。”有荣誉心的人，必定有不可侮的身体、不可侮的精神、不可侮的行为——简单说有不可侮的生命。他的生命是完整的，不容稍有玷污。所谓“白圭之玷，尚可磨也，斯言之玷，不可为也”！他的理想的生命，是崇高、伟大、正直、坚强，所谓“仰之弥高，钻之弥坚”。他的生命是高贵的、庄严的，所谓“赫赫师尹，民具尔瞻”。所以别人尊重他，而不敢轻视他；爱敬他，而不敢亵渎他。

第二，必须能有所不为。有所不为，是人生最不容易做到的。“有所不为而后可以有为”，所以有荣誉心的人，对于标准以下的事，是绝对不干的。至于那一切欺骗、狭小、鄙吝、偷懒，和其他种种“挖墙脚”的事，他更是不屑干的。这正是孟子所谓“非礼之礼，非义之义，大人弗为”。大人的对面是小人，是小丈夫，是贱丈夫。有荣誉心的人，是以“大人”自诩的。

第三，必须是自足的，也是求诸己的。外界的称许，如系实至名归，也所不辞；譬如以科学上重大的贡献而得诺贝尔奖金的人，若是他配得的话，当然可以安心接受，何用推却？但凡事应该求诸自己，尽其在我，不必分心去猎取流俗的恭维。流俗的恭维，不但靠不住，而且在有荣誉心的人看来，反为一种侮辱。名画家的画，并不在乎有多少外行的人赞美，而贵乎能得一个真正内行的人来批评。所谓“千人之诺诺，不如一士之谔谔”，就是这个道理。即使内行的人也不称许，自己仍可得到安慰，因为自己的天才得到发挥，在自己的努力中，就有乐趣存在。古今中外，许多大艺术家，都是死后得名的。科学家也是如此。大科学家开普勒（Kepler）在他一部名著 *Weltharmonik* 序上说道：“你的宽恕我引以自娱，你的愤怒我也忍受；此地我的骰子掷下来，我写成这本书给人读，是同时的人读或后代的人读，我管他干吗？几千年以后有人来读，我也可以等，上帝也等六千年以后才有人来臆度他的工作。”这种特立独行的精神，也可说是一种孤寂的骄傲，但是这绝不是骄傲。翻开一部科学史来看，古今多少科学家，在生前享国际大名的，除了牛顿和爱因斯坦以外，还有几人呢？造化弄人，奇怪得很，生前最不求虚名者，往往死后最能得名。如果自己对人类真有贡献，即使名不可得，又有何妨？世间真正的价值，常埋藏在无名者之中。许多汲汲求名的人，实在可以休矣。

第四，必须自尊而能尊人。真正有荣誉心的人，不但爱自己的荣誉，而且也爱他人的荣誉。荣誉不是傲慢，乃是自尊而能尊人。“子以国士待我，我亦以国士报之。”其实毁灭了他人的荣誉，自己的荣誉，也就建设不起来。在侏儒国里，就算自己是长子，又有什么意思？要做长子，就要到长子国里去做，不要在侏儒国里做！有荣誉心的人，一定能尊人，能下人。他承认人的能力，赞叹人的特长，尊敬人的善处，能适当地自尊，也能适当地低头，上谄下骄的事，绝不在他的行动意识里面。

总而言之，荣誉就是人格，是人格最光荣的完成！

爱荣誉乃是一种意志的倾向、行为的动态，是要以忠诚纯洁的行为，去得到依于德行合于美感的承认的，德国的哲学家包尔森（Friedrich Paulsen）说：“我们不能想象没有强烈的对荣誉之爱，而伟大的事业可以表现。”社会的向上靠此，人类的改善靠此，历史的转变也靠此。

我们今日不但要提倡个人的荣誉心，和对于荣誉的强度的爱，而且要提倡集体荣誉观念。集体的荣誉观念，就是个人对团体的荣誉之爱。譬如一个家庭，凡是家庭的各分子，都要努力保持一家的家风或家声，不能做有辱门楣的事。又如一个商店，不肯卖坏东西，诚恐坏了他的牌子，也是出于爱护集体荣誉的观念。再如一个学校，无论是教职员或学生，人人都应该知道学校荣誉的重要，不能随便塌学校的台。实验室里未成熟或不正确的报告，不可轻易发表；因为这对于个人的责任的关系还小，对于整个学校的荣誉却太大了。不独以“常胜军”或“铁军”著称的军队，全部队的长官和兵士，要爱惜他本部队历史之光荣；凡是国家军队，谁不应该勇猛奋发，维护国家军队的光荣。扩而大之，一个社会、一个民族、一个国家，要不没落和毁灭，必须由构成他的分子，共同努力维持和增进他集体的荣誉！

人生是需要有荣誉的。不荣誉的人生，是黑漆漆的、无声无臭的。有荣誉的人生，是高贵向上的；无荣誉的人生，是卑污低下的。禽兽才只要生存，不要荣誉，也无荣誉的观念。人应该是理智感情和品格发展到最高程度的动物；人不只要生存，而且要荣誉。荣誉也可说是人类的专有品。所以英国的诗人拜伦（Lord Byrom）有两句诗道：“情愿把光荣加冕在一天，不情愿无声无臭地过一世！”

信仰·理想·热忱①

我们生在怎样一个奇怪的世界！一面有伟大的进步，一面是无情的摧毁；一面求精微的知识，一面做残暴的行动；一面听道德的名词，一面看欺诈的事实；一面是光明的大道，一面是黑暗的深渊。宗教的势力衰落，道德的藩篱颓毁，权威的影响降低。旧的信仰也已经式微，新的信仰尚未树立。在这青黄不接的时代，自有光怪陆离的现象。于是一般人趋于彷徨，由彷徨而怀疑，由怀疑而否定，由否定而充分感觉到生命的空虚。

这个人生的严重问题，不但中国有，而且西洋也有。一位现代西班牙的思想家阿特嘉（Ortega 见其所著 *the Revolt of Masses* 一书）以为这种堤防溃决之后，西洋人也处于一种道德的假期。他说：

> 但是这种假期是不能长久的。没有信条范围我们在某种形态之下生活，我们的生存（existence）像是“失业似的”。这可怕的精神境地，世界上最优秀的青年也处在里面。由于感觉自由脱离拘束，生命反觉得本身的空虚。一种“失业似的”生存，对于生命的否定，比死亡还要不好。因为要生就是要有一件事做——要有一个使命去完成（a mission to fulfill）。要避免将生命安置在这事业里面，就是把生命弄得空无所有。

① 本文是罗家伦任中央大学校长时对本校学生发表的演讲，初发表于《三民主义周刊》第三卷第10期。嗣经改写，辑入《新人生观》。

我引阿特嘉这段话，因为他是带自由主义的思想家，并不拥护权威，也不袒护宗教，所以是比较客观的意见。这种的彷徨状态，在这第二次世界大战以前已有，恐怕在战后的西方还要厉害。人生丧失了信心，是最痛苦而最危险的事。

宗教本来就是要为人生解决安身立命的问题，要为人生求得归宿。宗教起于恐惧和希望（fear and hope）。恐惧是怕受末日的裁判，希望是欲求愿望的满足。宗教，“广义来说，是人对于超现实世界的信仰”。“一个民族的宗教，在超现实的世界里反映这民族本身的意志；在这超现实的世界里，实现他内心最深处的愿望。”这是德国哲学家包尔森（Friedrich Paulsen）的名言。

“宗教与道德有同一的起源——就是同出于意志对于尽善尽美（perfection）的渴望。但是在道德里是要求，在宗教里就变为实体。”这也是同一哲学家的论断。

但是他还有一段论信仰最精辟的话：“有信仰和行动的人总是相信将来是在他这边的。”“没有信仰，这世界里就没有一件真正伟大的事业完成。一切的宗教都是信仰为基础。从信仰里，这些宗教的祖师和门徒克服了世界。因为信仰主张，所以殉道者为这主张而生活，而奋斗，而受苦受难。他们死是因为他们相信最高的善能有最后的胜利，所以肯为它而牺牲。若是不相信他的主张能有最后和永久的成功的话，谁肯为这主张而死？若是把这些事实去掉的话，世界的历史还剩些什么？”

这话深刻极了！这不但是为宗教的成就说法；推而广之，是为世界一切伟大的成就说法。

是的，一切的宗教都是以信仰为基础，但是一切人类伟迹，政治的、社会的、文化的，何曾不是以信仰为基础？若是一个人自己对于自己所学的所做的都没有信心，那还说什么？对于自己所从事的还不相信，那不但这事业不会有成就，而且自己的生命也就没有意义。

就是读书的疑古，也不过是教你多设几个假定、多开几条思路而已，不是教你怀疑这工作的本身。“我思故我在”这是笛卡儿（笛卡尔）对于做过种种怀疑工作后的结论。若是持绝对的怀疑论，那必至否定一切，毁灭一切而后已。

宗教不过是信仰的一种表现，虽然它常是强烈的表现。但是普通所谓宗教，乃是指有教条、有仪式、有组织的形式宗教（formal religion）而言，相信这种宗教的人，自有他的精神上的安慰：他人不必反对他，他也不能强人尽同。至于信仰（faith）是人人内心都有的，也可以说是一种宗教心，却不一定表现在宗教，而能寄托在任何事业方面。

信宗教的人固有以身殉道者，但是不信宗教的人也不少成仁取义者。如苏格拉底的临死不阿，是他信仰哲学的主张；文天祥的从容就义，是他信仰孔孟的伦理。这可见信仰力量的弥漫，绝不限于宗教。

最纯洁的信仰，是对于高尚理想的信仰；他是超越个人祸福观念的。生前的利害不足萦其心，生后的赏罚也不在其念。至于借忏悔以图开脱，凭奉献以图酬报的低等意识，更不在他话下了！

最纯洁的信仰，是经知识锻炼过的，是经智慧的净水洗清过的；从哲学方面来讲，也是对于最高尚的理意之忠（loyalty to the ideal）。人类进步了，若是他对他的理想，没有知识的深信（intellectual conviction），他绝不能拼命地效忠。近代哲学家罗亰斯（J. Royce）说："你要效忠，就得决定哪一个是值得你效忠的主张去效忠。"（见其所著的 *The Philosophy of Loyalty*）这里知识的判断就来了：若是你所相信的东西里面，知识的发现告诉你是有不可靠、不可信的成分在里面，那你的信仰就摇动了；若是知识的判断对你所相信的更加一种肯定（reaffirmation），那你的信仰更能加强。所以知识是不会摧毁信仰，而且可以加强信仰的。比如"原始罪恶"、"末日裁判"和一切"灵迹"涤除以后，不但可以使基督教徒解除许多恐惧，使他不存不可能的希望，而且可以使他的哲学，格外深刻化，笼罩住一部分西洋的哲学家和科学家的信心，这就是一个例子。知识能为信仰涤瑕荡垢，那信仰便能皎洁光莹。

人固渴望尽善尽美的境界，然而渴望的人对于这境界的认识，有多少阶段、若干浓度的不同。希腊人思想中以为阿灵辟亚山上的神的境界是尽善尽美的；希伯来人思想中以为天堂是尽善尽美的。最早的观念最幼稚、最模糊；知识愈进步，则这种认识愈高妙、愈深湛。所以我说理想是人生路程上的明灯，愈进一步，愈能把前途的一段照得明亮。世界上只有进展的理想，没有停滞的理想。唯有这种进展的理想，最能引起我们向上的兴趣。

信仰是要求力量来表现的，理想不是供人清玩和赏鉴的。要实现信仰达到理想，不能不靠热忱（zeal）。热忱是人生有定向而专一（devotion）的内燃力。要它有效，就应当使它根据确切的认识而发，使它不是盲目的；若是没有智慧去引导它、调节它，它也容易横溃，容易过度。如所谓宗教的疯狂者（religious fanatic），正是过度热忱到了横溃的表现。这是热忱的病态，不是热忱的正常。

对于一件事、一个使命，他有这种知识的深信，认为值得干的，就专心致志、拼命地去干，危难不变其节，死生不易其操，必须干好而后已，这才是表现我所谓真正的热忱。

热忱常为宗教所启发，这固然是因为热忱与信仰有关，也因为宗教里面，本来带有感情的成分。感情是热忱的源泉；感情淡薄的人绝不会有热忱。但是感情易于泛滥，易于四面散失。必须锻炼过，使其专一而有定向，方能化为热忱。

我常觉得我们中国人热忱太少。现在许多事弄不好，正是因为许多做事的人，对于他所做的事的热忱太缺乏。他只觉得他所做的事只是一种应付，而不是一件使命，这是什么缘故呢？有人说是因为我们宗教心太缺乏。是的，我们宗教心——信仰——很缺乏，集体的宗教生活不够。我们对于宗教信仰的容忍态度，虽然说是我们的美德，但是也正是因为我们缺乏宗教热忱的缘故。有人说是我们感情的生活不丰富。也是的。我不能说我们中国人的感情淡薄，但是我们向不注重感情的陶熔和给予感情以正常的激刺——如西洋宗教的音乐之类，并且专门想要压迫感情、摧残感情。宋儒明天理人欲之辨，似乎认为感情是人欲方面的，要不得的，于是倡为“惩忿窒欲”之论，弄得人毫无生气。王船山在《周易外传》论“损”的一段里，反对这种意见最为透辟。他说：“性主阳以用壮，大勇浩然，亢王侯而非忿。情宾阴而善感，好乐无荒，思辗转而非欲。尽用其惩，益摧其壮，竟加以窒，终绝其感。一自以为马，一自以为牛，废才而处于錞。一以为寒岩，一以为枯木，灭情而息其生。彼佛老者皆托损以鸣其修，而岂知所谓损者。”王船山所谓“大勇浩然，亢王侯而非忿”，正是正义感的发泄。他所谓“好乐无荒，思辗转而非欲”，正是优美情绪的流露。而他所谓“佛老”，乃是指掺杂佛老思想的宋儒。弄到大家都成为寒岩枯木，还有什么感情可言。况且感情不善培养与引导，终至于横溃。中国人遇着小事，容易“起哄”（excitement），就是感情没有正当发泄的结果。很爱中国的哲学家罗素，为我们说了许多好话；但是论中国人性格的时候，他说我们是一个容易起哄的（excitable）民族，并且说这是一件危险的现象，容易闯大乱子。这是值得我们反省的诤言。中国人热忱不发达的原因，还有一个，就是普通所谓“看得太透了”。讽刺地说，也可以说是“太聪明了”。把什么事都看得太透了，还有什么意思？就是做人也可以说是没有什么意思，那还有什么勇气去做事？这是享乐派的态度（hedonistic attitude）；这实在是很有害处而须纠正的。

罗哀斯说：“任何一个忠的人，无论他为的是什么主张，总是专一的、积极动作的，放弃私人的意志，约束自己，爱他的主张，信他的主张。”我们国家民族，正需要这样忠的人！

在这紊乱的世界，我们不能老是彷徨，长此犹豫，总持着怀疑的心理、享乐的态度；这必定会使生命空虚，由否定生命而至于毁灭生命。我们虽然遇着过人之中有坏的，但是不能对于人类无信心；虽然目击强暴，不能对于公理无信心；虽然知道有恶，不能对于善无信心；虽然看见有丑，不能对于美无信心；虽然认识有假，不能对于真无信心。我们要相信人类是要向上的，是可以进步的，我们的理想是可以达到的，我们的努力是不会白费的，因为宇宙的人生的本体，是真实的。纯洁的信仰、高尚的理想、充分的热忱，是我们改造世界建设笃实光辉的生命的无穷力量！

甘乃光
(1897—1956)

生平简介

甘乃光（1897—1956），别字自明，广西岑溪人，辛亥革命元老甘绍相之子。1922 年毕业于岭南大学经济系。1924 年任黄埔军校政治部英文秘书兼政治教官。1925 年起任国民政府监察院监察委员，国民党中央执行委员、常务委员、青年部部长、农民部部长，广东省政府委员，广东政治分会委员。1927 年 4 月任江苏省政务委员会委员兼农工厅厅长；9 月任中国国民党中央特别委员会候补委员；同年底代理广州市市政委员长。1928 年春被革职，遭蒋介石通缉，被迫流亡美国，入芝加哥大学研究院深造。后又到英、德、法等国考察游历，历时一年。1929 年 3 月被开除国民党党籍，1931 年 11 月恢复。1932 年 5 月任国民政府内政部政务次长，翌年 12 月暂代内政部部长。1935 年任军事委员会委员长行营第五处处长、中国国民党第五届中央执行委员。1938 年任内政部禁烟委员会常务委员、中国国民党中央党部副秘书长。1939 年 3 月任军事委员会战地党政委员会委员。后又任国防最高委员会副秘书长、中央设计局副秘书长。1945 年 5 月当选为中国国民党第六届中央执行委员；8 月调任国民政府外交部政务次长，任职期间主要参与对苏、对日等有关问题的交涉。1947 年 4 月任行政院秘书长；同年冬当选为行宪国民大会代表。1948 年 5 月调任中国驻澳大利亚大使。1951 年 5 月被免去大使职务。1956 年 9 月 30 日在澳洲病逝。著有《先秦经济思想史》《孙中山全集分类索引》等书，译著有《美国政党史》《英国劳动党真相》等。

中国四大文化系统与内务行政

1933 年

普通大家以为中国只有一个文化。这个文化是整个的，是单一的，可以孔子为代表。但据我们观察的结果，自汉代发皇孔学、主张思想定于一尊以后，孔道才占重要地位。自佛教和回教传入中国，孔子之道已经变更而略有不同。我们只要看韩愈《原道》那篇文章，便可以知道中国文化从禹汤文武以至孔孟，从孔孟以至唐代是怎样一个变更的。他好像感慨邪说乱道，大有出来担任这个道统之意。再看宋儒学案、明儒学案，可知佛教之影响，回教在学术方面影响小，但在实际生活上的影响实大。元代中国国势强盛，疆域最大，除掉中国十八行省之外，开拓了许多边省，更受了边境文化的影响，中国文化的本体又有转变。近八九十年来，从 1840 年鸦片战争起，西洋文化转入中国，中国的文化又发生极大的转变。所以中国文化的系统，经过上述几种变迁，已经不是整个的单纯的。可以说现代中国的文化是在转变中，已绝非当日的文化了。

我们现在谈一谈文化的解释。“文化”是什么东西？“文化”是一种生活的方式。各地的生活方式不同，所以各地文化也就不同。文化既是生活方式的表现，则中国实有多种的生活方式，所以中国的文化也是多方面的。我们就拿目前的“衣”“食”“住”“行”来说。民国以来，租界为资本主义文化的策动地，像南方的香港（香港虽然不是租界，但是租界化，故并入讨论），东方的上海、北平、天津、大连、哈尔滨，生活方式完全和别处不同。他们衣的是洋装，吃的是西菜，住的是洋房，行的是汽车。这是“租界的文化”，也可以说是资本主义的文化。第二种系统为由租界势力发展而成的都市文化。都市的人穿的是绸缎，吃的是米面，住的不一定是洋房多数的砖房，走路则大都用黄包车或少数汽车。这是“都市的文化”。第三讲到农村文化。农村社会穿的是布衣或更褴褛的衣服，吃的是大粗粮，住的是泥屋茅屋，行则或是步行，或是坐轿。这是“乡村的文化”。至于第四种是边境方面，可叫作部落文化。吃则牛酪羊乳，穿则兽类皮料，住则牛毛帐篷或蒙古包，行则牛马骆驼。他们的生活方式完全和我们普通看见的不同。这是“部落的文化”。

我们看到上述仅以衣、食、住、行的四种生活方式分析，已经形成四种不同的文化系统。再进一步来讲，比方有人说，中国语言虽不统一，中国文字是统一的。其实中国的文字又何尝统一？汉文用的是单字，满蒙回藏用的是字母，或是由上而下，或是由左而右，或是由右而左。除非我们不要满蒙回藏，要是把他们算在里面的话，中国的文字是不统一的。至于说到宗教，我们有统一的宗教吗？哪一种宗教是我们的“国教”？不错，孔道在中国是有很大的潜势力，但是孔教以外，我们有的信耶稣教，有的奉佛教回教；有的不吃牛肉，有的不吃猪肉。哪一种是我们的“国教”？以民族言之，汉满人是总算同化了，汉满的界限已无，但是除此以外蒙回藏三族仍保持其系统。所以从上面看来，我们不问怎样说，中国文化是不统一的，中国文化不是整个的，不是单一的。至少可以说现在是这样的。

我们在南京，应该可以很清楚地看出中国文化的四大系统——租界文化、都市文化、乡村文化、部落文化，以及它们的不同，现在我且加以分析。目前从力量上说，“租界文化”的力量最大。因为租界的所在地都是中国的主要口岸，地方虽小而力量极大，宣传“租界文化”的工具很多，外国人、传教士、留学生、商品、高等华人、电影等等，每天都从租界进入内地，变动中国的文化。现在所谓“摩登男女”，即来自租界。租界文化是代表资本主义，其势力影响于中国学术、礼教风俗不小。“租界文化”达到内地，第一步的传递者是都市。

“都市文化”一方面看不起农村，一方面羡慕租界。从前人把秦淮河看得多好，那是因为从乡村的目光看来，秦淮河五光十色，煞是好看。租界上的人看来，秦淮河是一钱不值。南京是一种“都市文化”，所以南京人一方面看不起农村文化，一方面羡慕着“租界文化”。看秦淮河就是一个例。

“租界文化”势力第二步的推进，是从都市中到乡村。除上述各种工具外，还有火车、轮船、公路、商品，将农村习俗慢慢更改，吸收农村的资本送入租界，把农村社会做其文化的牺牲品。这三种文化，“租界文化”“都市文化”“乡村文化”，包含在一个大系统内，和其他另一系统没有关系，那便是“部落文化”。这些部落，当然是指边疆各地，大抵抱着封锁政策，不与内地人士往还。或因种种关系，不能与内地人士往还。但为环境关系，都是外向的。现在的西藏与英国文化，新疆与英国和俄国文化接触，外蒙古在俄国文化范围内，东三省在日本文化范围内。从事实上可以看出，以上许多边境简直没有中原文化伸进去。你们试想这还成什么国家？这另一个独立文化系统，是资本主义文化直接打进去的。最近从新疆回来的人说，俄国在新疆推销的完全是俄国最好的香烟、糖果之类，资本主义输入于我们“部落文化”的完全是消费货品，不是生产货品；而吸收的大都是再生产的原料，如皮货之类。这种提高消价的生活方式而非生产的生活方式，是整个中国所受的毛病。

或许有人说，哪一国没有这种不同的生活方式，何独中国为然？唯人家的生活方式虽然不同，但他们都是一个主动的潮流和共同的倾向。中国则不然，人民对于各个生活方式取舍不定。我们可以昨天穿西装，今天着长袍，明天或许又换一个样子。我们一天之内，可以有几种生活方式的变动，每一种生活方式都不定的。可以说这前面的四种文化都在摇动中。

更进一步说，中国这四种生活方式，也就是中国文化发生了四个系统。这四种文化的详细情形又怎样呢？以地域来讲，边境占地最多，约为全国土地百分之六十五。仅此新疆一省而论，其面积比东三省还大，占全国面积八分之一，内部十八省面积十分之四。可是边疆的人口却不多，仅占全国人口百分之十四。（全国人口目前无一定总数，有人说三万万五千万，有人说四万万七千万，或是五万万。我们照四万万的数目算。）地方这样大，而我们不去理它，结果成为另一系统，这是“部落文化”。至于“乡村文化”呢？农村是中国生产的发源地，人口最多，但现在因受“租界文化”和“都市文化”的影响，优秀的分子都离开农村了。中国本部以农村为基础，结果什种办法都没有了。至于“都市文化”，都市人口在四万万人口中占百分之八或九，但都是优秀分子、统治阶级的集中地，占地虽小，而位置甚重要。“租界文化”当然更甚了，它对于全国的影响更大，直接影响到中国的政治社会。前几年对某方战争，实际上是天津上海之战，上海的筹款力量，比天津大。结果上海战胜了。上海不但是经济的重心，而且是文化的集中地。拿文化机关而论，如申报、新闻报、商务印书馆、中华书局和其他许多大商店，都在上海。时装的产地也是上海。这次全国运动会总锦标是上海夺得的。这是什么缘故？这便是表示全国人才都集中在大租界的所在地。所以“租界文化”的势力是不能轻视的。租界上的生活天天在影响着中国的文化，不问在衣食上，在文化教育上，都是如此。我们有这许多文化系统同时并行着，没有同一的趋向。譬如就南京说，铁道部和内政部的建筑便表示着两个系统，一个是洋式的大厦，一个是土气的和城隍庙一样；其他像国民政府、中央大学等等的建筑，每一处都有它们不同的所在，都有个别的文化系统。中国目前的文化系统在摇动中，结果弄成不中不西不古不今，变成四不像的文化，没有一个中心思想。内政部礼俗司不是想制定结婚仪式的吗？可是内政部同人的结婚，没有一个仪式相同。因为各人的观点不同，所以他们的仪式不同。租界文化的以为要男女傧相，乡村文化的就不以为然。而有些信耶稣教的，又非到教堂结婚不可。总之，看惯“租界文化”的，和看惯“乡村文化”的绝不能一致，他们各有相当的理由，我们不能说哪一种不对。我们昨天食中菜，今天食西菜，便表现我们中国目前有几种文化同时存在而没有一个独占的文化。

就文化的本身上说是这样，可是它反映到政治上，便有严重的结果了。政治是差一点都不行的。一个文化系统的变动，全部政治受其影响。现在再讲这四大文化系统影响于内务行政的情形。

中国四大文化系统在政治上的反映各个不同。“部落文化”是一种酋长教皇制度，西藏的信奉班禅达赖，蒙古的王公扎萨克制度，便是这种政治组织的表现。“乡村文化”是一种大家族制度，一家的家长往往就是一地的绅士。孔子说过：“为政不难。不得罪于臣室。”可见绅士的力量在乡村社会里是多大。至于“都市文化”，是商人的势力。其中虽有大小的不同，但大致是不差的。说到“租界文化”，其权力操纵于洋商接近的买办阶级或准买办阶级。在租界要不和外商或买办阶级发生关系，那便休想发财，休想立足。可想见买办阶级的势力。

……①现在再说到关于应付这复杂系统的问题。我们应该知道“省县制”较适用于农村和都市，而不甚适用于部落社会。要适用于部落与农村相混的社会，至少省制要有很大的弹性。今日中国的边境问题，是省县制度和部落社会的冲突，因而影响到其整个生活。内蒙自治问题的发生，一部分即在于此。所以中央此次派黄部长巡视，就是要改革现在的行政系统。同样地，我们不能把“都市文化”强制地放进乡村去，我们应该建筑起“乡村文化”。现在人以为建设便是在都市里多开几条宽阔的马路，开几爿大商店。其实马路造好了不过走走汽车，大商店开了卖些什么东西。我听到一个外国人的批评，他便很不以这种建设为然。他主张将这一笔很大的款子建设农村，扩大农村的生产力便可以繁荣都市，仅筑几条马路即可谓摩登乎？以钱建设都市，置“乡村文化”于不顾，这种办法是不对的。

此外我们过去的错误，是不知“都市文化”和“乡村文化”的不同。关于地方自治把它们一视同仁，实则乡村以宗族为单位，和有职业组织的都市的性质完全不同，其办法应分开。譬如说警察制度是都市的产物，不能完全适用于乡村，所以中国内地行警察制度卅余年行不通。

① 此处略有删节。

乡村以维持秩序和安全的有民团、家长、祠堂，晚上打更，其办法不等于警察吗？乡村保甲制度，即为保戍地方的好办法。至于租界亦然，租界问题不能以普遍的都市方法解决之。现在要是想采用一种千篇一律、全国均通的办法，便是五十个拿破仑也做不到。譬如今天国府下命令，全国人民都要吃外国菜，与全国不许坐汽车，这种办法行得能吗？前几天我和英德二国地方行政顾问谈话，我说中国土地如此之大，有四千多年的文化，非同鲁滨孙到一个荒岛可比。我们的办法通不通，是要人民告诉我们，我们才知道。不然只是下令，要全国一致通行那是去不通的。

我们要不看清楚以上所说的道理，那么政治上便绝无办法。现在大家呼喊着“交通救国”、“国货救国”、“航空救国”、什么什么救国，都是对的，也都有些不对。什么方法是对的，要看通用在什么地方、什么时候。如果不顾到时间性和空间性，一切都办不通。

照上面说，中国有四大文化系统，不是成了四个国家了吗？但是事情不至于如此，因为尚有其他连锁的关系。不过这四种事实，我们不能否认。现在许多人以为中国文化是统一的，想把一种文化来代表整个中国的文化，许多东西动辄加以“国”字，如“国教”“国医”“国学”“国术”。把中国许多过去的文化，拿来代表中国，这事我们实不能放心。所以五四运动之后，就闹出所谓国粹、国渣的问题来。譬如说打两套拳，便能代表我们的“国术”吗？像某某音乐会那样地拿出二百年前的音乐，便能代表我们现代的“国乐”吗？拿几千年前的东西，或二三百年前的无作用之物，加上一个“国”字，便代表目前我国的文化，像是太早一点。

中国文化系统的复杂既如彼，中国今日政治问题的困难又如此。一旦要想设法解决，那是很不容易的事。总之，我们要大胆地承认中国过去已成的事实，应该看清中国文化的系统及其特殊的性质。我们要吸收融化、创造、集合古今中外的大成，因势利导，使中国文化慢慢归于统一，将来把中外古今各种文化熔于一炉而冶之，使中国的文化一天天发扬光大。这件事虽然一时不易达到，但我们总要照着这个目的做去。明知有许多困难，我们不可畏避。而这个统一中国文化的责任，在我们全国人民身上，行政者当然要担负很大的责任，尤其希望在最高学府先自做起，以期为社会的表率。今天所讲的是中国四大文化系统与内务行政，就想各位同僚负起总理所主张的中华民族成一大民族的国族主义，促进现代中华文化建设的完成。

田 汉
(1898—1968)

生平简介

田汉（1898—1968），原名寿昌，湖南省长沙县人。话剧作家、戏曲作家、电影剧本作家、小说家、诗人、歌词作家、文艺批评家、社会活动家、文艺工作领导者，中国现代戏剧的奠基人，中华人民共和国国歌《义勇军进行曲》词作者。1916 年考入日本东京高等师范学校。1919 年在东京加入李大钊等组织的少年中国学会，开始发表诗歌和评论。1922 年回国，在上海中华书局任编辑。1924 年和妻创办《南国》半月刊，发表剧作。1926 年在上海与唐槐秋等创办南国电影剧社。1927 年秋到上海艺术大学任文学科主任、校长，创作了话剧《苏州夜话》《名优之死》等。1928 年与徐悲鸿、欧阳予倩组建南国艺术学院，同年秋成立南国社，同时主编《南国》月刊。1930 年 3 月以发起人之一的身份参加了中国左翼作家联盟成立大会，并被选为七人执行委员会成员之一，接着参加了中国自由运动大同盟。同年 6 月，南国社被查封，左翼剧团联盟改组为左翼戏剧家联盟，他是发起与组织者之一。1932 年“一·二八”事变后加入中国共产党。1935 年为电影《风云儿女》作主题曲《义勇军进行曲》歌词。1937 年为电影《马路天使》作主题曲《四季歌》《天涯歌女》歌词。1941 年在大后方桂林组建新中国剧社。1949 年后历任文化部戏曲改进局局长、艺术事业管理局局长、北京戏曲学校校长、中国戏剧家协会主席等。1968 年在“文化大革命”中被迫害，冤死狱中。1979 年党中央为其平反，在北京召开了隆重的追悼大会。

中国舞台协会公演幕前致辞

1935 年 11 月底

在这样国难日益严重的时候，为什么还来干戏剧运动？或者会有人这样说：我们的回答是：正因为有严重的国难，所以要干戏剧运动；因为戏剧固然能使民众沉酣在艺术世界里忘记国难，但更能通过艺术世界使民众都注意国难而急求所以突破之道。目前威胁我们最紧迫的莫如外患与天灾——水灾，中国民族呻吟在这两者的压迫下几至毫无办法。虽则“兵来将挡，水来土掩”成了中国民众的共信，但残余的封建思想使中国一部民众急于自保而未能全体共休戚，以故使帝国主义与洪水皆能得间而入，无所顾忌，常至一方血肉相搏，一方歌舞方酣，这实在是极可痛心的事！

古人有言：“天下兴亡，匹夫有责。”我们几个戏剧艺术的研究者不敢自忘其责任。乃在这样的时候组织这次的公演：《械斗》以攻击中国民族“勇于私斗，怯于公战”的劣根性；《回春之曲》以唤起大家不要忘记国难而继续四年前奋发的精神；《晚会》写国际风云中青年女性的觉悟；《洪水》则鼓励民众再接再厉，与自然力奋斗。我们希望使戏剧艺术与当前的现实结合得较紧。在戏剧艺术上我们虽也有一些抱负，但仓促登场又是在比较不充分的条件下，恐怕很难得到理想的演出。但也当尽其最善，不使中国戏剧艺术已挣到的标准因我们而低落。这儿值得一提的，是我们不仅想使话剧综合文学、美术、音乐、歌唱，更想使它综合武术。武术的成分被认为中国旧戏最好的成分；为什么不可吸收到新的戏剧里来，使它增加巨大的生命力呢？我们不敢说此次尝试能获得何等的成功，但也不辞大胆的尝试。我们相信在不断的尝试中可以使戏剧艺术渐次达到一种较高的阶段。

学习·个性·用自己①

1947 年 1 月

今天想与各位谈三个问题。第一，是教育与学习问题。当陶行知先生从重庆返上海后不久，生活教育社所召开的大会中，郭沫若先生与陶先生曾有小小的争论。郭先生认为“教育”两字应改为“学习”。郭先生专研文字学的，“教育”的“教”字在古义中不大开明，“教”字的造型是一个人拿着鞭子打小孩子的头，而中国传统的教育就是这样，小孩子不听话，就用鞭子去打他。这不是教育，而是虐待。且中国一般的教育者往往摆起“教育家”的面孔，而不屑与青年相接近。今日的青年与其仰求于这样的教育，倒不如自己学习。陶先生却认为不必把由来已久的“教育”两字改为“学习”，因为这样牵动得太大，“教育部”将改“学习部”，“生活教育社”将改为“生活学习社”了。可是陶先生完全同意郭先生的看法，而主张把这一种学习的精神实际贯注于新教育中。听到郭、陶两位先生的见解，使我深深地感到今日一班职业界的青年朋友们，多在工作中自觉知识的不够。试从抗战期间的演剧工作队队员为例，其中有许多女演员，参加剧团时正当十七八岁，一下子七八年过去了，年龄到了廿五六岁。在这七八年中，只有表演，而无学习。尽管她们的演剧或歌唱在人民大众中发生多大的影响，但自觉艺术水准不够，于是脱离工作，到学校里去专门研究，以期扩大对于人民大众的

① 本文是田汉在上海文化函授学院新年聚餐会上的演讲。

影响。可是当她们学成以后，她们的艺术理论不能为人民大众所看懂，她们的音乐歌唱不能为人民大众所听懂，于是当初为了想扩大对人民大众的影响，结果反而消失了影响。所以，我的看法是：我们的学习，不能与日常的生活、社会的现实、人民大众的要求相脱离。今日的学校教育，多半是与现实社会相脱离的。所谓学习，不必脱离实际工作，而随时随地在实际的工作中学习，把学习所得应用于工作，并对人民大众尽教育辅导的作用。这样，今日职业青年的苦闷才能解除。但是，单单与社会现实不脱节还是不够，且应有更好的理想，以推动社会的进步。例如在银行中工作的青年，较之在大学中学银行科的学生，更来得了解与关切中国的现实政治与经济。政治与经济有什么变动，他们知道最快，反应最敏。但是，假如这一种关切与理解只是为了做投机生意，那只是独善其身而已（事实上也不能长久地独善其身）。进步的银行职员，进步的职业青年，应该有更高的理想，利用他们实际的知识与经验，不断地从现实的社会事业中学习怎样做人。例如从美军污辱我国女生的事件中，学习怎样做一个独立的人，并争取怎样做一个不被侮辱的人。

第二，是个性与群性的问题。有些人说，在新的进步社会中，不需要个性，或者个性是被抹杀的。不问这种说法是恶意或是善意的，都是不正确的。其实，在理想的社会生活中，尤其需要充分发展个性。个性与群性是并不对立的。有时为了社会的进步，自愿地牺牲自己的若干个性，但那只是为了求更大的个性发展。在中国的历史上，开明的帝制时代，对于个性的发展也是不加限制的。当然，也有许多皇帝，利用人民（特别是文人学士与朝廷及封疆大吏）之间因不同个性的发展而形成的彼此间的斗争，加以运用，以遂其操纵玩弄的野心。至于今日的情形，则每况愈下，只要稍有个性，不问其为左为右为前为后，均被看不惯。在学校中，假如学生不愿在思想上被学校当局牵着鼻子走，即要受到压迫。至于职业青年、公务人员无论矣，即使是在一般职业界中，哪里有允许你发展个性的机会？我们最近在报纸上看到台湾有一个天才女孩子，十四岁能写二十万字的小说，更看到武进有一个六岁的天才儿童。即是一般的儿童，亦由于适当的培养得充分发展个性，四五岁能弹奏钢琴的，不是奇迹。其次，个性与气节是不可分的。我们要充分发展个性，更应有昂然不屈的气节。例如在今日之下，我们要突破国家的危机，争取和平与民主，就需要拿出个性与气节来，与反正义、反民主势力相斗争，不能丝毫妥协于现实的腐败，是为个性，是为气节。我们应随时随地，通过日常生活，发展个性，坚守气节，以促成理想的社会与政治生活。

第三，是被人用与用自己的问题。许多青年，抱着满怀的热望跑到社会上去，因找不到职业，而失望，而苦闷，而甚至自杀。陈白尘近编的剧本《结婚进行曲》中，亦描写到职业青年因找不到职业而苦闷万分。在合理的国家中，毕业班的学生，尚未离开校门，已各就其所长，被预先分配到各职业部门中去了。在中国，一切无计划，学非所用，用非所学，而职业的获得全靠机会与脚路。当然，也有许多青年因受不住其职业圈子中乌气，而离开其职位，而失业的。但是，我们应该知道，能得到一业半职，固是幸事，否则，我们也应自己找工作，自己创造机会。前者是被用于人，后者是用自己。在今日不合理的社会中，青年们要想“用自己”，当然是谈何容易，但也并非是绝无机会。我们更可进一步说，唯其因为现社会不合理，所以有志的青年更应“用自己”，更应创造自己。例如《上海文化》月刊和上海文化函授学院，即是其主持人辛辛苦苦，经之营之，“用自己”创造出来的，否则，谁会凭空地“送”给它这么多读者，谁会凭空地“送”给它这么多学员？再如今日欲获得一个教员的职位颇难，但是，现在的学校数量及其设备，绝不足容纳想求学的学龄儿童，我们为什么不能用各种办法，以从事教育工作呢？这不仅是“用自己”，不仅是替自己创造机会，而且是对社会与人民的最大的贡献。山东的义丐武训，就是我们最好的榜样。所以，只要我们确实有为人类服务的精神，确实有“用自己”以创造机会的精神，即有自用之机会。陶行知先生有一首《创造歌》，大意谓：天天可是创造时，人人可是创造者，处处可是创造地，只要我们肯努力，不问顺利与困难，都可以创造自己，都可造福社会。只要有这样精神，即不致失败，不致自杀，盖可自用也。

归纳言之，我们要随时随地努力学习，发展个性，运用自己，以争取自己的生存与进步，更应为争取社会国家的进步发展而努力。

今天是中华民国卅六年新年开始的一天，一年之计在于春，希望各位有一个好的春天，希望我们的民族也能立刻有一个温暖的春天。

朱自清

(1898—1948)

生平简介

朱自清（1898—1948），原名自华，号秋实，改名自清，字佩弦，原籍浙江绍兴，生于江苏东海，后随祖父、父亲定居扬州。散文家、诗人、学者，民主战士。1916 年考入北京大学预科，1917 年升入本科哲学系。在北大期间积极参加“五四”爱国运动，嗣后又参加北大学生为传播新思想而组织的平民教育讲演团。1919 年开始发表诗歌。1920 年修完课程提前毕业，先后任教于杭州第一师范学校、江苏省立第八中学、浙江台州第六师范学校。其间继续参加新文学运动，成为文学研究会的早期会员，还参与发起新文学史上第一个诗歌团体中国新诗社，创办第一个诗歌杂志《诗》月刊。1925 年 8 月到清华大学任教，开始研究中国古典文学。1931 年 8 月留学英国，进修语言学和英国文学。1932 年 7 月回国，任清华大学中国文学系主任。同年 8 月底赴欧洲游学。1934 年出版《欧游杂记》和《伦敦杂记》。抗日战争全面爆发后，随清华大学南下长沙，1938 年 3 月到昆明，任西南联大中国文学系主任，并当选为中华全国文艺界抗敌协会理事。1946 年 10 月从四川回到北平，于 11 月担任整理闻一多先生遗著委员会召集人。1948 年 8 月 12 日病逝，终年五十岁。代表作品有《背影》《荷塘月色》《匆匆》《新诗杂谈》《论雅俗共赏》等。

怎样学习国文[①]

1944 年

国文这科，在学校里是一种重要的功课，与英算居同等的地位。可是现在呢，国文只是名义上的重要了。其主要的原因，就是一般学生存着错误的观念，以为我们是中国人，学中国文，当然是容易的，于是多半对这门功课不很用功。无论白话文也罢，文言文也罢，在学习的时候，往往词不达意的地方很多，这就是没有对国文这科下过一番功夫的缘故。

最近的舆论，在为中学生的国文程度很低落，这种低落，指的是哪方面？所谓低落，若是在文言文这方面，确实是比较低落，尤其是近十余年来，中学生学做文言，许多地方真是不通。读文言的能力也不够。但从做白话文这方面来说，一般的标准是大大地进步了，对于写景、抒情的能力，尤其非常的可观。可是除此而外，以白话写议论文及应用文的能力，却非常的落后。

中学生对于“读”的功夫是太差了，现在把“读”的意义，简单地说一说。“读”这方面，它是包含着了解的程度及欣赏的程度。就像看一张图画，你觉得它确实太好了，但问你好到什么境地，那么得由你自己去体会，从体会的能力，就见出欣赏的深浅。

古人做一篇文章，他是有了浓厚的感情，发自他的肺腑，才用文字

① 本文是朱自清在昆明中法中学发表的演讲。

表现出来的。在文字里隐藏着他的灵魂，使旁人读了能够与作者共感共鸣。我们现在读文言，是因为时间远隔，古今语法不同，词汇差别很大，你能否从文字中体会古人的感情呢？这需要训练，需要用心，慢慢地去揣摩古人的心怀，然后才发现其中的奥蕴，这就是一般人觉得文言文了解的程度，比白话文实在是难的地方。

再进一步，可以说，白话与文言固然不同，白话与口语，又何尝一致呢？在五四运动的时候，有人提出口号：文语一致。这只是理想而已。“文”是许多字句组织起来的，“语”则不然，说话的时候，有声调、快慢、动作等因素来帮助它，可以随便地说，只要使对方的人能够了解。总之，“语”确实是比“文”容易。

文言文，大学生与中学生都不大喜欢读的，大半因为文言文中的词汇不容易了解，譬如文言文中的“吾谁欺？”在白话文中是“我欺负哪一个？”的意思。如果你不了解古代文法，也许会想到别的意义上去，然而只要多读它几遍，多体会一下，了解的程度就不同；所以“读”的功夫，我是以为非常重要的。

我们之所以对于典籍冷淡，另一方面，是因为它里面的事实，与我们现在不同。电影汽车飞机等类，在古代书籍中就见不到。反之，古代许多事物在我们现在也无从看到，譬如官制、礼节、服装等等，必须考据才能知道，这都阻碍我们阅读的兴趣。然而，只要用心，是没有什么困难不可以克服的。

生在民国的人们，学做文章，便不需要像做古文那样费很大的力量，只要你多读近代的作品，欣赏过近代的文学作品，博鉴过近代的翻译书籍、文学名著，那么，你写的文章，也可以很通顺，这是不用举例证明的。文言文中的应用文，再过二十年，必定也要达到被废弃的境地，因为白话文的势力，渐渐地侵入往来的公文中、交际的信函中了。

由于文言文在日常应用上渐渐地失去效用，我们对于过去的文言文写的典籍，便漠不关心，这是错误的思想。因为我们过去的典籍，我们阅读它，研究它，可以得到古代的学术思想，了解古代的生活状况，这便是中国人对于中国历史认识的任务，你多读文言，多研究历史、典籍、古文，这阅读工作的本身就是值得尊重的！

读文言最难的一步工作，是需要查字典，找考证，死记忆。有一种人图省事，对这步工作疏忽，囫囵吞枣地读下去，还自号“不求甚解”，这种态度，太错误了。假若我们模仿陶渊明的“好读书，不求甚解”的态度，那是有害无益的。他的不求甚解，是因为学问已经很渊博了，隐居时才自称“不求甚解”的，这句话含着他的人生观，青年人是万万不能从表面去仿效的。如果你以为他的不求甚解，就是马虎过去的意思，那么你非但没有了解“不求甚解”这句话的意义，对于你所读的书，就更无从了解。

碰见文言中不懂的词汇，除了请教国文老师而外，必须自己去查字典，以求“甚解”。如文言中的“驰骋文场”这成语，有一个人译到外国去是“人在书堆里跑马”的意思，这岂不是笑话吗？又如“巨擘”，原意是指拇指叫作巨擘。而它普通的意义是用来表扬“第一等”或“呱呱叫”等意义的赞语，这些地方就得留神，才不会出错。再举一例：

“白日依山尽，黄河入海流。欲穷千里目，更上一层楼。”它在词句上直接表示的意境已非常优美，但这首诗更说出另一种道理，它暗示人生，必须往高处走。所以我们读这首诗的时候，最要紧的是要懂得“言外之意”。又如下例：

“铜炉在向往深山的矿苗，瓷壶在向往江边的陶泥……”这两句新诗，它的含义似乎更深了，有些人不解，但如果读了全文，便知道是非常容易明白的话。由此可见，诗里含着高尚的感情，只要你多欣赏，多诵读，必能了解得更深刻。

此外关于了解文章的组织，也是必须的。须得把每篇文章做大纲，研究它怎样发展出来，中心在哪里，还要注意它表面的次序，这种功夫，须得从现在就养成习惯，训练这种精神。

最后，我要告诉大家的，是关于写作方面，那你必须了解“创作”与“写作”的性质是不同的。自五四运动以后，许多人都希望成为一个作家，可是在今天，我们所能看见成功了的、出名的，确是寥寥无几。推究失败的原因，是到处滥用文学的感情和用语，时时借文字发泄感情，文学的成分太多了，不能恰到好处，反而失去文学真正的意义。

来纠正我们这些坏习惯，必须从报章文体学习。而我们更要学写议论文，从小的范围着手，拣与实际生活有密切关系的问题练习写，像关于学校中的伙食问题，你抓住要点，清清楚楚地写出来，即是有条理的文章。新闻事业在今世突飞猛进，发展的速度可以超乎其他文体之上，因为它是简洁而扼要。这种文体，我希望大家能努力去学。与其想成为一个文学家，不如学做一个切切实实的新闻记者。

论 气 节[①]

1947 年 4 月 9 日

气节是我国固有的道德标准，现代还用着这个标准来衡量人们的行为，主要的是所谓读书人或士人的立身处世之道。但这似乎只在中年一代如此，青年一代倒像不大理会这种传统的标准，他们在用着正在建立的新的标准，也可以叫作新的尺度。中年代一般地接受这传统，青年代却不理会它，这种脱节的现象是这种变的时代或动乱时代常有的，因此就引不起什么讨论。直到近年，冯雪峰先生才将这标准这传统作为问题提出，加以分析和批判，这是在他的《乡风与市风》那本杂文集里。

冯先生指出“士节”的两种典型：一是忠臣，一是清高之士。他说后者往往因为脱离了现实，成为“为节而节”的虚无主义者，结果往往会变了节。他却又说“士节”是对人生的一种坚定的态度，是个人意志独立的表现。因此也可以成就接近人民的叛逆者或革命家，但是这种人物的造就或完成，只有在后来的时代，例如我们的时代。冯先生的分析，笔者大体同意；对这个问题笔者近来也常常加以思索，现在写出自己的一些意见，也许可以补充冯先生所没有说到的。

气和节似乎原是两个各自独立的意念。《左传》上有“一鼓作气”的话，是说战斗的。后来所谓“士气”就是这个气，也就是“斗志”；这个“士”指的是武士。孟子提倡的“浩然之气”似乎就是这个气的

---

① 本文是朱自清在清华大学纪念西南联大新诗社成立三周年晚会上的演讲。

转变与扩充。他说“至大至刚”，说“养勇”，都是带有战斗性的。“浩然之气”是“集义所生”，“义”就是“有理”或“公道”。后来所谓“义气”，意思要狭隘些，可也算是“浩然之气”的分支。现在我们常说的“正义感”，虽然特别强调现实，似乎也还可以算是跟“浩然之气”联系着的。至于文天祥所歌咏的“正气”，更显然跟“浩然之气”一脉相承。不过在笔者看来两者却并不完全相同，文氏似乎在强调那消极的节。节的意念也在先秦时代就有了，《左传》里有“圣达节，次守节，下失节”的话。古代注重礼乐，乐的精神是“和”，礼的精神是“节”。礼乐是贵族生活的手段，也可以说是目的。他们要定等级、明分际，要有稳固的社会秩序，所以要“节”；但是他们要统治，要上统下，所以也要“和”。礼以“节”为主，可也得跟“和”配合着；乐以“和”为主，可也得跟“节”配合着。节跟和是相反相成的。明白了这个道理，我们可以说所谓“圣达节”等等的“节”，是从礼乐里引申出来成了行为的标准或做人的标准；而这个节其实也就是传统的“中道”。按说“和”也是中道，不同的是“和”重在合，“节”重在分；重在分所以重在不犯不乱，这就带上消极性了。

向来论气节的，大概总从东汉末年的党祸起头。那是所谓处士横议的时代。在野的士人纷纷地批评和攻击宦官们的贪污政治，中心似乎在太学。这些在野的士人虽然没有严密的组织，却已经在联合起来，并且博得了人民的同情。宦官们害怕了，于是乎逮捕拘禁那些领导人。这就是所谓“党锢”或“钩党”，“钩”是“勾连”的意思，从这两个名称上可以见出这是一种群众的力量。那时逃亡的党人，家家愿意收容着，所谓“望门投止”，也可以见出人民的态度。这种党人，大家尊为气节之士。气是敢作敢为，节是有所不为——有所不为也就是不合作。这敢作敢为是以集体的力量为基础的，跟孟子的“浩然之气”与世俗所谓“义气”只注重领导者的个人不一样。后来宋朝几千大学生请愿罢免奸臣，以及明朝东林党的攻击宦官，都是集体行动，也都是气节的表现。但是这重表现里似乎积极的“气”更重于消极的“节”。

在专制时代的种种社会条件之下，集体的行动是不容易表现的，于是士人的立身处世就偏向了“节”这个标准。在朝的要做忠臣，这种忠节或是表现在冒犯君主尊严的直谏上，有时因此牺牲性命；或是表现在不做新朝的官甚至以身殉国上。忠而至于死，那是忠而又烈了。在野的要做清高之士，这种人表示不愿和在朝的人合作，因而游离于现实之外，或者更逃避到山林之中，那就是隐逸之士了。这两种节，忠节与高节，都是个人的消极的表现。忠节至多造就一些失败的英雄，高节更只能造就一些明哲保身的自了汉，甚至于一些虚无主义者。原来气是动的，可以变化。我们常说志气，志是心之所向，可以在四方，可以在千里，志和气是配合着的。节却是静的，不变的，所以要“守节”，要不“失节”。有时候节甚至于是死的，死的节跟活的现实脱了榫，于是乎自命清高的人结果变了节，冯雪峰先生论到周作人，就是眼前的例子。从统治阶级的立场看，“忠言逆耳利于行”，忠臣到底是卫护着这个阶级的，而清高之士消纳了叛逆者，也是有利于这个阶级的。所以宋朝人说“饿死事小，失节事大”，原先说的是女人，后来也用来说士人。这正是统治阶级代言人的口气，但是也表示着到了那时代士的个人地位的增高和责任的加重。

“士”或称为“读书人”，是统治阶级最下层的单位，并非“帮闲”。他们的利害跟君相是共同的，在朝固然如此，在野也未尝不如此。固然在野的处士可以不受君臣名分的束缚，可以“不事王侯，高尚其事”，但是他们得吃饭，这饭恐怕还得靠农民耕给他们吃，而这些农民大概是属于他们做官的祖宗的遗产的。“躬耕”往往是一句门面话，就是偶然有个把真正躬耕的如陶渊明，精神上或意识形态上也还是在负着天下兴亡之责的士，陶的《述酒》等诗就是证据。可见处士虽然有时横议，那只是自家人吵嘴闹架，他们生活的基础一般的主要的还是在农民的劳动上，跟君主与在朝的大夫并无两样，而一般的主要的意识形态，彼此也是一致的。

然而士终于变质了，这可以说是到了民国时代才显著。从清朝末年开设学校，教员和学生渐渐加多，他们渐渐各自形成一个集团；其中有不少的人参加革新运动或革命运动，而大多数也倾向着这两种运动。这已是气重于节了。等到民国成立，理论上人民是主人，事实上是军阀争权。这时代的教员和学生意识着自己的主人身份，游离了统治的军阀；

他们是在野，可是由于军阀政治的腐败，却渐渐获得了一种领导的地位。他们虽然还不能和民众打成一片，但是已经在渐渐地接近民众。五四运动划出了一个新时代。自由主义建筑在自由职业和社会分工的基础上。教员是自由职业者，不是官，也不是候补的官。学生也可以选择多元的职业，不是只有做官一路。他们于是从统治阶级独立，不再是“士”或所谓“读书人”，而变成了“知识分子”，集体的就是“知识阶级”。残余的“士”或“读书人”自然也还有，不过只是些残余罢了。这种变质是中国现代化的过程的一段，而中国的知识阶级在这过程中也会尽了并且还在想尽他们的任务，跟这时代世界上别处的知识阶级一样，也分享着他们一般的命运。若用气节的标准来衡量，这些知识分子或这个知识阶级开头是气重于节，到了现在却又似乎是节重于气了。

知识阶级开头凭着集团的力量勇猛直前，打倒种种传统，那时候是敢作敢为一股气。可是这个集团并不大，在中国尤其如此，力量到底有限，而与民众打成一片又不容易，于是碰到集中的武力，甚至加上外来的压力，就抵挡不住。而一方面广大的民众抬头要饭吃，他们也没法满足这些饥饿的民众。他们于是失去了领导的地位，逗留在这夹缝中间，渐渐感觉着不自由，闹了个“四大金刚悬空八只脚”。他们于是只能保守着自己，这也算是节吧；也想缓缓地落下地去，可是气不足，得等着瞧。可是这里的是偏于中年一代。青年代的知识分子却不如此，他们无视传统的“气节”。特别是那种消极的“节”，替代的是“正义感”，接着“正义感”的是“行动”，其实“正义感”是合并了“气”和“节”，“行动”还是“气”。这是他们的新的做人的尺度。等到这个尺度成为标准，知识阶级大概是还要变质的吧？

老 舍
(1899—1966)

生平简介

老舍（1899—1966），原名舒庆春，字舍予，生于北京。小说家、文学家、戏剧家。1918 年毕业于北京师范学校。1924—1937 年先后任教于英国伦敦大学东方学院华语学系、新加坡华侨中学、齐鲁大学、山东大学，其间创作了长篇小说《老张的哲学》、以新加坡为背景的小说《小坡的生日》、长篇小说《大明湖》和长篇小说代表作《骆驼祥子》。1938 年开始主持中华全国文艺界抗敌协会工作直至抗战胜利，其间创作了抗日题材长篇小说的代表作《四世同堂》。1946 年 3 月应邀赴美讲学。1949 年 12 月回国，曾任政务院文教委员会委员、中国文联副主席、中国作家协会副主席兼书记处书记、全国人民代表大会代表、中国人民政治协商会议全国委员会常务委员会委员、北京市人民政府委员、中国民间文艺研究会副主席、北京市文联主席等职。自 1950 年起写了一些歌颂新中国的作品，以话剧《龙须沟》为代表。1951 年被北京市人民政府授予“人民艺术家”的称号。1956—1957 年创作了《茶馆》。1966 年在“文化大革命”中遭到迫害，是年 8 月 24 日深夜自沉于太平湖。1978 年得到平反。

诗与散文[①]

1934 年 10 月 3 日

Arthur Symons 说："Coleridge 这样规定：散文是'有美好排列的文字'；诗是'顶好的文字，有顶好的排列'。但是这不能证明为什么散文不可以是顶好的，有顶好的排列。一定而再现的律动，可以分别诗与散文。诗是比散文易于记诵的，因为它有重复的拍节，人们想某事值得记下来，或为它的美好（如歌或圣诗），或因它有用（像律法），便自然把它作成韵文。……在它的起源，散文根本不带艺术的味道，严格地说，它永远没有过，也永远不能像韵文、音乐、图画那样变为艺术。它渐渐发现了它的力量；它发现了怎样将它实用之点炼化成美的；也学到了怎样去管束它的野性，远远地追随着韵文的一些规则。慢慢地它发展了自己的法则，可是因它本身的特质，这些法则不像韵文那样固定，那样有特别的体裁。……只有一件事散文不会做：它不会唱。散文与韵文有个分别，后者的文字被律动所辖，如音乐之音节，有的时候差不多只有音乐的意思。散文的喜悦，似乎使我们落在尘埃上，因为散文的区域虽广，可是没有翅儿。"

这些话并不新奇，因为许多人是以律动的不同来分类诗与散文的。但是我们要问问，散文与韵文的律动，到底有什么绝对的不同呢？假如

① 本文是老舍在山东大学向中文系学生做的学术演讲。

回答不出这个，上段的话便不算圆满。因为分别两种东西，一定要指出两者绝对不同之点，不然便无从分别起。我们再用 Herbert Read 的话看看吧：

> 分别散文与韵文有两条路：
>
> 一、外表的与机械的：诗是一种表现，严格地与音律相关；散文是另一种表现，不是音律的规则，但从事于极有变化的律动。但是，以诗立论，这种分别，显然地只足以说明“韵语”，而韵语不必是诗，是人人知道的。——韵语实在只是一种形式，是，也许不是，曾受了诗的灵感。所以韵语并不是根本同题，它不过是律动的一种类而已。抽象地说，它只是死板的学院规法。这种规法永远没有与散文设立过；所以散文与韵文没有确定的不同。我们不能不追求“诗”字的更重要的意义。诗与散文之分别，永远不能是定形的。无论怎样分析与规定韵律音节，无论怎样解释声调音量，也永远不会把诗与散文的种种变化，分入对立的两个营幕里去。我们至多也不过能说散文永远不会遵一定音律，但这是消极的理由，而没有实在的价值。
>
> 二、心灵的分别：诗是一种心灵活动的表现，散文是另一种。诗是创造的表现，散文是构成的表现。创造的意思，即是独创的。在诗里，文字是在思想的动作中生产出或再生。这些文字是，用个柏格森的字，“蜕化”；文字的发展和思想的发展是同等的。在文字与思想之间，没有时间的停隔。思想便是文字，文字便是思想，思想与文字全是诗。构成的是现成的东西，文字在建筑者的四围，预备着被采用。散文是把现成的文字结构起来。它的创造功能限于筹划与设计——诗中自然也有这个，但在诗中这个是创造功能的辅助物。

这个主张比西蒙氏的强，因为这足以说明，诗是创造的，不专以排列音韵为能事。由这我们可以看出好几点来：

一、既是诗的成功在思想与音律，而二者分不开的，则容易看出来什么是诗，什么不是诗。假若诗中的文字音律不是创造的，而只按一定的格式填成，便不是诗，虽然有诗的形式。凡有韵律的都可以叫作韵语，而韵语不都是诗。亚里士多德说过："诗人应为神话的制造者，不是韵律的制造者。"

二、我们这样说明诗与韵语之别，可以免去无谓的争执——如诗的格式应如何、诗是否应用韵等。照前面的道理说，诗的成立并不在遵守格式与否。诗的进展是时时在那里求解放，以中国诗说，四言后有五言，五言之后有七言，有长短句，最近有白话诗，这是打破格式的进展。好的律诗与白话诗，可以用一条原则评定，即合乎文字与思想，是否全是为创造的，而不在乎格律的相同与否。

三、据以上的理由说，诗的言语与思想是互相蒙抱的，诗之所以为言语之结晶也就在此。在散文中差不多以风格自然为最要紧，辞足达意有时比辞胜于意还好些。诗中便不然了，它的文字与思想同属于创造的，所以它的感诉力要强烈得多。文字与思想不能分离，因而它的感诉力是直接的、极快的，如闪电忽至。中国祭文往往是用韵的，或者是利用这种道理吧！散文呢，能记住内容也就够了；读诗使你非记住文字不可。谁能把"剪不断，理还乱，是离愁，别是一番滋味在心头"的意思记住，而忘了文字呢？设若忘了这文字，意思也就忘了；因文字与思想恰恰不是多少相等，没有文字也没有意思。现在白话诗的缺点，即是忽略了文字的特质，而勉强用些外国体，或累赘的官话去写，只可算作了一半的诗。

四、言语和思想既不能分开，诗的形体也便随着言语的特质而分异。中国的言语本是简单的，所以诗句也是短的。勉强去学外国的诗格便多失败，因此译诗简直是一种不可能的事。因为丢了语言之美，诗已死了一半。

说到这里，我们又遇到一个问题，散文是否可以算创造呢？如小说，这个问题似应这样解决：从狭义的诗来说，小说是散文的，因为它不能全体有诗的美；但是从广义的诗来说，诗是创造的，小说也是诗的。它虽以散文为工具，可是它的思想人物，都合乎创造的条件，而且每在写景时，差不多是与诗无二。这样我们简直可以说，小说是追随诗的最有力的东西。它虽不能句句是诗，可以从大体上说，它是创造的。

中国民族的力量[①]

1934 年 10 月 22 日

今天所讲的题目，是“中国民族的力量”。因为刚从北平回来，一点没有预备，临时又找不着相当的题目，现在只好把以前在南洋的见闻说说。想不到的，在南洋还会看见那么多的中国人，简直使人难以相信那是外国的地方，苦力是中国人，做买卖的是中国人，行医当律师的也是中国人。现在西洋人是立在中国人的头上，可是，一切事业还仗着我们中国人。中国人虽在西人之下，但是在其他民族之上的。马来人什么也不干，只会懒，吃了几根香蕉就睡了；印度人也干不过中国人，他们都不如我们能耐劳吃苦。

我们也可以这样说一句：没有了中国人，便没有了南洋。这是事实，自自然然的事实。树是我们栽的，田是我们垦的，房是我们盖的，路是我们修的，矿是我们开的，一切都是我们做的。毒蛇猛兽，荒林恶瘴，我们都不怕。我们是赤手空拳地打出一座南洋来，这是中国人开发南洋的功绩，是我们民族的伟大。

中国人与其他民族相比较，的确是伟大。我们可上可下，只要努力使劲，我们只有往上，不会退下。所差点，是缺乏教育，没有组织而已。说是毫无教育也不对，学校也很好，只是那边的事业都在广东、福

① 本文是老舍在国立山东大学 1934—1935 学年上学期第五次总理纪念周上的演讲。

建人手里，去教书的多是江浙与华北的人。当教员的没有地位，也打不进广东或福建人的圈里去。教员似乎是一些高等工人，雇来的；出钱办学的人们没有把他们放在心里。所以那种教育毫无感情，只是一种义务。

顶可喜的是南洋各色小孩都讲着漂亮的国语，他们差不多都很活泼。因为下课后便不大穿衣，身上黑黑的，健康色儿。他们都很爱中国。他们对先生们不大有礼貌，可不是故意的；他们爽直。先生们若能和他们以诚相见，他们便很听话。可惜事实上大家都不联合，彼此界限很深，结果得不到一种较好的教育。单说广东与福建人中间的成见与争斗便很厉害。所以我很希望将来政府能用力量去办教育，得到统一才会收效。

我们看看这几百年来，光脚到南洋的那些真正好汉，没钱，没国家保护，什么也没有。硬去干，而且真能干出事业来。他们才是真有劲的中国人。中国是他们的，南洋也是他们〔的〕。我们现在生活都过得很好，究竟能做出些什么工作来，实在可怜得很哪！

我的创作经验

1934 年 12 月 15 日

好吧，假如我要有别的可说，我一定不说这个题目。

我敬爱学问，可是学问老不自动地搬到我的脑子里来住。科学实验室，哼，没进去过。我只好说经验。不管好坏，经验是我自己的，我要不说，别人就不知道，这或者也许有点趣味。

创作的经验，这也得解释一下。创作出什么，与创作得怎样，自然是两回事。格外的自谦是用不着的，可是板着脸吹腾自己也怪难为情。我希望只说“什么”，不说“怎样”。不过万一我说走了嘴，而谈到我的创作怎样的好，请你别忘了这个——“不信也罢!”

在我幼年时候，我自己并没发现，别人也没看出，我有点作文的本事。真的，为做不好文章而挨竹板子倒是不断遇到的事。可是我不能不说我比一般的小学生多念背几篇古文，因为在学堂——那时候确是叫作学堂——下课后，我还到私塾去读《古文观止》。《诗经》我也读过，一点也不瞎吹——那时候我就很穷（不知道为什么），可是私塾的先生并不要我的钱。

我的中学是师范学校。师范学校的功课虽与中学差不多，可是多少偏重教育与国文。我对几何代数和英文好像天生有仇。别人演题或记单字的时节，我总是读古文。我也读诗，而且学着作诗，甚至于作赋。我记了不少典故。可惜我那些诗都丢了，要是还存着的话，我一定把它们印出来！看谁不顺眼，或者谁看我不顺眼，就送谁一本，好把他气死。

诗这种东西是可以使人飞起来，也可以把人气死的。除了诗文，我喜欢植物学。这并非是对这种科学有兴趣，而是因为对花草的爱好；到如今我还爱花。

我的脾气是与家境有关系的。因为穷，我很孤高，特别是在十七八岁的时候。一个孤高的人或者爱独自沉思，而每每引起悲观。自十七八到二十五岁，我是个悲观者。我不喜欢跟着大家走，大家所走的路似乎不永远高明，可是不许人说这个路不高明，我只好冷笑。赶到岁数大了一些，我觉得这冷笑也未必对，于是连自己也看不起了。这个，可以说是我的幽默态度的形成——我要笑，可并不把自己除外。

五四运动，我并没有在里面。那时候我已做事。那时候所出的书，我可都买来看。直到二十五岁我到南开中学去教书，才写过一篇小说，登在校刊上。这篇东西我没留着，不能告诉诸位它的内容与文笔怎样。它只有点历史的价值，我的第一篇东西——用白话写的。

二十七岁，我到英国去。设若我始终在国内，我不会成了个小说家——虽然是第一百二十等的小说家。到了英国，我就拼命地念小说，拿它作学习英文的课本。念了一些，我的手痒痒了。离开家乡自然时常想家，也自然想起过去几年的生活经验，为什么不写写呢？怎样写，一点也不知道，反正晚上有工夫，就写吧，想起什么就写什么，这便是《老张的哲学》。文字呢，还没有脱开旧文艺的拘束。这样，在故事上没有完整的设计，在文字上没有新的建树，乱七八糟便是《老张的哲学》。抓住一件有趣的事便拼命地挤它，直到讨厌了为止，是处女作的通病，《老张的哲学》便是这样的一个病鬼。现在一想到就要脸红。可是它也有个好处，而且这个好处不容易再找到。它是个初出山的老虎，什么也不懂，什么也不怕。现在稍有些经验了，反倒怕起来。它没有使人读了再读的力量，可是能给暂时的警异与刺激。我不希望再写这种东西，或者想写也写不出了。长了几岁，精力到底差了一点。

《赵子曰》是第二部，结构上稍比《老张的哲学》强了些，可是文字的讨厌与叙述的夸张还是那样。这两部书的主旨是揭发事实，实在与《黑幕大观》相去不远。其中的理论也不过是些常识，时时发出臭味！

《二马》是在英国的末一年写的。因为已读过许多小说了，所以这本书的结构与描写都长进了一些。文字上也有了进步：不再借助于文言，而想完全用白话写。它的缺点是：第一，没有写完便收束了，因为在离开英国以前必须交卷；本来是要写到二十万字的。第二，立意太浅，写它的动机是在比较中英两国国民性的不同；这至多不过是种报告，能够有趣，可很难伟大。再说呢，书中的人差不多都是中等阶级的，也嫌狭窄一点。

《小坡的生日》，在文字上，是值得得意的，我已把白话拿定了，能以最简单的言语写一切东西了。这本小说在文字上给我回国以后的作品打定了基础，我不再怕白话了；我明白了点白话的力量。这本书是在新加坡写成四分之三，在上海写完的。里面那些写实的地方，我以为，总应该删去，可是到如今也没工夫去删改。

《大明湖》是在济南写的，幸而在“一·二八”被烧掉，因为内容非常的没有意思。文字有几段很好，可是光仗着文字之美是不行的。我没有留底稿，现在也不想再写它了。《猫城记》是《大明湖》的“妹妹”，也没多大劲。

《离婚》比较的好点，虽然幽默，可与《老张的哲学》大不相同了，我明白了怎样控制自己。

至于短篇，不过是最近两年来的试验。我知道我写不过别人，可是没法不写；大家都向我索稿，怎能一一报之以长篇呢，我又不是个打字机。这些东西——一大部分收在《赶集》里——连一篇好的也没有，勉强着写，写完了又没工夫修改，怎能好得了！希望发笔财，可以专去写东西，不教书，不必发愁衣食住，专心去写，写，写！“穷而后工”，有此一说，我不大相信。

《牛天赐传》是今年夏天赶出来的，既然是“赶办”，当然没好货。现在还在继续地刊录，我不便骂它太厉害了，何必跟自己死过不去呢。

八九年的工夫，我只有这么点成绩。在质上，在量上，都没有什么可以自满的。从各方的批评中看，有的人说我好，有的人说我不好。我的好处——据我自己看——比坏处少，所以我很愿意看人家批评我；人家说我不好，我多少得点益处。有时候我明知自己犯了毛病，可是没工夫去修正——还是得独得五十万哪！

我写得不多，也不好，可是力气卖得不少。这几本书都是在课外写的。这就是说：教书、办事之外，我还得写作。于是，年假暑假向来不休息，已经有七年了！我不能把功课或事情放在一边而光顾自己的写作，这么办对不起人。可我也不能干脆不写。那么，只好有点工夫就写；这差不多是“玩命”。我自幼身体就不强壮，快四十了还没有胖过一回；我不能胖，一年到头不休息，怎能长肉呢？可是“瘦”似乎是个警告，一照镜子便想起：谨慎点！所以我老是早睡早起，不敢随便。每天至多写两千多字，不多写；多写便得多吃烟，我不愿使肺黑得和煤一样！几时我能有三个月不写一个字，那一定比当皇上还美！

写两千多字，不多写：这可只是大概地说，有时候三天连一个字也写不出！我不知道天下还有比这更难受的事没有，我看着纸，纸看着我，彼此不发生关系！有时候呢，很顺当，字来得很快。可是一天不能把想起来的都写下来，于是心里老想着这点事，虽然一天只准自己写两千多字，但是心并没闲着，吃饭时也想，喝茶时也想——累人！就是写完一篇的时候，心中痛快一下，可是这点痛快抵不过那些苦处。说到这里，我不想劝别人也写小说了！是的，我是卖了力气。这就应了卖艺人的话了：“玩意是假的，力气是真的！”就此打住。

妇女与文艺[①]

1943 年 1 月

诸位先生：

对这题目，恐怕讲不好，因为我既不是妇女，又不甚懂文艺，敬请诸位指教！

古今中外，女写家都比男写家少。考其原因，约有四端：一、教育的不平等。在古时，女子很少有受教育的机会，人人皆知。就是在现代，男女小孩虽都同样地受国民教育，可是在中学与大学里，女生的人数就比不上男生了。没有学识，自然就不大会写作；这不是妇女的天才低于男子，实学力不足也。还有，做父母的往往对女孩的教育，视为有益无损，而不必像对男孩子那样去严格地督导。他们以为女孩儿家能识得几个字，唱几支歌，在家和在外都有规矩，也就够了，不必过于认真。就是在西洋各国，譬如英国吧，女孩所受的教育大多是皮包怎样拿、帽子怎样戴，要会唱歌、跳舞或是绘画，但并不是要她们成为文艺家音乐家，而是要她便于交际、结婚、做个好太太，这个态度，也使女孩子吃了不少的亏。二、家庭任务的负担。结婚、理家、生娃娃都是最正当的事。但是，这却使写作几乎成为不可能。油盐柴米，做饭育儿，不幸都是女人的事，不能让男先生抱娃娃到办公室里去，一天忙下来，已使人筋疲力尽，哪里还有安心写作的机会呢？生小孩是最伟大的创

① 本文是老舍在妇女辅导院的演讲。

造，可是这个创造却耽误了至少一部分的艺术的创造。三、社会的活动不足，妇女一向是被家庭任务和社会风俗伦理圈在家里，当然不能充分地取得参加社会活动的机会和经验。就有经验，就不能写作，也是一向被看作“无可奈何”的事。而且古往今来，尽管有第一流的女作家，但不论她写作才能如何的高超，写某一点比任何男作家深刻，而写作范围总不如男人广。女作家中没有莎士比亚，也没产生出《战争与和平》，这是社会的限制，也是一向被管作“无可奈何”的事。四、对文人的误解。一般人不知受了谁的吩咐，总说“文人无行”，别人都有行。于是做父母的不大乐意教子女攻文，而子女本身，特别是女子，也就不甘于往“无行”的路上走，走走又退却。再说，一个女子而真能写出一点东西来，社会上对她的轻视便更甚于“无行”的男文人，他们会用种种方法去轻蔑她、诱惑她、毁坏她。

为补救上述的缺陷，我们应当：一、争取女子教育的平等。做父母的根本不应再把女孩受教育视为可有可无的事。世界上第一流的科学家、律师和医生等等都有女的，可见女人才能并非低于男子，应当给她同样的发展机会。二、家庭任务果然处理得好，而且有写作收入使自己的事务减少，写作也还不是绝对不可能的事。写《黑奴吁天录》的那位女太太，便有好几个孩子。我们不应以为要做写家便终日眼朝着天，不问俗事。反之，我们应当先学习处理事务的方法，使事情化繁为简，以便匀出工夫去致力文艺。但是也必须社会允许作家发表作品后能得到应有的稿费，不要使人有才能写出一点东西便活不成，那么女子也可借收入的增加来减少一点家庭任务。三、女子须有社会活动，但是必须认真地去做。我们是到社会上去获得经验，而真正的经验是真心实意做事的结果。假若以做事为某种企图的导线，我们即失去真诚，而所接触的一切必定随手而来，随手弃之，绝不能成为可宝贵的经验。我们要关心世界上、社会上的大问题，这些大问题才能引领我们多知多阅，强迫着我们去读书用功。我们知道了大问题，我们才能在日常的生活中找到较大的意义，才能深入浅出地给日常生活一点深刻的解释。我们必须集合很多社会经验，才有写作材料。普通说一个人“能写文章”还只是说他能写得通而不一定能写作品。所以写得通顺是第一个基本条件，其次是争取写作机会，但争取写作机会还得先争取做事的机会，有了经验，动用想象将自己的小经验和大问题联系起来，就可写出好文艺。四、文人是否无行，且无须辩论。我有好些干文艺的朋友，但并没人害了我或暗杀我。不过，我们若从事写作，就应老老实实地去做，不可以文艺为敲门砖，而另有所图。我们自己先立定了脚步，有了高尚的人格，则文艺正是一件体面的职业，或者也就没人敢轻视我们了。

妇女应当做写家与否呢？我们的回答是肯定的：一、男女平等，男人能做的，女人也能做。不过，平等一词尚觉空洞，想想看吧，文艺既是以人生经验的记录去解释人生，指导人生，则男女的生活都值得写下来。社会本来是由男女双方组织起来的。倘若女子永远不关心这回事，则文艺始终是男人的工作，而人生经验便丢失了恰好一半，这是人类的一个极大的损失。再说，二、男人可以代替女人去写，但是他总是根据着自己对女人的观察而去写作，因此绝不能像个人亲身经历的那样正确精详。世界上伟大的男写家所创造出的人物是男的多，女的少，偶然有将女人表现得好，却不多。所以妇女的切身之痛，她自己感觉最深刻，还必须她们自己去写。三、妇女是人类社会组成的分子，其重要毫不减于男性。可是，现在社会上的一切似乎都是依着男人的看法与办法而决定，女子好像是哑巴。社会上的主要人物是女的，恐怕世界大战就不会发生，因为女人最不喜欢轰炸，可惜她从来不作声，所以为了社会的福利，女子理应把她们的看法与办法说将出来，不应老叫男子去独断独行。

妇女可以做写家与否呢？回答又是肯定的，世界上从古至今有过第一流的诗人、小说家和戏剧家，因为：一、女子的心细。有人说:男写家是具有女性的，因为他观察周到详细如女子。这个说法正确与否，我不知道。但是我知道，如写不出一点小地方，即支持不了大题目。各位看过《红楼梦》吧，说什么像什么；《战争与和平》也是一样。所以写家必须留心看。我又的确知道女子比男子的心细。家中的琐事都由女子治理，有条有理。现在世界各国的邮局、银行甚至饭铺中的会计、审核或收纳，多还用女子，都足以证明。还有人说:男性多知，女性多懂。这句话的意思就是说男人有学问，所以知道得多；女性即使没有学问，可是直觉地能懂得人情世故。那么，倘若女子以此天赋之才，再加上学问，岂不就比男人更宜于做写家么？二、妇女富于感情。文艺，我们知道，是要以真诚的感情写出，而去激动别人的感情的，否则至多平淡无错而已，没有震撼人心的力量。我们往往讽刺女人们心窄，好落泪，其实这正是女子的天真处、真诚处，假若我们仔细去想一想，恐怕那不爱落泪的男人倒还是因为虚假冷酷而然吧。三、妇女的爱心是最伟大的。这无须多说什么，我们都爱母亲。文艺，从一个观点来看，是人对人类的关切。无论是规劝、讽刺，或甚至诟骂，作者总是爱此人间世；否则他就用不着费心去说什么，而到深山栖隐去了。那么，以有最伟大爱心的女了去表达对人类的爱护，不是恰恰相宜吗？四、儿童文艺是应由女子去写的，因为妇女最明白儿童，对儿童的爱心最切，也最亲近他们。

既认定了妇女可以做写家，我们就不要再怕什么了。我们要写，写那我们所知道的事，就不至空洞。譬如说吧，一般的男人都喜欢吃，一般的女人都喜欢穿，就以此为题，我们就能写出些很有教育性的东西来。已结过婚的可以由爱吃与爱穿的不同而怎样引起家庭中的小小冲突，给未婚的男女以为戒。我们写我们的，不必去模仿男子。写自己知道的小事情，不必定写天翻地覆的大事。我们要客观地去观察同性的朋友，要客观地去批评自己。把自己看清楚，解析正确，则我们可以写的事情正多得很哩。

读与写[①]

1943年3月4日

今天要谈的是读书与写作。我只是就自己读了些什么书来谈谈，供诸位参考，并不想勉强别人照我一样来读书。至于写作，我也是有自己的方法，不希望别人也应照我这样写。而且我很知道自己所写的这些东西都不大好，绝不敢在这儿向诸位做自我鼓吹，说我写的都是文艺杰作。

首先，我想提到读和写的关系。无论我们写小说或戏剧，恐怕最困难的一点就是不容易找到一个决定的形式。譬如我要写一篇小说，可以用第三身来写，说他怎样怎样，也可以用通信的方式来写，还可以用自传的方式来写。这些便是形式。假如一个人没有读很多书，那么要想写出一篇小说，尽管有极好的材料，因为难想到一个合适的形式，终使着这篇小说减色。如果说你只念过《少年维特之烦恼》，于是你便照着这本书的形式来写，或者你只念过《鲁宾孙漂流记》，就照这本书的形式来写，并不想你这篇小说的内容与这种形式适合不适合，这实在是一件很吃亏的事。要是你书念得多，不用人家告诉你，自己便可清楚，心中这些材料，用何种方式表现得最恰当。

你现在要想写一篇描写自己心理的小说，你顶好用第一身，说我怎样怎样，若是你要描写第二人或第三人的心理，那你就该把你自己不放

① 本文是老舍在重庆文化会堂发表的演讲。

在里面，而用客观方式详细地来分析他们。这虽是一个浅显的比方，可是除非你书念得多，你也许做不到。书一念多啦，心中有这样一个故事，这样一些思想，马上就能找到一个最好表现的形式。

有人说，自从有新文学以来，并没有见到多少具有很好形式的小说，如郁达夫先生写了某种形式的小说，马上有许多人都写郁达夫式的小说，夏衍写了某一形式的剧本，立刻就有许多人写夏衍式的剧本。这种事实我们不否认，其所以有这样的事实，正因为他们书念得少，只好模仿人家的形式，把自己的内容装进去，两者不能相合，结果自然失败。

所以多念书是养成自己判断能力必要的条件，不管新书也好，旧书也好，它总有一贯的道理。从古至今，一本文艺作品流传下来，当然不是偶然的事，我们可以从一本二千年前流传下来的书，来帮助我们判断最近出的一本书。西洋有一句话说："你可看到一本新书出版时，可拿一本老书去念。"这种方法不一定对，假如这样，岂不新书店都得关门？不过这里面也自有一部分真理，就是这些老书里面有它不变的道理存在。譬如美，美的观念是随时代地方而变的，我们在前数十年以小脚妇女为美，现在我们再看见小脚，就觉得那是不美了。美虽然变，然而美是不灭的。从最古的书一直到现在的书，能够流传，必定具有美的因素，若说一本书的文理不通，组织乱七八糟，而能流传五千年，乃是绝对没有的事。

其次，人情是不变的。社会关系变了，人情也变了，比如武松李逵，是英雄豪杰，随便杀人，无半点同情心，在现在的我们看来，便觉得不大人道，我们现在写的小说中的人物不会像《水浒传》中那些人一样，所以人情是随历史社会而变。虽然如此，但这种变化很慢，在五千年前，爸爸爱儿子，给儿子抽大烟，因为抽大烟就很老实，躺在烟床上不出去乱跑，现在我们再没有爱儿子给他抽大烟的人了，只是父亲爱儿子，再过一万两万年，这种心理就是有变化，也变得极慢。

我们看看《书经》，这是一部很古的书，读下去便容易判断这不是一本文艺书，里面没有人情，没有写尧怎样爱他的儿子，舜怎样爱他的弟弟。别的书如《史记》，那就不同，虽则太史公写的《史记》中有的是报告，还有一些年表，可是有的地方写得非常生动活泼，像鸿门宴，及霸王之霸与汉高祖怎样对功臣，都是栩栩如生，能使人感动，都是由于有人情之故。所以人情虽随时代而变，文艺作品中不能缺乏人情，则是一定不变的道理。

思想变得更快，比感情尤甚。孔子时代的思想不是诸葛亮的思想，诸葛亮时的思想又不是现在的思想，二千多年前的《四书》中的思想绝不适用于今日，可是我们还高兴去念它，就因书中有它的美和人情，叫你觉得那时候，应当那样思想，就不觉得陈旧。所以汉朝有汉朝的文字，唐朝有唐朝的文字，今日有今日的文字，文字虽在不断地变，所不变的是那一朝代所留下的东西，其文字最足以表现那一时代所要说的话。因此我们知道唐朝有韩愈这些人，宋朝有苏东坡这些人，便在于他们是那时代中最能用文字表现出他们的思想者，这是一定不变的道理。

我们知道了文学的条件，必须有美，有感情，有思想和好文字，则我们越多念书，越能判断什么是好作品，什么是坏的作品。一篇作品能流传，非具有这四类条件，至少具有此四者之大部分条件不可。根据这一意义，我们就可以知道何以古代流传下来的书，没有多少的原因，也可以判断今日作品的价值。

我很惋惜在我国社会中文艺的空气太不浓厚，不如欧西各国一样，在欧西各国，每逢出了一本新书，不但报纸杂志上有批评，就是在茶馆里，在一般人家中，大家也都热烈地批评和讨论最近出版的书籍。在我国则不同，遇到某人问他对一本新的著作有何意见，他只能告诉你这本书很好，究竟怎样好，都说不出来，所以今日一本极坏的书，没人批评，销路居然很好。要是大家读的书多，自然造成了一种批评的空气，大家敢于批评判断，文艺也才能走上发展的途径。

第三，我们读理论书永远不如读真正的作品，要知道凡是一种理论，都是由作品里面提出来。我们读十本书，书中用“然而”都是这种用法，故我们就知道凡“然而”必这样用，这即是理论。或者我先有一个主见，我是研究社会学的，可以从社会学的观点，来讨论文艺，或你是学美术的，可以从书中去找，以证实他的理论。其实这都是空的，理论好像是开的药方，若想以药方焙成灰，用开水喝下去，便可治愈，当然不可能，必须按方配药才成，作品就是药。现在社会上很多青年吃了这种药，他们就要先问理论是什么，自己并没有念过几本书，而高谈理论和做文章的方法，正等于焙药方治病一般。我最头痛的就是遇见青年问我什么叫浪漫主义，什么叫写实主义？我就是花上十点钟来解释，又能有什么用？如果问的人把浪漫派的代表作和写实派的代表作各念了十本，自然可以明白。所以我们应当先念作品，然后再去谈理论。

上面是随便谈谈读与写的关系，现在再说我是怎样去读和怎样去写的一点经过，供各位参考。

在最初我并没有想到自己要写小说，那时候因为念英文，在街上买了些二角钱一本的英文小说来念，念了后自己也想写点小说，这是写和我的第一次关系。当时所读的是些什么，现在已不大记得，大概都是如傻爱人等第二三等的小说。因为念的是这种英文，没有给我害怕，我也就敢于有勇气来写，写时当然顾不到形式和技巧。好在英文比中文流畅，句子完美、复杂、生动，所以我写的东西也在使其活泼就够了！《老张的哲学》即为这一时期的产物。

这本书在现在看来，非常给我惭愧，书的内容好像是有点神经病的人写的似的，要怎样就怎样，没有精密的结构。文字有的地方流畅，有的地方则讨厌，事实内容也是这样，尽管把自己所想到的搁进去，而不加选择。由这本书我得到两个相反的观念：第一，写东西不要急求发表。假如《老张的哲学》能搁一二年再拿出来，便可大大修改一遍，使它不致像现在样子令我脸红。第二，少年时应该有多写的勇气，不然年纪一大，书念多了，就会不敢下笔。这两种相反的意念凑合折中起来，便是青年人念了几本书，可以不管好坏地写，但是写完了不可立刻想发表，应当多搁一搁，等读的书多，慢慢修改好它，再拿出去。

在这以后，我念书还是没有系统，但因自己外国文能力高一点，所读的书便也较高深，外国的经典文学都有自己的便宜版本，来便利大家阅读。我选择了这些作品来读，颇有点迷乱，因为它们都是出自各时代大家的手笔，有的是信笔写成，有的则经过详细的计划，有的是极端浪漫，有的则绝对的写实。叫我怎样来判断其好坏？自己没法来调和，只好随自己的兴致，爱什么就什么。因为我是一个急性人，永远不能订好详细的计划再动手，故对于那些钩心斗角，有多少波折，多少离合的小说，或如布局的精密，情节离奇的侦探小说，都不是我所能学的，像这类小说，我就把它们搁在一边，还有描写男女间极端浪漫的小说，或将一件很小的事，把它写得天样大，这都是我所做不到的。我自己是一个穷人，小时候就被衣食钱财迫着老在地上站着，我想入非非，飞到云里去，我不会，也只好把这类小说放在一边，因为我一天到晚总是在现实生活上，只会写与现实有关的东西。

这时候我特别注意念狄更斯的《块肉余生记》《双城记》等，由他的作品中，我就发现了他初期的作品是乱七八糟，写到第三部小说，便找到了一条路线，文句相当完整，也有适当的形式，以后越写越精密，使我理解到写作有进步，必会注意形式。在此时期，我还念了几本法国小说的英译本如《茶花女》等，感到法国文学与英国文学迥然不同。英国人所写的东西，好像一个人穿的衣服不十分整洁，也许有一扣子没有扣，或者什么地方破了一块，但总显得飘飘洒洒，法国人的作品则像一个美女要到跳舞场，连一个指甲都修饰得漂漂亮亮。所以法国的作品虽写得平常，因为讲究形式，总是写得四平八稳，好像杨小楼的戏一样。那些英国二三等小说，则好似海派的戏剧，以四十个旋子、六十个跟头见长。

我有了这样的认识，便决定我不能学的东西就是不读，且知道每一本小说中必定有活生生的人，不是先空空洞洞描述一件事。第三，明白形式的重要。于是我就开始写《赵子曰》，这本书的坏不说，无论如何在形式上是稍微完整一点，前后有一点呼应，自己在开始写的时候，便已想到最末一段，这实在是一个最有把握的写法，因为有了这种计划，前后尽管会有曲折，也不会抵触得很远。这也就是说明多读书的结果，迟早必受影响。

我国的文学作品实在太不发达了，几百年来所产生的好小说极少。有一部《聊斋志异》，便出了许多什么什么志异，有一部唐人小说，也就出了些什么人什么人小说，有一部《红楼梦》，就接着出现青楼梦等，仅是这样的模仿，自然是黄鼠狼下刺猬，越下越不对。倘若我们能多读些外国作品，眼界一宽，或可免去模仿聊斋等之弊了。

写完《赵子曰》，就稍有系统点念书，决定了一个计划，大概有二年都是如此，就是一方面念文学，一方面念历史。从古代史开头，念哪一时代就同时念那时代的文学作品，如念古希腊历史，便同时念古希腊的文学，当然我都是用英文译本来念。这种方法我愿介绍给各位先生，因为我采用这种方法，第一我知道了希腊罗马时代和欧洲中古时代的文艺是什么样，无须再去买一本文学史来念，也就知道文学在历史上的地位是什么。历史虽是死的，只能告诉你某一时期怎样怎样，而且所告诉的不过是一个简单的结论，文学则不然，它从容地把那一时期的生活方式都写出来告诉你，这样，使你不仅深刻地明白了历史的内容，也知道那一时代文学形式为什么那样的原因。所以现在大学里面只教学生念些世界文学史、英国文学史、法国文学史，结果四年毕业，没有念多少外国文学作品，乃是一种不妥当的方法，必须学生多念些外国原著，才不致流于空洞。我觉得历史好像是一棵树，文学是树上的花，文学史则是树上的一枝，我们仅仅从一节树枝来观察整棵树，当然所见不完全，正如我们仅知道杏花是蔷薇科一样，是没有什么用的。

我到英国第五年，也就是末了一年，念的多是英国最近的作品，每一大文学家，不能都读完他的作品，也起码挑一两本来念。同时我也开始写第三部小说《二马》。念英国最近文学作品，有这样一种觉悟，即是那时正在欧战以后，欧洲出了不知多少文学上的派别。譬如我们今日大家在文化会堂相聚，我想创一派就叫文化派，在座的五十位同志跟我来创造这一派的小说，只求好奇立异，不一定有很好的东西。他们每一派的兴起，差不多就是这样，究竟他们能否在将来立得住脚，谁也不敢说。文学史上告诉过我们，当浪漫派兴起时，一年不知出了多少本小说和剧本，到现在究竟留下来的有几本？由此可知大多数的都是被牺牲和受淘汰了！在欧战结束后不久的欧洲，什么样的小说都有，有的不写人，光写人的眉毛，写了几万字，有的没有字，只有划和点，各自逞奇立异，也各有他的理论，然而今日都不再存在。这即是刚才所说的，文艺不断在变，但各自有不变的东西，缺少这些不变的东西，不成其为真正的文学作品。所以到这次世界大战前，欧洲文艺慢慢又恢复了原状，再没人花几万字去描写眉毛，而回到注重形式，有人物，有思想感情的路上去。要是我们看见文学上某一派兴起，就学某一派，则过了十年这派不再存在，我们也就随着没有了。

在《二马》这书中，自己也是上当，因为念到欧战以后的文艺，里面有几本是描写中国，我便写一个中国人怎样在伦敦，结果就变成了一种报告。要知道，报告这种东西，很难成为一种很好的文艺作品。假如你存心要报告某件事，是以为别人不知道。文艺则最好是写谁都知道的事，这才是本事。例如我的家在北方沦陷区，正盼着家书，到晚上想家时一定念出杜甫的“烽火连三月，家书抵万金”的句子，就因这种句子所含的感情为人人所具有。我们写报告，因为这事只有自己知道，乃是轻看了人家的感情思念。其实在文艺上越奇怪的事越不感动人，如在一次空难中，日本轰炸机不投炸弹，投下了许多豆沙包子，或者有一天在都邮街天空忽然投下一辆汽车，这种事固然新奇，可是我们报告出来，终不过新奇而已！我们描写空袭，是要道出每一人民内心的愤恨，这才是真正有价值。《二马》的失败，便在报告两个中国人在伦敦住着，闹了些什么笑话，立意根本不高，不过这书也有一个特点，即是文字上有了变化，在《老张的哲学》和《赵子曰》两书中，我往往用旧文字来修辞，以为文言白话搁在一起很优美和生动俏皮，到《二马》一书中，因当时北平国语运动盛行，有几位干这运动的朋友写信劝我不要再那样写，要尽量将白话的美提炼到文字中。因此在《二马》中我极力避免用旧字句，能够有这种成绩，这不能不感谢那几位提倡白话的朋友！同时我还得感谢一位英国先生，他是一位教阿拉伯文学的老教授，一天问我英文书念了哪一些，我老实地告诉了他，他又问我《阿丽丝梦游奇境》念过没有。这本书是著名的童话，在英国无人不读，我当然还不知道这书，便说我没念过，他就说：“那你还叫念英文吗?”回到家中我问房东，这位房东的学问也很好，通法文西班牙文等，他说这是一本童话，问应不应念，他说极应念，因为这是最好的英文。可见文字之好并不要掉书袋用典故，于是我明白一篇作品用最浅显的白话文字写出来与用深涩的文字写出来，两者相较，一定是白话文好，而且也很难。我国的四六文章，任何人下点功夫都可以写出来，反正只要把典故用上就得。但是，用浅显的白话文来形容一件事、一处风景，可就难了。以远山如黛四个字可描写出遥远的山景，用洋车夫说的话来描写这种景致，便不容易。在英文作品中最好的文字，首推英文圣经（与德文拉丁文圣经同为世界三大名译），英文圣经的好处就在流畅，英国传统的大作家的文字，也都如此。最近林语堂先生在美国这样红，主要的就是他的英文精简活泼。可惜我们许多青年朋友不大注意这些，现成的白话不用，一开头就原野、祖国，写得莫名其妙。我从写《二马》起，便对这方面努力，凡想到一句文言，必定同时想这句的白话，要是白话想不出，宁肯另外作一种说法，总求能够用白话来表达意思，什么祖国原野等名词绝不用，您要是发现我在书中有一个，我可给您一块钱！您想想看，我们现在又不是在新加坡，在美国，自己脚踏在自己的国土上，为什么还要叫祖国，这可见是不通。所以我要告诉各位，写文艺时最要注意用白话，那些生硬的文言字句绝不能有什么帮助于你。

写完《二马》，我回国了，本来还可以在英国住下去，这次回来却侥幸得很，要不然，我仍在英国，会永远照《二马》的形式写下去，越写越没出息。因为什么？因为那时的英国很太平，我们国内则正是北伐时候，我一到新加坡，即感觉东西洋的空气不同，自己究竟对自己的国家隔阂了。当时国内新文艺已发展到一个高潮，好多作家都用他们的笔来写国家社会的各方面，写得或者不大好，而立意很高，除了一两个专写三角、四角恋爱的小说以外，大多数都是想利用自己的文字对世界对国家对社会有点好处。以前我以为只要照英国二三流作家那样，写一点小故事，叫大家愉快就可以，一回到新加坡，才明白自己观念的错误，可见读书尽管是读书，生活还更要紧，离开了现实的生活，读多少书也是没有用。

在新加坡停留了一个时期，想写一本华侨千辛万苦开辟南洋的小说，可是因为生活不够，没写成。第一在那边语言隔阂，华侨不是广东人即是福建人，他们说的都是家乡话，本地土人说的是马来话，言语不通，无法多接近，材料也搜集不到。因此便把原来的计划放弃，改写了《小坡的生日》，这是一个小童话，自己满意之点是继《二马》之后，把文字写得更加浅明，至于像一个童话不像，我就不敢说了。

随后我回到国内，写了一本《猫城记》，这是最失败的一篇东西，目的想讽刺，大概天下最难写的便是讽刺，小小的几句讽刺或者很容易，长篇大套可就费力不讨好。在我国的旧小说中，《镜花缘》是一本不坏的讽刺小说，我这本《猫城记》糟糕得很，本来写讽刺小说除非你是当代第一流作家才能下笔。因为这是需要最高的智慧和最敏锐的思想，我对这些都不够格，当然写得失败了！

写完了《猫城记》，又写《离婚》，用的文字差不多有了定型，结构也比较自然，看去相当有趣味。我看到国内的翻译小说以俄国的为最多，如契诃夫、安得烈夫的形式极完整，有时看去几乎没有形式的痕迹，非有很大的功夫看不出来。我这篇《离婚》虽不是学俄国文学，许是多少总受了点影响。俄国文学不仅形式好，描写也极深刻，如托尔斯泰，他的作品的深度为其他各国作家所没有。英国作家描写一个人，只要描写得漂漂亮亮就差不多，俄国作家则描写得把他的灵魂也表现了出来。我回国后看了不少俄国小说，觉得自己所写的东西分量太轻，虽说这种深度没方法可学到，它是一方面有关于个人的教养，一方面更是有关于民族性，但我不妨以他们的作品作一个借镜。

接着我写《骆驼祥子》，把所知道的一个拉洋车的人的情形写出，结果也没写到多少深，这是由于天才修养的不够，但还可勉强过得关。我也希望能长此保持这种方向往前走，那就是说我的小说给人家一种消遣不算错误，如果能把读者的灵魂感动，那是更好。

到“一·二八”以后，我开始写短篇小说，到如今也写不好。我曾念过不少短篇小说，轮到自己写，却还是感到抓不住要如何才能写好，这是我前面说过的自己没有很细腻的思想。第二，我的文字修养不够，长篇大论还可应付下去，短篇就控制不住。

到了抗战后，我也学着作一点诗，诗是作得根本不成东西，仅仅因为有点机会，我作了比较长的几篇诗。以后不想再写。我在外国读英文诗很少，加以我幼时颇喜欢旧诗，现在作新诗便脱不掉旧诗味。不过写旧诗的文字训练，有相当好处，我希望作新诗的朋友们，也不妨试一试旧诗，因为旧诗可以告诉你用字行文上一些技巧。你有新诗的天才，加上旧诗的锻炼，那么，您的诗必定可写得好。

末了，要谈到剧本。我写剧本不完全是学习的意思，将来我若出一本全集，或者不应把现在所写的剧本收入，我自己从来少念剧本，即使念得多，也不会写好。因为剧本与舞台关系太深，我缺少舞台的经验，写出的剧本只能放在桌上念，不能适用到舞台上，当然不算好剧本。舞台的一切设备，是一个综合的艺术，不懂得此综合的艺术，剧本自亦无法写好。我希望今后能对舞台艺术多加研究，能多和演戏的朋友接触，同时多读些剧本。则我再写剧本，怕仍会成为小说式的剧本，十之八九上演就不行。小说的伸缩性本来很大，可以东边说几句，西边扯几句，后头再找补几笔。剧本不然，上来就是戏，时时紧张，不能说演完一幕叫又观众打瞌睡，再开始有戏，观众早就要退票了。小说的内容好不好，只要思想成，文字美，也可通融，剧本没有这一套，你不能说咱们这戏本并没有戏，只是文字不坏。

学写剧本有一样好处，就是能使自己对文字练得紧凑，通常写小说的常患拉长说废话的毛病，经过写剧本虽没赚到什么，也没有增加好名誉，但没白费事，得了这样点好处。

还有近年写了点通俗文字，如旧戏大鼓书之类，这也都是练习写作，真正说起来，多少人（连我在内）所写的通俗文字，全不通俗。现在的大鼓书等都已都市化文人化了，真正的通俗文字是茶馆里说评书唱金钱板，或者北平天桥的相声等，才是真正的民间文艺，这些文字才是活的，虽然粗俗，可是极有力量。关于这点，我还希望到抗战结束后能多下点功夫，写出点真正的民间东西。

今天诸位很踊跃地来听我乱讲一气，我非常感谢，各位要是打算学学文学，请记住多读、多写、多生活这三位一体的东西。

怎样写文章

1945 年 4 月 20 日

写文章并没有什么特别的方法，仅就我个人的经验做点报告，这不是一定的不变法则，只是提供一些参考而已。

不论是写一百个字、两千个字，或是五十万字的一篇文章，都是一个样子，全想过了再写。在我们小的时候写文章，老师在黑板上出个题目，不管是爱国论也好，是清明时节也好，总先写上“人生于世”四个字，再往下连。这样当然写不好文章。又大家都说用白话好写文章，只要将说的话写下来就行了，其实不然，说话到底不是写文章。譬如两个人坐冷酒馆，他们从酒味谈到日常生活，谈到女人，又谈到世界大局，甚至于谈到平价米，买猪肉，爱谈什么就谈什么，是可以随便的。写文章可就不能这样了，设若将坐冷酒馆的谈话，一字不漏地记载下来，送往报章发表，人家看了，一定会骂你胡说，有神经病。所以，写文章是应该先想过了再写，就不会被骂为神经病，也不会每篇都用“人生于世”了。现下有些青年，只想到了一点，甚至连想都不想，提笔就写，大有所谓才子，不假思索，简直是在糟蹋纸张。当想的时候，我们得想到这篇文章大致要说些什么，第一段说什么，第二段说什么，第三段说什么，第四段说什么，把它截开成一段的来想。我们常听说写文章是有灵感作用的，这话确也不错，只是灵感一涌，文章都来了，完全是胡说。灵感只是很少的一点东西，绝不够写一篇文章用。一篇文章的写成，是靠我们的功夫，我们自身的文章修养，而我们得到了灵感，不想全就下笔，结果只能写得很少的一点。即使，至多高高兴兴地写一万字就没有了，你必得先想完全，一段一段地想过了该说些什么，然后下笔，就保了险了。为什么？因为你已经看到了最后一段，不致中途而废的！要不然，永远只是“人生于世”。

过去的老八股，都是千篇一律，没有异样，提倡作八股，正是养成那时候的一班人麻木性、奴隶性，好使服从皇帝。现在我们写文章，要每篇每篇的不同。假如分好了段，看打哪边写起，是人生于世呢，人生不于世，还是先从狗说起？决定用哪种写法漂亮，哪种写法经济。写法经济是写文章很主要的一点。只有要每篇文章不一样，将来才越写越高兴，花样越多。有些人往往拿起笔就发愁，正因为他根本不去想，若大致想了从哪个角落下笔，再一直写，如此，写文章倒是很快活的事情。

写文章必得抓牢每篇的重点，没有重点，就不能成其文章。有些青年，老是啰唆一大篇，结果不知道他写些什么。你问问他自己都不明白重点在哪儿。不论是什么样的文章，必定有一个重点，假若本篇以人为中心，则人物的性格，举止容貌，我们必须描写得灵活生动，假如本篇以事为中心，我们就得老老实实，必须将这件事写得清清楚楚。知道了重点，就懂得用哪一种文字或支配文字。比方写限价一类的文章，你用上些“祖国在呼唤”“怒吼”的字样，写赈灾，你也用上了些“祖国在呼唤”和“怒吼”的字样，那根本不是文章，文章应是一篇一样，要刺激读者的眼泪，使读者读到必哭。要使读者高兴，读者读到必乐。如何决定了内容，如何用什么样的文字。并不是写上祖国在呼唤，写上怒吼就成了文章，假如能这样写，你的笔才会是活的，不是刻板的。所以先得想过，然后决定从什么地方写，怎样写得经济、漂亮，写人类是写事，使人笑，还是要使人哭，总之，你必得用你的思想来支配文字。我们读莎士比亚写的悲剧，是悲剧的情调；喜剧，是喜剧的情调。而如今的青年，只背得“祖国”“怒吼”这一类字眼，被这一类字压得不能动，不管什么地方，都填满了这些字眼，可说不是写文章，而是替文字做奴隶。我们是文字的主人，我们要如何写，文字就得写成如何，必得使文字受我的支配！因此每一篇才有每一篇的特色，如果没有特色，无论如何写不成文章的。

文字能用好了，很有趣，你让它做什么，它就替你做什么。我们读到杜甫、李白、陆放翁们的诗，读到《兵车行》一类的文字，使你觉得很紧张，很振奋。读到垂钓一类的文字，使你很轻松，很安闲。不但字面不同，颜色不同，连声调也不同。雄壮的，字朗音强而较快；悲哀的，字淡音长而较缓，多念念就可明白这一点。再拿平剧来说，焦急时总是唱快板多，皇帝出场差不多老是唱慢板，从没有人发怒，还慢吞吞地子曰诗云。因之，我们可知道文字是有音乐性的。把握了重点，决定了情调，全由你自己调动文字，使高使低，使快使慢，我们时常又听到说“风格”两字，大致就是这个样子的。我怎么看，我怎么说，老是有个我，将我的情感放在文字里面，对文字适当地运用和支配，就是有了风格。简单地说，就是如何让每篇文字有每篇的味道，我们让它酸，读者就感到它酸，我们让它甜，读者就感到它甜，不酸，不甜，不苦的文章，就是没有味道，和豆腐一样。豆腐是没有风格的，至少我们也得想法，使豆腐做成酸辣汤呀！大致分好了段，决定了说法，又看刺激是些什么、用怎么样的情感、生出怎么样的效果来，再提笔谈到写。

首先，你得认识这头段的思路，由几十句子中，即可发展的倾向。句，是段的单位，是完整的东西，好些青年一段写上六七十句，从头句直到一段末了，才画上一个圈，这无法成文章。断不成句的文章，是没有办法阅读的，就永不会知道说些什么。切记断句，写一句像一句。

把一段想过了说些什么，再看头句应当说什么，第二句以下应当说什么。我写文章，总是想好了四五句才落笔，向来没有一句一句地想着写，因为把句子想得起，下笔就很省事。这四五句都是在脑子里想过，在嘴里念过，这样地落笔，就会很有把握了。

句子的组织，非常重要，你得把你的感情放在文章里面去刺激感情，决定这情调是悲哀，你的句子的组织，得多用灰色的、悲哀的字眼；是快活，你得多用轻松的、活泼的字眼。你把你想的句子写出声来，落笔就能成为像你所想象的句子。有时看看不错，可是写出声就不成了，那你必得修改，声音在嘴里经过时，已经都将句子调动好了。

将句子组织想好，便成立得住，方可能合乎口语。必要时，我们也可用用欧化文法，因为中国的文法较简单，假如能不用欧化文法，而能用自己的文法，那岂不更好吗！若写前先写出声，写出来总会合乎口语的，能用好的口语代替欧化文法，会更好听。

第一步求得句的完整，其次就是调动句与句之间的变化，那即是说句之长短，非念出声不晓得，这与生理有些配备关系。比方第一句三十字，第二句三十字，第三句还是三十字，这样，读时就无法喘过气来。如果第一句十个字，第二句四个字，像这样有长句，有短句，读时就可以喘过气来，也会感到舒服。调动句子并没有什么一定法则，只要能用心。譬如上句用“吗”字，是平声，下句就用“了”字，是仄声。不要老了了了地了到底，除非是特殊效果——钱没有了！米没有了！眼泪也流完了！除非是特别的情形，两句里是不用同字的。像五绝七律的几十个字中，很少用相同的字，甚至于完全没有。写白话，有时不好避免，可是得尽量找出同意义的字替用，拿起一篇文章一看，即能断定用没用心写，就怕是一挥而就，像叶圣陶、朱自清等先生的文章，都是极清楚，极用了心的。又像鲁迅先生的三四百字一篇的散文，写起来都非常结实，因为他把每个字都想过了。

句的构成是字。在西洋有“一字”说，特别是法国的文艺，福罗贝尔教莫泊桑说：“一个意思，必有一个极恰当的字，而且只有一个。”这话并不一定正确，至少得拿它当个原则，得尽力找出最恰当的字。我差不多天天都接到青年的习作，里面常常用字用错了。例：

原野上火光熊熊——熊熊在《辞源》里的解释，是青色光貌，是我们在炭盆里，常看到的一点火光，用在原野，描写火光的烈和旺，又怎能恰当呢？

征子——我们只常用征夫、征人，而从没有人用征子。

太阳耀了大地——耀字不可拿作动词用，除非用于旧诗里。用照字不是很好吗？

所以用字不可乱用，要用得恰当，要怎么才能恰当呢？就是不怕麻烦，用一个字得查查辞典是否此意，再想想有没有第二个字比这个更好。所谓恰当的字，并不是叫你造字。如同砖瓦匠，砖瓦是固定的，砌得矮矮小小的就不成为人住的房子，而成狗窝了。语言是固定的，也不能随意改，随意造。我们写东西应当深，深得使人懂，并不是使人迷。

陆放翁有两句诗：“小楼一夜听春雨，深巷明朝卖杏花。”这当中没有一个让我们不懂的字，而且，两句绝对相对。没有办法可以去修改一个字，虽然这已经是宋朝时的文字。尤其是用的“听”和“卖”两字。让我知道有两个人，有声音。更可看出当时的境界，是诗人的境界。愈是好文章愈浅，最不好也能使人懂，这就是如何去找像你所想的声音和意义的恰当的字了，更明白地说：“选用人人都懂而恰当的字，排列起来成一绝好的图像而无法更改，就叫创造。”

不要乱用字，更不能乱造字，一个字有一个字的习惯，言语是极自然的东西，是从古来的，并不是打昨天才开始有，我们岂可随便更改言语？这不仅是字的问题，同时还有体贴的问题，在人情中体贴到某种情况时，就用某种字，体贴愈深，用字的情愈热。对人情越发明白，才写出好的文章。这样谈又近乎生活丰富的问题了。

每一个字都必得用全力想，想不到第二个字，就要用得恰当使人懂。形容词很难用，最好少用，用得不恰当，会将整篇文章弄得更坏。要形容，一定得在体贴中形容出来，才不至于贫乏。人说过了的，我们就不再说，可是也不能凭自己意思乱编造。有时写一段七八十句的文字，写到三四十句，觉得很平淡，这时用一个很好的形容字眼，可以醒目，使文章增加力量。普遍形容，是永远不会写好文章的。再就是要有极好的联想，文章要能惊人，就是将两个极端的什物拉拢在一块，显明图像。如脚踵形容秃顶，柳条形容女人的腰。如果没有好的形容字从联想中产生出来，最好还是淡淡地写，少抄袭。

除以上将全篇大致想过，决定这篇文字的路向和把握重点，还有方法的漂亮而经济。句与句的调动，以及用字的恰当和体贴运用形容字，更使得丰富生活，真诚，负责任，绝不要欺骗自己。只有这样，才能将文章写好。虽然我们不能保险每个人都成为作家，至少写出来的文章，不会被骂为胡闹，有神经病。

切记！全想过了再写，不要提笔就挥，如果今后一挥而就的文章都算成功，我敢说，中国以后就会永远没有文艺了！

图书在版编目(CIP)数据

自信与自省 / 罗家伦等著. — 北京 : 中国文史出版社, 2019.12

(民国演讲 ; 第九编)

ISBN 978-7-5205-1338-8

Ⅰ. ①自… Ⅱ. ①罗… Ⅲ. ①演讲-中国-民国-选集 Ⅳ. ①I266

中国版本图书馆 CIP 数据核字(2019)第 209990 号

责任编辑：薛媛媛

出版发行：**中国文史出版社**
社　　址：北京市海淀区西八里庄 69 号院　邮编：100142
电　　话：010-81136606　81136602　81136603（发行部）
传　　真：010-81136655
印　　装：北京新华印刷有限公司
经　　销：全国新华书店
开　　本：720×1020　1/16
印　　张：21.75　　字数：314 千字
版　　次：2019 年 12 月第 1 版
印　　次：2019 年 12 月第 1 次印刷
定　　价：68.50 元